백제와 곤지왕

백제와 곤지왕 上

정재수

논형

존재, 곤지왕을 말하다

1500여 년 전, 한국의 한 사내가 처자식을 데리고 일본으로 건너갔다. 사내는 일본에서 10년간 머물다가 한국으로 돌아와 돌연 어떤 사연으로 죽었다. 여기서 한국은 〈백제百濟〉를 일본은 〈야마토大和·倭〉를 말한다.

5세기 중엽, 백제사람 〈곤지昆支〉에 대한 이야기이다. 왕족인 곤지가 한국에서 일본으로 넘어간 이야기는 《일본서기》(720년)에, 일본에서 한국으로 돌아와 죽은 이야기는 《삼국사기》(1145년)에 실려 있다. 특히, 《일본서기》는 곤지를 〈왕〉 또는 〈왕자〉로 기록하였다. 곤지의 직계후손이 살았던 일본 고대국가 야마토의 중심지역인 가와치아스카河內飛鳥에는 〈아스카베신사飛鳥戶神社〉 일명 〈곤지왕신사〉가 지금까지 유지해오고 있다.

곤지왕은 5세기 한일 고대사에 있어 가장 미스터리한 인물이다. 많지 않은 기록이지만 한국과 일본 사서에 공통으로 등장하는 인물이다. 특히 《일본서기》는 461년 곤지가 야마토에 입경했는데 「5명의 아들이 있다.」라고 전하고 있으며 그의 아들들은 백제 〈동성왕東城王〉, 〈무령왕武寧王〉이 되었고 일부이기는 하나 야마토의 천황이 되었다는 설도 있다. 아마도 이런 사유로 곤지를 왕이라 칭하지 않았나 싶다.

우리는 곤지를 〈백제百濟 곤지왕〉 또는 〈아스카飛鳥 곤지왕〉이라 부르고자 한다.

나는 오래 전 《곤지대왕》이라는 소설을 세상에 내놓았다. 소설이 출간되던 날 곤지왕을 현몽하였는데 곤지왕은 그저 나를 바라보며 빙그레 미소를 지었다. 「여보게. 정 작가. 정 작가가 그린 내 삶이 결코 전부는 아닐세.」라고 나의 부족함을 책망하였다. 이후 나는 〈곤지왕국제네트워크〉 회원이 되어 보다 깊이 있게 곤지왕의 삶을 살폈다. 2년 전 일본을 방문하여 곤지왕의 아들 무령왕이 태어난 가라츠唐津시 가카라시마加唐島와 곤지왕을 제신으로 모시고 있는 오사카 하비키노羽曳野시 아스카베신사를 직접 목도하였다. 그리고 회원들에게 「곤지왕 소설을 다시 쓰겠습니다. 곤지왕의 삶의 표준 모델을 만들겠습니다.」라고 약속하였다.

이 소설은 곤지왕 소설 시즌 II 인 셈이다. 남당 박창화朴昌和(1889-1962) 선생의 고사서 필사본이 많은 도움이 되었다. 곤지왕의 가계를 복원할 수 있었고 당시 역사 사실 속에서 곤지왕의 삶을 진지하게 추적할 수 있었다. 그러나 아쉬움은 남았다. 처음 기대와 달리 곤지왕은 역사 전면의 화려한 영웅은 아니었다. 오히려 역사 이면에서 묵묵히 자신의 삶과 역사적 소명에 충실했던 조용한 영웅이었다. 그럼에도 곤지왕을 주목해야 하는 이유가 있었다. 한일 양국민에게 남긴 화해와 평화의 메시지이다. 그 메시지는 미래에 대한 해답이었다. 독자 여러분의 진중한 판단에 조금이나마 도움이 되었으면 한다.

　나는 소설을 쓰면서 10kg 이상을 감량하였다. 참으로 고통스러운 나날이 었지만 돌이켜보니 내 생에서 가장 행복한 시간이었다. 내 아내는 나를 곤지왕 밖에 모르는 자폐증 환자라 하였다. 내가 지칠 때면 어김없이 나를 격려하였다. 고맙고 감사하다.

　나에게는 바람이 있다. 한일 양국민에게 곤지왕의 존재를 널리 알리고 싶다. 소설 뿐 아니라 다른 대중매체가 관심을 가져준다면 좋을 것 같다. 또 하나의 바람이 있다면 일본 아스카베신사에 걸맞은 한국 곤지왕 사당이 건립되는 것이다. 온 정성을 다해 술 한 잔 딸아 올리고 싶다.

　이 소설이 나오기까지 많은 분들이 도움을 주었다. 오사카상업대학 양형은 교수님이 조언과 많은 자료를 보내주었다. 표지의 한자는 서예가 데라사와 히로미 님이 써주었다. 논형의 소재두 사장님과 이용화 선생님이 직접 편집에 심혈을 기울여 주었다. 〈곤지왕국제네트워크〉와 〈무령왕국제네트워크〉 한일양국 회원 모두에게 바친다.

2016년 1월

정재수 근지

5세기 동아시아 시대상황과 곤지의 역할

〈광개토왕비문〉에 의하면 고구려 광개토왕은 4세기말 5세기초 3차에 걸쳐 대대적인 남벌을 단행, 백제를 초토화 한다. 396년에는 금강유역과 한강유역이, 400년에는 낙동강유역이, 407년에는 영산강유역과 남해안일대(*추정)이다.

이때 한강유역의 백제 아신왕은 노객을 자처하여 항복함으로써 인적 · 물적 피해를 면하나 극심한 피해를 입은 금강유역과 영산강유역의 삼한세력 지배층과 백성은 대규모로 일본 열도로 망명하여 〈응신 · 인덕천황〉 계열의 야마토大倭를 오사카 일대에 건국한다.

한편 백제 아신왕은 태자 전지를 야마토에 볼모로 보내 기존의 삼한세력이 지배했던 곡나, 지침, 현남, 동한 등 한강유역을 제외한 나머지 삼한영토 대부분을 인계받는다. 이때부터 백제는 한강유역에 국한되지 않고 삼한 전체를 아우른다. 그러나 야마토의 열도 안착이 안정화되면서 야마토왕들은 망명 이전 지배했던 삼한영토에 대한 영유권을 주장하고 이 문제로 백제와 갈등을 일으킨다. 영유권 주장은 438년 야마토왕 진珍이 유송에 요구한 왜, 백제, 신라, 임나, 진한, 모한 등 6국제군사 요구에서 확인된다. 그 와중에 백제 왕통이 온조계열의 해解씨에서 구태계열의 부여夫餘씨(비유왕)로 바뀌어 백제와 야마토는 형제국임에도 불구하고 삼한영토를 두고 정치적 헤게

광개토왕의 남벌과 백제 삼한세력의 이동

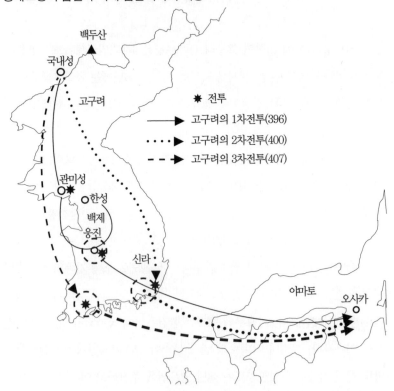

모니 싸움을 벌인다. 이 문제를 해결하기 위해 461년 곤지가 야마토에 파견
되었다. 곤지는 야마토에 머무르면서 상당한 성과를 거둔 것으로 판단된다.
한편 백제 개로왕은 고구려와 전면전을 준비하다 오히려 475년 장수왕으로
부터 역공을 당하여 아차성에서 지배층과 함께 죽임을 당하고 한성의 백제

는 멸망한다.

  이후 신라의 지원을 받은 문주왕이 웅진(공주)에 수도를 정하고 백제를 일시 재건한다. 이 시기에 귀국한 곤지는 내신좌평의 중책을 맡아 왕권의 안정화와 전후 복구사업에 매진하다 정적에 의해 갑자기 암살당한다. 곤지의 죽음은 웅진내 정치적 기반이 빈약한 탓이었다.

  그러나 역사는 또 반전을 한다. 문주왕, 삼근왕이 단명으로 끝나자 곤지의 직계인 동성왕과 무령왕이 백제왕통을 잇는다. 이후 백제는 660년 멸망하기까지 200여년 간 곤지계가 왕통을 이어간다.

일본 야마토 〈응신應神·인덕仁德〉 왕조의 뿌리에 대한 견해
〈기마민족정복설〉을 주장한 에가미나오미江上波夫는 4세기 야마토 왕조를 세운 세력이 북방유목민족 출신이라 하였고, 레드야드Ledyard는 대륙 부여의 전사들이 4세기 중후반 한반도 서남부를 거쳐 바다건너 일본을 점령한 백제라 하였으며, 김성호는 웅진을 거점으로 한 비류백제 출신이라 하였고, 홍원탁은 백제 진眞씨족의 후예라 하였다. 레드야드의 설을 따랐으며 〈일본을 점령한 백제〉세력은 대륙에서 한반도로 이동한 구태백제 계열의 웅진세력이 광개토왕의 남벌에 따라 일본열도로 망명한 것으로 보았다.

부여왕족의 계보

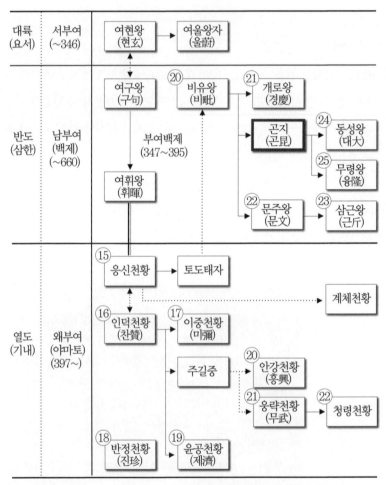

대륙 (요서)	서부여 (~346)	여현왕 (현玄) → 여울왕자 (울蔚)
반도 (삼한)	남부여 (백제) (~660)	여구왕(구句) ⋯ ⑳비유왕(비毗) → ㉑개로왕(경慶) ⋯ 곤지(곤昆) → ㉔동성왕(대大) / ㉕무령왕(융隆) / ㉒문주왕(문文) → ㉓삼근왕(근斤) 부여백제(347~395) 여휘왕(휘暉)
열도 (기내)	왜부여 (야마토) (397~)	⑮응신천황 → 토도태자 ⋯ 계체천황 / ⑯인덕천황(찬贊) → ⑰이중천황(미彌) / 주길중 ⋯ ⑳안강천황(흥興) / ㉑웅략천황(무武) → ㉒청령천황 / ⑱반정천황(진珍) → ⑲윤공천황(제濟)

※ 서부여와 부여백제*의 연관성은 레드야드의 설과 요서 라마동고분과 김해
  대성동 고분의 출토유물(말안장, 동복 등 부여유물)의 동일성에 근거함.
※ 점선화살표는 추정된 가정임. (◀▶)는 혈족관계를 (⋯▶)는 친족관계를 나타냄.

곤지왕의 가계

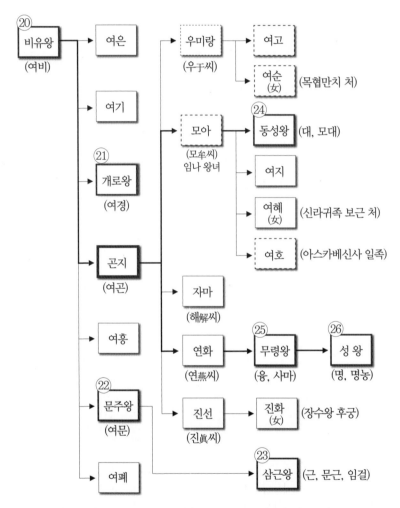

※ 본 가계는 〈남당유고〉 사료에 의거 복원함. 점선네모(▢)의 이름은 가상임.
※ 곤지왕은 최소 5명의 부인과 슬하에 5남 3녀 이상을 두었을 것으로 추정함.

주요 등장인물

여비餘毗
비유毗有, 백제 제20대 비유왕(427~455).
백제 최초의 여씨 왕.
백제 강역을 한성에서 삼한 전체로 확대함. 해씨가의 유마왕후에게 독살됨.

여신餘信, 해수解須
여씨가와 해씨가의 수장으로 둘 다 상좌평 역임.
밀약을 통해 해씨가의 구이신왕을 몰아내고 여씨가의 비유왕을 옹립함.

유마柳麻왕후
해씨가의 여자로 비유왕의 왕후가 되었으나 자식을 낳지 못함.
남편 비유왕을 독살하고 개로왕을 옹립한 후 태후가 되어 장기간 섭정함.

연길燕吉
백제 최고의 상단 총수로 비유의 재정 후원자. 비유왕 옹립에 기여하여
내두좌평을 역임함.

호가부好嘉夫, 공가부公嘉夫, 소시매蘇時眛
비유왕의 의형제로 호가부는 비유왕 옹립에 기여하고 공가부는 비유왕의
왕권강화에 기여함.
소시매는 비유왕의 여동생으로 신라 자비마립간의 후궁이 됨.

해구解丘, 해충解忠
백제 전지왕을 옹립한 일등공신으로 병관좌평과 위사좌평을 역임.
여신 등 여씨 일족을 몰아내려다 오히려 역공을 당해 한성에서 축출됨.

여채餘䓁
비유왕 말기 상좌평 역임. 비유왕의 장자 여은을 후계자로 옹립하려다
개로왕과 해씨가의 역습으로 몰락함.

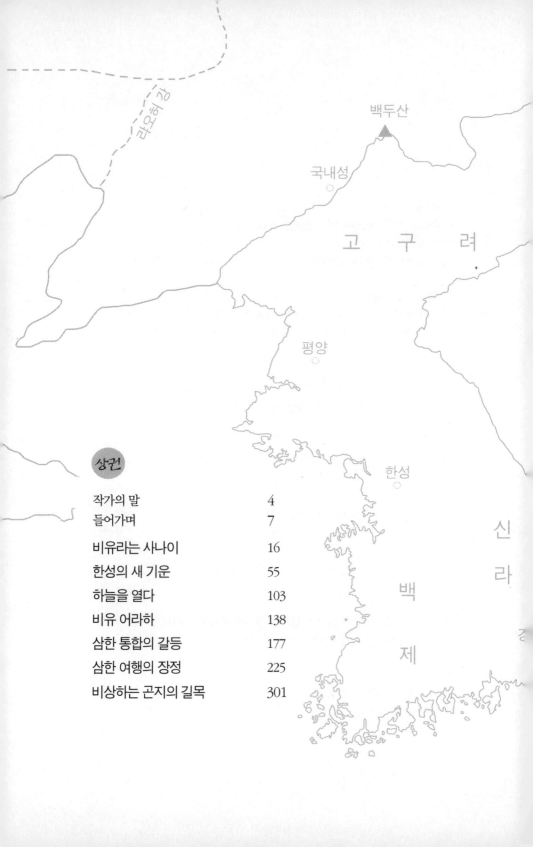

라 오 허 강

백두산

국내성

고 구 려

평양

한성

신 라

백

제

ㄹ

상권

야마토

나니와
아스카

비유라는 사나이

한바탕 폭풍우가 휘몰아쳤다. 하늘을 뒤덮은 짙은 먹구름이 요동쳤다. 폭우가 내리쳐 땅은 파헤쳐지고 휩쓸렸다. 폭풍은 요란을 떨며 닥치는 대로 할퀴고 내동댕이쳤다. 세상은 온통 공포에 휩싸였다. 그리고 고요가 찾아왔다. 아침 햇살이 쪽빛 하늘을 열었다. 한낮이 되자 뽀얀 뭉게구름이 피어올랐다. 대지는 따가운 햇볕에 타들어갔다.

소슬바람 한 점 없는 한여름. 자벌말 들판은 갈대와 억새로 덮였다. 듬성듬성 낮은 산목이 우거진 작은 구릉지에는 매미만 요란을 떨었다. 주변조망이 용이한 소나무 아래, 일단의 무리가 서성였다.

「저기…」

구레나룻이 덥수룩한 사내가 손가락으로 구릉지 아래를 가리켰다. 갈대숲이었다. 또 한 사내가 손가락을 따라 시선을 옮겼다. 이목구비가 뚜렷한 사내였다. 버렁을 낀 팔뚝에 큼직한 새 한 마리가 올랐다. 다리에는 가죽 끈을 매고 꼬리에는 방울을 단 새였다. 사내는 힘껏 새를 날렸다. 새는 날개를 펄럭이며 하늘로 치솟았다. 뾰족한 부리와 날카로운 발톱, 날개를 쫙 펼친 새는 이내 갈대숲을 향해 돌진하였다. 〈구지俱知〉라 부르는 새였다. 하늘의 지배자인 매였다. 매가 향하던 쪽에 기적이 일었다. 꿩 한 마리가 날갯짓을 하며 급히 자리를 떴다. 매가 꿩을 덮쳤다.

「세 마리째입니다. 무사나리.」

구레나룻 사내는 연신 밝은 표정을 지었다. 사내의 손에는 축 처진 두 마리 꿩이 들렸다.

남장을 한 여인이 손짓하였다. 두 사내가 급히 갈대숲으로 내려갔다. 이내 매와 꿩을 들고 돌아왔다.

「오늘은 그만하자.」

잘생긴 사내가 매사냥을 파하자 했다.

「알겠습니다. 무사나리.」

「사석에선 〈나리〉라 부르지 말라 누차 당부했건만….」

「아…알겠습니다. 나리… 아니 형님….」

구레나룻 사내가 멋쩍어 하였다.

잘생긴 남자는 여비餘毗 비유毗有였다. 구레나룻 남자는 호가부好嘉夫, 남장 여인은 소시매蘇時昧였다. 비유와 호가부는 의형제이고 소시매는 비유의 누이동생이었다. 호가부는 비유보다 두 살 많았다.

「오늘 잡은 꿩은 어찌 하실 건지?」

「미처 내 얘기를 못 했구먼…. 장인 댁에 하루 묵을까 하네. 장인이 꿩고기를 좋아해서….」

호가부와 소시매가 고개를 끄덕였다.

「형님. 저쪽에….」

호가부가 구릉지 뒤쪽 츠엉바위를 가리켰다. 고개를 삐쭉 내밀고 있던 두 사람이 급히 몸을 숨겼다.

「계속 우리를 감시하고 있습니다.」

평소 눈썰미가 남다른 호가부였다.

「태후가 보낸 자들 일겁니다.」

소시매가 입술을 뽀로통 부풀렸다.

「당장 잡아 족칠까요?」

「그럴 필요 없네. 위해를 가할 생각은 없는 듯하니 그냥 놔두세.」

비유는 줄곧 신경이 곤두섰다. 요사이 태후전의 감시가 날로 심하였다. 도성 안이나 밖이나 사적인 자리나 공적인 자리나 감시의 눈초리가 따라 다녔다. 무슨 연유인지 알 수 없으나 감시받는다는 자체가 유쾌한 일은 아니었다.

「형님, 낼 우리 무절도 훈련은 어떻게 할까요?」

「벌써 한 달이 다 되었나?」

비유는 고개를 주억거렸다.

당시 백제에는 〈무절도武節道〉라는 인재양성단체가 있었다. 근초고왕 때부터 시작된 무절도는 관가가 아닌 민간으로 운영되었다. 무절도는 매달 말일 전체 낭도가 모여 무예훈련을 실시하였다. 내일이 바로 그날이었다. 무예는 맨몸으로 행하는 신술身術, 나무막대기나 쇠봉을 사용하는 봉술棒術, 칼을 사용하는 검술劍術, 표창, 독침, 면벽, 목침, 의표, 투궁 등을 사용하는 비기술秘技術, 그리고 진법陳法, 축지법縮地法 등 이었다. 무절도에 가입할 수 있는 사람은 왕족과 귀족 그리고 지방호족의 자제로 제한하였다. 조직은 〈태랑太郎〉, 〈월랑月郎〉, 〈사비랑泗泌郎〉, 〈차사借士〉, 〈역사力士〉, 〈무사武士〉 등의 순이었다. 태랑, 월랑, 사비랑은 학생이었다. 〈낭도郎道〉라 하였다. 차사, 역사, 무사는 교관이었다. 〈수사修士〉라 하였다. 현재 무절도의 수장은 무사 칭호를 받고 있는 비유였다. 호가부가 무사 다음의 역사였다.

「낼 훈련은 검술과 비기술 위주로 실시할까 합니다.」

호가부는 무절도의 2인자였다. 모든 무예훈련은 호가부가 계획하고 실시하였다.

「일단… 그리하도록 하지. 허나….」

비유는 망설였다.

「…?」

「아닐세. 태풍피해가 만만치 않네.」

아침 일찍 장인이 연통을 보냈다. 꼭 집에 들르라는 연락이었다. 수차례 핑계를 대어 미뤄온지라 오늘만큼은 딱히 거부할 수 없었다. 급히 호가부와 소시매를 불렀다. 서둘러 도성 밖으로 나왔다. 태풍과 수마가 할퀸 상처가 눈에 많이 띄었다.

호가부로부터 꿩 세 마리를 건네받은 비유는 말에 올랐다.

「아무래도 안 되겠어. 무사나리를 호위할 자가 있어야겠어.」

호가부는 혼잣말을 내뱉었다.

「…!」

「사비랑 중에 무술이 출중한 자를 알아봐야겠어.」

소시매가 고개를 끄덕였다.

비유는 장인 집이 아니라 도성 밖으로 향하였다. 송파松波나루(서울특별시 송파구 석촌호수 일대)의 저자에 잠시 몸을 의탁하였다.

「오랜만입니다. 무사나리. 근자에 통 찾아주시질 않아서….」

비유를 맞이한 사람은 연길燕吉이었다. 연길은 북부 대방출신이었다. 오래 전 한성에 정착한 후 동진東晉과의 무역으로 막대한 부를 축적한 연길은 백제에서 최고로 큰 상단을 이끌었다.

「자주 찾아뵙지 못해 미안합니다. 장인 댁으로 가기 전에 잠시 들렀습니다. 매달 잊지 않고 지원해 주셔서 감사합니다.」

비유가 감사를 표하였다. 연길은 비유와 무절도를 후원하였다.

「과분한 말씀을…. 당연히 제가 해야 할 몫인걸요.」

연길이 겸연쩍은 표정을 지었다.

송파나루 여각 별채.

비유와 연길은 세상 돌아가는 얘기로 회포를 풀었다. 팔수八須태후가 병이 중해 오래 살지 못할 거란 얘기, 백제조정을 양분하고 있는 상좌평 여신餘信과 내신좌평 해수解須가 화해했다는 얘기, 어린 진眞왕후가 왕후전 나인들과 통정했다는 얘기 등 민감한 내용들이었다.

「그나저나….」

비유가 머뭇거렸다. 그리고 두리번거리며 주위를 살폈다. 비유의 시선을 따라가던 연길이 급히 별실 밖에 신호하였다.

「아기씨를 보고 싶은 게로군요.」

연길이 살포시 눈웃음을 지었다.

잠시 후 한 여인이 강포에 싸인 아기를 안고 들어왔다. 비유는 아기의 얼굴을 유심히 살피고 또 살폈다.

「무사나리를 꼭 빼닮았습니다. 가끔 아기를 보고 있노라면 무사나리의 기골을 느낍니다.」

「허허….」

비유는 헤벌쭉 웃었다.

사정은 이러했다. 비유의 처는 내신좌평 해수解須의 딸인 유마柳麻였다. 그런데 유마는 자식을 낳지 못하였다. 딱한 사정을 알게 된 여채餘蠆가 자신의 후처를 비유에게 주었다. 〈여은餘殷〉이라는 아들을 낳았다. 여은은 유마의 반대로 비유가 직접 기르지 못하였다. 여채의 집에서 양육하였다. 이로 인해 비유는 정신적인 강박에 시달렸다. 작년 이맘쯤 연길의 여각에 들러 하룻밤 유숙하였다. 연길은 동진에서 데려온 자신의 첩 가월嘉月로 하여금 인연을 맺게 하였다. 지금 마주보고 있는 강포에 싸인 아기이다. 이름은 〈여기餘杞〉. 비유의 혼외 아들이었다.

「그새 많이 컸습니다. 아비로써 제대로 해주는 것도 없는데….」

비유는 못내 아쉬워하며 말을 삼켰다.

연길이 다시 신호하자 한 여인이 들어왔다. 가월이었다. 비유는 강포를 건네며 가월과 눈빛을 주고받았다. 애정 어린 눈빛이었다.

「잘 지내셨소. 아기가 많이 컸구려.」

「….」

가월은 그저 고개만 끄덕였다. 연길이 눈짓하자 이내 별채를 나갔다.

「오늘밤 묵고 가시겠습니까?」

「아닙니다. 오늘은 장인 댁에서 하루 묵어야 할 것 같습니다.」

「아… 예…!」

사실 연길은 비유를 보자마자 가월에게 몸치장부터 일렀다. 비유가 여각에 들를 때면 하룻밤 묵고 가는 것은 일상이었다. 또 오랜만의 방문이었다. 연길은 가월을 비유에게 맡긴 이후로 가월과의 관계를 끊었다. 가월의 지아비는 이제 자신이 아닌 비유였다.

연길은 잠시 내실에 들러 화폭 한 점을 가져왔다.

「옛 진晉나라 화공 고개지顧愷之가 그린 여인도입니다. 작년 송宋나라에 갔을 때 구해온 것인데 아마 내신좌평께서도 흡족해 하실 겁니다.」

「그러게요. 연로한 장인께서 침실주변에 놓고 보시면 젊음을 되찾는데도 도움이 되겠군요. 고맙습니다.」

비유는 한참동안 화폭 속 여인의 모습을 유심히 살폈다.

여각 밖.

연길은 비유의 뒷모습에서 눈을 떼지 않았다. 연길이 후원하고 있는 저 사내, 용모가 출중하고 구변이 뛰어나 백성들로부터 신망을 받고 있는 저 사내, 무절도의 수장으로 정치적, 군사적으로 막강한 영향력을 가진 저 사내, 문득 저 사내가 이 나라 왕이 될지도 모른다는 생각이 스쳐 지나갔다. 그렇게 된다면 연길 자신과 가문의 앞길에 광휘로운 서광이 비치는 것은 너무나도 자명한 일. 어찌 저 사내에게 억만금을 준다한들 아까울 수 있겠는가. 가월 뿐 아니라 본처며 첩들이며 모두 다 내어준들 또한 아까울 수 있겠는가. 더구나 저 사내의 자식을 직접 키우고 있지 않은가.

해가 뉘엿뉘엿 서쪽으로 기울었다. 붉은 노을이 강변 위로 짙게 깔렸다.

＊ ＊ ＊

내신좌평 해수택은 왕궁 못지않게 크고 화려하였다. 백제를 창업한 온조溫祚왕이 이곳 한강 남쪽에 터를 잡은 후로 줄곧 한성은 해解씨가문의 땅이었다. 한때 북쪽에서 내려온 진眞씨가문에게 왕권이 넘어가기도 했지만, 해씨가문은 한성의 정치, 군사, 경제를 장악한 최고 왕족가문이었다.

어둠이 길게 드리워질 무렵 비유는 해수택에 도착하였다. 연길의 여각에 잠시 머문다는 게 그만 시각을 지체하였다.

「어서 오시게.」

해수의 표정이 밝지 않았다. 잔뜩 굳은 얼굴에 하얀 수염은 서릿발처럼 꼿꼿이 섰다.

「그간… 강녕…하셨…습니까?」

비유는 머뭇거리며 말을 되감았다. 해수의 시선이 따가웠다.

「허허… 이 사람. 내가 그리도 어려운가.」

「아…아닙니다. 좀 더 일찍 왔어야 하는데 너무 늦었습니다.」

「그렇다고 어찌 그리 주눅 든 얼굴인가. 사위와 장인 사이가 아닌가.」

「송구합니다.」

서먹한 분위기를 바꾼 사람은 해수였다. 해수는 엄청난 거구였다. 9척 장신에 체구는 보통사람의 두 배가 넘었다. 올해 환갑이지만 장정 서넛은 거뜬히 엎어 칠 정도로 힘이 장사였다. 그러나 세월만큼은 비켜가지 않았다. 어느새 머리카락은 하얗게 변색되었고 눈썹, 콧수염, 턱수염 또한 세월에 짓눌려 하얀 옥수수털이 되었다.

뒤꼍 연못가 정자.

연못은 정방형으로 둘레의 가장자리를 돌로 겹겹이 쌓았다. 주변은 조그만 바위와 소나무로 둘러쳤다. 아담하고 고즈넉하였다.

「아우들과 매사냥을 했습니다. 꿩이 몸에 좋다 해서 몇 마리 잡아왔습니다.」

비유가 꿩을 잡아 온 것은 나름 이유가 있었다. 해수가 병을 앓고 있다는 소문이 돌았다. 달포 전부터 해수댁에 들어가던 술이 끊기고 왕궁의 의醫박사가 자주 드나들었다. 해수도 조정에 등청하는 일이 드물었다.

「고맙구먼. 장인을 그리도 생각해주니….」

해수는 살포시 눈까풀을 내렸다.

「당연히 제가 해야 할 일입니다.」

비유가 맞장구를 쳤다.

「허허… 이 사람하고는… 누가 자네의 구변을 당할 수가 있겠는가!」

비유는 해수의 얼굴을 찬찬히 살피는 여유까지 생겼다. 화가 풀린 듯하나 해수의 얼굴색은 여전히 붉으락푸르락하였다. 정말 병색이 맴돌았다.

「장인어른. 병을 얻었다는 말을 들었습니다.」

「누가 그런 소릴 하던가? 상좌평께서 그리 말하던가?」

해수가 정색하며 되물었다.

「아…아닙니다. 저잣거리에서 들었습니다.」

비유는 순간 당황하였다.

비유에게는 태생적 한계가 있었다. 장인 해수는 양부 여신餘信과 조정의 실권을 양분하였다. 왕비족인 진씨가문이 완충 역할을 하고 있지만 해씨와 여씨 두 가문은 대척점에서 항상 반목하였다. 두 가문의 대립과 충돌은 왕실과 조정의 불안요소였다. 그래서 비유가 선택되었다. 정략적인 혼인. 해씨가문과 여씨가문의 화합의 산물이 바로 비유 자신이었다.

「세상이 다 알고 있다면 내 뭘 숨기겠나. 실은 소갈消渴이 생겼네.」

해수는 병명을 털어놓았다.

저녁식사 전인데도 어둠은 더 깊은 어둠을 재촉하였다. 어느새 연못 주위 석등에 불이 켜지고 등롱이 걸렸다. 야경이 실로 아름다웠다. 완전한 밝음에서 표출되는 온전한 실체보다 강렬한 명암의 경계선에서 발산하는 가변의 허상이 경이로웠다. 나무는 나무가 아니었고 바위는 바위가 아니었다. 풀은 풀이 아니었고 꽃은 꽃이 아니었다. 모두가 명암이 만든 잔영이었다.

비유와 해수는 바둑판을 마주하였다. 바둑놀이는 왕족과 귀족들 사이에 보편화된 놀이였다.

얼마의 시간이 흘렀을까. 바둑판위에 흑돌과 백돌이 서로 얽히고설켰다. 초반은 해수의 흑돌이 전반적인 우위를 점하였는데 흑돌 중앙대마가 생사의 기로에 빠졌다. 비유의 백돌은 네 귀를 내주면서 중앙 흑돌의 사활을 압박하였다.

「아무래도 중앙대마의 사활이….」

해수는 미간을 찌푸렸다. 아무리 살펴도 흑돌 중앙대마의 생환이 불가능하였다. 묘수를 찾는다 해도 대마는 살릴 수 없었다.

마침내 비유는 백돌 하나를 집어 중앙의 한 점에 탁하고 놓았다. 이를 본 해수가 힐끔 비유를 쳐다보았다. 비유는 엉뚱한 점에 백돌을 놓았다. 그리고 아차 싶었던지 다시 집으려 하였다.

「일수불퇴!」

해수가 이를 놓칠 리 없었다.

「제가 졌습니다. 더 이상 이 판을 역전시킬 수 없습니다.」

비유는 바둑판에서 손을 거두었다.

「항복인가?」

「항복입니다. 장인어른. 제가 졌습니다.」

비유는 일수불퇴 규칙에 자신의 거짓을 숨겼다. 맥점을 알고 있었으나 엉뚱한 점에 착수하였다. 흑돌 중앙대마는 살았다. 해수는 누런 이를 드러내며 함박 미소를 지었다.

기실 비유가 한 달 동안이나 차일피일 방문을 미뤄온 것은 여신의 언질 때문이었다. 해수는 두 달 전 왕실재산을 착복한 혐의로 탄핵을 받았다. 해수는 아무 말도 하지 않았다. 평소 같으면 십중팔구 바둑을 두면서 자신의 심중을 들어내던 해수였다. 비유 또한 묻지 않았다. 해수가 바둑을 이겨 즐거워하는 모습, 그 모습 하나로 충분하였다.

「건강도 좋지 않은데 노인이 또 과욕을 부렸군요.」

머리카락이 희끗희끗한 여인이 음식상을 앞세우고 정자 위에 올라왔다. 해수의 처이자 비유의 장모였다.

「아… 아니요. 오늘은 내가 이겼소이다.」

해수가 싱글벙글 함박웃음을 짓자 슬며시 입꼬리를 올렸다. 싫지만은 안은 눈치였다.

「저잣거리에서 술을 조금 구해왔습니다. 오늘은 사위와 함께하는 자리인 만큼 허락할 터이니 대신 조금만 드세요.」

「허허… 그놈의 잔소리. 늙으면 잔소리만 는다더니!」

해수가 혀를 내둘렀다. 다소 짜증 섞인 목소리였다.

「많이 권하지 말게. 의박사가 과음은 소갈에 좋지 않다하니.」

「…」

해수의 처는 해수 옆에 바짝 달라붙어 이것저것 음식을 권하며 살갑게 행동하였다. 비유는 문득 처 유마가 떠올랐다. 벌써 수년을 살을 섞으며 살고 있지만 장모와 같은 살가운 모습은 없었다. 항상 과묵하고 딱딱하였다.

어둠이 무르익었다. 휘영청 밝은 달이 연못위로 내려와 잔물결을 타며 몸치장을 하였다. 이를 지켜보던 주위시선들은 온통 달의 농염에 빠져 숨을 죽였다. 어둠의 고요가 기다랗게 이어졌다. 얼마의 시간이 지났을까. 소쩍새의 구슬픈 울음소리가 들렸다. 풀벌레 소리도 들렸다. 일상의 어둠은 총총히 깊은 밤을 재촉하였다.

벌써 술잔도 몇 순배 오고갔다. 비유도 해수도 얼큰하게 취해 얼굴이 온통 빨갰다.

식사가 마무리 될 무렵 두 사람이 정자 위로 올라왔다. 한 사람은 해수의 아들 해부解夫였다. 비유의 처남이었다. 해부는 갓 스무 살로 해수가 공들여 얻은 늦둥이였다. 해수가문의 적통으로 문무를 두루 갖춘 무절도의 사비랑이었다. 또 한 사람은 여인이었다. 길게 풀어헤쳐 반쯤 얼굴을 가린 검은 머리카락이 비유의 시선을 끌었다. 여인은 현금玄琴을 가지고 있었다.

「무사나리. 오랜만에 뵙겠습니다.」

해부가 인사를 건넸다.

「오랜만이네. 사비랑! 아니 처남!」

그렇지만 비유는 여인을 지켜보고 있었다.

「사위. 수양딸이네. 월나月奈에서 온 아이일세. 월나月奈국 석인石人왕의 여식인데 나더러 거둬 달라 유언을 했다하는구먼. 허나 내 나이 벌써 예순을 넘겼는데 무슨 첩을 삼을 수 있겠는가?」

비유는 여전히 여인에게서 시선을 떼지 않았다.

「소녀… 아랑阿郎이라 합니다.」

여인이 다소곳이 머리를 숙였다.

「…!」

비유는 일순 몸이 굳었다. 심장이 콩당콩당 뛰며 울렁댔다. 옴짝달싹할 수가 없었다. 백옥 같은 뽀얀 얼굴이었다. 가늘고 깊게 굽어진 검은 눈썹, 달빛 닮은 눈동자, 오똑한 콧날, 앵두 같은 입술, 무엇하나 흠잡을 수 없는 달덩이 얼굴이었다. 마치 연못의 밝은 달이 정자위로 올라와 비유 앞에 서있는 것 같았다.

「아랑이는 현금을 잘 탄다네.」

「…?」

석아랑이 현금을 타기 시작했다. 가녀린 손가락의 너울거림이 현란스러웠다. 비유는 현의 소리보다 손놀림에 온통 정신을 빼앗겼다. 석아랑의 자태에 흠뻑 취했다.

「흠… !」

비유는 자신도 모르게 신음소리를 냈다. 시선에 몰입된 황홀경이었다. 비유는 눈을 감았다. 더 이상 시각에 의존한다면 비유 자신이 미칠 것만 같았다. 소리가 들렸다. 청각이 열렸다. 한 가닥 한 가닥 한올진 소리가 현을 타고 넘었다. 구슬프면서도 때론 격하게 머릿속을 헤집는 울림이었다.

「어떤가? 우리 아랑의 현금 타는 솜씨가.」

황홀경을 깬 사람은 해수였다.

「아… 예…. 참으로 천상의 가락입니다.」

비유는 흠뻑 땀에 젖어 있었다.

「땀을 많이 흘리는군. 우리 사위가 이토록 허약해졌단 말인가?」

「아닙니다. 장인어른. 술이 깨는 듯합니다.」

비유는 애써 시선을 돌렸다.

「밤이 깊었으니 나는 그만 들어가겠네. 아마 별실에 따로 잠자리를 마련했을 것이네. 오늘은 푹 쉬고 가게. 처남매부 지간에 못 다한 얘기 있으면 더 나누고…」

해수와 석아랑이 먼저 일어났다.

「아참… 내 미처 말을 못했구먼. 상좌평께 전하게. 이 해수는 상좌평의 결정에 무조건 따르겠다고…」

해수가 발걸음을 옮기려다 되돌아섰다.

「아… 예…. 그리 전하겠습니다.」

비유는 머리를 까딱거렸다.

소슬 바람이 불었다. 밝은 달은 자취마저 감추고 온데간데없었다. 바람은 한여름인데도 차가운 냉기를 머금었다. 한차례 술상이 또 들어왔다. 비유는 해부와 술자리를 이어갔다. 풀벌레소리마저 끊긴 깊은 밤이었다.

「상좌평의 결정에 따르겠다는 말씀이 무슨 뜻인가?」

비유가 물었다.

「실은 며칠 전 아비께서 상좌평택을 찾아갔습니다. 무슨 말씀을 나눴는지 모르나, 여하히 이제 어떤 결심을 하시고 매형께 이를 말한 것이 아니겠습니까?」

해부가 오히려 반문하였다.

「음…」

비유는 직감하였다. 결국 여신의 처분에 맡긴다는 얘기였다. 이는 분명 해수의 왕실재산 편취사건과 관련이 있었다. 이미 정치적 타협은 이루어진 셈이었다. 그럼에도 여신의 처분이 남아있었다. 비유는 궁금하였다.

석아랑의 얘기도 들을 수 있었다. 두해 전 월나국 왕 석인이 한성으로 망명하였다. 석인의 아들 석풍石風이 제 아비를 몰아내고 스스로 왕이 되었다. 문제는 석인이 새로 맞이한 첩 오녀吳女였다. 아비의 첩과 사통한 석풍이 아비를 내쫓았다. 오갈 데 없는 석인과 석아랑 부녀를 거둔 사람이 바로 해수였다. 두 달 전, 석인이 시름시름 앓다가 죽었다. 해수는 석인의 유언에 따라 석아랑을 거두었다.

「그나저나 처남도 이제 혼인을 하여 장인께 손자를 안겨드려야 할 텐데…」

「…!」

해부가 머뭇거렸다.

「내가 좋은 혼처를 알아봐줄까?」

「아… 아닙니다. 매형. 어찌 제 맘대로 할 수 있겠습니까? 저는 아버지께서 정해주는 혼사만 할 것입니다.」

「…!」

비유는 고개를 가볍게 숙였다. 이해와 안타까움이 겹쳤다.

아비가 자식의 혼사를 결정하는 것은 해씨가문의 전통이었다. 혼처는 무조건 진씨가문이었다. 그러다 보니 양 가문은 흔히 겹사돈이 되었다. 지금의 구이신왕도 진씨가문에서 왕비를 맞이하였다. 그러나 선대 전지왕은 야마토 왕가 출신인 팔수공주를 왕후로 맞이하여 구이신왕을 낳았다. 이 때문에 한때 해씨가문 전체가 구이신왕의 등극에 반기를 들었다. 해씨가문은 왕통의 직계든 방계든 혈통에 대한 전통을 스스로 지켰다.

「이만 파하세. 몹시 피곤하구만. 낼 훈련장에서 보세.」

비유는 피로하였다. 석아랑에게 온통 정신을 빼앗겼던 짧은 시간을 제외하고 비유는 줄곧 피곤에 지쳤다. 이미 눈까풀은 반쯤 감겼다. 잠시 후 한 종녀가 다가와 비유를 어디론가 데려갔다.

비유는 비틀비틀 몸을 가누지 못하였다. 별채였다. 은은한 불빛이 방 안 가득하였다. 어슴푸레 한 여인이 다소곳이 앉아있었다.

「아니… 낭… 낭자는?」

비유는 소스라치게 놀랐다. 순간 동공이 확 커졌다.

「소녀… 아랑이옵니다. 내신좌평어른께서 오늘밤 무사나리를 모셔라 하여….」

「…!」

비유는 침을 꿀꺽 삼켰다.

「밤이 깊었습니다. 어서 잠자리에 드시지요.」

석아랑이 잠자리를 권했다.

비유는 베갯머리 물잔을 움켜쥐었다. 손이 파르르 떨렸다. 입 안으로 물을 들이켰지만 목구멍에 걸렸다. 순간 해수의 얼굴이 아른 거렸다.

비유는 눈을 감았다. 유마가 자식을 낳지 못한다는 사실, 어찌 장인만 알고 있는 사실이랴. 알 만한 사람은 다 알았다. 그렇다고 잠자리를 멀리하진 않았다. 의박사의 처방도 써보고 야인野人들이 쓰는 방술도 써보고, 하다못해 고구려, 신라, 멀리는 유송劉宋, 북위北魏의 의술을 힘들게 얻어 써봤지만 모두 허사였다. 그런데 장인이 수양딸까지 주겠다는 이유는 무엇일까. 하룻밤의 여흥은 결코 아닐 것이다. 비유는 도통 장인의 뜻을 헤아릴 수 없었다.

긴 머리카락을 한쪽으로 치우자 귀밑 아래로 뽀얀 목덜미가 드러났다. 희미한 불빛아래 속살은 하얗고 고왔다. 비유는 눈을 감은 채 입술을 가져갔다. 가지런한 아미, 길다란 속눈썹, 오뚝 솟은 콧날, 빨간 입술, 비유는 입술을 포갰다. 여인의 목에 가벼운 경련이 일었다. 비유는 가냘픈 목덜미를 깨물고 싶은 충동을 느꼈다. 그러나 차마 깨물 수 없었다. 비유는 여인의 젖무덤을 살폈다. 입 안 가득 연홍색 돌기를 품자 여인이 가벼운 신음소리를 냈다. 비유는 본능적으로 아래로 향했다. 그리고 어느 누구에게도 개방되지 않은 여인의 숲속에 몸을 던졌다. 얼마의 시간이 흘렀을까. 한 마리 호랑이가 고개를 쳐들었다. 거칠게 울부짖었다.

* * *

햇살이 문풍지를 비집고 들어와 너울거렸다. 방안의 어둠을 밀어냈다. 문밖에서 들려오는 흐릿한 인기척이 귓가를 간질거렸지만 잠에 절인 비유의 눈까풀은 움직이지 않았다. 코끝을 맴도는 살가운 향내, 그 내음을 기억한 후각이 깨어나고서야 비로소 눈을 떴다. 비유는 반사적으로 고개를 돌렸다. 밤새 깊은 정을 나눈 석아랑은 온데간데없었다. 아쉬움인가, 잠시 지난 밤의 기억이 머릿속을 헤집었다. 방문을 열자 따사로운 햇빛이 얼굴 가득 들어왔다. 눈부셨다. 햇빛을 가린 그림자 하나가 성큼 다가왔다.

「오늘 무절도 훈련이 있는 날이라….」

해부가 머뭇거렸다.

「처남도… 오늘은 참석해야겠구먼.」

상큼한 아침공기가 입 안 가득 맴돌았다.

비유는 해부를 따라 안채로 들어갔다.

「장인어른은?」

「아버지께서는 아침 일찍 등청하셨습니다.」

「…?」

「평소 같으면 미리 연통을 주곤 하는데.」

「무슨 급한 일이라도?」

「모르겠습니다. 아무 말씀 안하시고 아침식사도 거르시고 급히 등청하셔서….」

「…!」

두 사람의 대화는 꼬리를 물지 않았다. 비유도 해부도 해수의 이른 등청에 대해 아는 게 없었다.

서둘러 아침식사를 마친 두 사람은 마구간으로 향했다. 집사가 말고삐를 부여잡고 기다렸다. 그때 장모가 다가왔다. 비유는 둘둘 말은 종이뭉치를 건넸다.

「장인어른을 위해 구해온 그림입니다. 옛 진나라 화공 고개지가 그린 여인도입니다. 어제 드린다는 것을 깜빡했습니다. 안방에 걸어두심이 좋을 듯 싶어….」

비유는 멋쩍은 표정으로 장모에게 그림을 건넸다.

그리고 멈칫하며 주위를 두리번거렸다.

「아랑이를 찾으시는가?」

「아… 아닙니다.」

「아침 일찍 출타했네. 오늘이 친부가 죽은 지 백일이 되는 날이네. 더구나 이제 평생의 지아비를 얻었으니 아비에게 이를 알리는 것이 도리 아니겠나?」

「…!」

순간 얼굴이 화끈 달아올랐다. 장모의 말에 다소 가시가 돋았다. 비유는 눈을 뜨자마자 석아랑부터 찾았다. 혹이 밝은 대낮이라 석아랑의 얼굴을 알아보지 못한 것이라 생각하였다. 그래서 여인들의 얼굴을 유심히 살폈다. 그러나 석아랑을 찾을 수 없었다. 조바심마저 일었다. 석아랑의 출타소식을 듣고 난 후에야 비유는 안도의 한숨을 내쉬었다. 그래도 아쉬웠다.

비유는 말에 올랐다. 해부가 뒤따랐다. 왕성 안 저잣거리를 지나 남문으로 나왔다. 왕가묘역인 능골을 지나니 멀리 벌판에 일단의 무리가 한눈에 들어왔다. 족히 50명은 되었다.

「모두 온 것은 아니군.」

비유는 퉁명스럽게 한마디 내뱉더니 근처 개울가로 말을 끌었다.

「처남. 궁금한 게 있으이.」

「…?」

「아랑 낭자의 일… 누이가 알고 있나?」

비유가 넌지시 물었다.

「글쎄요! 누이는 수양딸로 알고 있겠지만 아마도 매형과 인연을 맺게 한 것은 모르실겁니다.」

「…!」

한숨이 절로 나왔다.

유마의 성품으로 보아 석아랑과 인연은 평지풍파로 이어질 뻔하였다. 비유가 여은을 얻었을 때도 그랬다. 첫 아들인데도 유마는 인정하지 않았다. 그래서 여은을 직접 양육할 수 없었다. 더구나 연길의 첩이었던 가월에게 난 여기는 아예 존재 자체가 비밀이었다. 만약 석아랑이 아들을 낳는다면 비유는 상상하고 싶지 않았다. 고개를 가로저었다.

「허나 염려하실 일은 아닙니다. 한 번도 아비의 뜻을 거스른 적 없는 누이입니다.」

「…」

비유는 해부의 말로 위안을 삼았다. 아니 삼고 싶었다. 해수가 자신과 석아랑을 지켜줄 것이라 믿고 싶었다.

자벌말 들판.

하늘은 구름한 점 없이 쪽빛으로 짙게 물들었다. 중천에 뜬 해는 따가운 햇볕을 들판에 내리쬐었다. 사내들이 삼삼오오 무리지어 검을 휘둘렀다. 뿌연 먼지가 일었다. 기합소리가 너른 들판을 가득 메웠다. 무절도 낭도들의 훈련이었다. 한 사내가 소리치자 모두 한자리에 모였다. 이어 두 사내가 앞으로 나서고 무리는 주위를 빙 둘러 에워쌌다. 징소리가 울렸다. 두 사내는 서로에게 예를 표하고 거침없이 서로를 향해 검을 휘둘렀다. 검술 대련이었다. 목검이 아닌 철검이었다. 모두 숨을 죽이고 두 사람의 대련을 지켜보았다. 대련은 한참동안 계속되었다. 얼마가 지났을까. 한 사내가 땅을 박차고 허공으로 솟아올랐다. 그리고 한 사내를 향해 일장을 가하였다. 순간 챙하는 소리와 함께 한 사내의 검이 뚝 부러졌다. 사내는 재빠르게 몸을 피했다.

「중지!」

두 사내는 대련을 중지하였다. 우레와 같은 박수소리가 터졌다.

「대련은 무승부요.」

구레나룻이 얼굴 가득한 호가부였다.

「아닙니다. 역사나리. 소인이 졌습니다.」

부러진 칼을 들고 있던 사내가 고개를 떨구었다. 조미미귀祖彌麋貴 월랑이었다.

「목木 사비랑도 그리 생각하느냐?」

이번에는 목금木衿 사비랑에게 호가부가 되물었다.

「아닙니다. 조미 월랑이 패했다고 생각하지 않습니다.」

「맞다. 내 생각도 같다. 다만, 대련 중에 칼이 부러졌으니 책임을 면할 순 없다.」

호가부는 두 사람의 손을 잡아 높이 쳐들었다. 모두 손뼉을 치며 연호하였다.

이 광경을 지켜보던 한 사내가 연단에 올랐다. 무절도의 수장 비유였다.

「오늘 대련은 참으로 훌륭하오. 오늘 좌사에 오를 목 사비랑의 검술은 삼한땅에서 으뜸일 것이오. 또한 오늘 사비랑에 오를 조미 월랑의 검술도 부족함이 없소. 두 낭도는 우리 무절도의 자랑이자 우리 백제의 자랑이오. 호가부 역사께서 대련결과를 무승부라 했소. 여러분도 모두 그리 생각할 것이오. 허나, 나는 그렇게 생각하지 않소. 목 사비랑이 승자요 조미 월랑이 패자요. 검은 내 몸의 일부요. 그 검이 부러졌다면 내 몸이 부러진 것이오. 그래서 패자인 것이오.」

좌중은 일절 흐트러짐이 없었다.

「여러분도 들어 알다시피, 고구려 거련이 공공연히 우리 백제를 침공하겠다 공언하고 있소. 첩보에 따르면 늦어도 내년 초에는 왕성을 북쪽 국내성에서 한성과 가까운 평양성으로 옮긴다하오. 천도에 따른 궁궐공사도 마무리 단계라 들었소. 그렇게 되면 어찌되겠소. 우리 백제는 고구려의 위협에 항상 노출된 격이니 전쟁의 위험이 날로 높아질 것이오. 혹이 전쟁에 패하면 우리 백제가 멸망할 수 도 있소. 우리는 선대왕께서 거련의 아비 담덕에게 당한 노객奴客의 치욕을 잊어서는 안 될 것이오.」

또박또박 내뱉는 비유의 말에 힘이 실렸다. 아신왕의 〈노객의 치욕〉* 역사를 말할 때는 주먹을 불끈 쥐고 하늘 높이 쳐들었다. 모두 비유의 주먹에서 뿜어져 나오는 결기에 일체가 되었다.

「우리는 힘을 길러야 하오. 이는 나라를 지킬 수 있는 최선의 방책이오. 나는 우리 모두 일당백의 무술을 익히는 것이 이 나라를 지킬 수 있는 힘이라 믿어 의심치 않소. 더욱 무술연마에 매진해 주길 바라오.」

비유는 무술 연마를 강조하였다.

「또한, 오늘 훈련에는 많은 낭도가 참석하지 못했소. 나는 충분히 이해하오. 태풍의 피해는 백성들이 고초가 이만저만 아니오. 가족을 잃은 백성, 집을 잃은 백성, 논밭의 곡식을 잃은 백성, 백성들의 아우성이 하늘을 찌르고

---

* 백제 아신왕의 〈노객의 치욕〉은 396년 고구려 광개토왕의 남벌南伐에 근거한다. 광개토왕은 수군을 동원 충청도 어느 해안에 상륙하여 일대 성들을 공파하고 북상하여 한성의 아신왕으로부터 노객의 항복을 받고 돌아간 것으로 추정된다. 고구려 광개토왕의 남벌전쟁에 대해《삼국사기》는 기록을 남기지 않았으나,《광개토왕비문》,《환단고기/고구려본기》,《남당유고/고구려사략》은 이를 기록하고 있다.
① 병신년 왕이 친히 수군을 이끌고 백잔을 토벌하였다. 영팔성, 구모로성,… (중략) … 구천성을 공취하고 도성에 다가갔다. 백잔이 의義에 따르지 않고 맞서니 왕이 크게 노하였다. 한강을 건너 선봉부대를 보내 성을 포위하였다. 이에 백잔왕이 남녀 1천 명과 세포 1천 필을 바치며 무릎을 꿇고, 영원히 노객奴客이 되겠다고 맹세하였다. 왕은 복종한 정성을 어여삐 여겨 지난 허물을 용서하였다. 58성 700촌을 빼앗고 백잔왕의 아우와 대신 10명을 붙잡고 군대를 돌려 돌아왔다.〈광개토왕 비문〉
② 제는 몸소 수군을 이끌고 웅진(충남 공주), 임천(충남 임천), 와산(충북 보은), 괴구(충북 괴산), 복사매(충북 영동), 우술산(충남 대덕), 진을례(충남 금산), 노사지(충남 유성) 등의 성을 공격하여 빼앗고 도중에 속리산에서 아침 일찍 하늘에 제사를 지내고 돌아왔다.〈환단고기〉
③ 병신년 춘3월, 상이 몸소 수군을 이끌고 대방과 백제를 토벌하여 10여 성을 함락하고 백제왕의 동생을 인질로 잡아 돌아왔다.〈남당유고〉
①은 광개토왕의 남벌전쟁 전체, 즉 58성 700촌의 공취 사실을, ②는 충청도 일대 성들의 공취 사실을, ③은 황해도와 경기도 일대 성의 공취 사실을 전하고 있다.

있소. 지금처럼 나라가 어려움에 처했을 때 우리 무절도가 어찌 무술 연마만 하고 있을 수 있겠소. 당연히 백성들의 어려움을 살펴야 할 것이오. 그래서 오늘 훈련에 많은 낭도들이 참석하지 못했다고 나는 믿소. 우리 무절도의 정신이 무엇이오. 하늘을 공경하고 나라에 충성하며 부모에게 효도하고 백성의 어려움을 보살피는 것이 아니오. 오늘 훈련은 이것으로 파할 것이오. 모두 돌아가 어려움에 처한 백성들을 위로하고 성심으로 도와주길 바라오.」

비유의 일장연설에 좌중은 박수와 함성으로 결의하였다.

비유는 목금과 조미미귀를 불렀다. 전체가 보는 앞에서 사슴피 맹약을 시켰다. 목금은 사비랑에서 좌사로 조미미귀는 월랑에서 사비랑으로 승차시키는 의식이었다.

목금은 목씨가문의 희망이었다. 목씨가문은 전통적인 무장 가문이었다. 부친 목만치木滿致는 조부 목라근자木羅斤資*가 삼한을 정벌하면서 신라여인을 취해 낳은 아들이었다. 조부의 후광에 힘입어 좌평에 오른 목만치는 팔수태후와 사통하며 국정을 농단하였다. 백성들의 원성이 컸다. 이를 알게 된 야마토왕은 자신의 딸인 팔수태후의 부정不正을 문책하였다. 목만치는 전격적으로 야마토로 불려갔다. 목만치를 잃은 백제 목씨가문은 귀족가문 명성까지도 잃었다.

---

* 백제 장군 〈목라근자木羅斤資〉는 《일본서기》 신공왕후 전에 처음 나온다. 목라근자는 369년(*추정) 비자벌 · 남가라 · 녹국 · 안라 · 다라 · 탁순 · 가라 등 7국을 정벌하고 다시 서쪽으로 돌아 고해진에 이르러 남만 침미다례를 도륙하였다. 한반도 남쪽지방(경상남도/전라남도)을 순식간에 평정한 대단한 군웅軍雄이다. 목라근자는 백제 대성 8족의 하나인 〈목씨〉의 문헌상 시조이다. 목씨의 출자를 정확히 알 수는 없다. 이도학은 과거 마한연맹체의 맹주였던 목지국目支國의 진왕辰王 가문으로 추정하였다. 필자는 북방 기마족 출신이 아닌가 조심스레 추정한다. 그렇지 않고는 일거에 한반도의 남쪽지방을 평정한 그의 활약을 설명할 수 없다. 구태백제계열의 부여씨 왕족이 한반도로 밀려들어올 때 같이 온 것으로 보인다. 목라근자의 활약으로 구태백제는 삼한을 단시일 내에 병합하였다.

비유는 무절도 훈련을 서둘러 파했다. 평소 같으면 해질 무렵까지 이어졌지만 오늘은 해가 중천에 떠있을 시각이었다. 비유는 태풍으로 어려움을 겪고 있는 백성들을 먼저 생각했다. 낭도들은 한시라도 빨리 자신의 지역으로 돌아가 백성들을 위무하여야 했다. 비유도 서둘러 훈련장을 떠났다. 그때 호가부가 낭도 한사람을 데려왔다.

「오늘부터 무사 나리를 호위할 낭도입니다.」

조미미귀였다. 조금 전 검술 대련을 하고 사비랑으로 승차하였다.

「나를 호위하다니…?」

비유가 의아한 표정으로 되물었다.

「아무래도 요사이 형님을 부쩍 감시하는지라….」

「…?」

「어디까지나 만약을 위해서입니다. 소시매와 상의해서 정한 일입니다.」

「소시매와 ?」

「허락해 주십시오. 아시다시피 조미 사비랑의 무예는 형님의 신변을 보호하는데 부족함이 없을 겁니다.」

「하지만…」

비유는 머뭇거렸다.

비유는 조미미귀를 잘 알았다. 송파나루 여각에 들를 때면 으레 조미미귀를 보았다. 무절도 규칙상 낭도의 신분은 비밀이었다. 이런 연유로 드러내놓고 친분을 밝힐 수 없었다. 조미미귀는 연길에게 몸을 의탁하고 있었다.

「눈에 띄지 않게 호위시키겠습니다.」

조미미귀는 옛 동진 출신이었다. 동진 황실의 근위병이었던 조미미귀는 유송의 건국으로 졸지에 직업을 잃었다. 건업建業(동진의 수도)의 저잣거리에서 연길의 눈에 띄어 백제로 귀화하였다. 미귀는 표창, 독침, 면벽, 목침, 의

표, 투궁 등을 사용하는 비기술에 능했는데, 백제에 없는 신기술이었다. 비유가 무절도 수사회의의 결의를 거쳐 특별히 입도시켰다.

비유는 조미미귀를 따로 불렀다.

「조미 공. 공은 어찌 대련 중에 검을 억지로 부러뜨렸는가?」

비유는 사석에서 만큼은 조미미귀를에게 〈공公〉이라 불렀다. 조미미귀는 호가부와 마찬가지로 비유보다 두 살이 많았다.

「무사나리. 무슨 말씀이온지요?」

「허허… 어찌 내 눈을 속이려 하는가? 공은 칼을 날로 받은 것이 아니라면으로 받았네. 그렇지 않은가?」

비유는 조미미귀가 목금의 칼날을 칼면으로 받는 모습을 보았다. 칼은 날이 아닌 면으로 부딪치면 쉽게 부러졌다.

「송구합니다. 무사나리.」

「앞으론 그러지 말게. 굳이 공의 실력을 숨기려하지 말게. 다른 사람들은 몰라도, 난 공이 우리 백제에서 최고의 무예실력을 가지고 있다고 믿고 있네.」

조미미귀는 귀화인이라는 아픔이 있었다. 그 아픔은 한없이 자신을 낮추게 만들었다. 조미미귀는 자신을 받아준 백제가 고마웠고, 무절도에 입도할 수 있도록 길을 열어준 비유가 고마웠다.

「항상 공께 미안한 마음이오. 진작 수사가 되었어야 할 실력임에도 제대로 대우를 해주지 못해서….」

「…!」

「공이 아니었다면 비기술을 우리 무절도가 습득할 수 있었겠는가. 그저 고맙고 또 고마울 따름이네.」

비유는 말에 올랐다. 호가부가 뒤따랐다.

「무사나리. 어찌하여 근본도 없는 소인에게 한없는 애정과 믿음을 보이십니까? 나리는 소인의 진정한 주군이십니다. 이 한 몸 주군을 위해 기꺼이 받치겠나이다.」

조미미귀는 뜨거운 눈망울을 뚝뚝 떨어뜨렸다.

* * *

백제 왕도 한성은 한강남쪽에 있었다. 북쪽에는 왕성, 남쪽에는 대성이 자리 잡았다. 왕성은 강변을 연한 넓은 평지에 흙을 탄탄히 겹쳐쌓은 토성으로 직사각형 모양이었다. 남북이 길고 동서가 짧았다. 성의 울타리 모양이 마치 뱀과 같다하여 〈배암드리성〉(풍납토성)이라 하였다. 대성은 왕성 남쪽 20여리 떨어진 야트막한 구릉지였다. 자연 지형을 이용하여 쌓은 토성으로 〈곰말성〉(몽촌토성)이라 하였다. 곰말은 〈큰 울〉을 의미하는데 성 주위로 해자를 둘렀다. 백제 초기 왕궁은 대성이었다. 그러나 북쪽에서 내려온 진씨족이 해씨족의 왕권을 대신하면서부터 북쪽 왕성이 개발되어 남쪽 대성은 자연스레 버려졌다. 이후 해씨족이 왕권을 되찾았지만 북쪽 왕성을 계속 사용하였다. 왕성 안에는 왕궁과 천지제단, 동명사당이 약간 북쪽으로 치우쳐있고, 진씨 가문의 저택이 북쪽에, 해씨가문과 여씨가문 그 외 귀족 가문의 저택은 남쪽에 있었다. 조정의 관가는 동쪽에 있었다. 성문은 3개로 동문과 남문, 북문이 있었다. 강변에 연하는 서쪽은 문이 없었다. 왕궁 정문에서 남문까지 남북으로 긴 도로가 나 있었다. 남문밖에는 조그만 나루가 있었다. 왕성 안에서 소비되는 모든 물자가 모였다. 동문은 3개였다. 동문 밖에는 해자가 있었으며 다리를 건너면 민가가 펼쳐졌다. 중앙 동문에서 동쪽으로 긴 대로가 나 있고 이 대로는 다시 남쪽으로 휘어져 남성과 맞닿았다. 대로 좌우로 형성된 저잣거리는 일반 백성들의 생활공간이었다.

훈련장을 빠져나온 비유와 호가부는 곧장 집으로 향하였다. 비유의 집은 왕성 동문밖에 있었다. 민가에서 약간 떨어진 한적한 구릉이었다. 거리상으로는 왕성보다 대성이 더 가까웠다.

「오늘 수고했네.」

「아… 아닙니다. 오늘 형님의 연설은 압권이었습니다. 모두 깊은 감명을 받았습니다.」

「…!」

비유의 입가에 미소가 흘렀다.

호가부와 헤어진 비유는 곧장 대문을 열었다. 볏짚이엉을 올린 솟을문이었다. 비유의 집은 초가집 서너 채였다. 양부와 장인이 왕성 안에 집을 마련해 주었지만 비유는 한사코 거부하였다.

「오라버니. 상좌평께서 사람을 보냈습니다.」

소시매가 다가왔다.

다섯 살 터울인 여동생 소시매는 비유와 함께 살았다.

「양부께서 ?」

「행랑채에서 기다리고 있습니다.」

「왜? 안채로 모시지 않고…」

「안채로 모시려 했는데 한사코…」

행랑채 마루 아래 가죽신 한 짝이 가지런히 놓여 있었다.

「소관. 장위張威라 하옵니다.」

자색옷을 걸친 관원이었다. 장위는 백제 외교를 담당하는 객부客部의 수장이었다.

당시 백제의 중앙조직은 10여개의 분업화된 관부가 있었다. 관부 수장은 달솔 관등으로 장사長使라 불렀다. 객부는 상좌평 직할이었다.

「장사나리께서 어인 일로…?」

비유가 물었다.

「상좌평나리께서 외교에 대해 충분히 설명해주라 해서…」

「외교…?」

외교라는 말이 생소하였다.

「외교는 나라와 나라간 관계를 맺는 것입니다. 이웃 간에도 관계가 좋고 나쁨에 따라 서로에게 득이 되기도 하고 해가 되기도 하는데 하물며 나라와 나라간의 관계는 더욱 중요합니다. 영토를 맞대고 있든 아니면 멀리 떨어져 있든 간에 외교를 잘하면 나라에 득이 되고 잘못하면 나라에 해가 될 수 있습니다. 외교의 성패는 나라의 존망과 직결됩니다.」

「음…」

「삼한의 종주국인 우리 백제는 전통적으로 북쪽 고구려와 대적해오고 있습니다. 같은 핏줄에서 나왔지만 삼한땅에 대한 고구려의 집착으로 대립은 피할 수 없는 운명입니다.」

「…」

「나리께서도 잘 아시다시피, 이는 전쟁으로 이어져 한성의 근구수왕은 고구려 고국원왕을 죽였고 고국원왕의 손자 담덕왕이 우리 삼한땅을 수차례 침범하고 유린하였습니다.」

「…」

이로 인해 나라의 조부이신 고마성의 휘暉어라하께서 열도로 건너가 삼한의 백제어라하국을 대신할 야마토어라하국을 세웠습니다. 이후 삼한땅을 한성이 인수하여 오늘의 백제가 된 것입니다.」

「음…」

비유는 귀를 쫑긋 세웠다.

조부 휘어라하는 명실공이 삼한땅의 주인이었다. 고구려 광개토태왕의 남진에 밀려 졸지에 열도로 망명한 때가 병신년(396)이었다. 이듬해인 정유년(397) 휘어라하는 야마토국을 개국하였다. 휘어라하는 야마토〈응신應神 천황〉으로 추정된다.

「참으로 안타까운 것은 이러한 역사적 자산들로 인해 백제와 고구려는 결코 친구가 될 수 없다는 겁니다. 지금도 담덕왕의 아들 거련왕이 우리 삼한 땅을 계속 압박하고 있습니다. 고구려가 우리 백제를 인정하지 않는 한 고구려와의 관계는 득보다 해가 많습니다.」

「…」

「하여… 우리 백제는 대륙의 남조국가들과 외교를 강화해 고구려의 압박을 무마시키는 정책을 펴왔습니다. 진나라가 그러했고 새로 들어선 송나라가 그러합니다.」

장위는 잠시 숨을 골랐다.

「그러나 고구려가 선수를 쳤습니다. 비록 신흥국이지만 전통적인 우리의 우방이라 할 수 있는 송나라에 사신을 세 차례나 파견해 송나라의 맘을 돌려놓았습니다. 제가 급히 송나라에 다녀왔지만, 우리 쪽으로 돌려놓진 못했습니다. 송나라가 고구려와 우리 사이에서 줄타기를 하는 형국입니다.」

고구려가 유송에 사신을 파견한 것은 임술년(422), 계해년(423), 갑자년(424) 3년에 걸쳐 이루어졌다. 당시 유송을 건국한 유유劉裕는 고구려 장수왕에게 〈사지절산기상시도독 영·평주 2주제군사 정동대장군 고구려왕 낙랑공〉을 제수하였다.

「문제는 야마토 찬어라하께서도 두 차례 송나라에 사신을 파견해 자신의 존재를 알렸다는 겁니다.」

《송서宋書》왜국전에 왜왕 찬贊이 신유년(421)과 을축년(425)에 사신을 보내 방물을 바친 기록이 있다. 왜왕 찬은 〈인덕仁德천황〉으로 추정된다.

「찬어라하 ?」

비유는 눈살을 찌푸렸다. 야마토 찬어라하는 비유 남매가 삼한땅으로 건너오게 만든 장본인이었다.

계묘년(403) 휘어라하가 죽고 오랫동안 야마토의 차기 어라하가 정해지지 않았다. 비유의 아비 토도莵道태자는 어라하위를 찬어라하에게 양보하고 자살하였다. 그 해가 기유년(409)이었다. 졸지에 아비를 잃고 어라하위마저 빼앗긴 비유는 야마토에서 살 수 없었다.

「그렇습니다. 신흥국인 송나라에 야마토가 삼한의 옛 주인임을 알린 것입니다.」

「그럼… 송나라가 야마토의 주장을 받아주었습니까?」

「그건 아닙니다. 송나라는 실질적으로 삼한땅*을 점유하고 있는 우리 백제의 입장을 옹호하고 있습니다. 제가 이 문제는 송나라에 강하게 제기하여 어느 정도 정리된 문제입니다.」

---

* 당시 삼한땅의 영유권을 두고 한성의 백제와 야마토사이에 상호협정이 있었음을 《일본서기》는 전하고 있다.
① 응신應神 8년(387추정) 봄3월, 백제인이 내조하였다. 〔〈백제기〉에 이르길 '아화왕(아신왕)이 귀국에 무례하였다. 그래서 우리는 침미다례沈彌多禮와 현남峴南, 지침支侵, 곡나谷那, 동한東韓의 땅을 빼앗았다. 이 때문에 왕자 직지直支(전지)를 천조에 보내 선왕의 우호를 회복하였다.〕
② 인덕仁德 41년(420추정) 봄3월, 기각숙니紀角宿禰를 백제에 보내어 처음으로 나라의 강역을 나누고 그 땅에서 나는 산물을 모두 기록하였다.
①은 삼한땅을 한성의 백제에 넘긴 야마토 망명정권이 아신왕의 무례를 빌미로 다시 삼한땅을 회수하였고 한성의 백제가 왕자 전지를 야마토로 보내 우호를 회복하자 다시 삼한땅을 한성에 넘긴 것으로 이해된다. 이는 《삼국사기》에 태자 전지를 왜국에 질자로 보냈다는 기록과 일치한다. ②는 야마토 관리가 다시금 백제로 건너와 삼한땅 영유권을 재조정한 것으로 보인다.

비유는 새삼 외교의 힘을 절감하였다.

「외람된 말씀이오나 제가 알기에는 한성의 선대 아신왕께서 태자 전지를 야마토에 질자로 보내면서 삼한땅을 야마토로부터 넘겨받았다가 지금의 팔수태후께서 야마토와 추가 협정을 맺어 삼한땅을 다시 야마토로 넘긴 것으로 알고 있습니다만…」

삼한땅은 곡나谷那(경기 북부), 지침支侵(충남), 현남峴南(전북/전남), 동한東韓(경남 남부) 등을 말한다. 다시 말해 한성지역(경기 중남부)을 제외한 전 백제 영역이라 할 수 있는데 이 삼한땅은 고마성 옛 삼한 백제어라하국이 지배했던 땅이었다.

「맞습니다. 무사나리께서 정확히 알고 계십니다. 문제는 우리 한성의 백제가 삼한땅을 야마토에 다시 넘겼음에도 야마토의 실효지배가 이루어지지 않다보니 지금 삼한땅은 주인 없는 무주공산이 되었습니다.」

그랬다. 당시 삼한땅은 한성의 백제도 열도의 야마토에게도 명목상의 지배였다. 한성의 백제는 힘이 부족하고 열도의 야마토 역시 힘뿐 아니라 거리 상으로 너무 멀었다.

삼한 강역

곡나(谷那)
○한성
지침(支侵)
고마성
동한(東韓)
현남(峴南)

※ 김성호 위치 추정에 근거.

「신라는 어떻습니까?」

비유가 물었다.

「신라의 힘은 미약합니다. 대륙의 어느 나라에도 사신조차 파견하지 못하고 있습니다. 다만…」

「다만?」

「신라는 오래전부터 고구려의 속국을 자처해왔습니다. 또한 동한의 임나에게 지속적으로 시달리고 있습니다.」

「임나?」

「임나는 동한의 맹주입니다. 옛 변한의 소국들을 연맹국으로 삼고 있습니다.」

「신라는 고구려와 임나에 왕자들을 인질로 보낸 전례가 있습니다. 그 만큼 신라의 힘은 미약하다 할 수 있습니다. 그러나 신라의 힘이 점점 더 강해질 것으로 봅니다.」

장위는 외교 뿐 아니라 주변정세까지 세세히 설명하였다.

「주제넘은 사견입니다만…」

장위는 머뭇거렸다.

「앞으로 우리 한성은 중대한 선택을 해야 합니다.」

「선택?」

「지금처럼 고구려의 속국 아닌 속국으로 살 것인지 아니면 삼한의 실질적인 주인으로 살 것인지를 결정해야 합니다.」

가슴 뭉클한 얘기였다.

「물론 전자가 아닌 후자를 선택한다면 삼한땅을 영유하는 것이 선행되어야 합니다. 이를 바탕으로 삼한의 소국들과 호족들을 병합해야 합니다.」

「…」

「다시 말씀드리면 우리 한성을 중심으로 새로운 대백제국을 완성하는 겁니다.」

「대백제국.」

「그렇습니다. 대백제국. 그것만이 고구려를 극복하고 삼한땅을 지배하는 진정한 나라가 될 것입니다.」

장위가 떠난 후 비유는 깊은 생각에 잠겼다. 처음엔 심장이 쿵쿵거리며 이루 표현할 수 없는 뭉클함이 온몸을 감쌌다. 그러나 이내 궁금증이 머릿속을 짓눌렀다. 궁금증 속에는 양부 여신의 얼굴이 있었다.

「상좌평께서 무슨 연유로 장위를 나에게 보내 얘기하게 했을까?」

비유는 자문하고 또 자문하였다. 여신의 얼굴만 붙잡았다.

그러나 장위가 남긴 한 단어 〈대백제국〉,* 그 단어 하나만큼은 머릿속에서 지워지지 않았다.

*　*　*

며칠 후 비유와 소시매는 왕성을 찾았다. 아침 일찍 여신이 직접 사람을 보냈다. 평소 같으면 다른 사람을 보냈는데 오늘은 달랐다. 소시매와 함께 상좌평댁에 들어오라는 연통이었다. 비유는 며칠 동안 호가부와 함께 태풍과 수마로 피해를 입은 주변민가들을 찾아 피해 복구에 온 힘을 쏟았다. 다

---

* 〈백제百濟〉 국호의 유래에 대한 사서기록과 학설은 다양하다. 《삼국사기》는 처음 열 명의 신하가 보좌하여 〈십제十濟〉라 하였는데 백성들이 즐거이 좇아와 백제로 바꾸었다 하였다. 십이 백으로 확대되었다는 설명이다. 마한 54개 소국의 하나인 〈백제伯濟〉가 백제가 되었다는 견해도 있다. 《수서》는 〈백가제해百家濟海〉 즉 '백 개의 집단이 바다를 건넜다'에서 백제가 유래되었다 하였다. 《남당유고》의 《백제서기》는 백제는 〈대신수지의大神水之義〉 즉 '신에게 바치는 큰 물'이라 했으며 '제는 제사에 쓰이는 물이고 이를 국호에 사용한 것은 물가에 살았기 때문이다. 백은 크다는 뜻이다'라고 덧붙였다. 《한원》 백제전에는 백제는 〈집부여지조輯扶餘之曹〉 즉 '부여의 여러 나라를 모은 것'이라 했다. 여러 부여국을 한데 묶어 통칭한 것이 백제라는 설명이다. 《광개토왕비문》은 〈백잔百殘〉이라 하였다. 백제의 비칭일 것으로 추정하나 '백제의 잔여세력'으로 해석할 수 있다. 당시 한성의 백제는 백제의 본류가 아님을 증거하고 있다. 종합하면 백제는 큰 나라로 해상세력이며 부여에 근원을 두고 있다고 할 수 있다.

행이 비유 집은 구릉지여서 피해는 없었으나 낮은 지대의 민가들은 적잖은 피해를 입었다. 석아랑과의 하룻밤 만남도 장위가 전한 말도 비유의 땀방울 속에 묻혔다.

여신택은 왕궁의 동남쪽에 있었다. 조정의 관가에서 약간 벗어난 남쪽이었다. 해수택이 서쪽에 있으니 남북으로 이어진 대로를 중심으로 볼 때 두 사람의 집은 정반대였다. 비유는 세 개의 계단을 오르고서야 대문 앞에 섰다. 대문 앞 계단은 거주자의 신분을 나타냈다. 백제 최고 관등인 좌평은 세 개의 계단을 놓았다. 지붕처마에 〔여신부餘信部〕라 쓰인 큼지막한 현판이 매달렸다. 문패였다. 비유가 대문을 두드리자 집사가 허겁지겁 뛰어나와 맞이하였다. 비유는 잠시 북쪽으로 고개를 돌렸다. 멀리 기와지붕들이 눈에 잡혔다. 해수택 건물들의 지붕이었다. 한참을 쳐다보던 비유는 대문 안으로 들어섰다.

「그간 강녕하셨습니까? 나리.」

「어서 오게.」

여명餘暝이 비유와 소시매를 맞이하였다. 여명은 여신의 장자로 비유보다 열 살 많은 형이었다.

비유 남매는 여명을 〈형〉, 〈오라버니〉라 부르지 않고 〈나리〉라 불렀다.

여명은 비유 남매를 안채 뒤곁 정자로 안내하였다.

「어서 오너라.」

여신이 기다렸다.

「자주 찾아뵙지 못해 송구합니다. 상좌평나리.」

비유 남매는 엎드려 큰 절을 올렸다. 비유는 양부 여신을 〈아비〉라 호칭하지 않고 〈나리〉라 불렀다.

여신은 칠순을 바라보는 노인이었다. 머리카락과 수염은 온통 하얀 서리가 내렸지만 눈빛만큼은 예사롭지 않았다. 여신은 백제 여씨 일족의 최고 수장이자 최고 어른이었다. 또한 백제조정의 집정대신으로 군국정사軍國政事를 총괄하는 최고 권력자였다.

「소시매야. 올해 나이가 몇 인고?」

「스물다섯이옵니다.」

「허허… 너희 두 남매를 내 자식으로 받아들인 지가 10년이 넘었는데… 내가 노망이 들었구나. 소시매의 혼기를 놓치다니…!」

「아니옵니다. 나리. 소녀는 평생 혼자 살 겁니다.」

「허허… 불효막심한 지고. 어느 아비가 자식의 혼사를 미룬다 하더냐?」

여신은 눈살을 찌푸렸다. 그렇지만 입가에는 엷은 미소가 번졌다.

소시매의 혼사 얘기는 여러 번 있었다. 혼사를 주도한 사람은 여신이 아니라 아들 여명이었다. 혼처는 백제 최고가문인 왕비족 진씨가문이었다. 진씨가문의 수장 내법좌평 진우의 아들과는 성사직전까지 갔지만 혼인이 이루어지지 않았다. 소시매가 거부하였다. 이후 소시매는 아예 남장을 하고 생활하였다.

「소녀… 자식 된 도리가 아님을 잘 아오나 소녀는 그저 오라버니 곁을 지키며 평생 오라버니를 위해 살 겁니다. 하오니 제발 혼사 얘기만은 거두어주소서.」

소시매는 또박또박 말하였다.

「비유도 그리 생각하느냐?」

「…」

비유는 묵묵부답이었다. 소시매는 부담 자체였다. 양부 여신에 대한 도리보다도 죽은 친부, 친모에 대한 죄스러움이 더욱 컸다. 하나밖에 없는 여동생조차 챙기지 못한 불효가 항상 비유의 마음 한구석을 차지하였다. 진씨가문과 혼사가 어그러진 며칠 후 소시매가 돌연 남장을 하고 나타났다. 비유는 그 이유마저 묻지 않았었다.

비유는 여신과 바둑판을 두고 마주하였다. 여신 또한 바둑을 너무 좋아하여 비유가 집에 들르면 으레 바둑을 두었다. 비유는 바깥공기가 차갑다며 방 안에서 바둑두기를 권했지만 여신은 한사코 정자를 고집하였다.

「내신좌평이 뭐라 하더냐?」

여신이 백돌 하나를 바둑판에 놓았다.

「상좌평나리의 뜻에 따르겠다 하였습니다. 그 말만 전하라 하셨습니다.」

「…」

바둑판 위로 백돌과 흑돌이 쌓이며 자리를 잡아갔다. 그러나 흑백의 형세는 어느 한쪽으로 기울지 않았다. 벌써 한 시각은 족히 흘렀다.

여신은 바둑을 두다말고 지그시 눈을 감았다. 바람 한 결이 여신의 턱수염을 흔들었다.

「나리의 뜻에 따른다 함은… 나리의 처분에 맡기겠다는 뜻이 아니겠습니까?」

「…」

비유는 슬며시 여신의 눈을 쳐다보았다. 여신은 여전히 눈을 감았다.

「오늘 바둑은 내가 졌다. 좌귀 백돌의 생환이 어려워 보이는 구나. 너의 처분을 기다리는 수밖에 없는데…」

여신은 눈을 뜨며 손가락 사이에 물고 있던 백돌을 내려놓았다. 백돌이 졌다는 의사표시였다. 비유는 흑돌이 놓일 다음 수를 보고 있었다. 좌측 백돌의 사死가 아닌 생生의 한 수를 둘 요량이었다.

「내신좌평이 행한 왕실곡물편취 사건 때문이 아니옵니까?」

비유도 흑돌을 내려놓았다.

「들어서 알고 있었구나. 허나…」

여신은 말을 하다말고 또 눈을 감았다.

「이 패霸는 지금 사용할 패가 아니구나. 언젠가 요긴하게 쓸 패로구나.」

「…?」

비유는 멈칫하였다. 〈지금 사용할 패가 아니다〉라는 말, 그 말 한마디가 비유의 뒤통수를 후려쳤다.

여신은 눈을 뜨더니 서쪽하늘로 시선을 돌렸다. 어느새 하늘은 빨갛게 물들었다. 붉은 노을이 하늘 가득 흩어졌다. 푸르스름한 이내가 몰려왔다.

「공기가 차갑구나. 그만 들어가자. 마저 할 얘기가 있으니.」

비유는 여신을 부축하였다. 여신의 걸음걸이가 불편하였다. 지팡이에 의존한 걸음발은 느리고 부자유스러웠다. 어깨도 구부러져 풍채는 볼품없었다. 여신은 애써 붉은 노을을 얼굴가득 담았다.

흐릿한 이내가 방 안에 스며들었다. 밝은 햇빛은 온데간데없이 사라졌다. 잠시 후 종녀가 방 안으로 들어와 찻잔을 내려놓고 등롱에 불을 붙였다. 찻잔에서 김이 모락모락 피어올랐다.

「장위의 얘기는 잘 들었느냐?」

「예.」

「무엇을 배웠느냐?」

「그간 알지 못했던 외교의 중요성에 대해 알게 되었습니다.」

「단지 그것이더냐?」

「아닙니다.」

「그럼 무엇을 얻었느냐?」

여신은 차 한모금도 입에 넣지 않고 비유에게 물었다.

「두 가지를 얻었습니다. 하나는 우리 백제가 살 길은 고구려와 대적할 수 있는 힘을 길러야 한다는 것이요. 또 하나는 야마토로부터 삼한땅을 완전히 인수하여 한성을 중심으로 강력한 백제를 만들어야 한다는 것입니다.」

「음…」

여신은 찻잔을 입으로 가져갔다. 그리고 한 모금 깊이 들이켰다.

「잘 보았다. 네가 말한 두 가지를 이루기 위해 반드시 선행되어야 할 것이 있는데… 그것은 무엇이냐?」

질문은 계속되었다.

「…?」

비유는 망설였다. 장위를 만난 이후 줄곧 고민했던 문제였다. 백성들의 피해복구에 힘쓰던 그 며칠 동안도 비유는 계속 고민하였다.

「왕권 강화입니다. 삼한을 다시금 아우를 수 있는 강력한 왕권만이 이를 이룰 수 있습니다.」

비유가 답하였다.

「음…」

여신은 찻잔을 내려놓았다.

「옳도다. 나와 생각이 같구나.」

여신은 고개를 끄덕였다.

예고 없는 장위의 방문. 여신이 던진 숙제가 있었다. 그 숙제를 풀기위해 비유는 끊임없이 스스로에게 질문을 던졌다. 연통을 받은 오늘 아침, 비로소 답을 찾았다.

「고맙구나. 내가 제대로 아비노릇도 못했는데 훌륭히 성장해줬구나.」

여신의 눈망울에 눈물이 고였다. 물기 먹은 애틋하고 애절한 눈빛이 비유 앞에서 절로 환하게 빛났다. 비유를 인정하는 눈빛이었다.

여신은 비유를 양아들로 받아들인 이후 특별한 관심을 보이질 않았다. 어쩌다 만나면 바둑이나 한수 둘 뿐 따뜻한 말 한마디 건네지 않았다. 처음에는 무덤덤한 성품에서 나오는 무관심이라 여겼지만 언제부터인가 비유에게 커다란 벽으로 다가왔다.

「아버님 …」

비유는 자신도 모르게 〈아버지〉란 말이 입속에서 튀어나왔다.

지난 10여 년의 세월, 비유가 쌓았던 커다란 벽이 한꺼번에 무너져 내렸다. 비유는 여신을 아버지라 불러보지 못했다. 〈나리〉라는 호칭만이 비유와 여신을 이어주는 유일한 통로였다. 여신 또한 〈나리〉라는 호칭을 문제 삼지 않았다. 〈나리〉는 부자지간의 벽을 한없이 쌓아올렸다.

비유는 바짝 다가갔다. 비유가 내민 두 손을 여신이 꼭 잡았다. 마르고 야윈 손바닥의 온기가 비유의 손등을 데웠다. 그 온기는 거침없이 팔을 타고 올라 비유의 눈망울에 멈췄다. 뜨거운 눈물이 눈언저리를 적시며 흘러내렸다. 비유는 여신의 품 안에 얼굴을 묻었다.

「비유야…」

살가운 음성이었다.

「네. 아버님.」

비유는 고개를 들었다.

「내가 너를 양자로 받아들인 이유를 아느냐?」

「…」

「이 늙은 아비에게 꿈이 하나 있다.」

여신도 스스로를 〈아비〉라 칭하였다.

「…」

「이 아비는 네 조부이신 휘어라하의 혈손이 삼한의 주인으로 다시 우뚝 서게 만드는 것. 그것이 내 일생의 꿈이다.」

비유는 순간 귀를 쫑긋 세웠다. 전혀 예상도 상상도 못한 여신의 말이었다.

「아버지께서 소자와 동생을 거두어주신 것만으로도…」

비유는 에둘렀다. 백제로 건너와 오갈 데 없는 비유남매를 흔쾌히 거둬준 사람이 여신이었다. 비록 대면이 어려웠지만 그래도 감사의 마음만큼은 결코 잊은 적이 없었다.

「아니다. 비유야.」

여신은 목에 힘을 주었다. 쉰 목소리가 카랑하였다.

「…」

「아비의 삶이 얼마 남지 않은 듯하구나. 내 반드시 그 꿈을 이뤄 이 아비가 지천에서 너의 조부를 다시 만날 때… …」

여신은 말을 잇지 못하였다. 눈가 주름이 촉촉이 젖었다.

한성의 새 기운

새털 구름이 파란 하늘을 기다랗게 수놓았다. 마당을 가로지르는 용마루 그림자는 전각의 정적을 짓눌렀다. 간간히 들려오는 마른 쇠기침 소리만이 고요를 깼다. 인적조차 끊긴 태후의 처소를 두 나인이 외롭게 지켰다.

「태후마마. 신 비유 문안드리옵니다.」

비유는 코끝을 실룩거렸다. 진한 향취였다.

「어서 오시오. 비유 공.」

뽀얀 얼굴과 검은 머리카락. 갓 마흔을 넘긴 여인이라 믿기지 않을 정도로 태후의 얼굴 살갗과 머리칼은 윤기가 넘쳤다.

「내가 병을 얻었나 봅니다.」

태후는 연신 마른 기침을 콜록거렸다.

「…!」

검붉은 눈자위와 쇠기침 소리는 팔수태후의 병을 알렸다.

「선왕께서 승하하기 전에 공을 봤으니 벌써 여러 해가 지났군요.」

비유가 팔수태후를 본 것은 8년 전이었다. 전지왕은 무절도 수장이 된 비유를 불러 노고를 치하하고 위로하였다. 당시 왕후인 팔수태후가 배석하였다.

「무절도가 왕실과 조정의 튼튼한 받침목이 되고 있다고요. 어려운 백성들에 대한 위무활동도 많이 한다 들었습니다.」

「망극하옵니다. 태후마마. 신은 그저…」

비유는 팔수태후의 부름을 받고 직감하였다. 무절도 말고는 다른 이유가 없었다. 요사이 무절도 수사들에게까지 감시자가 은밀히 따라 붙었다.

「오늘 그 문제를 상의코자 공을 불렀습니다.」

「…?」

「거두절미하고 무절도에서 손을 떼고 명부를 병관좌평에게 넘겨줬으면 합니다.」

팔수태후는 말을 하는 도중에도 연신 쇠기침을 하였다.

「태후마마…?」

청천벽력이었다. 팔수태후는 무절도 해체를 주문하였다. 너무 뜻밖이었다. 비유는 팔수태후가 무절도와 관계된 어떤 지시 정도를 할 것이라 예상하였다. 해체의 명은 상상도 하지 않았다.

「비유 공. 다른 말씀은 마시고 연유도 묻지 마시고 이 태후의 명을 따라주세요.」

팔수태후는 틈을 주지 않았다.

비유가 무절도의 수장이 된 것은 전적으로 선대 전지왕 뜻이었다.

정사년(417) 신라에서 내물奈勿마립간의 아들 눌지訥祗가 실성實聖이사금을 몰아내고 왕권을 빼앗은 사건이 발생하였다. 마립간계열에서 이사금계열로 다시 마립간 계열로 왕통이 변화하였다. 이는 전지왕에게 큰 충격이었다. 과거 한성의 왕통 역시 해씨에서 진씨로 바뀐 적이 있었다. 다시 해씨가 왕통을 회복하는 데는 살육의 고통이 따랐다. 진씨 일족의 발흥은 왕비족을 뛰어 넘었다. 이는 해씨왕통의 위협이었다. 선왕들은 진씨 일족에게 대부분의 권력을 넘겨 명목상의 왕 노릇만 하였다. 이를 경계한 전지왕은 와해된 무절도의 재건을 통해 해씨왕통을 굳건히 지키고자 하였다. 전지왕은 여신이 추천한 비유를 무절도 수장으로 선택하였다.

「…?」

「상좌평과 상의해서 결정한 일이니 너무 서운해 하지 마세요.」

팔수태후는 아예 고개를 돌렸다.

「아… 알겠습니다. 마마의 명을 따르겠습니다.」

비유는 고개를 떨궜다. 입술이 파르르 떨렸다.

비유에게 무절도는 삶의 전부였다. 전지왕의 명을 받아 무절도 재건에 혼신을 쏟았고 전지왕 사후에도 왕실과 조정의 도움없이 독자적으로 무절도를 키우고 이끌어왔다. 연길에게 재정적 후원을 받은게 전부였다.

「고맙습니다. 비유 공. 공과 나는 같은 일족이 아닙니까? 부디 다른 오해 없길 바랍니다.」

태후전을 나선 비유는 주먹을 불끈 쥐었다.

「같은 일족… 내 어찌 내 아비를 죽음으로 내몬 태후의 아비를 잊을 수 있겠소.」

비유는 입술을 꽉 깨물었다.

태후전을 나온 비유는 곧장 상좌평 집무실로 향했다.

「태후께서 병관좌평 해구解丘의 농간에 놀아난 듯싶구나.」

여신이 비유를 기다렸다. 어두운 표정이었다.

「하오나 아버님 ?」

「말 안 해도 잘 안다. 무절도가 너에게 어떤 존재인지를… 허나 이 아비가 태후의 결정을 받아들인 것은… 지금은 한발 물러서는 것이 좋을 듯싶구나.」

「…!」

「사도부司徒部(교육 및 의례)를 맡아라. 이제 조정에 출사하여 무절도를 이끌며 갈고 닦은 네 실력을 맘껏 펼쳐 보여라.」

「아버님 !」

여신은 말없이 고개만 끄덕였다. 무절도 해체를 받아들이라는 의사였다. 비유는 낙담하였다. 내심 재고의 여지가 있다 믿었건만 여신은 그 불씨마저 꺼버렸다.

상좌평 집무실을 나와 막 말에 오를 찰나였다. 누군가 앞을 가로막았다.

「형님. 무절도 명부를 분실했습니다.」

호가부였다.

「…?」

「어제 제가 집에 없는 틈에… 무절도 명부만 감쪽같이 없어졌습니다. 아무래도… 태후전에서….」

호가부는 무절도 명부의 분실을 확인하고 서둘러 비유를 뒤쫓아 왔다.

「아니다. 병관좌평이 가져갔을 것이다.」

문득 무절도 명부를 병관좌평에게 넘기라는 팔수태후의 말이 떠올랐다.

「병관좌평이요?」

호가부가 놀란 눈으로 되물었다.

「아마도… 그럴 것이다.」

「…?」

「호 아우. 너무 갑갑하다. 송파나루로 가자.」

비유와 호가부는 말에 올랐다. 말굽소리가 요동치며 흙먼지가 일었다.

왕성 남문을 나와 한강 여울목 연안 길을 내달렸다. 어느덧 비유와 호가부는 송파나루에 도착하였다. 서쪽 하늘에 붉은 노을이 짙게 깔렸다. 석양볕에 비친 물비늘이 붉게 물들었다. 나루에는 커다란 배 서넛 척이 정박하고 있었다. 저녁이 가까워지는데도 저잣거리는 사람들로 가득 찼다. 상점에 하나둘 등불이 내걸렸다. 사람들의 말소리가 여기저기에서 흘러나왔다.

송파각松破閣.

연길의 여각이었다. 〈송파각〉은 송파나루에서 가장 크고 웅장하였다. 지붕에 기와를 올린 복층 구조로 특이하였다. 동진의 건물 양식을 본떠 만든 여각이었다. 1층은 식당, 2층은 숙실이었다. 왕도 안에서 시설이 가장 좋아 한성을 찾는 외국상인은 물론 공식 외교사절도 송파각에 머물렀다. 송파각은 때론 객관이었다. 식당 안에는 낯선 복장을 한 사람들로 가득하였다.

서울시 송파구 석촌石村호수에 옛 〈송파나루터〉가 있다. 지금은 주변이 매립되어 개발되었지만 이전에는 석촌호수까지 한강의 본류였다고 한다. 〈송파松坡〉는 원래 〈연파곤淵波昆〉이라 불렀는데 차츰 변음되어 송파로 불리어졌다는 설과 이 마을 언덕을 중심으로 소나무가 빽빽이 들어차 있어 소나무언덕 즉 송파라 칭했다는 설이 있다. 한성 백제시대에는 각종 물동량이 집산되는 가장 큰 나루였을 것으로 추정된다. 송파의 호수를 의미하는 〈송호정松湖亭〉과 〈송파나루터〉의 표지석이 을씨년스럽게 옛 자리를 지키고 있다.

「오늘 송나라에서 큰 상선이 들어왔습니다.」

연길이 급히 안채 별실로 안내하였다.

「그렇잖아도 찾아주실 줄 알고 기다리고 있었습니다.」

「…?」

「팔수태후와 독대하셨다는 소식을 들었습니다. 제 기억에 나리께서 태후와 독대한 것이 처음 있는 일이라…」

「어찌 그런 사소한 일까지?」

「여각에 있다 보면 한성의 온갖 소식은 다 알 수 있습니다. 왕실과 조정의 대소사는 물론 나라안팎의 소식까지도 다 알 수 있답니다.」

곧장 술과 음식이 들어왔다. 연길은 비유가 올 것을 대비하여 따로 준비하였다. 비유는 연거푸 술잔을 들이켰다. 연길은 술잔을 계속 채웠다.

「태후께서… 무절도에서… 무절도에서 손을 떼라 합니다.」

비유가 무겁게 입을 열었다. 벌써 눈자위는 붉었다.

「결국 그렇게 된 것이군요.」

연길이 고개를 끄덕였다.

「병관좌평이 문제입니다. 해구가!」

그리고 한 마디 툭 던졌다.

「해구라니?」

호가부가 눈을 휘둥그레 떴다.

「이는 해구의 농간입니다.」

연길은 자신이 알고 있는 정보를 쭉 늘어놓았다. 팔수태후가 폐병을 앓고 있다는 사실로부터 팔수태후가 사후를 걱정하고 있다는 내용까지 비유가 독대하여 알고 있는 정보였다.

「결국 우리 나리를 끌어내리겠다는 속셈입니다. 고구려 천도에 대비한 군권강화를 명분으로 백성들의 적잖은 지지를 받고 있는 나리를 제거하고 무절도 마저 자신의 손아귀에 넣어 정치적 입지를 강화하겠다는 술책입니다.」

연길은 자신의 판단을 곁들였다.

「…!」

「이제 한성은 해구의 세상이 될 것 같습니다.」

「해구의 세상?」

비유는 흠칫하였다.

비유와 해구는 교류가 없었다. 비유가 알고 있는 해구는 구이신왕의 당숙뻘 된다는 정도였다.

「태후가 나리와 같은 일족임에도 불구하고 해씨왕족과 손을 잡은 것은… 그것도 노쇠한 해수를 제치고 보다 젊은 해구를 선택한 것은 현실적인 판단일 겁니다.」

「…!」

「혹시 모를 태후 자신의 사후를 염려한 것입니다. 어린 구이신왕에 대한 확실한 후원세력을 만들어 놓겠다는 속셈이지요.」

연길은 정세를 정확히 꿰뚫었다.

「그나저나 나리께서는 무절도에서 손을 뗄 겁니까?」

연길이 은근슬쩍 비유의 눈치를 살폈다.

「이미 엎질러진 일… 상좌평께서도…」

비유는 머뭇거렸다. 사실 비유는 체념하였다. 더 정확히 표현하면 체념할 수밖에 없었다. 여신은 비유의 의견을 묻지도 않았다. 그저 한발 물러서라는 주문이 전부였다.

「명부마저 해구의 손에 넘어갔습니다.」

호가부가 한숨을 내쉬었다.

「두고 보십시오. 앞으로는 더 어려워질 겁니다. 며칠 전부터 병사들이 거리에 쫙 깔리고 있습니다. 소문은… 뭐… 고구려 첩자를 색출한다고 하나 이는 어디까지 말이 그렇다는 것이고 백성의 생활에 많은 지장을 주고 있습니다.」

연길은 잔뜩 눈에 힘을 주었다.

비유는 계속해서 술잔을 들이켰다. 어느새 얼굴은 벌겋게 달아 올랐다. 마구 심장이 뛰며 끓어올랐다. 억제할 수 없을 정도로 요동쳤다. 그러나 심장의 요동은 술기운 때문이 아니었다. 무절도 해체도 아니었다. 팔수태후에 대한 분노였다. 비유의 부친을 죽음으로 내몰고 비유의 어라하위마저 빼앗고 그것도 부족해서 비유를 삼한으로 내쫓은 야마토의 찬贊어라하. 그의 딸이 팔수태후란 사실이 비유의 심장을 갈기갈기 찢었다.

「나리. 앞으론 어찌 하실 건지?」

연길이 물었다.

「상좌평께서 사도부 장사를 맡으라 하더이다.」

「형님. 이제 조정에 출사하시는 겁니까?」

호가부가 덩달아 물었다.

「아직 아무것도…. 아무것도…」

비유는 눈을 감았다.

「나리. 어떤 결정을 하시던 소인은 나리의 결정을 존중할 것입니다. 다만 해구와 부딪치는 일은 없었으면 합니다. 잘은 몰라도 상좌평께서 조정에 출사하라 한 것은 나리의 신상을 염려해서 내린 판단일 것입니다. 서두르지 마시고 차근차근 생각을 정리하신 후 결정해도 늦지 않을 겁니다.」

「고맙구려.」

밤이 깊었다. 여각 안쪽에서 들려오던 와자지껄한 사람들의 혼탁한 말소리도 언제부터인지 뚝 끊겼다. 간간히 들려오는 풀벌레 소리만 밤의 정적을 고백할 뿐 밤은 고요히 적요 속에서 물들었다.

비유는 한 여인을 품었다. 가월이었다. 가월의 몸에서 뿜어 나오는 오감의 격정이 비유를 다른 세상으로 인도하였다. 그 다른 세상에서 비유는 자신을 불태웠다.

새벽은 물안개 피어오른 강가의 수풀 속에서 왔다. 송알송알 풀잎에 맺힌 이슬방울이 새벽의 어슴푸레한 민낯을 걷어냈다. 동이 터오자 이슬방울은 햇빛을 머금고 영롱한 자태를 드러냈다. 그 영롱함 속에는 나를 부정하는 투명함과 나 아닌 다른 존재를 인정하는 반투명함이 병존하였다. 투명함은 이상이요 반투명함은 현실이었다. 아침은 항상 이상과 현실의 부조화로부터 새롭게 시작하였다.

비유의 아침은 강요된 선택들에 대한 자기인식이 있었다. 무절도와 팔수태후, 무절도가 자신이 공들여 쌓은 성이라면 팔수태후는 반드시 무너뜨려야 하는 성이었다. 그것은 비유에게 주어진 삶의 이상이었다. 그러나 현실은 무절도의 성은 무너지고 팔수태후의 성은 더욱 견고하게 만들었다. 비유는 자신에게 강요된 선택들이 싫었다. 아침부터 비유의 발걸음은 무겁고 더뎠다.

송파나루를 벗어난 비유와 호가부는 저잣거리를 거닐었다. 아직 상점들이

문을 열기 전이라 거리는 한산하였다. 두 사람은 입을 굳게 다문채 무심히 발걸음을 옮겼다. 저잣거리를 벗어나 막 좁은 길로 들어섰을 때였다. 일단의 무리가 나타나 앞뒤로 가로막고 에워쌌다.

「웬 놈들이냐?」

호가부가 비유 앞에 서며 칼을 빼들었다. 그러자 무리도 일제히 칼을 빼들었다. 그때 갑자기 나타난 조미미귀가 비유의 뒤쪽에서 무리와 대적하였다. 팽팽한 긴장감이 몰아쳤다.

「모두 칼을 거두어라.」

무리 중 대장으로 보이는 자가 앞으로 나섰다. 사내들이 일제히 칼을 거두었다.

「소장은 사군부司軍部 부장입니다. 아침부터 무례를 용서하십시오.」

사내는 머리를 숙이며 예를 갖췄다.

「…?」

「병관좌평나리께서 무사나리를 모셔오라 하기에 기다리고 있었습니다.」

「…!」

「실은 어젯밤 송파각에 계실 때 모시려했는데 예의가 아닌 것 같아…」

「병관좌평께서 무슨 일로?」

비유가 퉁명스럽게 물었다.

「이유는 모릅니다. 소장은 좌평나리의 명을 따를 뿐입니다.」

「…」

「저를 따르시지요.」

사군부 부장이 눈짓하자 무리는 일제히 물러섰다.

「형님. 안됩니다. 저들이 무슨 해를 가할지 모릅니다.」

호가부가 다시금 비유의 앞을 가로막았다.

「호 아우. 나를 죽이기나 하겠나. 물러서게」

비유는 사군부 부장을 따랐다.

근처 허름한 상점이었다. 겉과 달리 상점 안채는 꽤 컸다. 잠시 후 비유는 해구와 마주하였다.

「오랜만이죠. 비유 공.」

해구는 기골이 장대하였다. 얼굴가득 위엄도 넘쳤다. 한 눈에 봐도 해구는 영락없는 무장이었다.

「태후마마와 독대한 걸로 압니다.」

「…」

해구는 품 속에서 목간책을 꺼내 탁자 위에 내려놓았다.

「무절도 명부입니다. 내가 공 몰래 입수했습니다. 이 명부는 병관좌평인 내가 공식적으로 접수하겠습니다.」

호가부 집에서 없어진 무절도 명부였다.

「거두절미하고… 비유 공께서 한성을 떠나주셨으면 합니다.」

「…??」

해구는 눈에 잔뜩 힘을 주었다.

「상좌평께서는 무절도를 정리하고 사도부 장사를 맡으라 하신 걸로 아오나… 나는 다릅니다. 나는… 비유 공께서 대장부답게 처신해주셨으면 합니다.」

「…!!」

비유는 가슴이 철렁 내려 앉았다. 몹시 당혹스러웠다. 그러나 딱히 반박할 수도 없었다. 그저 어안이 벙벙하였다.

「이것도… 태후마마의 뜻입니까?」

비유가 물었다.

「아닙니다. 이는 내 뜻입니다. 군권을 책임지는 사람으로서 무절도 해악을 누구보다 잘 알기에… 무절도가 관가에 소속되지 않는 자체가 매우 위험한 것이지요.」

「음…」

비유의 아미가 흔들렸다.

무절도를 민간으로 운영코자 했던 사람은 전지왕이었다. 전지왕이 죽고 없다 해서 해악이니 위험하다느니 하며 죄 아닌 죄를 뒤집어씌우는 것이 비유는 불쾌하였다.

「당연히 무절도는 관가에 두어야 했습니다. 선왕 사후 곧바로 관가에 편입시켜야 했는데 차일피일 미루다 그만…」

해구는 다시 눈에 힘을 주었다. 비유를 강하게 응시하였다. 무언의 압박이었다.

「좋습니다. 이미 명부를 가지고 계시니 더는 말씀드리지 않겠습니다.」

「…」

「한성을 떠나겠습니다.」

비유는 해구의 제안을 받아들였다. 구차하게 굴고 싶지 않았다. 그럼에도 당당히 무절도의 존엄만큼은 지키고 싶었다. 그러나 그것마저 부질없어 보였다. 한성을 떠나는 것, 선택의 여지가 없었다.

무거운 발걸음이었다. 어느덧 집에 도착한 비유는 유마를 급히 찾았다. 그러나 유마는 친정인 해수택에 가고 없었다. 집사에게 일러 봇짐을 준비하라 이르고 붓을 들었다.

소자 아버님의 뜻을 따르지 못하고 한성을 떠납니다.
고마성에 들러 시조사당도 둘러보고 삼한땅을 두루 다녀보겠습니다.
언제 한성으로 돌아올지 모르나 다시 돌아오게 된다면
아버님께 못 다한 효도 다하겠습니다.
부디 다시 뵐 때까지 강건하시길 빕니다.

눈가에 그렁그렁 눈물이 맺혔다.

비유는 호가부에게 서찰을 건네며 여신에게 전하도록 하였다. 조미미귀에게는 연길에게 이를 알리도록 하였다. 그리고 능골에서 다시 만나기로 하였다.

비유는 한성을 떠났다. 차가운 강쇠바람이 비유의 얼굴을 가로막았다.

* * *

고마固麻성. 〈광개토왕비문〉에는 거발居拔城성이라 했다. 지금의 충청남도 공주이다. 고마, 거발은 모두 크다(大)는 뜻으로 큰 성을 의미하였다. 고마성은 옛 삼한 백제어라하국의 왕도였다. 그 시원은 동부여국 왕자 구태仇台가 세운 대륙 요서지방의 서부여 즉 부여어라하국이었다. 346년, 전연前燕 모용황慕容皝의 공격을 받아 서부여국 여씨왕족은 뿔뿔이 흩어졌다. 그 일족 중 한 무리가 바다 건너 삼한땅 고마성에 도읍을 정하고 정착하였다. 삼한 백제 어라하국의 시작이었다. 어라하 여구餘句는 단시일 내로 삼한을 병합하고 스스로 주인이 되었다. 병신년(396) 고구려 광개토태왕의 급습으로 고마성은 불타고 여구의 아들 어라하 여휘餘暉*는 바다건너 열도로 망명하였다.

비유가 부친 토도菟道의 품에 안겨 고마성을 떠날 때는 일곱 살 어린나이였다. 토도는 어라하 여휘의 아들이었다. 비유는 영문도 모른 채 부친의 비통한 얼굴을 훔쳐보아야 했다. 그리고 스무 살 건장한 청년이 되어 고향 고

---

* 《진서》 백제전에 따르면 386년 4월, 백제의 왕세자 〈여휘餘暉〉가 〈사지절도독진동장군백제왕〉의 작위를 동진황제로부터 받는다. 386년은 백제 〈진사辰斯왕〉 2년에 해당한다. 여휘를 진사왕으로 보는 게 통설이지만 당시 정황으로 보아 진사왕으로 비정하는 것은 무리가 많다. 진사왕(385~391)은 형 침류왕(384)을 몰아내고 왕이 된 인물로 당시 결코 왕세자의 신분일 수 없다. 《삼국사기》는 386년 백제가 동진에 사신을 파견한 기록도 작위를 요청한 기록도 남기지 않았다.

마성으로 돌아왔다.

「연통도 없이 어인 일로?」

비유를 맞이한 사람은 고마성 성주 여이餘㐌였다. 여신의 남동생으로 비유에게는 숙부뻘이었다. 여이는 정미년(407) 여신 일가가 한성에 합류하면서 고마성 성주직을 여신으로부터 물려받았다. 여이가 여신을 따라 한성에 합류하지 않은 것은 고마성을 지키기 위해서였다.

「한성에서 쫓겨났습니다.」

「쫓겨나다니?」

「그렇게 됐습니다. 숙부님.」

「상좌평이 그리했는가? 아니지. 상좌평께서 조카를 쫓아낼 리 없고… 혹 팔수태후가?」

비유는 저간의 사정을 상세히 전하였다.

「허허… 고얀 지고! 어찌 태후는 조카에게 이토록 모질게 군단 말인가. 부친들의 악연이 어찌 자식들에게까지… 이리도 골이 깊단 말인가?」

여이는 혀를 내둘렀다.

「아닙니다. 숙부. 태후는 그저 무절도에서 손을 떼라 했을 뿐입니다.」

「그 말이 그 말 아닌가. 태후를 두둔하는 것인가. 이해할 수 없구먼.」

여이는 거듭 불편한 심기를 드러냈다.

비유는 당분간 몸의 의탁을 청하였다. 그러자 여이는 한술 더 떴다. 한성으로 돌아갈 생각 말고 아예 고마성에 눌러 살라 하였다.

「상좌평 형님만 아니면 우리 고마성이 한성에 굽힐 이유가 하등 없네.」

「…?」

「조카는 어라하의 적통이니 이 참에 옛 백제어라하국을 재건해야겠어.」

여이는 입술을 꽉 깨물었다.

「숙부님 ??」

「왜 그러는가. 조카. 이 숙부가 못할 소리라도 했는가?」

「숙부님. 이는 한성에 반기를 드는 반역행위입니다. 부디…」

「반역 ?」

「이미 고구려 거련왕이 남침을 하겠다고 공공연히 떠벌리고 있습니다. 한
성과 이곳 고마성이 척을 지면 공멸할 것이 분명한데 어찌 그리 독한 말씀을
하시는지요.」

「허허… 내 하도 답답해서 그러네. 한성이 하는 꼬락서니를 보게. 조카 같
은 우수한 인재를 가차 없이 내치는 행태를 말이야.」

비유는 잠시 눈을 감았다.

솔직히 한성에 대한 서운함이 없었다면 이는 내심을 속이는 것이었다. 그
서운함을 삭혔기에 비유는 한성을 떠날 수 있었다. 또한 여이의 말에 동요가
없었다면 이 역시 내심을 속이는 것이었다. 그러나 그 동요는 비유 자신을
더욱 추하게 만들 뿐이었다.

고마성은 낯설었다. 산과 들, 나무와 풀, 하다못해 사람들의 모습조차 낯설
었다. 고마성은 비유의 육신을 준 고향이지만 비유의 정신과 삶의 고향은 아
니었다. 지난 10여 년의 한성에서의 삶과 세월의 겹이 한층 크게 다가왔다.

고마성은 금강을 연하는 산허리를 둘러쌓은 산성(공주 공산성)과 산성 남
쪽 평지성을 두고 있었다. 산성 가장 높은 곳에 부여왕족의 시조 구태를 모
신 사당이 있고 그 아래 옛 어라하의 산성 별궁이 있었다. 지금은 역대 어라
하들의 위패를 모신 사당으로 사용하였다.

평지성 주위로 옛 관가와 귀족들의 저택이 늘어섰다. 또 남쪽으로 실개천
을 건너면 백성들의 삶의 터전이었다. 비록 어라하가 떠난 곳이지만 옛 왕도
의 모습은 예전 그대로였다.

비유는 구태사당에 제를 올렸다. 가슴이 뜨거웠다. 비유 자신의 존재에 대

한 정체성이었다.

여이의 저택은 옛 어라하가 기거한 왕궁이었다. 남아있는 전각들은 웅장하지도 화려하지도 않았다. 오히려 초라하고 을씨년스러웠다. 비유가 태어났던 동궁전각은 온데간데없이 사라지고 주춧돌만 덩그러니 남았다. 어린 시절 희미한 기억들은 주춧돌과 함께 묻혔다.

여이의 저택으로 인접 성주들과 호족들이 모였다. 때마침 전체 모임이 있는 날이었다. 비유는 자연스럽게 합석하였다.

「한성의 무절도를 이끌고 있는 무사나리입니다.」

여이가 비유를 소개하였다. 저녁 식사자리였다.

「비유라 합니다.」

비유는 예를 갖춰 모두에게 인사를 건넸다. 유독 한사람이 눈에 띄었다. 백제 복식이 아닌 대륙 복식을 한 사내였다.

「예숭禰嵩이라 합니다.」

사내가 비유에게 정중히 인사하였다.

비유는 구태사당에 제를 올린 후 잠시 짬을 내어 고마나루에 갔었다. 고마나루는 한성의 송파나루 못지않게 많은 사람들로 붐볐다. 연길의 송파각과 비슷한 건물이 하나 있었다. 여각이었다. 여각 안에서 유난히 턱수염을 가슴까지 늘어뜨린 사내가 비유의 시선을 사로잡았다.

비유의 시선을 사로잡았던 바로 그 사람이었다. 비유도 예를 갖춰 인사하였다.

「예 공은 연燕나라에서 귀화한 분입니다. 우리 고마성에 물품을 대고 있습니다. 고마성 백성들은 많은 도움을 받고 있지요.」

여이는 에둘러 칭찬하였다.

저녁 식사가 끝나고 술자리로 이어졌다.

「요 몇 해 장사가 영 신통치 않은 데… 한성의 요구가 갈수록 과합니다.」

충청남도 공주시 공산公山성 서쪽 정상에 〈쌍수정雙樹亭〉이 있다. 1624년 인조가 이괄의 난을 피해 공주로 잠시 피난 왔을 때 머물렀던 일을 기념하여 영조 10년 1734년 세운 정자이다. 여러 차례 보수되어 오다 1970년 전체적으로 해체하여 지금의 모습으로 복원한 것이라 한다. 필자는 이곳 쌍수정 터에 옛 백제의 〈구태사당〉이 있었을 것으로 추정한다. 쌍수정 계

단을 따라 내려오면 넓은 공터가 있는데 크고 작은 4개의 건물 터와 커다란 연못 터가 있다. 백제 추정 왕궁지라 한다. 한 편에 있는 세월 먹은 왕벚나무 한그루가 왕궁지를 지키고 있다.

소부리所夫里성주였다.

「정말 예전 같지 않습니다. 저희 웅포나루를 찾는 상선들이 점점 줄어들고 있습니다.」

웅포熊浦성주가 소부리성주의 말에 맞장구를 쳤다.

「예 공도 그렇습니까?」

「…」

예승은 말없이 술잔을 기울였다. 동감의 표시였다.

당시 지침(충청남도)지역은 금강을 통해 모든 물자를 얻었다. 금강에는 여러 나루가 있었다. 하류는 웅포의 곰개나루, 중류는 소부리의 구드렛나루, 상류는 고마의 고마나루가 가장 컸다. 소부리는 지금의 충남 부여이며 웅포는 전북 익산 웅포이다.

「성주들 사정 제가 잘 압니다. 그렇지만 어쩌겠습니까? 형님께서 한성의 상좌평으로 계신데 우리가 도와드려야 하지 않겠습니까?」

여이의 양해에도 모두 표정은 밝지 않았다.

당시 한성은 자체적으로 국고를 채울 형편이 못되었다. 지침으로부터 과할 정도로 경제적 지원을 받았다. 곡창지대가 밀집되어 있는 현남(전라남·북도)은 한성의 영향력이 미비하여 어쩔 수없이 지침에 손을 벌릴 수밖에 없었다. 여신의 한성 합류는 지침이 떠안아야할 부담이었다.

「사실 상좌평어른께 서운한 마음이 적지 않습니다.」

대두大豆성주였다.

「…?」

「우리 호족들은 열성을 다해 돕고 있는데 상좌평어른은 우리들을 너무 홀대합니다. 우리 자식들에게 조차 조정의 문호를 열지 않고 있습니다.」

「맞습니다. 우리 호족들은 일방으로 희생만 당하는 꼴입니다. 조정의 관직은 어렵더라도 관등이라도 내려줘야 하지 않겠습니까?」

소부리성주도 한마디 덧붙였다.

「어허… 왜들 이러십니까? 오늘 이 자리는 비유 조카를 위해 마련한 자리입니다. 다소 무거운 말씀들은…」

여이가 머뭇거리며 말을 삼켰다. 다소 격해지는 분위기를 의식하였다.

「성주님의 말씀이 맞습니다. 우리가 조금 희생하더라도 상좌평어른과 우리 백제가 잘 되는 일이라면 이 또한 즐거운 일이 아니겠습니까? 좋게 생각하십시다.」

예숭이 여이를 거들었다.

밤이 깊어갔다. 모두 술에 흠뻑 빠졌다. 다소 껄끄럽던 상황은 술과 함께 어둠 속으로 자취를 감췄다. 밝은 달만이 불편한 심경들을 위로하였다.

술자리가 파하였다.

「무사나리. 유념치 마세요. 세상사 조그만 불만조차 없다면 무슨 재미로 살겠습니까? 좋은 뜻으로 받아주세요.」

예숭이 한마디 툭 건네며 자리를 떴다.

비유는 예숭의 뒷모습을 물끄러미 바라보았다.*

* * *

물먹은 바닷바람은 차갑고 매서웠다. 바람소리는 앙칼진 쇳소리를 질러대며 앙탈을 부렸다. 코끝을 파고든 냉기는 날카로운 비수가 되어 폐부를 찔렀다. 잔뜩 움츠린 몸은 미라처럼 굳었다.

바닷가 낮은 구릉. 방갓을 눌러쓴 사내 셋이 포구를 내려다보았다. 가끔은 역겨운 비린내에 코를 실룩거릴 뿐 사내 셋은 무언가를 애타게 기다렸다. 멀리 바다위에 떠있는 올망졸망한 섬들도 사내들과 마찬가지로 바짝 몸을 움츠렸다. 그때 섬들 사이로 큰 배 한척이 얼굴을 내밀더니 미끄러지듯 포구에 닿았다. 조미미귀가 급히 내려갔다.

비유는 벌써 여러 날을 바닷가 포구 여각에 머물렀다.

비유가 월나국(전남 영암)을 찾은 것은 순전히 왕인王仁박사때문이었다. 왕인박사는 비유가 야마토에 있을 때 부친 토도 태자의 학문적 스승이었고 어린 비유의 스승이기도 하였다. 비유는 왕인박사를 통해 한자를 배웠고 〈논어〉, 〈맹자〉, 〈중용〉, 〈대학〉 등 사서를 깨우쳤다. 왕인박사의 고향을 찾은 것은 학문을 배우는 것 이상의 의미가 있었다.

---

* 백제에 〈예禰씨〉가 존재하였다는 사실은 2006년 〈예식진禰寔進묘지명〉이 중국 낙양에서 발견되면서 세상에 알려지게 되었다. 묘지명에 따르면 예식진은 615년 웅진에서 때어나 660년 백제가 멸망할 당시 웅진성의 방령으로 의자왕이 나당연합군의 공격을 피해 사비성에서 웅진성으로 피해오자 오히려 의자왕을 생포하여 사비성의 당군원수 소정방에게 넘긴 배신자로 훗날 당에 망명 정3품 좌위위대장군을 제수 받은 인물이다. 예식진의 조부와 부가 백제에서 좌평을 지냈다는 기록과 예식진의 아들 〈예소사禰素士묘지명〉에는 중국 산동에 살던 7대조 예숭禰嵩이 5세기 초에 바다를 건너 백제로 건너왔다고 기록하여 예씨 가문이 귀화인임을 밝히고 있다.

비유는 문득 석아랑을 떠올렸다. 월나국은 석아랑의 고향이었다. 석인과 석아랑 부녀가 한성으로 쫓겨 온 사정이 있더라도 비유는 석아랑의 오라버니인 석풍石風을 한번은 만나봐야겠다고 생각했다. 석풍은 월나국의 왕이었다. 그러나 석풍은 없었다. 석풍은 손수 상선을 이끌고 임나에 장사하러 떠났다.

조미미귀가 돌아왔다. 내일 석풍과의 점심식사 약속을 잡아왔다.

비유는 서둘러 여각에 들었다. 식사 때가 아니어서 여각 안은 한산하였다. 술을 주문하고 잠시 기다리는데 한 여인이 다가왔다. 행색으로 보아 종녀였다.

「저희 마님께서 도련님 뵙기를 청하옵니다.」

종녀는 비유 맞은편에 앉아있는 한 여인을 가리켰다. 곱게 단장한 여인은 검은 천으로 얼굴을 가리고 있었다.

「지체 높은 낭자인 듯한데…?」

비유가 종녀에게 되물을 찰나 여인이 자리에서 일어나 식당 옆 별실로 들어갔다. 종녀는 비유를 별실로 안내하였다.

비유가 들어서자 여인은 검은 천을 걷으며 비유에게 정중히 인사했다.

「뉘 시온지?」

하얀 피부에 오똑 솟은 콧날. 커다란 눈망울. 빨간 앵두 같은 입술. 한눈에 봐도 여인은 예쁘고 아름다웠다.

「소녀를 못 알아보시겠습니까?」

「…?」

비유는 문득 석아랑의 얼굴이 겹쳐졌다. 석아랑을 빼닮은 얼굴이었다. 그러나 석아랑보다 나이들어 보였다. 혹 석아랑의 언니가 아닐까 하는 의구심이 일었다.

여인은 품속에서 무언가를 꺼내 탁자 위에 놓았다. 동경銅鏡, 조그만 청동 거울이었다.

「아니! 이 거울은…?」

비유는 소스라치게 놀랐다.

거울은 모친이 숨을 거두면서 비유에게 건네준 물건이었다. 훗날 혼인하면 처에게 물려줘라 이른 바로 그 청동거울이었다.

「소녀 위이랑입니다.」

비유는 멈칫하였다. 자신의 눈과 귀를 의심하였다. 비유가 청동거울을 건네준 위이랑韋二娘이었다.

「위이랑 낭자!」

비유는 당황하였다. 위이랑의 얼굴이 변해 있었다.

위이랑은 야野왕 갈성습진언葛城襲津彦*의 손녀였다. 15년 전이었다.

비유는 야마토에서 삼한땅으로 건너오는 도중 잠시 대마도에 머물렀다. 그때 위이랑을 처음 만났다. 갈성습진언은 비유의 처지를 어여삐 여겨 다섯 살 아래인 손녀 위이랑으로 하여금 비유를 위로케 하였다. 한참 혈기왕성했던 비유는 첫눈에 반했다. 혼사얘기가 오고갔다. 그러나 야마토 왕실이 반대하였다. 찬어라하의 왕후가 갈성습진언의 딸 반지원磐之媛이었다. 비유의 슬픈 첫사랑이었다.

「청동거울을 도련님께 돌려드립니다.」

---

* 〈갈성습진언葛城襲津彦(가쓰라기소쯔히코)〉은 《일본서기》에 네 차례 언급되고 있다. ① 갈성습진언이 신라를 공격하라는 명령을 받았으나 신라가 아닌 가야를 공격하여 목라근자가 군대를 이끌고 가야로 파견되었다(382년). ② 갈성습진언이 가야에 가서 궁월군의 120현민을 데려오도록 파견하였는데 3년이 지나도록 갈성습진언이 돌아오지 않았다(404년). ③ 갈성습진언이 다대포를 거쳐 신라로 들어가 초라성을 공략하고 포로들을 데리고 돌아왔다(418년). ④ 주군이 무례하여 백제왕은 그를 쇠사슬에 묶어 갈성습진언의 감시 아래 인덕천황에게 보냈다(420) 등이다. ③의 기록은 대마도에서 신라 박제상을 불태워 죽인 후의 행적이다. 위의 기록 모두 갈성습진언이 한국땅 아니면 그 주변에 있다는 사실이다. 임나의 대호족이었을 것으로 추정된다. 오사카 남동부엔 〈갈성산葛城山〉이 있으며 한때 갈성산 동쪽 일대가 갈성가문의 영지였다고 한다.

위이랑은 청동거울을 쭉 내밀었다.

「…?」

「이 거울은 낭자가 주인인데 어찌 돌려주시는 것이요.」

「도련님께서 이미 혼인을 하였을 터이니 주인은 제가 아닙니다.」

일순 미안한 감정이 솟구쳤다. 혼사가 어그러졌을 때 비유는 〈이 청동거울
은 영원히 낭자의 것이요!〉하며 청동거울을 우격다짐으로 건넸다. 비유는 이
미 처자식을 둔 처지였다. 문득 청동거울이 위이랑의 족쇄가 될지 모른다는
생각이 일었다. 15년만의 재회, 결코 짧지 않은 세월이었다. 아니 기나긴 세월
이었다. 그럼에도 위이랑은 지금 이 순간까지도 청동거울을 품안에 지녔다.

「낭군은 어떤 분입니까?」

「…!」

위이랑은 고개를 떨어뜨렸다.

「야마토의 지체 높은 귀족이겠지요.」

비유가 물었다.

「…!」

위이랑은 아무 말도 하지 않았다.

「…!」

비유는 더 이상 묻지 않았다. 아니 물을 수 없었다. 이미 어그러진 인연을
강요할 수 없었다.

유마와 혼인한 날이었다. 비유는 남몰래 위이랑을 떠나보내는 슬픔을 삼
켰다. 밤 늦게까지 남쪽하늘을 쳐다보며 아쉬움을 달랬다.

「월나에는 어인 일이시오?」

「장사차 왔습니다. 월나는 자주 옵니다.」

「그랬군요.」

짤막한 질문과 답변이었다.

「어찌 나를 알아본 것이오?」

「소녀 어찌 도련님을 못 알아보겠습니까? 늘어 주름살이 얼굴 가득하더라도 소녀는 도련님을 알아볼 것입니다.」

「…!」

순간 얼굴이 화끈거렸다.

「소녀 그만 자리를 뜰까합니다.」

위이랑이 일어섰다. 비유는 위이랑을 따라 여각문 밖까지 나왔다. 종녀가 다가와 속삭였다.

「우리 마님. 평생을 혼자 사신다고 합니다.」

비유는 위이랑의 뒷모습을 물끄러미 바라보았다. 종녀의 말이 가슴을 꽉꽉 짓눌렀다. 청동거울에 반사된 햇빛이 비유의 눈을 쐬었다. 강렬한 빛 속에 위이랑의 애수에 찬 눈빛이 멈췄다.

다음날 비유는 석풍을 찾아갔다. 석풍의 저택은 왕궁 못지않았다. 솟을 대문에 들어서자 병사들이 우르르 달려들었다. 다짜고짜 옥사로 끌고 갔다. 호가부가 거칠게 항의하였지만 병사들은 막무가내였다.

「옥사라니요? 형님. 석풍 이 자가 제정신입니까?」

호가부가 길길 날뛰었다.

「기다려보세. 그렇지 않고는….」

천만뜻밖이었다. 비유는 당혹스러웠다. 아무리 생각해도 이는 예의가 아니었다.

한참이 지나자 한 사내가 무리를 이끌고 옥사로 들어왔다. 비유 일행을 의자에 결박하였다. 쇠꼬챙이와 여러 문초기구들이 널브러져 있었다. 바닥에는 핏자국이 선연하였다.

「한성에서 보낸 첩자란 말이지?」

사내가 눈을 부라렸다. 석풍이었다.

「틀림없습니다. 첩자들이 분명합니다.」

석풍이 눈짓하자 병사들이 비유에게 달려들었다. 두 발목을 밧줄로 묶었다. 정강이 사이로 주릿대 두 개를 얽어 끼웠다.

「으음…」

비유가 멈칫하며 이를 깨물었다. 가벼운 통증이었다.

「허허… 나리께서는 무절도 무사이시오. 어찌 한기께선 황망한 결례를 범하려 하시오.」

호가부가 막무가내 매달렸다. 〈한기干岐〉는 소국 왕의 호칭이었다.

「무사 ?」

「그렇소. 나리께서 첩자라면 백주대낮에 찾아왔겠소. 그것도 미리 연락을 하고 말이요.」

「음…」

석풍은 눈에 잔뜩 힘을 주었다. 그리고 비유를 노려보았다.

「멈춰라.」

두 사람이 막 주리를 틀려는 순간이었다.

「행색을 보아하니 첩자는 아닌 듯싶구나. 결박을 풀고 안으로 모셔라.」

석풍이 먼저 일어섰다.

석풍의 방은 화려하였다. 진기한 물건들이 가득하였다. 석풍은 호피로 만든 좌대에 앉았다. 비유에게도 호피방석을 권했다.

「초면에 결례를 했습니다.」

「오해를 푸셨다면 그것으로 족합니다. 여비입니다. 비유라 합니다.」

비유는 자신을 소개하였다.

「부여왕족이군요. 결례를 용서하시오.」

석풍은 고개를 숙였다. 잔뜩 경계했던 눈초리가 수그러들었다.

「괜찮습니다. 다 오해로 인해 생긴 일입니다.」

비유는 에둘렀다.

「실은… 한 달 전 한성에서 보낸 첩자를 잡았지요. 문초를 하니 병관좌평이 보낸 밀정이었소. 물론 옥사에서 죽어나갔지만…」

석풍은 주먹을 불끈 쥐었다.

「…」

「인접 발라發羅(전남 나주)국과 굴내屈奈(전남 함평)국, 무진武珍(광주광역시)국에도 한성의 밀정이 있다 들었소. 심히 유감이요. 한성이 불순한 의도를 가지고 우리 모한慕韓을 감시한다면 이는 참으로 어리석은 짓이오.」

석풍은 미간을 찡그렸다.

「우리 모한이 한성에 굴복할 이유는 하등 없소. 아니 절대로 굴복하지 않을 것이요. 우리 모한은 한성과 야마토가 서로 주고받는 흥정의 대상이 아니오. 모한은 어느 누구의 간섭도 받지 않을 것이오. 지금의 야마토 어라하가 모한출신이지만 이는 어디까지나 지난 얘기요.」*

「…!」

---

* 당시 전라남도 지방은 동쪽의 가야 세력 못지않게 영산강을 끼고 독자적인 세력권을 형성하고 있었다. 《진서》장화열전에 따르면 282년 '동이마한 신미제국新彌諸國은 산을 등지고 바다와 접해 있으며 유주로부터 4000여리인데 20여국이 사신을 보내 조헌하였다.'라고 기록하여 백제가 최초로 중국과 교류한 372년보다 무려 100여 년 앞서 중국과 교류를 시작하였다. 신미제국은《일본서기》신공황후 전에는 〈남만南蠻 침미다례枕彌多禮〉 즉 〈남쪽 오랑캐 침미의 여러 나라〉라 부르고 있는데 〈남만〉이라 칭할 정도이니 당시 세력의 힘은 강대했을 것으로 추정한다. 이후 어느 때 부터인가 이 지방은 〈모한慕韓〉이라 부르기 시작하였다. 모한의 이름은 당시 야마토 왕들이 중국황제에게 요청한 작위명에 나타나있는데 야마토 왕들은 줄기차게 모한에 대한 소유권을 주장하고 있다. 학계는 모한을 마한의 다른 표현일 것으로 추정하고 있지만 모한 즉 〈자신들의 옛 고향땅 한韓을 그리워한다.〉라고 풀이할 때 당시 야마토 정권과 영산강 세력 간의 친연성을 확인할 수 있다. 영산강 유역은 우리나라에서 유일하게 전방후원분과 아울러 왜계 유물이 출토되는 지역이다.

「무사라 하셨지요. 꽤나 지체 높은 분 같은데 이점은 분명히 해야겠소. 나는 우리 모한에 대한 한성의 의도를 무조건 거부하오. 병관좌평에게 전하시오. 만약 한성이 전쟁을 일으킨다면 우리 모한은 똘똘 뭉쳐 대항할 것이오.」

금시초문이었다. 해구가 밀정을 보내 모한의 정보를 수집하는 것은 놀라웠다. 모한은 무주공산이었다. 지침은 여신이 한성으로 자리를 옮기면서 자연스레 흡수되었지만 현남 특히 모한은 한성보다 야마토에 가까웠다. 야마토 찬어라하가 모한 출신이었다. 그러나 야마토는 모한을 흡수하지 못하였다.

「그나저나 어찌 보자 하셨소?」

「…!」

비유는 머뭇거렸다. 딱히 석풍을 만날 이유는 없었다. 단지 석아랑을 생각하여 얼굴정도 보고자하였다.

「혹… 석인이라는 사람을 아시오?」

석풍이 물었다.

「…」

「내 아비요. 여동생과 함께 한성으로 갔는데 깜깜 무소식이군요.」

「존함은 들어 알고 있습니다. 얼마 전 춘부장께서는 유명을 달리하였고 딸은 내신좌평의 수양딸로 입적했다는 소문을 들었습니다.」

비유는 차마 석아랑과의 관계를 밝힐 수 없었다. 따지고 보면 석풍과 비유는 처남매부지간이었다.

「아비가 죽었다고…」

석풍은 흠칫하였다. 그러나 놀란 표정은 아니었다.

「자세한 내막은 모르나 그리 들었습니다.」

「백성들은 내가 아비의 신첩을 뺏고 이도 모자라 아비를 쫓아냈다고들 하지요. 허나 이는 사실과 다릅니다. 아비의 신첩은 원래 내 여자였습니다. 아비가 내 여자를 뺏은 셈이지요.」

그리고 항변하였다.

「혹 기회가 되면 여동생에게 꼭 전해주시오. 이 오라버니는 월나로 돌아와 주길 바란다고…」

석풍의 표정은 어두웠다. 다소 혼란스러운 얼굴이었다. 부자의 회한과 남매의 정이 중첩되었다.

「알겠습니다. 꼭 그리 전하겠습니다.」

비유 일행은 융숭한 점심식사 대접을 받았다. 오랜만에 맛보는 진미였다. 석풍은 대문 앞까지 나와 비유 일행을 배웅하였다. 그리고 비유만 원한다면 올겨울 월나에서 유숙할 수 있도록 편의를 제공하겠다는 뜻도 밝혔다. 비유는 애써 사양하였다. 석풍은 옥명주玉明珠을 건네며 초면의 결례를 거듭 사과하였다.

하얀 눈발이 옷깃을 파고들었다. 첫눈이었다.

다음 행선지는 발라發羅(전남 나주)국이었다. 발라국은 옛 마한의 신미新彌국이었다. 왕은 야마토 찬어라하의 사촌동생이었다. 이름은 여주餘株였다. 역시 부여왕족 출신이었다. 여주는 비유를 환대하였다.

「다음 행선지는 정하셨습니까?」

여주가 물었다.

「임나로 떠날까 합니다만…」

비유는 머뭇거렸다.

「겨울철은 바닷길이 험하여 배를 이용하는 것은 매우 위험합니다. 급한 일이 아니면 올 겨울은 이곳에서 보내시고 날이 풀리면 떠나시지요?」

「고맙습니다. 한기. 거듭 신세를 지겠습니다.」

「아닙니다. 저 역시 겨울철이라 딱히 할 일도 없습니다. 저와 함께 사냥도 즐기시면서 날이 풀리길 기다리시지요?」

그렇게 해서 비유는 발라에 머물렀다.

그러던 어느 날, 이상한 꿈을 꾸었다. 한 승려를 냇가에서 만났다. 승려의 얼굴 생김새가 보통사람과는 확연히 달랐다. 얼굴색은 약간 검푸르고 코는 우뚝 솟았으며 눈자위는 푹 들어갔는데 눈은 유난히 컸다.

「천지가 개벽하려는데 어찌 중생은 한가로이 냇가에서 쉬고 있습니까?」

승려가 말을 건넸다. 그리고 비유에게 손을 내밀었다.

비유가 엉겁결에 손을 잡으려 하자 승려는 홀연히 사라졌다.

며칠 후 바유는 호가부의 등을 떠밀었다. 급히 길을 재촉하였다. 호가부가 연신 행선지를 물었지만 비유는 묵묵부답이었다. 해가 떨어질 무렵 비유는 어느 산자락에 도착하였다. 조그만 전각 몇 채가 있었다.

굴내屈柰(전남 함평)국에 있는 불갑사佛甲寺였다. 여주가 불갑사를 알려주었다.

절문 앞에서 머뭇거리니 한 동자승이 나와 처소로 안내하였다.

「소승 만혜萬慧라 하옵니다.」

노승이 두 손을 합장하며 인사하였다. 비유도 자신의 이름을 밝히고 예를 갖췄다.

「헉…?」

비유는 처소를 둘러보다 소스라치게 놀랐다. 벽면에 인물화상이 걸려 있었다. 꿈 속에서 봤던 바로 그 얼굴이었다.

「어찌 놀라십니까? 소승의 스승인 마라난타 존자의 화상입니다.」

비유는 꿈이야기를 전하였다. 만혜법사는 지그시 눈을 감고 염주를 굴렸다.

「소승도 마라난타 존자를 뵈었지요. 존자께서 귀한 중생이 찾아올 것이라 하여 내내 기다리고 있었습니다.」

「…?」

비유는 멈칫하며 휘둥그레 눈을 떴다.

「놀라실 것 없습니다. 달이 차고 기울고 다시 기울었다 차오르는 것은 세

전남 영광군 불갑면에 〈불갑사佛甲寺〉가 있다. 백제 침류왕 때 인도승려 마라난타가 백제에 불교를 전래하면서 처음 지은 불법도량이라 하여 절 이름을 〈부처불佛〉,〈첫째갑甲〉을 따 불갑사라 하였다한다. 통일신라시대인 8세기 후반에 중창하였고 고려후기에 각진국사가 머무르면서 크게 중창하였다. 특이한 것은 대웅전안의 삼존불의 배치이다. 통상 대웅전 중앙문을 열면 정중앙에 불상을 배치하는데 불갑사 대웅전의 삼존불상은 북쪽 정중앙

이 아닌 동쪽에 배치하였다. 대웅전 전각의 용마루에 도깨비 얼굴 모양의 기와며 문창살에 화려하게 장식된 연화문과 국화문은 이채롭다. 경내주변에는 〈꽃과 잎은 서로 만나지 못하지만 서로 끝없이 생각한다〉는 숨바꼭질 같은 사랑을 담은 〈상사화相思花〉의 군락지가 있다. 9월 한철이 만개시기이다.

상의 이치입니다. 삼한의 달이 기울대로 기울었으니 다시 차오를 때가 되었지요. 천지가 개벽하고 다시 새로운 세상이 오는 것은 달의 순행이치와 같습니다. 우리 불법에서는 미륵불께서 하생下生할 시기라 하지요.」

「미륵불…?」

「미륵불께서 하생하여 병든 세계를 뜯어고쳐 용화세계龍華世界를 만드는 것이지요. 다시 말하면 모두가 불로장생하고 만사를 뜻한 바대로 이루는 만사여의萬事如意의 세상 말입니다.」

만혜법사의 말은 마냥 어려웠다.

「어려워하실 것 없습니다. 사람은 모두 다 타고난 운명이라는 것이 있다 하지 않습니까? 공께서는 운명에 충실하면 됩니다.」

그때 문밖에서 동자승이 만혜법사를 불렀다.

「예불시각이군요. 소승은 이만 물러가겠습니다. 밤이 깊었으니 하루 불사에 머무르시고 날이 밝으면 떠나시지요. 소승이 따로 거처를 마련하라 일렀

습니다.」

만혜법사는 먼저 일어섰다.

종소리가 반복적으로 울렸다. 종소리의 울림은 어둠의 적요를 깼다. 자질구레한 상념을 걷어냈다. 무념무상. 한결 마음이 편하고 몸은 가벼웠다. 그러나 그 시간은 오래가지 않았다. 종소리가 멈췄다. 소쩍새의 울음이 들렸다. 또 생각들이 찾아왔다. 달의 순행이치, 미륵불의 하생, 용화세계 그리고 마지막으로 〈운명〉이란 단어가 머릿속을 파고들었다.

「운명이라… 운명이라… 운명이라…」

비유는 입 안의 말을 되새기고 또 되새겼다.

밤새 찬바람이 불었다. 문창살을 세차게 두드리며 비유의 상념을 붙들었다.

해가 바뀌고 날이 풀렸었다. 임나로 떠날 채비를 서두르던 비유에게 한성으로부터 서찰 하나가 급히 당도하였다. 여신의 서찰이었다.

* * *

팔수태후가 죽었다. 오랫동안 병입고황病入膏肓이 된 폐병이 저승길로 인도하였다. 갓 마흔을 넘긴 태후의 일생은 짧지만 파란만장하였다. 야마토 찬어라하의 딸인 팔수는 한성의 백제와 야마토간 정략적인 혼인동맹으로 왕후가 되었다. 전지왕이 죽자 어린 구이신왕을 대신하여 섭정을 하였다. 젊은 나이에 과부가 된 탓에 목만치 좌평과 통정하였다. 목만치가 야마토로 떠나자 태후는 심한 몸살을 앓았다. 병을 얻었다. 그리고 나인의 품 안에서 조용히 숨을 거두었다. 임종을 지켜본 사람은 나인 외에는 아무도 없었다. 쓸쓸한 죽음이었다.

팔수태후의 죽음은 한성 조정의 불안을 가져왔다. 팔수태후는 섭정을 하면서 여씨파와 해씨파, 양대 파벌을 적절히 견제하며 균형을 유지했다. 태후가 사라진 마당에 어린 구이신왕이 이들 양대 파벌을 관리하기란 실로 불가능하였다.

「한강 이북의 성들을 수리해야겠습니다.」

여신이 좌평회의를 소집하였다. 팔수태후를 능골 왕실묘역에 안치한 직후였다. 좌평회의는 백제조정의 최고 의사결정기관으로 상좌평 여신을 비롯하여 내신좌평 해수, 내두좌평 여채, 내법좌평 진우眞虞, 병관좌평 해구解丘, 조정좌평 목연沐鷰, 위사좌평 해충解忠 등 6좌평이 참석하였다.

「이는 태후께서 살아계실 때 윤허하신 내용입니다.」

해구가 입을 열었다. 해구는 병권을 쥐고 있는 명실공이 권력자였다. 해수가 연로한 탓에 실질적으로 해씨파를 이끌었다.

「태후께서 윤허하셨다 하는데 이는 금시초문이오. 상좌평인 나와 상의한 적이 없는데…」

여신은 미간을 찌푸렸다.

「상좌평어른. 분명히 윤허하셨습니다. 설사 태후께서 상좌평어른과 상의하지 않았다하더라도 고구려가 평양으로 천도한지 벌써 여러 달이 지났습니다. 고구려의 침략이 불을 보듯 뻔한테 더 이상 북부의 성들을 방치해놓을 수는 없습니다.」

해구는 성을 쌓고 수리하는 전문가였다. 오래 전 북부의 사구성沙口城을 쌓으면서 이를 직접 관리감독하였다.

「병관좌평. 지금은 농번기가 아니요. 시기적으로 적절하지 못하오.」

「백성의 안위는 튼튼한 국방이 전제되어야 합니다. 더 이상 미룰 수 없습니다. 상좌평어른.」

「어허…!」

여신은 거듭 미간을 찡그렸다.

「상좌평어른의 말씀도 병관좌평의 주장도 맞습니다. 이 문제는 시간을 두고 면밀히 검토해서 시행했으면 합니다.」

해수가 입을 열었다.

「병관좌평. 내신좌평의 말씀대로 합시다. 오늘 회의는 태후를 능묘에 안치한 후 실시하는 첫 좌평회의입니다. 앞으로 왕실과 조정을 어떻게 일신할 것인지를 협의하기 위해 모인 자리입니다.」

「…」

해구는 입술을 꽉 깨물었다.

좌평회의는 구이신왕의 친정을 결의하였다. 구이신왕은 명목상의 왕이었다. 스무 살을 넘겼지만 구이신왕은 친정을 할 수가 없었다. 태후는 죽기 직전까지 섭정을 거두지 않았다. 좌평회의는 친정선포식의 날짜와 장소도 정하였다. 내달 초닷새 자벌말이었다. 대대적인 군대열병식도 실시하기로 결정하였다. 친정선포식은 내법좌평 진우가, 군대열병식은 병관좌평 해구가 주관할 예정이었다.

회의가 끝나고 여신과 해수, 진우는 상좌평 집무실에 따로 모였다.

「병관좌평의 의지를 꺾은 것은 잘 하신 일입니다.」

여신이 먼저 입을 열었다.

「아닙니다. 저도 상좌평어른과 생각이 같습니다. 지금 백성을 동원하는 것은 농사를 짓지 않겠다는 것과 하등 다를 바 없습니다.」

해수가 고개를 끄덕였다.

「백번 잘 하신 일입니다. 농번기는 반드시 피해야 합니다. 당장 전쟁을 하는 것도 아닌데…」

진우가 맞장구를 쳤다.

여신, 해수, 진우 세 사람은 한성 조정을 움직이는 실세였다. 각 파벌의 대표였다. 여씨파와 해씨파가 경쟁관계라면 진씨파는 다소 중용을 취하였다.

「고구려의 사정을 알아보니 당장 우리 백제와 전쟁을 할 생각은 없는 듯합니다.」

여신은 올 초 장위를 은밀히 고구려에 보냈다. 고구려의 평양 천도를 축하하는 파견이지만 고구려 태도를 확인하기 위해서였다. 장위는 당분간 고구려의 침략은 없을 것이라 보고하였다. 여신은 고구려 침략에 대한 대비가 시급한 일이 아니라 판단하였다.

「그렇다면 다행입니다.」

「병관좌평의 주장도 틀린 얘기는 아닙니다. 고구려의 천도는 언제든지 맘만 먹으면 우리 백제를 침략할 수 있다는 마수를 드러낸 것입니다. 철저히 대비해야합니다.」

「올 가을 추수가 끝난 후 농한기를 이용하여 성들을 수리하면 어떻겠습니까?」

「그렇게 하도록 합시다. 내신좌평께서 병관좌평을 잘 설득해 주셨으면 합니다.」

세 사람은 자파의 이익을 위해서는 결코 물러서지 않았지만 하나의 공통점이 있었다. 모두 예순을 넘긴 초로였다. 급격한 변화를 꺼려하는 다소 보수적인 성향, 그 성향이 경쟁관계를 동지관계로 만들기도 하였다.

같은 시각.

위사좌평 해충과 병관좌평 해구는 김이 모락모락 피어오르는 찻잔을 마주하였다.

「형님. 이번 기회에 여씨 일족을 몰아내야 하겠습니다.」

해구가 눈에 잔뜩 힘을 주었다.

「아우 ?」

해충이 고개를 갸웃하였다.

해충과 해구는 형제였다.

을사년(405) 한성의 아신왕이 죽자, 전지태자는 왕위를 잇기 위해 야마토에서 건너왔다. 야마토 군사 100명이 호위하였다. 그러나 한성에 입성할 수 없었다. 전지태자의 막내 동생 첩례諜禮가 형 훈해訓解를 죽이고 스스로 한성의 왕이 되었다. 이때 전지태자는 서해의 섬에서 대기하고 있었다. 해충, 해구 형제가 첩례를 죽이고 전지태자를 한성의 왕으로 옹립하였다. 일등공신인 해충, 해구 두 형제는 이후 위사좌평과 병관좌평으로 승차하여 전지왕을 받들었다.

「생각해보십시오. 태후가 죽고 없는 마당에 야마토의 눈치를 볼 이유가 없지 않습니까? 여씨 일족들을 우리 한성이 받아들인 것은 어디까지나 태후 때문이지요.」

「음…」

「이제 왕께서 친정을 하시게 되면 상좌평이란 집정대신도 필요가 없는 것이고요.」

「그렇다고 해서…?」

해충의 아미가 가볍게 꿈틀거렸다.

「누가 뭐라 해도 한성은 우리 해씨의 나라입니다. 한성의 주인은 우리 해씨란 말입니다.」

해구는 목청을 높였다.

「아우. 나도 충분히 공감하네. 허나…」

「저에게 다 생각이 있습니다.」

해충이 망설이자 해구가 말꼬리를 가로챘다.

「연로하신 내신좌평어른께서 이를 허락하시겠나. 아마 극구 반대할 것이네. 원래 노인들은 변화를 싫어하거든.」

「내신좌평어른은 어떻게든 설득하겠습니다.」

「알겠네. 아우만 믿겠네.」

해충은 문밖에까지 나와서 해구를 배웅하였다. 평상시 행동은 아니었다. 해충은 주변을 살폈다. 인기척은 없었다. 이심전심이었다. 해충은 고개를 설레설레 흔들었다. 해구와 다를 바 없다는 자신이 놀라웠다. 입안이 바짝 탔다.

* * *

비유가 한성으로 돌아왔다. 팔수태후의 죽음은 비유의 귀환을 허락하였다. 1년 전 비유는 무절도 해체의 아픔을 뒤로 하고 한성마저 떠나야 했다. 그러나 시간은 비유를 선택하였다.

송파각.

「석아랑 낭자께서 죽었습니다.」

연길이 석아랑의 죽음을 알렸다.

「…?」

비유는 가슴이 철렁하였다.

「출산 중에 과다출혈로 그만…」

「출산요?」

「다행이 사내아기씨는 죽지 않고 살았습니다.」

「사내아기?」

「석아랑 낭자께선 사내아기씨를 출산하였습니다. 아기씨는 지금 유마부인께서 직접 보살피고 있습니다.」

「음…」

비유의 심장이 격하게 뛰었다.

「아… 하룻밤의 인연으로 끝날 운명이었더란 말인가!」

석아랑에 대한 그리움, 안타까움, 그리고 미안함이 한꺼번에 몰려왔다.

「무사나리. 가을 추수를 마치면 북부의 성들을 수리한다는 소문이 돌고 있습니다.」

연길이 화제를 돌렸다.

「고구려가 언제 침략해올지 모르는 상황인데… 당연한 것 아닙니까?」

비유가 반문하였다.

「그렇지만 백성들이 술렁이고 있습니다.」

「…?」

「여러 해 흉년이 계속되고 있습니다. 가뭄과 메뚜기떼 발호로 농사를 망치고 있습니다. 게다가 태풍으로 수확이 거의 없습니다. 백성들은 공역을 감당할 형편이 못됩니다. 사정이 매우 어렵습니다.」

「사정이 어렵다면…」

「한성을 떠나는 자들도 생길 것이고 부랑자들도 많이 늘어나겠지요.」

「큰일이군요.」

문득 만혜법사의 말이 떠올랐다. 〈백성의 삶이 왕실과 조정보다 우선이며 백성의 마음은 물과 같아 항상 한 곳에 머무르지 않고 더 낮은 곳을 향해 흐르니 백성의 삶을 보살피지 않으면 백성은 나라조차 버릴 수 있다.〉. 비유를 배웅하며 건넨 고언이었다.

「지금 왕실과 조정은 백성들의 삶을 보살필 형편이 못됩니다. 제가 알기에는 국고는 바닥을 드러내고 있다 들었습니다. 태후의 장례식도 간신히 치렀다 합니다.」

「진퇴양난이군요. 안팎으로…」

「이번 수리 공사는 어떤 일이 있어도 막아야 합니다. 민심이 왕실과 조정을 등질 수 있습니다.」

「다음으로 미루면 되지 않겠습니까?」

비유가 되물었다.

「이 또한 사정이 여의치 않습니다.」

「…」

「문제는 병관좌평입니다. 좌평회의에서도 해구를 제어하지 못했답니다.」

「해구!」

설핏 해구의 얼굴이 한올져 다가왔다. 한성을 떠나라 강권했던 해구의 얼굴에는 강한 위세가 있었다. 그 위세에 주눅이 들었던 비유였다. 씁쓸한 기억이었다.

「제가 지금 처한 형편이…」

「무사나리께서 적극 나서야 합니다. 양부이신 상좌평나리와 장인이신 내신좌평나리를 설득하셔서 합니다.」

「음…」

「더 늦기 전에 어떻게 해서든 올 겨울 시행하려는 수리공사를 막아야 합니다.」

「알겠습니다. 제가 두 분을 설득해 보겠습니다.」

비유는 한성으로 돌아왔지만 딱히 할 일은 없었다. 조정의 직책을 맡은 것도 아니고 그나마 무절도는 해체되었다. 그러나 연길은 비유의 활동공간을 알려주었다.

「오늘… 여각에서 묵고 가실 것인지요?」

「아닙니다. 한성땅을 밟자마자 곧장 이곳으로 왔습니다. 집에도 들러보고 양부와 장인께 인사도 드려야지요.」

「알겠습니다.」

비유가 일어섰다.

「아참… 고마웠습니다. 한성의 소식도 전해주고 노잣돈도 보내주시고 해서 불편함 없이 잘 지냈습니다.」

「아닙니다. 당연히 제몫입니다.」

연길이 겸연쩍은 표정을 지었다.

연길은 비유의 뒷모습을 물끄러미 바라보았다. 미처 비유에게 알리지 않은 것이 있었다. 가월이 비유의 딸을 낳았다. 비유에게 더할 나위 없는 기쁜 소식이지만 연길은 알리지 않았다. 비유가 한성생활을 다시 되찾게 될 때 이를 알려도 늦지 않을 것이라 생각했다.

비유는 집안에 틀어박혀 두문불출하였다. 석아랑이 낳은 사내아기와 함께 며칠째 시간을 보냈다. 사내아기는 석아랑의 흔적이었다. 비록 하룻밤의 짧은 만남이지만 순간순간의 기억들은 여러 날에 걸쳐 조각조각 눈앞에 아른거렸다.

「장인어른도 양부도 찾아뵙겠습니다.」

유마는 휘둥그레 눈을 떴다. 비유가 출타지를 밝힌 것은 처음이었다.

「아기 이름은 〈경慶〉이라 지을 것이요. 〈경사慶司〉라 부르시오.」

비유는 아기 이름을 慶이라 지었다. 처음에는 〈옥빛 경璟〉자를 생각하였다. 석아랑이 남긴 유일한 유품이 옥玉이었다. 그러나 〈경사 경慶〉자로 바꿨다. 본처 유마에 대한 배려였다. 죽은 석아랑이 해수의 수양딸이니 유마의 동생이었다. 유마는 석아랑이 사내아기를 낳자 곧바로 해씨가문의 혈육으로 받아들였다. 그래서 사내아기 이름을 慶이라 지었다. 여씨가문에게도 해씨가문에게도 사내아기의 탄생은 경사스러운 일이었다.

비유는 왕성이 아닌 남한산을 향하였다. 석아랑의 묘가 남한산에 있었다. 소시매와 호가부가 뒤따랐다.

비유는 제를 올리고 석아랑의 묘에 술을 뿌렸다.

「불법에는 저승에 아미타부처가 있는 극락정토가 있다 하오. 부디 그 세상으로 가서 아무런 고통없이 오래오래 왕생하길 바라오. 다시 인간으로 태어나거든 그때는 이처럼 못난 사람과는 절대 만나질 마소.」

그리고 눈시울을 붉혔다.

「오라버니. 산 아래 법륭사法隆社란 사찰에 친부 석인과 낭자의 위패를 따로 모셔놓았다 합니다.」

「…」

「아마 내신좌평께서 두 부녀의 죽음을 애통해하며 따로 배려한 듯합니다.」

「그랬구나. 장인어른께서…」

비유는 해수의 마음 씀씀이 고마웠다.

「하산하는 길이니 잠깐 들르자꾸나. 그렇지 않아도 한성에 돌아오면 꼭 들려볼 생각이었는데.」

「…?」

소시매가 멀뚱히 비유를 쳐다보았다.

법륭사 가람은 세 개였다. 산허리 쪽으로 목각부처상을 모신 대웅전이 자리 잡고 앞마당 불탑좌우로 두 개의 건물이 따로 있었다. 대웅전은 기와지붕이지만 두 건물은 이엉지붕이었다. 불자들이 기거하는 처소였다. 석인과 석아랑의 위패는 대웅전 목각부처상 옆에 있었다.

「송구합니다. 주인의 허락도 없이 결례를 범했습니다.」

비유가 막 일어설 찰나였다. 회색 두루마기를 걸친 승려가 대웅전 안으로 들어왔다.

「아닙니다. 오늘 귀한 객이 오실 줄 알고 있었습니다. 저녁찬 공양을 위해 잠시 가람을 비워… 오히려 소승이 죄송합니다.」

「귀한 객이라니요?」

비유는 당황하여 되물었다.

「허허… 가람을 방문하는 중생은 모두가 귀하지요. 부처를 만나러 오는 사람인데 어찌 귀하지 않겠습니까? 소승은 만수萬守라 합니다.」

「이렇게 직접 뵙게 되니 제가 영광입니다. 불갑사 주지인 만혜법사로부터 존함을 익히 들어 알고 있습니다. 소인은 비유라 하옵니다.」

비유는 만수법사에게 정중한 예를 갖췄다.

「마라난타 존자의 애제자라고요.」

비유가 넌지시 운을 뗐다.

「애제자는 무슨… 소승은 그저 부처의 가르침을 따를 뿐입니다.」

「허락하신다면 자주 찾아뵙고 가르침을 구하고 싶습니다.」

「허허… 언제든지 환영합니다. 허나 공께서는 앞으로 바빠지실 겁니다. 소승이 찾아가더라도 문전박대는 말아주세요.」

「어찌 송구한 말씀을…!」

비유는 만수법사의 말이 다소 거슬렸다. 알 듯 모를 듯한 얘기였다.

「두 부녀의 위패를 가람에 모셔줘서 고맙습니다.」

「아닙니다. 당연히 해야 할 일인 걸요. 이 대웅전은 오래전 내신좌평나리께서 직접 봉양한 전각입니다.」

「내신좌평께서요?」

비유는 해수의 처소에서 봤던 조그만 목각불상이 생각났다. 해수가 열렬한 불자란 사실을 까마득히 잊고 있었다.

「해가 중천에 떴습니다. 괜찮으시다면 간단히 요기하시고 떠나시지요.」

「감사합니다.」

두 사람은 처소로 자리를 옮겼다. 처소는 볼품없었다. 비유는 점심찬을 보고 다시 한번 놀랐다. 일반 백성들조차 먹지 않는 음식이었다. 보리밥에 산

나물 두어 가지가 전부였다.

「내 마음이 배부를 수 있다면 배를 채우는 것은 문제가 안 되지요. 시장하실 텐데 어서 드시지요.」

사실 비유는 몹시 배고팠다. 아침도 거르며 석아랑의 묘를 급히 찾은지라 시장하였다. 법륭사에 도착하였을 때는 무척 허기진 상태였다.

점심식사를 마친 비유는 법륭사를 나섰다. 만수가 가람 밖까지 따라 나왔다.

「처소 벽면에 걸려있는 마라난타 존자의 화상을 보았습니다.」

비유가 발걸음을 멈췄다.

「잘 보셨습니다. 마라난타 존자이십니다. 이역만리 남쪽나라에서 이 삼한 땅에 불법을 전하고자 오신 분입니다. 10여 년 전 열반涅槃에 드셔서 다비식茶毘式을 치렀답니다.」

「열반은 무엇이고 다비식은 또 무엇인지요?」

비유가 물었다.

「열반은 세속의 표현으로 죽음을 말합니다. 모든 번뇌의 얽매임을 벗어나 진리를 깨달아 불생불멸의 법을 체득한 경지를 말하지요. 고승이 죽으면 열반에 들었다고 합니다. 다비식은 시신을 태워 유골을 거두는 의식을 말합니다. 우리 풍습은 시신을 땅에 묻으나 불가에서는 시신을 태워 다시 자연으로 보낸답니다. 타고 남은 유골을 수습하면 사리가 나오는데 고승일수록 사리가 많이 나온다고 합니다. 마라난타 존자께서도 많은 사리를 남기셨는데 우리 제자들이 각각 나누어 보관하고 있지요. 소승도 존자의 사리를 따로 보관하고 있답니다.」

「제가 불법을 알지 못하여 결례를 했습니다. 부디 너그러이 해량하소서.」

비유는 합장의 예를 표하고 법륭사를 떠났다.

「아… 한성이 새 주인을 찾고 있구나. 삼한의 천지가 새 주인을 맞이하려고 하는구나. 나무아미타불!」

만수법사는 비유의 뒷 모습을 보며 뇌까렸다. 눈을 감고 염주를 굴렸다.

법륭사를 나온 비유는 곧장 해수택으로 향하였다. 오랜만에 해수를 만난 비유는 재회의 기쁨도 잠시 석아랑의 죽음을 두고 서로 위로하였다. 해수는 자신의 부덕으로 석아랑이 죽게 되었다며 거듭 미안함을 표했다. 비유는 석아랑의 운명일 뿐이라며 에둘렀다. 오히려 귀한 자식을 얻게 해준 해수에게 감사를 표했다.

「아랑의 위패는 남한산에 있는 법륭사 가람에 모셔놨네.」

「지금 법륭사에서 오는 길입니다.」

「혹 만수법사를 만났는가?」

「예. 장인어른.」

「내 숙부였네. 왕실의 뜻에 따라 불가에 귀의했지.」

「…?」

「선대 침류왕께서 불법을 받아들이시면서 왕실이 먼저 모범을 보여야 한다며 숙부인 만수법사를 불가에 귀의시켰다네. 그런 연유로 왕실과 우리 해씨가문은 불법을 받아들이게 되었지.」*

비유는 해수의 불법이 새삼스러웠다.

「법사께서 달리 하신 말씀은 없었는가?」

---

* 백제에 공식적으로 불교가 전래된 것은 침류왕 때이다.《삼국사기》 침류왕 조에 384년 9월, 인도의 승려 마라난타摩羅難陀가 진晉나라에서 오자 왕이 맞이하여 궁 안에 모시고 공경하였다. 이때부터 불법佛法이 시작되었다 하였고, 다음 해인 385년 2월, 한산漢山에 절을 창건하고 승려 10명을 두었다고 기록하고 있다. 백제왕실이 불교를 받아들인 기록이다.〈한산의 절〉을 추정할 수 있는 단서가 있다. 경기도 하남시 금암金岩산(남한산의 한줄기) 아래에서 일제시대〈법륭사法隆社〉명문이 새겨진 깨진 기왓장을 발견하였는데 감정결과 일본의 법륭사(호류지)의 벽화글씨와 필법이 동일하다고 한다. 이곳에 법륭사가 있었을 당시 백제기술자가 일본으로 건너가 나라지방에 법륭사를 건축한 것으로 보인다. 또 이 시대 활동했던 승려로〈검단선사黔丹禪師〉가 있다. 선사는 하남시의 검단산, 파주의〈관미성〉, 고창의〈선운사〉, 영광의〈불갑사〉, 나주의〈불회사〉등에 자취를 남겼는데〈승려 10명〉중의 한 사람으로 추정된다.

「글쎄요. 특별한 말씀은 없었으나 저 같은 부족한 사람을 초면에 너무 관대히 대해주셔서 조금은 불편했습니다.」

「…?」

한 달 전 해수는 법륭사를 방문하였다. 만수법사는 올해 안으로 한성땅에 미륵불이 하생할 것이라 예언하였다. 해수가 만수법사의 예언의 실체를 깨닫게 되기까지는 여러 날이 걸렸다. 미륵불의 하생, 한성의 새 주인을 말하였다. 또, 달포 전에는 만수법사가 해수를 찾아왔다. 때마침 해구가 집에 와서 여씨 일족을 한성에서 몰아내겠다며 해수를 겁박하였다. 해구의 얼굴을 본 만수법사가 왕실과 해씨가문을 멸하게 할 관상이라 하였다. 미륵불 하생과 해구의 관상, 만수법사의 말은 해수의 머릿속을 떠나지 않았다.

때마침 비유가 한성으로 돌아왔다. 또한 만수법사를 만났다. 해수는 일순 비유를 떠올릴 수밖에 없었다.

「한 가지… 제가 법륭사를 자주 찾겠다하니 오히려 법사께서 저를 방문할 테니 문전박대는 하지 말라 하셨습니다. 아무래도 저도 이번 기회에 불법을 받아들여야 할 것 같습니다. 장인어른. 하하하…」

비유가 너털웃음을 지었다.

해수는 문득 비유가 미륵불 하생의 실체일지도 모른다는 생각이 들었다. 해구가 자신을 겁박하던 언행들도 마음에 걸렸다. 불안하였다. 그렇다고 무얼 계획하고 실행할 수 있는 힘은 없었다. 해수는 이미 늙어버렸다.

「비유는 내 사위가 아닌가! 그리고 아랑이 낳은 그 아들은 우리 해씨가문의 자식이 아닌가! 그러면 된 것이지.」

해수는 혼잣말로 자위하였다.

석양에 몰려든 붉은 노을이 비유의 뒷 모습을 감쌌다. 오늘따라 붉은 노을은 붉기를 더했다.

＊ ＊ ＊

밤이 깊었다. 휘영청 밝은 달은 어둔 밤을 홀로 품었다. 소쩍새의 울음조차 멈춘 고요한 시각이었다.

구이신왕의 침전.

「왕전하. 친정선포식와 군대열병식을 마치고 소신의 집에서 조정 신료들을 모시고 친정 축하연회를 실시할 계획입니다. 연회에서 여씨 일족을 일거에 도륙내겠습니다.」

등롱불빛이 네 사람의 자못 심각한 얼굴을 비췄다. 구이신왕과 해구, 해충, 목금이었다.

「여씨 일족을요?」

「그렇습니다. 왕전하.」

해구가 둘둘 만 목간책을 구이신왕 앞에 내려놓았다. 살생부였다.

「상좌평 여신, 내두좌평 여채, 그리고 두 사람을 따르는 수하 열 명입니다.」

「여신과 여채 두 사람만 제거하면 되지 않습니까? 굳이 다른 사람들까지도…」

구이신왕은 말꼬리를 흐렸다.

「아닙니다. 왕전하. 이번 기회에 모두 제거하지 않으면 두고두고 화근이될 겁니다. 반드시 모두 제거해야 합니다. 이 사람들 말고도 여씨의 추종세력은 뿌리가 깊습니다. 이 열 명은 최소한입니다. 윤허하여 주시옵소서.」

해구가 바짝 엎드렸다.

「아… 알겠습니다. 과인은 두 분만 믿겠습니다.」

구이신왕은 잔뜩 주눅이 들었다.

「소신들만 믿어주십시오. 선대 전지 왕전하를 옹립한 소신들입니다. 결코 실수나 실패는 없습니다. 여씨 일족들을 몰아내면 왕전하께서는 명실공이 한성과 삼한의 실질적인 주인이 되는 것입니다.」

「아… 알겠소.」

얼굴 가득 불안한 기색이 역력하였다.

「내신좌평의 허락은 받았습니까?」

구이신왕이 해구를 쳐다보았다.

「…」

해구는 대답 대신 입술을 깨물었다.

달포 전이었다. 해구는 해수를 찾아갔다. 거사계획을 밝히자 해수가 노발대발하며 오히려 경거망동 말라고 핀잔을 주었다. 순간 해구는 울컥하였다. 해수까지도 제거할 마음을 가졌지만 차마 그럴 수 없었다. 그래서 거사 당일 해수를 자택에 감금시킬 계획을 따로 세웠다. 그 계획은 목금에게 일임하였다.

「병관좌평이 내신좌평어른을 직접 찾아뵙고 뜻을 전했다합니다. 아무 말씀이 없었다하니 무언의 허락을 하신 것입니다.」

해충이 대신하였다.

「내법좌평 진우는요? 내법좌평은 과인의 장인입니다.」

「왕전하. 내법좌평은 염려하지 않아도 됩니다. 거사에 대해 찬성도 반대도 어떤 의사를 표할 입장이 못 됩니다. 그저 굿이나 보고 떡이나 얻어먹으면 되지 않겠습니까?」

「한때 진씨가문이 선대 왕들을 능가하는 권력을 행사했지만 지금은 우리 해씨가문의 눈치나 보는 처지가 아닙니까?」*

---

* 《삼국사기/백제본기》에 의하면 근초고왕, 근구수왕, 침류왕, 진사왕, 아신왕 등 5대에 걸쳐 〈진眞〉씨가문은 조정을 장악하고 왕권을 능가하는 막강한 권력을 행사했던 것으로 보인다. 〈진정眞淨〉, 〈진고도眞高道〉, 〈진가모眞嘉謨〉, 〈진무眞武〉 등은 이 시기 활약한 좌평들이다.

「아… 알겠소. 과인은 두 분만 믿습니다. 실패는 있을 수 없습는 일입니다. 보다 철저히 살펴 반드시 성공하도록 하세요.」

「망극하옵니다. 왕전하. 신들의 충정을 믿어주십시오. 이번 거사를 성공시켜 반드시 야마토의 간섭을 받지 않는 삼한의 진정한 대백제국을 만들겠나이다.」

해구, 해충은 머리를 조아렸다.

구이신왕은 세 사람의 손을 꼭 잡았다. 그리고 고개를 끄덕였다. 거사를 반드시 성공시키라는 무언의 명이며 다짐이었다.

세 사람이 나가자 구이신왕은 손수 살생부에 불을 붙혀 밖으로 나갔다. 활활 타오르는 불길은 구이신왕의 가슴도 불태웠다. 전지왕의 갑작스런 죽음으로 한성의 왕위를 이었지만 모후 팔수태후의 치맛자락에 숨어 지내야 했던 지난 시절이었다. 이제 거사가 성공한다면 생각만 해도 가슴이 부풀고 또 부풀었다. 구이신왕은 뜬 눈으로 밤을 지새웠다.

해가 뉘엿뉘엿 산마루를 넘어가며 또 하루를 접었다.

여신을 찾아가 한성 귀환을 알린 비유는 또 며칠 동안 집안에 틀어박혔다. 오늘 비유가 한 일은 젖먹이 아들 경사와 시간을 보낸 것 말고 낮에 잠시 매를 살펴본 것이 전부였다. 비유가 없는 동안 새로 보라매를 길들였는데 성체가 다 된 지금까지 매사냥을 한 번도 안했다. 유마의 눈치도 있고 해서 내일은 오랜만에 매사냥이라 해볼 요량이었다. 호가부를 통해 옛 무절도의 수사들에게 연통을 미리 넣은 상태였다.

「나리. 장사나리께서 오셨습니다.」

집사가 인기척을 하였다.

「어느 소속… 누구라 하더냐?」

「사군부 목금 장사라 하옵니다.」

「…?」

비유가 급히 방문을 열었다.

「늦은 시간에 어인 일로. 그렇지 않아도 옛 수사들에게 내일 매사냥이나 하자고 연통을 넣었는데… 내일 보면 될 것을…」

비유는 툇마루에 나와 목금을 맞이하였다. 목금은 관복이 아닌 평상복 차림이었다.

「소관은… 참석 못합니다.」

「그런 거라면 사람을 보내면 될 것이고.」

비유는 목금의 안색을 살폈다. 다소 긴장된 얼굴이었다.

「드릴 말씀도 있고 해서… 직접 왔습니다.」

비유와 목금이 방 안으로 들어가자 이를 본 유마가 술상을 들였다.

「…」

목금이 사내아기를 보고 멈칫하였다.

「사내아이를 하나 얻었습니다. 경사라 이름 지었습니다. 」

비유가 멋쩍은 웃음을 지었다.

「경하드립니다. 무사나리.」

비유는 유마에게 경사를 건네며 주변에 아무도 들이지 말라 일렀다.

목금은 곧장 연거푸 술 서너 잔을 비웠다. 비유를 바짝 긴장시켰다.

「무사나리. 병관좌평이 거사를 꾸미고 있습니다.」

「…」

비유는 흠칫놀랐다.

「상좌평어른과 내두좌평어른 그리고 두 분을 따르는 신료 모두를 척살할 계획을 세우고 있습니다.」

「음…」

그리고 고개를 쭈뼛 세웠다.

목금은 해구의 거사계획을 털어놓았다. 비유는 바짝 숨을 죽였다. 토씨 하나

빠뜨리지 않고 목금의 말에 집중하였다. 그리고 술 서너 잔을 단숨에 들이켰다.

「장사는 해구의 은덕을 입지 않았소. 어찌 나에게 알리는 것이오.」

잠시 후 비유가 냉정을 되찾았다.

목금은 무절도가 해체되면서 해구에 의해 전격적으로 사군부 장사로 발탁되었다. 사군부 장사는 군권의 2인자였다. 병관좌평 해구가 직속 상사였다.

「그동안… 해구의 거사계획에 참여하면서 말 못할 고통이 많았습니다.」

목금은 눈시울을 붉혔다. 말꼬리를 삼키고 또 삼켰다.

「어떻게 해서든 거사를 막아야 한다고 판단하였습니다.」

「음…」

비유는 목금의 눈을 주시하였다.

목금은 고변의 심경을 토로하였다. 판단은 두 가지였다. 여신을 배신할 수 없다는 것과 백제의 장래를 위해 거사를 막아야 한다는 판단이었다. 돌이켜 보면 목씨가문의 멸문지화를 막은 사람은 여신이었다. 목금의 부친 목만치가 팔수태후와 통정한 사건이 발생하였을 때 여신은 목만치를 구명하였고 야마토에 안착하도록 도왔다. 또한 한성의 목씨가문이 일정한 세를 유지하도록 힘썼다. 목금의 숙부 목연이 조정좌평을 맡은 것은 여신의 힘이었다. 또한 거사를 막고자 한 것은 차후 발생할 지도 모를 백제의 내분이었다. 고마성의 여씨와 한성의 해씨간 한판 전쟁은 불가피하였다.

「장사의 결단에 경외를 표하오. 고맙소.」

비유는 비로소 입을 열었다. 무겁게 닫쳐있던 가슴을 열었다.

「해구의 흉계를 막을 수 있는 사람은 무사나리밖에 없다고 생각합니다. 혹이 내두좌평께 이를 고변한다면 살육전을 불사할 겁니다. 이는 또 불행한 일이 아니겠습니까?」

「장사의 염려 잘 알겠소. 내가 알아서 처리할 것이오. 장사는 계획대로 진행해 주세요.」

「소관 이제야 마음이 놓입니다.」

목금은 술잔을 채우더니 쭉 들이켰다. 표정은 한층 밝았다.

목금이 떠나자 비유는 급히 호가부를 불렀다. 목금이 매사냥에 참석 못할 것이라 알렸다. 그리고 해씨가문의 수사 두 사람에게는 급히 매사냥을 취소하라 일렀다.

비유는 밤새 앞마당을 서성였다. 좌로 우로 또는 앞으로 갔다가 뒤돌아 걷고 또 걸었다. 마당 구석구석을 빠짐없이 훑고 다녔다. 유마가 연신 헛기침을 하였다. 방 안으로 들어오기를 애타게 기다렸다. 아침이면 비유가 출타할 예정이었다. 한번 출타하면 며칠씩 집을 비우는 비유였다. 새벽이내가 방문 틈을 비집고 들어올 때 비유가 들어왔다. 비유는 차디찬 손으로 유마의 풍만한 젖가슴을 움켜잡았다. 유마의 뜨거운 가슴이 쿵쿵거리며 타올랐다.

하늘을 열다

정묘년(428) 10월 초닷새, 한성의 아침은 동쪽 검단黔丹산의 눈부신 햇살이 뽀얀 물안개 위로 부서지며 시작하였다. 새벽녘에 서둘러 목욕을 마친 구이신왕은 의관을 차려입고 왕궁을 나섰다. 한강 모래밭을 홀로 걸으며 물안개가 내뿜은 이슬방울을 온몸으로 받아냈다. 밤새 잠을 설쳤던지 구이신왕의 얼굴은 다소 수척하였다. 그러나 긴장한 표정이 역력했다. 구이신왕의 표정에는 두 가지가 겹쳐있었다. 친정에 대한 설렘과 거사에 대한 두려움이었다. 구이신왕은 며칠 동안 달콤한 꿈속에서 살았다. 그러나 그 꿈은 서서히 두려움으로 변했다. 거사가 실패할 경우 상상조차 할 수 없는 무서운 먹구름이 눈앞을 가로막았다. 해충에게 넌지시 속내를 털어 놓았다. 해충은 절대 실패는 없다며 장담만 늘어놓았다. 어제는 장인 진우에게 혹 자신의 앞날에 어려움이 생기면 보호해 달라고 부탁하였다. 영문을 모르는 진우는 반드시 지키겠노라 다짐하였다. 구이신왕의 남모를 시름은 친정선포식이 있는 오늘 아침까지 계속되었다.

한강의 안개가 서서히 걷혔다. 강 건너 아단阿旦산 정상에서 연기가 피어올랐다. 아단산성 군막사에서 아침밥을 짓는 연기였다. 연기는 기다란 하얀 띠를 이루며 이내 강물위로 퍼져나갔다. 물안개가 사라진 공간을 연기가 메웠다. 나인이 급히 다가왔다. 제사 올릴 시각이 되었다며 구이신왕을 재촉하였다.

같은 시각.

해구와 해충은 시조사당 전각 뒤편에서 밀담을 나누었다.

「이상 없겠지?」

「믿을 만한 최고의 칼잡이들입니다. 적신들을 각개로 참살할 겁니다.」

「상좌평은?」

「여신은 제가 직접 척살하겠습니다. 연회가 끝날 무렵 제가 상좌평을 척살하는 순간이 신호입니다. 그때 대문 밖의 칼잡이들이 일시에 연회장으로 들어와 각개로 참살할 겁니다.」

「내가 해야 할 일은?」

「형님께서는 거사가 완료되면 연회에 참석한 다른 신료들의 동요를 막아주시고 왕과 왕후를 살펴주십시오」

「아… 알았네. 아우만 믿겠네.」

두 사람은 거사계획을 최종 점검하였다.

「내신좌평어른이 등청하지 않았네.」

「말씀드린 대로 오늘 하루만큼은 자택에 감금시키겠습니다. 장사 목금이 잘 모시고 있을 겁니다.」

「알았네. 왕전하와 신료들에게는 발목을 다쳐 등청하지 못했다고 둘러대겠네.」

그때 관원이 다가와 구이신왕이 사당에 도착했다고 알렸다. 해충과 해구는 서로 손을 꼭 부여잡았다.

궁궐 안에는 사당이 두 개 있었다. 두 사당은 회랑으로 연결되었다. 큰 전각은 시조사당으로 부여국 시조 동명성왕을 비롯하여 한성에 십제十濟를 세운 온조왕과 모친인 소서노召西奴, 형 비류沸流왕의 위패도 같이 모셔져 있었다. 작은 전각은 한성의 역대 왕들의 위패를 모신 종묘사당이었다.

신왕이 등극하면 다음해 정월 시조사당과 종묘사당에 제사를 올렸다. 구이신왕은 경자년(420)에 왕이 되어 다음해인 신축년(421) 정월에 시조사당과 종묘사당에 제를 올려 신왕 등극을 알렸다. 오늘은 구이신왕의 친정이라는 특별한 상황에서 실시하는 제사였다.

구이신왕이 도착하자, 악사가 각角을 길게 불어 시작을 알렸다. 북쪽 중앙 동명성왕의 위패를 앞에 두고 왕과 왕후, 그 뒤로 조정의 신료가 의관을 차려입고 도열하였다. 신료는 좌평과 달솔, 은솔, 덕솔 등 솔계 관등까지 참석하였다. 제사는 내법좌평 진우가 주관하였다. 제문 낭독이 끝나자 왕이 직접 제단에 말의 피를 올리고 삼배를 하였다. 친정을 알리는 축문의 낭독이 이어지고 왕은 조금 전 제단에 올린 말의 피를 마셨다. 말의 피는 채 열기가 식지 않았다. 제사 직전에 잡은 말이었다. 종묘사당 제사도 동일하였다.

「상좌평어른. 어찌 거동이 불편해 보이십니다.」

제사가 끝나자 해구가 여신에게 다가왔다.

「고뿔 기운이 있어 내복을 두툼하게 입었더니 거동이 불편하군요.」

여신은 헛기침을 하였다.

아침 일찍 등청을 서두르는데 여신의 처가 뜬금없이 갑옷을 꺼냈다. 이유를 물으니 비유에게서 연통을 받았다며 거동이 불편하더라도 꼭 갑옷을 의관 속에 챙겨 입으라 하였다. 여신은 이유가 궁금하였다. 그러나 당장 알 수 없는 노릇이었다.

「그러셨군요. 건강에 유념하셔야지요. 오늘 행사가 야외에서 많지 않습니까? 더구나 저녁에는 축하연회까지 참석하셔야 할 텐데요.」

해구는 묘한 표정을 지었다.

「내신좌평께서 등청을 안했더군요. 등청을 서두르다 그만 헛디뎌 발목을 크게 다쳤다는데.」

「그러게 말입니다. 두 분은 우리 조정의 기둥이 아닙니까. 두 분 어른의 건강을 챙기는 것도 조정의 일이지요.」

「허허… 내가 너무 오래했습니다. 이제 왕전하께서 친정하게 됐으니 물러날 때도 됐지요.」

여신은 해구의 호의에 그만 속내를 드러냈다.

「어인 섭섭하신 말씀을 그리하십니까? 상좌평어른. 그렇지 않아도 소관이 산삼 몇 뿌리를 구했는데·· 오늘 행사가 끝나면 댁으로 보내드리겠습니다.」

「고맙구려. 이 늙은이를 그토록 생각해주다니.」

「아닙니다. 두 분 어른께서 더 많은 일을 하셔야 합니다. 태후도 안 계신 마당에 젊은 왕이 친정을 한다지만 아직은 미숙하고 부족할 겁니다. 두 분 어른의 경륜이 그 어느 때보다 절실히 필요합니다.」

「허허…!」

여신이 너털웃음을 흘렸다.

해구가 물러갔다. 여신은 씁쓸하였다. 갑자기 변한 해구의 태도가 당혹스러웠다. 팔수태후가 죽자 기고만장했던 해구였다. 구이신왕의 친정선포식이 몇 달 연기되면서 변해있었다.

여신은 해구의 태도를 액면 그대로 받아들였다. 어차피 자신이 물러나면 조정은 해구의 세상이었다. 여신은 너무 늙었다. 생각도 판단도 늙어버렸다. 그럼에도 한 가지 아쉬움만큼은 떨쳐낼 수 없었다. 삼한땅에 옛 백제어라하국의 영광을 재현하는 것, 여신 자신의 평생의 꿈, 그 꿈조차 이제는 내려놓아야 한다는 생각이 들었다. 여신은 슬펐다.

해가 중천에 떴다. 친정선포식과 군대열병식은 자벌말에서 실시되었다. 구이신왕이 연단 중앙으로 나와 왕실의 상징인 칠지도를 높이 쳐들었다. 친정선포식의 시작이었다. 이어 완함阮咸, 종적縱笛, 배소排簫, 거문고玄琴, 북鼓 등으로 이루어진 악공들의 연주소리가 하늘 높이 울렸다. 연단아래에 정렬한 2천여 명의 군사들은 일제히 무기와 깃발을 쳐들고 연호하였다. 깃발은 모두 황색이었다. 군대열병식은 구이신왕이 화려하게 치장한 어마를 타고 직접 받았다. 각 지휘관은 부대의 상징 깃발을 수평으로 내려 충성의 예를 표하였다. 장엄한 광경이었다.

「아무래도 이상합니다. 상좌평어른.」

「무얼 말인가?」

여신과 여채는 우마차에 동승하였다. 축하연회장인 해구의 저택으로 향하였다. 해구의 저택은 왕궁 안에도 있었지만 왕성 밖에도 있었다. 왕성 밖 저택은 대성 근처에 있었다. 대성은 무기고와 왕도 호성부대의 지휘소가 위치하였다. 대성은 해구의 본거지였다.

「등청하면서 보니 평소에 없던 병사들이 내신좌평 집을 지키고 있었습니다.」

「발목을 다쳤다 하던데…」

「그렇다고 병사들의 보호를 받는 것은… 아무리 생각해도 이해할 수 없습니다.」

「…?」

「더구나… 오늘 누구보다도 즐거워해야 할 왕전하의 표정이 내내 밝질 않았습니다. 또 열병식을 주관할 장사 목금이 보이질 않았습니다.」

「대신 병관좌평이 하면 됐지. 무슨 사정이 있었겠지.」

여채는 조목조목 지적하였다.

「실은 어제 비유가 연통을 보내왔습니다. 소관더러 의복 안에 갑옷을 착용하라 했습니다.」

여채는 옷소매를 걷어 올렸다.

「나도 갑옷을 입었는데…」

여신은 정신이 번쩍 들었다. 비유가 여채에게까지 갑옷을 입게 한 것은 그냥 넘길 수 없었다.

「분명 뭔가가 있습니다. 왕성 밖 해구 집에서 연회를 한다는 것도 이상합니다.」

「음…」

여신은 여채의 말을 곱씹었다. 여채의 말대로 음모가 있다는 것을 본능적으로 알아챘다. 문득 해구의 얼굴이 떠올랐다. 뜻밖의 호의를 보였던 해구였다. 해구가 의심스러웠다.

「상좌평어른. 아무래도 어떤 핑계를 대서라도 연회에 참석하지 않는 것이 좋을 듯싶습니다. 만에 하나…」

여채는 말꼬리를 흐렸다.

「아… 아닐세. 연회는 참석하도록 하세. 갑옷을 착용하라 했으니 비유가 분명 방책을 세웠을 것이네. 비유를 믿도록 하세.」

「알겠습니다. 허나 너무 과음하지 마십시오. 분명 해구가 흉계를 꾸미고 있으니 조심하셔야 합니다.」

「알았네.」

여신은 눈을 감았다. 순간 현기증이 일었다.

해구의 저택은 크고 화려하였다. 여러 채의 큰 전각은 모두 기와지붕이었다. 왕궁과 다를 바 없었다. 선대 전지왕은 공신인 해구의 위세를 제어하지 못하고 오히려 방조하였다. 왕궁을 나와 해구의 저택에 며칠씩 머물렀다. 행궁이었다.

연회장소는 안채 마당이었다. 솟을대문 두 개를 지나야 마당에 다다랐다. 한 편에는 정자가 있는 조그만 연못이 있었다. 구이신왕과 좌평들의 좌석은 정자였다. 나머지 좌석은 마당에 차일을 치고 정자를 마주볼 수 있도록 'ㄷ' 형태로 배치하였다. 연회의 주식은 말고기였다. 오늘 제사에 사용된 말이었다. 해구의 종녀들과 왕궁의 궁녀들이 연회를 시중들었다. 음식과 술을 담은 그릇은 대부분 흑색도기였다. 동진에서 수입한 귀한 그릇이었다. 연회를 주최한 해구가 일장 연설을 하였다. 이어 악공들의 연주로 연회가 시작되었다. 여신이 구이신왕에게 술을 따라 올리며 친정선포식이 지연된 것을 사과하였다. 그리고 거듭 친정을 축하하였다. 구이신왕은 좌평들과 일일이 술잔을 주고받았다. 해맑은 웃음을 지었지만 왕의 얼굴은 굳어 있었다. 어느 정도 연회가 무르익자 군사들이 나와 검술과 창술 대련을 펼쳤다. 구이신왕은 승자에게 직접 술잔을 내려 승리를 축하해주었다. 연회는 별 탈 없이 진행되었다. 연회 도중 해구가 서너 차례 자리를 이석하였다. 또 해구가 귓속말을 하자 구이신왕이 휘둥그레 눈을 뜨고 놀란 표정을 지었다. 이것 말고 특별한 상황은 없었다.

「내신좌평어른께서 안계시니 못내 아쉽습니다.」

여채가 주위를 둘러보며 입을 열었다. 여채는 줄곧 주변을 살피며 경계를 늦추지 않았다.

「소관도 아쉽기는 마찬가집니다.」

목연이 맞장구를 쳤다.

「오늘 아침 등청 길에 보니 내신좌평 집을 병사들이 지키고 있더이다. 낙상사고로 발목을 다쳐 등청하지 못한 것과 병사들이 집을 지키는 것은 아무리 생각해도 연관이 되지 않아서…」

여채가 해구를 힐끗 쳐다보았다. 해구가 움찔하며 시선을 피했다.

「내두좌평께선 참으로 의심도 많으십니다. 좋게 생각해야지요. 불순한 자들이 내신좌평어른께 위해를 가할 수도 있습니다. 우리 병관좌평께서 내신좌평어른을 끔찍이도 생각하시니 예방차원에서 그리 한 것이 아니겠습니까?」

진우가 여채의 말을 가로막았다. 다소 해구를 두둔하였다.

「불순한 자들이라… 감히 어느 누가 내신좌평어른께 위해를 가한단 말입니까? 내신좌평어른의 선행은 한성의 백성이면 누구나 다 아는 사실인데…」

여채가 받아쳤다.

「요사이 고구려 첩자들이 많다 들었습니다. 얼마 전 살인사건이 있었잖습니까? 아직 범인을 잡지 못했지만 고구려 첩자의 소행일 것이라는 소문도 있습니다. 아니 그렇습니까? 조정좌평.」

이번에는 해충이 가로막았다. 넌지시 목연에게 시선을 보냈다.

한 달 전 사군부 관원 하나가 퇴청 길에 죽었다. 살인사건이었다. 그런데 조사과정에서 죽은 관원이 백제의 군사기밀을 고구려에 넘긴 것으로 확인되었다. 고구려 첩자에 의해 타살되었다는 소문이 돌았다. 이 사건은 병관좌평인 해구를 궁지로 몰았다. 그러나 오히려 전화위복이 되었다. 북부의 성들을 조속히 수리해야 한다는 해구의 주장에 명분이 실렸다. 조정은 내달부터 북부의 성들을 수리하기로 결정하였다.

「범인이 고구려 첩자일 것이라는 소문은 있으나 구체적인 증좌는 찾지 못했습니다.」

목연이 답하였다.

뜻밖의 상황이 펼쳐졌다. 해수의 행사불참을 두고 여채가 건넨 말 한마디가 발단이었다. 좌평들의 의견이 둘로 갈라지며 세를 형성하였다. 여신, 여채의 세와 해구, 해충, 진우의 세였다. 목연은 다소 중간 입장이었다. 이 세는 이 자리에서 뿐 아니라 평소에도 대립되는 세였다. 특별한 것은 팔수태후 죽음 이후 진우가 부쩍 해씨 쪽에 달라붙었다.

「내두좌평. 그만하시게. 오늘처럼 즐거운 날에 어찌 그러시는가. 좋게 생각하고 넘어가세.」

여신이 서둘러 여채를 말렸다.

구이신왕은 다소 못마땅하였든지 이내 정자를 내려갔다. 마당에 있는 젊은 신료들에게 일일이 술을 권했다. 왕이 떠난 정자위에는 때 아닌 침묵이 흘렀다.

「상좌평어른. 왕전하의 친정소식을 야마토에도 알려야 하지 않겠습니까?」

목연이 침묵을 깼다.

「글쎄요. 태후께서 승하하셨을 때도 야마토에 알렸는데 조문단이 오질 않아서…」

「야마토에 피치 못할 사정이라도…」

「그런 것 같지는 않네만…」

「야마토에 알릴 필요 없습니다. 상좌평어른.」

해충이 끼어들었다. 해충은 목에 잔뜩 힘을 주었다.

「…!」

여신이 머뭇거렸다.

「무슨 말씀입니까? 위사좌평. 야마토에 알리는 것이 도리입니다.」

여채가 해충의 말을 가로막았다.

「도리라니요? 그것은 어디까지나 태후께서 살아계실 때의 일입니다. 태후께서 안 계시는데 우리 한성이 나서서 야마토에 머리를 숙일 하등의 이유가 없습니다.」

「위사좌평! 그걸 말이라 하십니까?」

「생각해 보십시오. 이 한성이 해씨의 나라이지 여씨의 나라가 아니지 않습니까?」

「뭐라?」

여채가 자리를 박차고 벌떡 일어났다. 해충도 덩달아 일어났다. 두 사람은 서로 멱살이라도 잡을 태세였다.

「그만… 그만… 당장 자리에 앉게. 오늘 같이 좋은 날에 그것도 왕전하와 관원들이 보는 앞에서 어찌 추태를 보이는가?」

　여신이 두 사람을 나무랐다. 두 사람은 주변 눈치를 살피더니 슬그머니 자리에 앉았다.

　「이 문제는 좀 더 숙고하세. 설령 야마토에 왕전하의 친정소식을 알린다해도 야마토가 축하 사절단을 보낼지는 의문이네. 시간을 갖고 검토해보세.」

　여신은 서둘러 논쟁을 봉합하였다.

　죽은 팔수태후의 빈자리가 너무나 컸다. 양대 세력의 정쟁이 빈자리를 메웠다. 그 세력의 한 축에 여신 자신이 있었다. 여신의 존재 자체가 정쟁을 불러올 수밖에 없는 현실이었다. 여신은 조정에서 물러나기로 한 자신의 결정이 잘한 일이라 생각했다.

　서쪽하늘에 뜬 초승달이 외롭게 밤하늘을 지켰다. 왁자지껄 요란을 떨던 정자 아래 젊은 신료들의 분위기는 쫙 가라앉았다. 술에 취하고 등롱불빛에 취해 누구는 눈을 감고 있었고 또 일부는 소곤소곤 이야기꽃을 피웠다. 구이신왕이 다시 정자위로 올라왔다.

　「이제 연회를 파할 시각인데 병관좌평과 위사좌평은 어디 갔습니까?」

　구이신왕이 해구와 해충을 찾았다.

　「잠시 자리를 물린 듯하옵니다. 왕전하.」

　진우가 좌평들의 좌석을 살폈다. 해구와 해충은 없었다.

　「과인은 오늘 무척 기분이 좋습니다. 젊은 신료들의 결기를 보며 이 한성의 앞날이 매우 밝다는 것을 확인했습니다.」

　구이신왕의 표정이 한층 밝았다.

　「모두다 왕전하의 홍복이십니다.」

　진우가 구이신왕을 치켜 세웠다.

　「이 모두가 좌평들의 덕택이지요. 아직 과인은 혈기만 있지 많이 부족합니다. 집정대신이신 상좌평께서 과인을 살펴주셔야 합니다.」

구이신왕은 은근슬쩍 여신의 눈치를 살폈다.

「집정대신이라니요? 가당찮은 분부이시옵니다. 왕전하께서 친정을 하시는데 어찌 집정대신이 필요하겠습니까? 분부 거두어 주시옵소서. 왕전하.」

여신은 구이신왕의 경계를 알아챘다.

「아… 아닙니다. 상좌평. 그리 말씀하시면 과인이 서운합니다. 과인은 상좌평의 집정을 거둘 뜻이 없습니다.」

여신이 집정대신이 된 것은 순전히 야마토와의 관계 때문이었다. 원래 상좌평이란 직책 자체가 없었다. 야마토의 지원으로 한성의 왕위에 오른 전지왕은 야마토의 요구에 따라 여신을 상좌평에 임명하고 집정대신으로서 모든 권한을 부여하였다. 집정대신은 군국정사를 총괄하는 실질 권력자였다. 전지왕 사후 팔수태후가 섭정을 하였지만 집정대신의 역할은 변함이 없었다.

집정대신 상좌평. 친정을 선포한 구이신왕에게 부담스러운 존재였다.

대문 밖.

일단의 사내들이 담벼락에 몸을 바짝 붙이고 숨을 죽였다. 모두 검은 복면을 썼다. 그때 대문이 삐쭉 열리고 두 사람이 나왔다. 해구와 해충이었다. 해구가 신호를 하자 사내들이 주위로 모였다. 또 신호를 하자 모두 칼을 빼어 들었다. 그리고 막 대문을 열 찰나였다.

「칼을 버려라.」

우르르 한 무리가 어둠 속에서 뛰쳐나왔다. 순식간에 복면사내들을 에워쌌다.

「왠 놈이냐?」

해구가 소리쳤다.

「모두 칼을 버리라 하세요.」

비유였다.

「아니… 자네가?」

「놀라실 것 없습니다. 당장 칼을 버리라 하세요. 당장… 그렇지 않으면 모두 죽음을 면치 못할 것입니다.」

비유가 칼을 빼어들었다.

「…」

「죽고 싶지 않으면 모두 칼을 버려라.」

비유가 복면사내들을 향해 호통을 쳤다. 복면사내들이 주춤하며 일제히 한 발짝 뒤로 물러났다.

「어림없는 소리!」

해구가 칼을 빼들었다. 그리고 복면사내들에게 신호하였다.

복면사내들이 일제히 달려들었다. 대략 양측의 숫자는 20여 명으로 엇비슷하였다. 자연스레 각개의 싸움이 벌어졌다. 해구가 비유를 향해 일장을 가했다. 순간 조미미귀가 해구의 칼을 받아쳤다. 호가부는 해충과 어울렸다. 양측이 백중지세였다. 그러나 잠시였다. 복면사내들이 하나둘 쓰러지며 이내 수세로 몰렸다. 그때 조미미귀가 해구를 향해 일장을 가했다. 해구의 칼이 땅바닥으로 내동댕이쳤다. 이 광경을 지켜보던 복면사내들이 일제히 주춤하였다.

「모두 칼을 버려라. 목숨은 살려 줄 것이다.」

비유가 소리쳤다.

해구가 눈짓을 하자 해충이 칼을 버렸다. 복면사내들이 모두 칼을 버렸다.

「졌다.」

해구가 고개를 푹 숙였다.

비유가 신호하자 사내들이 일제히 복면사내들을 포박하였다. 해구와 해충도 포박하였다.

소쩍새의 울음소리가 어둠을 재촉하였다. 연회가 진행되는 동안 어느 누구도 소쩍새의 울음을 듣지 못했다. 소쩍새의 울음소리는 연회가 끝났음을 알렸다.

그때였다. 우당탕하더니 대문이 활짝 열렸다. 한 무리가 마당으로 밀려들어왔다. 일순간 연회장은 아수라장이 되었다. 사람들은 우왕좌왕 갈피를 잡지 못하고 동요하였다. 무리는 모두 칼을 들고 또 다른 사내들을 포박하고 있었다. 무리는 포박한 사내들을 구이신왕 앞에 무릎을 꿇렸다.

「왕전하. 왕실을 기만하고 조정을 해하려하는 역도들을 잡았나이다.」

호가부가 구이신왕 앞에 무릎을 꿇었다.

「뭐라… 역도라 하였느냐?」

모두 웅성거렸다.

「그러하옵니다. 왕전하! 이 역도들은 조정을 해할 목적으로 상좌평과 내두좌평을 비롯하여 여러 조정신료들을 참살할 계획을 모의하고 이를 실행에 옮기려 한 자들이옵니다.」

「…!」

구이신왕의 낯빛이 새하얗게 변했다.

「역모를 꾀했다면 필경 주모자가 있을 터… 주모자를 잡았는가?」

목연이 호가부에게 물었다.

그때였다. 열린 대문으로 포박된 두 사내가 끌려 들어왔다. 두 사내는 자색 관복을 입었다.

「역모의 주모자는 병관좌평 해구와 위사좌평 해충이옵니다.」

비유였다.

모두 일제히 술렁거렸다. 비유를 주시하였다.

「이 두 역도는 오늘 이곳 연회장에서 역모를 꾸몄습니다. 이것이 역도가 만든 살생부입니다.」

비유는 살생부를 구이신왕에게 전달하였다. 이를 본 구이신왕은 이내 혼절하였다. 나인이 급히 구이신왕을 업고 대문을 빠져나갔다.

「조정좌평나리! 살생부는 역모의 증좌입니다. 해구, 해충 두 형제와 역모에 가담한 역도들을 속히 옥사로 압송하시고 날이 밝는 대로 취조하여 그 죄를 물어주십시오.」

「아… 알겠네.」

목연은 벌벌 떨었다.

해수의 하루는 너무나 길었다. 60 평생을 살면서 오늘처럼 긴 하루는 처음이었다. 이른 아침부터 자택에 감금된 해수는 영문도 모른 채 하루를 보냈다. 병사들에게 이유를 따져 물었으나 상부의 명령이라는 말만 되풀이 하였다. 병사들은 호성부대 소속이었다. 결국 해구였다. 답답하였다. 정오 무렵. 목금이 찾아왔다. 자택감금에 대해 양해를 구했지만 이유는 설명하지 않았다.

오늘은 해수에게도 중요한 날이었다. 왕명출납을 책임지고 있는 내신좌평은 모든 행사에 반드시 참석해야 했다. 그러나 해수는 자택감금을 당했다. 해구의 처사가 괘씸하였다. 울분이 솟구쳤다. 그럼에도 문득 스쳐가는 것이 있었다. 달포 전 해구가 찾아왔다. 여씨 일족을 몰아내겠다며 큰소리쳤다. 해수는 경거망동 말라고 호되게 나무랐다. 필경 해구가 충고를 무시하고 거사를 일으킨 것이 분명하였다.

해수는 한 끼의 식사도 못했다. 물 한모금도 제대로 넘기지 못했다. 온통 거사의 결과가 궁금하였다. 성공했다면 여신과 그 일족이 희생되었을 것이다. 해수는 앞으로 처신을 어떻게 해야 할지 고민하였다. 그리고 나름대로 결론을 내렸다. 조정에서 물러나는 것이었다. 해씨 일족의 수장으로 거사를 막지 못한 책임을 스스로 묻는 것이었다. 여신에 대한 최소한의 예의라 자위하였다.

　밤이 깊어도 해구로부터 소식은 없었다. 목금은 해구의 명을 받지 못해 병사들을 철수할 수 없다고 하였다. 초승달만 해수의 초조한 심정을 헤아렸다.

　대문 밖에서 말발굽소리가 들렸다. 해수는 해구가 왔을 것이라 직감하였다. 대문안쪽 마당 중앙에 뒷짐을 진 채 딱 버텼다. 해구를 호되게 나무랄 생각이었다. 대문이 열리고 두 사람이 해수 앞에 나타났다.

「장인어른. 오늘 하루 고생 많으셨지요?」

「…?」

　해수는 깜짝 놀랐다. 사람을 잘못 본 것은 아닌지 눈을 휘둥그렇게 뜨고 다시 보았다. 해구가 아니었다. 여신과 비유였다.

「내신좌평. 우리 안으로 들어가 얘기합시다.」

　여신이 손을 내밀었다. 해수는 엉겁결에 손을 잡았다. 자신도 모르게 몸이 움츠러들었다.

「해구, 해충이 역모를 꾀했습니다.」

「역모를?」

　해수는 여신의 얼굴을 본 순간 거사가 실패했다는 것을 직감했다.

「필경 내신좌평께는 알리지 않고 역모를 일으킨 것 같아 내가 직접 찾아왔습니다.」

「짐작은 하고 있었소만…」

　해수는 머뭇거렸다.

「해구와 해충은 어떻게 되었습니까? 죽었습니까?」

　그리고 해구와 해충의 처리를 물었다.

「아닙니다. 모두 체포되어 지금 옥사에 가두어 놓고 곧장 이리로 오는 길입니다.」

「내 그리 경거망동하지 말라 경고하고 책망했거늘…」

해수는 입술을 깨물었다. 그러나 아차 싶었다. 해구에 대한 푸념이 사전에 거사를 인지한 꼴이었다.

「내신좌평께서 해구의 거사를 사전에 알았단 말씀입니까?」

여신은 되레 되물었다. 놀란 표정이었다.

「아… 아닙니다. 절대 오해는 마십시오. 해구가 그런 기미를 보여 설마 했는데 해충까지 가담할 줄은 몰랐습니다.」

해수는 애써 에둘렀다.

해수는 누구보다도 역모사건의 파장을 잘 알고 있었다. 자칫하면 가담자, 방조자까지 죄를 물을 수 있는 것이 역모사건이었다. 해수는 거사가 실패한 순간부터 역모의 방조자가 되었다.

비유는 사건의 전모를 소상히 설명하였다.

「자네는 어떻게 해구의 흉계를 알았는가?」

해수는 자못 궁금하였다. 해구는 거사를 노출시킬 사람이 아니었다. 매사에 꼼꼼하고 치밀한 사람이었다. 또한 민간인 신분인 비유가 해구의 거사를 사전에 알고 제압한 것은 더욱 궁금하였다.

「고변이 있었습니다.」

「고변?」

「오늘 장인어른을 모시고 있던 목금 장사입니다.」

「목금이? 수차례 물어봐도 모른다고 시치미를 떼던데…」

「아마도 장인어른께서 알게 되시면 심적 고통이 크실까봐 알리지 않은 듯합니다.」

「참 무심한 인사로다…」

해수는 혀를 찼다. 내심 목금에게 서운하였다. 그러나 한편으론 고마웠다. 설사 해수가 거사의 진행을 알았다하더라도 해수는 가슴앓이만 했을 것이다. 해수에게는 거사 진행을 중지시킬 재간이 없었다. 해구가 해수의 말을 들어줄 리 만무하였다. 그렇다고 가담할 수도 없었다. 해수는 이래저래 곤궁하였다.

「고용한 칼잡이들의 검술이 보통은 아닐 진데… 자네는 어떻게 그들을 막았나?」

「옛 무절도 수사와 낭도의 힘이 컸습니다. 그들이 아니었다면 언감생심혼자 힘으로 이를 막을 수 있겠습니까?」

「음…」

해수는 무절도를 망각하였다. 무절도의 존재는 비유의 힘이었다. 죽은 팔수태후가 무절도를 해체한 것도 비유의 힘을 꺾기 위해서였다. 해체된 줄로 알았던 무절도, 해체되면 사라질 줄 알았던 무절도가 비유가 한성으로 돌아오며 다시 살아났다. 곰곰이 생각해보니 목금도 무절도 출신이었다.

「밤이 너무 깊었으니 그만 일어날까 합니다. 심적인 고통이 크실텐데 오늘은 편히 쉬시고 내일 조정에서 만나 이 문제를 매듭지읍시다.」

여신과 비유가 떠났다. 병사들도 철수하였다. 해수는 자유 아닌 자유의 몸이 되었다. 그러나 해수는 감히 대문 밖을 나갈 수 없었다. 잠을 잘 수 없었다. 새벽 이내가 서서히 밀려올 때까지 해수는 관복을 입은 채로 마당을 걷고 또 걸었다.

* * *

해구의 역모사건이 발생한 지 나흘이 지났다. 해수는 아들 해부를 통해 내신좌평 사직서를 제출하고 등청하지 않았다. 그러나 사직서는 구이신왕에게 전달되지 않았다. 여신이 가지고 있었다. 조정좌평 목연이 심문을 마치고 결과를 여신에게 보고하였다. 역모를 직접적으로 모의하고 구체적인 계획을 세운 사람은 해구, 해충 두 형제 말고는 없었다. 살생부를 만든 사람은 해구였다. 용병을 동원한 사람은 해구의 집사였다. 해구는 병관좌평임에도 군부 내 수하는 일절 동원하지 않았다. 역모의 장소가 자신의 집이고 연회라는 특수한 상황이기에 해구는 거사를 쉽게 생각한 듯하였다. 문제는 구이신왕이 었다. 해구는 적극 부인하였지만 구이신왕이 거사를 허락한 증좌가 있었다. 목금이었다. 구이신왕은 왕궁 침전에 스스로를 감금하였다. 여신이 수차례 알현을 요구했으나 구이신왕은 거절하였다. 장인인 진우만이 두 차례 구이 신왕을 알현하였다.

오늘 아침 여신은 안타까운 소식을 접했다. 해구의 처가 목을 매 자결하였다. 남편 해구의 허락도 없이 덜컥 저승길을 선택하였다.

「어찌 그랬는가?」

여신은 왕궁 옥사를 찾았다. 역모사건이후 해구와 첫 대면이었다.

「…」

해구는 입을 열지 않았다.

「내 그날 아침 왕전하께서 친정을 하게 됐으니 그만 조정에서 물러나겠다 하지 않았나?」

「…」

여전히 묵묵부답이었다.

「꼭 그리 해야만 했는가?」

여신이 다시 물었다.

「한성은 해씨의 나라입니다. 상좌평. 해씨의 나라를 위협하는 자는 누구든 죽여야 했습니다. 그래서 나는 시조 온조성왕께 상좌평과 그를 따르는 일족을 몰아내겠다고 맹세했습니다.」

해구는 극도의 적개심을 드러냈다. 평소 여신에게 쓰던 〈어른〉이나 〈나리〉라는 호칭은 쓰지 않았다.

「나는 곧 죽을 몸이네. 내년이면 일흔인데 살면 또 얼마나 살겠는가?」

「그것조차 허락할 수 없습니다. 설사 내일 자연사한다 하더라도 나는 오늘 상좌평을 죽여야만 했습니다. 그것이 이 한성이 해씨의 나라임을 증명하는 것입니다.」

해구의 눈빛이 야릇이 빛났다.

「허허… 내가 언제 한성이 해씨의 나라가 아니라고 부인한 적이 있었는가?」

「상좌평이 한성에 온 것부터 잘못입니다. 아니 팔수가 선왕의 왕후가 된 것부터가 잘못이란 말입니다.」

「허허… 역사조차 부정하겠다는 말인가?」

여신은 혀를 찼다.

「팔수가 죽었으니 상좌평도 죽어야 하지요. 내두좌평도 죽어야하고 그 일족도 다 죽어야 하지요. 그것이 하늘의 명이지요.」

「하늘의 명?」

「잘못된 것을 원래대로 돌려놓는 것이 하늘의 명이지요.」

해구는 더욱 단호하였다.

「…」

여신은 고개를 돌렸다. 기가 막혔다. 더 이상 해구의 말꼬리를 잡지 않았다. 해구의 독설을 듣고 싶지 않았다. 해구의 주장은 지난 역사까지 부정하였다.

「내가… 천명을 받았음에도… 분하고 원통하구나. 내 어찌 죽어 선조들의 얼굴을 뵐 것인가?」

해구는 눈을 감으며 뇌까렸다.

여신은 자리에서 일어났다.

여신이 옥사를 찾은 것은 나름 이유가 있었다. 고금을 살펴보아도 역모의 실패는 바로 죽음이었다. 해구의 명분이 무엇이든 간에 해구의 역모는 미수에 그쳤다. 그 사실 하나만으로 해구의 목숨을 구할 여지는 있었다. 해구의 처가 자결했기에 안타까운 소식을 전하고 해구를 진심으로 위로할 심사였다. 그러나 해구는 상상을 뛰어넘는 편협한 적개심만 드러냈다.

「비유가 어찌 알았다 합니까?」

「…?」

「말씀해 주십시오. 상좌평어른.」

해구가 여신의 발걸음을 잡았다. 방금 전 당당한 모습은 온데간데 없었다. 여신을 〈어른〉이라 호칭하였다. 해구의 말투에는 체념과 간절함이 겹쳐 있었다.

여신은 잠시 망설였다.

「장사 목금이 비유에게 알렸다 하네.」

그리고 입을 열었다. 어차피 해구도 알게 될 일이었다.

「… … …」

해구는 허탈한 쓴웃음을 지었다.

「병관좌평. 뭐가 그리 급하셨나? 나와 내신좌평은 늙은이가 아닌가. 때가 되면 자연스레 물러나는 것이 순리 아닌가. 우리 두 늙은이가 물러나면 해구 자네의 세상이 아닌가 말일세.」

「제가 비유를 과소평가했습니다.」

해구가 울부짖었다.

역모사건 처리를 위해 좌평회의가 열렸다. 상좌평 여신을 비롯하여 내두좌평 여채, 내법좌평 진우, 조정좌평 목연이 참석하였다. 내신좌평 해수는 참석하지 않았다. 목연이 법에 따라 주모자와 가담자 모두를 사형시켜야 한다고 주장하였다. 여채가 적극 동조하였다. 진우는 사형만은 면하게 하자는 의견을 내놓았다. 여신은 역모사건이 미수에 그친 점 들어 주모자와 가담자 모두 태형 50대에 처하고 해구와 해충은 가솔과 재산을 몰수 국고에 귀속하며 주모자, 가담자 모두 한성에서 추방하는 절충안을 내어 통과시켰다. 또한 구이신왕과 해수에 대해서는 불문에 부치기로 하였다.

여신이 좌평회의 결과를 가지고 급히 구이신왕을 찾았다.

「과인이 귀가 얇고 어리석어… 역도들의 꾐에 빠졌습니다.」

구이신왕의 표정은 밝았다.

진우로부터 역모사건의 처리결과를 이미 보고받은 상태였다. 구이신왕은 해구, 해충을 〈역도〉로 표현하며 발빠르게 변신하였다.

「망극하옵니다. 왕전하. 신이 부덕하여 왕실과 조정에 크나큰 대죄를 지었나이다. 신을 벌하여 주시옵소서.」

여신은 머리를 조아렸다.

「어인 망극한 말씀을 하시오. 상좌평. 상좌평이 아니었으면… 이 왕실과 조정이 어찌 되었겠소. 과인은 생각만 해도 너무 끔찍하오.」

「망극하옵니다. 왕전하.」

「역도들의 가솔과 재산을 몰수하고 한성에서 추방한다들었소. 참으로 잘한 결정이오. 과인은 무조건 따를 것이오.」

구이신왕의 두려움은 현실이었다. 해구의 거사 실패는 해구와 해충의 문제보다 구이신왕 자신이 죽고 사는 문제로 다가왔다. 여신이 무서웠다. 여신이 독대를 청할 때마다 저승사자가 왔다고 생각하였다. 침전에 몸을 숨기고 술로 초조한 시간을 보냈다. 어쩌다 잠이 들면 어김없이 여신이 꿈에 나타났다. 친정은 고사하고 죽음의 공포에 시달렸다.

「황공하옵니다. 왕전하.」

「장인. 아… 아니 내법좌평. 정말 잘한 결정이지요?」

구이신왕이 진우를 쳐다보았다. 동의의 요구였다. 또한 믿고 의지할 사람은 진우밖에 없다는 무의식의 표현이었다.

「그러하옵니다. 왕전하. 상좌평어른이 아니었다면 이 혼란을 수습하지 못했을 겁니다. 상좌평어른은 왕실과 조정의 큰 어른이십니다.」

진우가 맞장구를 쳤다.

「그래서 드리는 말씀입니다. 과인은 … 상좌평을 태부로 삼을까 합니다.」

구이신왕은 여신의 눈치를 살폈다.

「천부당 만부당한 분부이십니다. 태부라니요? 왕전하!」

여신은 눈을 크게 떴다.

「아… 아니요. 과인은 진심으로 상좌평을 태부로 받들 것이오. 지금부터 과인은 상좌평을 태부라 부를 것이오.」

「왕전하. 분부 거두어 주시옵소서.」

「과인이 처음 내리는 명입니다. 왕의 명을 거역하시겠습니까? 태부.」

「…!」

여신은 당황하였다. 구이신왕의 제안은 너무 뜻밖이었다.

여신에게 〈태부〉의 작위를 주자 제안한 사람은 진우였다. 해씨가문의 몰락은 구이신왕과 진씨가문에게 선택의 여지가 없었다. 여신에게 의탁해야만 했다.

여신은 따로 구이신왕과 독대하였다.

「왕전하. 공석이 된 병관좌평과 위사좌평을 속히 인사하심이 좋을 듯합니다.」

「그렇지요. 마땅한 후임자를 추천하면 바로 임명하겠습니다. 태부.」

「병관좌평에는 사군부 장사 목금을 위사좌평에는 해부를 승진시켜 임명했으면 합니다.」

「목금 ?」

구이신왕은 멈칫하였다.

목금은 해구의 거사에 동참한 사람이었다. 주모자나 동조자가 분명하였다.

「목금은 해구의 역모를 고변하였고 또한 사군부의 장사입니다. 업무의 연속성으로 보아 적임자입니다.」

「목금이 고변을 했습니까?」

구이신왕이 놀란 눈으로 되물었다.

「왕전하. 목금의 고변이 없었다면 왕실과 조정은 큰 혼란에 빠졌을 겁니다.」

「아… 알겠습니다. 그리하도록 합시다.」

순간 울화가 치밀었으나 애써 꾹 참았다. 목금은 배신자였다. 해구의 거사를 실패로 이끌고 자신을 비굴하게 만든 장본인이었다.

구이신왕은 입술을 꽉 오므렸다.

「태부. 역모를 막은 자가 비유 공이라 들었습니다. 비유 공은 태부의 양자이지요. 백성들의 신망이 두텁다고요. 이번 기회에 조정에 출사시키면 좋겠습니다.」

「송구합니다. 왕전하. 조정 출사를 수차례 권했지만 본인이 한사코 고사해서…」

「허허… 그렇습니까? 비유 공은 무절도를 이끌었지요. 승하하신 태후께서 무절도를 해체시킨 이유를 모르나 비유 공으로 하여금 다시 재건하여 이끌도록 하면 어떻겠습니까? 무절도는 왕실에도 큰 도움이 될 터인데…」

구이신왕은 계속해서 여신의 눈치를 살폈다.

「망극하옵니다. 왕전하께서 소신의 양자에게 관심을 가져주시니 몸둘 바를 모르겠습니다. 명을 따르겠습니다.」

여신은 도통 비유의 속내를 알 수 없었다. 전에도 여러 번 조정 출사를 권했고 이번에도 해구의 역모를 막은 공이 있기에 또 권했다. 그러나 비유의 태도는 한결같았다. 대신 비유가 추천한 사람들을 조정에 출사시켰다. 무절도의 재건, 비유에게 큰 선물이었다.

「비유 공에게 일러 왕궁에 들르면 꼭 한번 과인을 찾아오라 하십시오. 태부의 양자이니 과인의 형이 아닙니까? 과인이 태부께서 서운하지 않도록 잘 모시겠습니다.」

「그리 전하겠습니다. 왕전하. 하옵고… 신의 거취에 대해 한 말씀 올리고자 하옵니다.」

여신은 잠시 망설였다.

「거취라니요?」

「왕전하. 신의 나이가 일흔이옵니다. 신은 너무 늙어 지팡이 없인 거동도 못하고 시력도 나빠 가까운 물체도 잘 보지 못하며 귀도 점점 먹어 잘 듣지도 못하옵니다. 날로 기력이 쇠하여 판단력도 떨어졌습니다.」

「어찌 그런 말씀을 하십니까? 태부. 과인이 또 서운하게 한 것이 있습니까?」

「아니옵니다. 신은 오래전부터 왕전하께서 친정하게 되면 조정에서 물러날 생각이었습니다.」

「태부?」

「역모사건도 마무리 되고 있고… 왕전하께서 친정하시니 집정대신인 상좌평의 관직은 필요 없게 되었습니다. 이제 신은 조정에서 물러나 고향인 고마성으로 돌아가 남은 생을 조용히 살고자합니다. 부디 신의 청을 허락하여 주시옵소서. 왕전하.」

여신은 바짝 엎드렸다.

「아니요. 과인은 절대로 태부의 청을 들어줄 수 없습니다. 태부에 대한 과인의 진심을 시험하는 것이라면 그리 청하지 마십시오. 절대 들어줄 수 없습니다.」

구이신왕은 고개를 절레절레 흔들었다.

「왕전하?」

여신이 간곡히 매달렸다.

「안된다지 않습니까? 기력이 쇠하시면 과인이 의박사를 시켜 태부가 기력을 되찾을 수 있도록 성심으로 돌보라 하겠습니다. 제발 과인 곁에 꼭 있어 주세요. 이는 왕명입니다.」

구이신왕은 벌떡 일어났다. 그리고 여신에게 다가가 덥썩 양손을 잡았다.

「…」

여신은 고개를 떨구었다.

구이신왕은 역모사건을 겪으면서 뼈저리게 느꼈다. 여신과 해수를 가까이에 두라는 모후 팔수태후의 유언이 있었다. 그러나 구이신왕은 대수롭지 않게 이를 흘려들었다. 점점 혈기가 솟구치던 구이신왕은 섭정 자체도 불만이었지만 모후가 유독 두 늙은이에게 의지하여 국사를 좌지우지하는 것이 싫었다. 구이신왕은 해구의 말에 솔깃하였고 덜컥 거사를 용인하였다. 그러나 결과는 참담하였다. 친정을 하게 되면 강력한 왕권을 행사할 것이라 스스로에게 했던 다짐은 혼자만의 착각이었다. 구이신왕은 아무것도 할 수 없었다. 여신에게 더욱 의지해야만 그나마 왕위를 지킬 수 있었다. 생존을 위한 몸부림이었다.

여신은 퇴청길에 해수를 찾아갔다. 사직서를 내고 조정에 등청하지 않은 해수였다. 여신은 서너 차례 연통을 넣어 만남을 제안하였으나 해수는 거절하였다.

해수는 대문 밖까지 나왔다.

「내신좌평의 고집도 여전하십니다. 이렇게 만나 뵙기가 힘들어서…」

「태부가 되셨다고요. 감축드립니다. 태부전하!」

「허허… 또 비꼬시는 겁니까? 저승길이 멀지않았는데 그깟 태부가 대수입니까!」

여신은 언짢은 표정을 지었다.

「만수라 합니다. 법륭사에 몸을 의탁하고 있습니다.」

「여신입니다. 손님이 계신 줄 몰랐습니다. 제가 귀한 시간을 뺏었다면 내신좌평은 다음에 만나겠습니다.」

해수의 처소에 만수법사가 있었다. 두 사람은 서로 예를 갖춰 통성명하였다.

「괜찮습니다. 상좌평어른. 만수법사께서는 불법에 귀의하기 전에는 사사로이 저의 숙부였습니다. 오늘 저의 집에 귀한 손님이 오실 것이라면서 일찌감치 오셔서 기다리고 있었습니다.」

「…」

「가만히 보니 법사께서 말씀하신 분이 아마도 상좌평어른인 듯싶습니다.」

「허허… 허언을 다 하시고…」

여신이 입술을 실룩거렸다.

여신과 만수법사는 서로 알고 있었지만 대면은 처음이었다. 비슷한 연배였다. 얼굴에 주름이 가득하였다. 그러나 두 사람의 눈빛은 깊고 깊었다. 불법의 도이든 속세의 도이든 두 사람은 도인이었다.

「하늘을 거슬린 가엾은 중생이 하나있습니다. 저승길을 살피러 내려왔습니다. 나무아미타불!」

「저를 두고 하시는 말씀인가요?」

여신이 놀란 눈으로 물었다.

「허허… 어찌 상좌평어른을 면전에 두고 천기를 누설하겠습니까? 저승사자가 상좌평어른을 찾을 날은 아직 멀었습니다.」

만수법사가 빙그레 웃었다.

「그나저나 낼 부터는 등청하셔야겠습니다. 내신좌평이 안계시니 조정이 제대로 돌아가지 않고 있습니다.」

여신이 넌지시 말을 건넸다.

「그저 감사할 뿐입니다. 부족한 제 자식을 위사좌평으로 승진시켜주고 또… 또…」

해수는 말을 삼켰다.

「말씀 안하셔도 잘 압니다. 다 지난 일입니다. 앞으로가 중요하지요. 하루 빨리 왕실과 조정이 안정을 찾을 수 있도록 내신좌평께서 중심을 잡아주셔야지요.」

여신은 해수의 마음을 꿰뚫었다. 해수의 심적 부담을 잘 알았다. 그러나 해수가 필요하였다. 역모사건 이후 조정의 세가 급격히 자신에게 쏠렸다. 지나친 세의 집중은 제2, 제3의 해구가 출현할 수 있었다. 해수의 존재는 여씨와 해씨의 적절한 균형을 의미하였다.

「아직도 한성의 바람은 끝나지 않았습니다. 나무아미타불!」

만수법사가 끼어들었다.

「법사님. 무슨 말씀이온지요?」

여신이 물었다.

「한성의 바람은 새 주인이 나타나고서야 자자들 겁니다.」

「…」

「이미 한성의 기가 쇠할 때로 쇠했습니다. 이제 새 주인이 나타나 한성뿐 아니라 삼한땅을 가득 채울 것입니다. 이는 하늘의 뜻이요. 땅의 뜻이요, 온 백성의 뜻이지요. 나무아미타불!」

「…?」

「…?」

갑자기 방 안 가득 침묵이 깃들었다.

「소승은 그만 일어설까 합니다. 가엽은 중생을 위해 준비를 서둘러야겠습니다.」

만수법사가 침묵을 헤집고 일어섰다. 만수법사를 배웅하는 여신과 해수는 서로의 시선을 피했다.

여신은 평소보다 조금 늦게 등청하였다. 잠을 설쳤다. 만수법사의 말이 머릿속을 떠나지 않았다. 지난 밤 해구가 옥사에서 자결하였다. 만수법사가 말한 가엾은 중생은 바로 해구였다. 정오가 되어 죄인들에 대한 형이 집행되었다. 왕궁대문 앞 광장이었다. 수많은 백성들이 지켜보았다. 죄인들에게 각 50대의 태형이 가해졌다. 해구의 집사는 죽은 해구의 몫까지 태형을 맞았는데 100대를 채우지 못하고 죽었다. 몸이 뚱뚱했던 해충은 지병인 소갈이 있었다. 해충의 집사가 대신하여 태형을 맞았다. 많은 백성들이 죽은 해구와 집사의 시신에 돌을 던졌다. 천벌을 받았다며 해구를 원망하였다. 누군가 두 사람의 시신을 거적으로 둘둘 말았다. 지게에 얹고 자리를 떴다. 방갓을 쓴 늙은 승려가 뒤를 따랐다.

형 집행이 있은 지 얼마 지나지 않아 또 고변이 있었다. 고변을 한 사람은 진우였다. 해구의 수하들이 복수를 하겠다며 여신과 여채를 참살할 계획을 진우에게 털어놓았다. 진우는 며칠 고민하다가 이를 조정에 알렸다. 거사를 획책한 자들은 모두 체포되어 태형이 아닌 참수형으로 다스렸다. 그러나 문제는 진우였다. 역모를 즉각 알리지 않고 며칠 동안 미적거린 것이 문제였다. 진우의 처신은 탄핵의 대상이었다. 특히 구이신왕의 사전 인지 여부가 또 문제가 되었다. 이번에도 여신이 나섰다. 진우와 구이신왕을 적극 옹호하였다. 그럼에도 구이신왕과 진우에 대한 의혹은 좀처럼 가시지 않았다.

* * *

저잣거리에 찬바람이 불었다. 해가 짧아진 탓에 상점들은 일찌감치 문을 닫았다. 거리는 한산하였다.

송파각.

사내들이 하나둘 모여들었다.

「아직도 역적 해구의 악몽이 한성을 떠나지 않고 있습니다.」

호가부가 입을 열었다.

해구의 역모사건을 막아낸 자축연이었다. 연길이 주최하였다.

「그렇지 않아도 옛 해구의 수하들을 계속 감찰하고 있으나 별다른 기미는 없습니다.」

목금이었다.

「좌평나리만 믿습니다. 더 이상 불미스러운 일이 일어나선 안됩니다.」

호가부가 목금을 깍듯이 예우하였다. 한 해 전만해도 목금은 무절도의 하위수사인 차사였다. 역사인 호가부는 차사보다 한 등급 위였다. 그러나 지금은 달랐다. 목금은 병관좌평이었다.

「역사어른의 말씀 명심하겠습니다.」

목금도 예를 갖췄다.

「지금 백성들 사이에 심상치 않은 말들이 오가고 있습니다. 우리 한성에 새 주인이 나타날 것이라고들 합니다.」

연길이 넌지시 운을 뗐다.

「새 주인?」

「…?」

「…!」

모두 놀란 표정이었다.

자축연에 참석한 사람은 역모사건에 공을 세운 사람들이었다. 옛 무절도 출신이었다. .

「그렇습니다. 왕실에 대한 불신이 극에 달한 셈입니다. 말이 친정이지 왕 전하께서 잇단 불미스러운 사건에 연루되어 민심이 등을 돌리고 있습니다.」

「그렇다고 해서 한성의 왕을 바꾸자는 것은 또 역모가 아니요?」

호가부가 되물었다.

「민심은 천심입니다. 민심을 잃은 군왕은 군왕이 아닙니다. 하늘이 허락하지 않은 군왕을 어찌 군왕이라 할 수 있겠습니까?」

「새 주인은 누구입니까?」

「글쎄요. 소문이 그러하니…」

연길이 말꼬리를 흐렸다.

연길은 비유를 향하는 민심의 화살을 잘 알고 있었다. 그러나 자신의 입으로 꼭 집어 말하고 싶지 않았다. 모두 자연스레 발견하길 바랐다.

「어디 하늘에서 떨어진답니까? 아님 땅에서 솟아난답니까?」

호가부가 눈꼬리를 치켜 세웠다.

「제가 엉뚱한 얘기를 꺼낸 것 같습니다. 죄송합니다. 무사나리께서 상좌 평어른을 뵙고 오신다 하였는데 조금 늦는 모양입니다. 마냥 기다릴 것이 아니라 우리 먼저 한잔들 하십시다.」

연길이 은근슬쩍 화제를 접었다.

연길은 모두의 술잔에 일일이 술을 채웠다. 그리고 자신이 먼저 들이키며 술을 권하였다. 술잔을 채우고 또 비우기를 여러 차례 반복하였다. 술자리가 점점 무르익었다. 연길이 한 여인을 데리고 들어왔다.

「송나라에서 데려온 가녀歌女올시다. 현금을 타는 솜씨며 가락을 읊는 솜씨가 가히 일품입니다.」

가녀가 현금을 타며 가락을 읊었다. 구슬프고 애절한 음색이 사내들의 가슴을 파고들었다.

「어찌 이리도… 이내 가슴을 쥐어짜는가! 여인의 구슬픈 가락이 애간장을 다 녹이는구나!」

호가부가 연신 탄성을 질렀다. 가녀에게서 눈길을 떼지 않았다.

그때였다. 비유가 들어왔다. 연길은 서둘러 가녀를 물렸다.

「귀한 분들을 초대해놓고 제가 늦었습니다.」

「형님. 우리 먼저 한 잔 했습니다.」

호가부가 술잔을 가득 채워 비유에게 권했다. 비유는 단숨에 입안으로 넘겼다.

「오늘 왕전하께서 우리의 공을 인정하시고 흔쾌히 무절도 재건을 허락하셨습니다. 참으로 기쁩니다.」

모두 환호하며 손뼉을 쳤다.

「초심으로 돌아가 더욱 분골쇄신합시다. 나라와 백성을 위해 성심을 다합시다.」

모두 고개를 끄덕였다.

「특별히 몇 분은 조정에 출사하는 영예도 입었습니다. 재삼 축하를 드립니다.」

비유는 모두의 술잔에 술을 채워주고 함께 축배의 잔을 들었다.

「무사나리께선 출사하지 않으십니까?」

누군가 물었다.

「나는 우리 무절도로 만족합니다. 더는 바랄게 없습니다.」

비유의 출사는 무절도 뿐 아니라 조정에서도 관심사였다. 그러나 정작 비유는 관심이 없었다. 오히려 외면하였다. 비유는 자신의 출사가 가져올 파장을 경계하였다. 무절도가 재건 그 하나만으로도 족하였다.

자축연이 끝났다.

비유는 연길과 따로 만났다. 오랜만이었다.

「조미 좌사가 보이질 않습니다.」

연길이 조미미귀를 찾았다.

「미처 말씀 못 드렸군요. 조미 좌사는 오늘부터 상좌평어른을 경호하기로

하였습니다. 해구의 옛 수하들의 책동도 있었고 아직은 안심할 상황이 안돼서…」

「잘 하셨습니다. 나리. 송구한 말씀이오나 상좌평어른께서 다른 말씀은 없으셨습니까?」

「… …」

비유는 대답대신 술잔을 기울였다.

「제가…?」

연길이 멈칫하였다.

「아… 아닙니다. 혹 법륭사에 있는 만수법사란 분을 아십니까?」

「소인은 그저 존함만…」

「죽은 아랑낭자 일로 법륭사를 찾은 적이 있었습니다. 그때 저도 처음 뵈었습니다. 초면인데 하도 호의를 베풀어서 이상하게 생각했습니다. 형 집행 전날 상좌평어른이 내신좌평어른과 함께 만수법사를 만났나 봅니다.」

「…?」

「법사께서 한성에 새 주인이 나타날 것이라 예언을 하셨답니다.」

「이미 백성들 사이에 널리 퍼진 얘기입니다만…」

「상좌평어른께서는…」

「…?」

연길은 침을 꾹 삼켰다.

「상좌평어른께서는 법사가 예언한 한성의 새 주인이 저라는 느낌을 받았다 하더이다.」

「나리를 말입니까?」

「상좌평어른의 말씀을 듣던 저도 놀랐는데… 아무리 생각해도 웃음만 나와서.」

비유는 너털웃음을 지었다.

「소인도 상좌평어른과 생각이 같습니다. 나리.」

연길이 정색하였다. 그리고 똑바로 비유를 쳐다보았다.

「…?」

「나리께서는 한성의 새 주인이 될 분이옵니다. 아무리 부정하셔도 백성들은 나리를 새 주인으로 맞이할 것입니다.」

「어찌 불충의 말씀을…?」

비유는 불충이라며 에둘렀다.

그러나 차마 연길에게 차마 밝힐 수 없는 것이 있었다. 비유를 한성의 어라하로 만들겠다는 여신의 소망이었다. 여신은 비유를 불러 재차 확인시켜주었다. 그리고 이제 때가 되었다며 해수와 담판을 지어 매듭짓겠다 하였다.

「나리. 오늘 여각에서 묵고 가려는지요?」

「그리 하겠습니다. 어린 자식을 본지도 오래됐군요.」

잠시 후 연길이 가월을 데리고 들어왔다. 가월은 어린 여기와 강보에 쌓인 아기를 안고 있었다. 비유가 손을 내밀자 여기가 가월의 치마 속으로 몸을 숨겼다.

「허허… 이놈 봐라. 그동안 무척 컸구나.」

비유는 손을 내밀어 여기를 얼싸안고 볼에 입을 맞췄다.

「그 강보는 무엇입니까?」

가월이 비유에게 강보를 건넸다.

「미처 말씀 못 드렸습니다. 나리께서 한성에 안 계실 때 가월부인께서 여자 아기씨를 낳으셨습니다.」

「?」

비유는 물끄러미 여자아기를 내려다보았다. 여자아기는 새록새록 잠들어 있었다.

「아직 이름도 없습니다. 나리.」

비유는 헤벌쭉 웃었다.

자식을 얻는 것은 천하를 얻는 것보다 큰 기쁨이요 즐거움이었다.

그날 밤 비유는 가월을 품에 안았다.

정묘년(427) 12월 초순, 연일 계속되는 강추위는 매서웠다. 한강을 꽁꽁 얼려버린 한파는 백성들의 일상조차 얼렸다.

여신과 해수는 마지막 단판을 하였다. 벌써 몇 시각 째였다. 지루한 줄다리기였다.

「어찌 하시겠습니까? 내신좌평.」

「좋습니다. 상좌평어른의 말씀대로 하겠습니다. 대신 조건이 있습니다.」

「조건 ?」

「두 가지입니다. 향후 어떠한 일이 있더라도 왕후만큼은 반드시 우리 해씨가문에게 주어야합니다. 또한 두 개의 좌평자리는 우리 해씨가문의 몫으로 해주십시오.」

「음…」

「두 가지에 대해 약조를 해주시지 않으면 결코 우리 해씨가문은 비유를 한성의 주인으로 받아들일 수 없습니다.」

「좋습니다. 내신좌평의 제안 받아들이겠습니다. 비유뿐 아니라 후대의 왕들도 이를 지킬 수 있도록 하겠습니다.」

두 사람은 전격 합의하였다.

비유가 한성의 새 왕으로 확정되는 순간이었다.

「왕전하께는 어떻게 양위를 받아 내실런지요?」

「내일 이 해수가 독대하여 양위조서를 받아내겠습니다.」

「좋습니다. 내신좌평만 믿겠습니다. 이 문제는 일절 관여하지 않겠습니다. 다만 왕전하의 거취는 어떻게 하면 좋겠습니까?」

「일단 백성들에게는 왕전하가 급병을 얻어 승하하였다 공표하겠습니다. 그렇다고 왕전하의 목숨마저 빼앗을 순 없는 노릇이기에…」

해수가 말을 하다말고 망설였다.

「새 왕을 맞이하는 마당에 한성은 물론이고 삼한땅에 머무르게 할 순 없습니다.」

「…?」

「야마토로 보냅시다. 야마토에는 제가 선을 넣겠습니다.」

여신과 해수는 약속이나 한 듯이 척척 죽이 맞았다.

다음날.

내신좌평 해수는 구이신왕이 저녁 무렵 갑자기 급사하였으며 죽기 직전에 비유에게 양위한다는 유언을 남겼다고 발표하였다. 이후 구이신왕의 장례는 절차에 따라 신속히 거행되었다. 시신은 능골에 안치하였다. 그럼에도 조정 관원 상당수는 구이신왕의 죽음을 믿지 않았다. 구이신왕의 시신을 직접 본 사람은 없었다. 구이신왕의 죽음을 포함하여 구이신왕과 관련된 내용은 일절 발설하지 못하도록 강력히 금지되었다. 구이신왕이 죽지 않았다고 믿는 사람조차 구이신왕의 행방을 알지 못하였다.*

---

* 《신찬성씨록》 하내국 미정잡성 편에 〈선자수船子首〉는 백제사람 〈구이군久爾君〉의 후손이라 하였다. 구이군은 구이신왕이다. 비유 왕에게 왕위를 넘긴 구이신왕은 열도로 망명한 것으로 추정된다.

비유어라하

따사로운 햇살이 한성 하늘을 가득 메웠다. 햇살은 꽁꽁 얼어붙은 백성들의 마음을 녹였다. 백성들은 새 왕의 햇살이라 했다. 추운 날씨 탓도 있었지만 여름내 계속된 태풍으로 백성들의 삶은 궁핍하였다. 비유는 즉위식을 생략하였다. 국고를 열어 백성들에게 양곡을 나누어 주었다. 어제는 천지제단에 제를 올렸다. 삼한의 천지신령에게 새 주인의 탄생을 알리고 왕실과 조정, 삼한 백성 모두의 안녕을 빌었다.

좌평회의는 새 왕을 〈어라하於羅瑕〉라 부르기로 의결하였다. 어라하는 백제가 한성 뿐 아니라 삼한땅 전체를 아우르는 칭호였다. 이는 옛 고마성 백제 어라하국의 계승이었다. 여신의 의지가 강력히 반영되었다. 삼한을 통할하는 어라하국의 재건. 여신에게는 필생의 염원이었다. 비록 고마성이 아닌 한성이지만 여신의 사업은 실현되었다. 왕후는 〈어륙於陸〉이라 칭하였다.*

「어라하. 늠름하신 옥체를 뵈오니 실로 감개무량하옵니다.」

여신의 눈가에 눈물이 고였다.

---

* 《주서》 백제전에 '왕의 성은 〈부여扶餘〉씨인데 〈어라하於羅瑕〉라고 부르며 백성들은 〈건길지腱吉支〉라고 부르는데 중국말로 왕이라는 뜻이다. 처는 〈어륙於陸〉이라 일컫는데 중국말에서 왕비이다.'라고 기록하고 있다. 도수희는 〈어라하〉와 〈어륙〉은 부여왕족의 지배계층 언어이며 〈건길지〉는 삼한토착 피지배계층의 언어라 하였다. 〈어륙〉은 〈오구〉의 옛말을 한자로 옮긴 것이라 한다. 현대 일본어에 귀부인이나 사모님을 칭할 때 〈오奧〉라 쓰고 〈오쿠おく〉라 읽는다. 〈오구〉는 백제말에서 유래하였다.

「고맙습니다. 태상어른. 부족한 소자를… 오늘이 있도록 이끌어 주셨습니다. 죽는 날까지 은혜 잊지 않겠습니다.」

비유어라하도 감정이 복받쳤다.

「꿈에 휘어라하를 뵈었나이다. 소신의 어깨를 다독이며 밝은 미소를 지었나이다.」

「조부께서요?」

「소신은 휘어라하의 한을 한 번도 잊은 적이 없습니다. 이제 당신의 적손이 삼한의 새 어라하가 되셨으니 어찌 기쁘지 않겠습니까.」

여신은 감격의 눈물을 흘렸다.

고구려 광개토태왕에게 허를 찔려 삼한땅을 떠나야 했던 백제어라하국의 휘어라하. 휘어라하는 고마성을 떠나면서 꼭 다시 돌아오겠다고 여신에게 약속하였다. 그러나 끝내 돌아오지 못하고 열도에서 영면하였다. 그리고 30여년의 세월이 지났다. 휘어라하의 약속은 비유어라하에 의해 지켜졌다.

「소자 또한 조부의 한을 잘 알고 있습니다. 어찌 고구려를 잊을 수 있겠습니까? 반드시 고구려를 응징하여 조부의 한을 풀어드릴 겁니다.」

「말씀만 들어도 벅차옵니다. 성군이 되실 겁니다. 우리 대백제국을 강국으로 만드시리라 믿어 의심치 않습니다. 오늘 눈을 감는다 해도 여한이 없나이다.」

「태상어른!」

두 사람은 애틋한 눈빛을 주고받았다. 아름답고 정겨운 광경이었다.

「어라하. 청이 하나 있나이다.」

「?」

「소신은 그만 조정에서 물러날까 하옵니다.」

「태상어른?」

「기력이 날로 쇠하여 더 이상 조정 일을 볼 수가 없습니다. 고향 고마성으로 돌아가 여생을 보내고 싶습니다. 부디 윤허하여 주시옵소서.」

여신의 건강상태가 좋지 않았다. 해구의 역모사건 처리와 비유의 어라하 등극까지 여신은 건강을 돌볼 여유 없이 내달렸다. 급기야 오늘 아침 등청길에 쓰러져 혼절하였다.

「아… 안 됩니다. 소자 윤허할 수 없습니다.」

「어라하…?」

「소자가 의박사에게 태상어른을 곁에서 돌보라 명하겠습니다. 고마성으로 돌아가신다는 말씀을 거두어 주십시오. 등청하지 않으셔도 내신좌평을 보내 상의하라 이를 것입니다. 필요하면 소자가 직접 찾아뵙겠습니다. 부디 물러나겠다는 말씀은 거두어 주소서.」

「…!」

「소자가 어라하국을 천명하였지만 이는 시작에 불과합니다. 어라하의 명이 삼한땅 곳곳에 미칠 수 있도록 시급히 삼한을 통합해야 합니다. 또한 야마토와의 관계도 하루빨리 재조정해야 합니다. 이처럼 중대한 일들을 소자가 어찌 혼자 감당할 수 있겠습니까?」

「어라하… 어라하께서는 이미 당면한 문제들을 잘 알고 계십니다. 문제를 알고 있다면 당연히 해결책도 알고 계실 것입니다. 어라하께서는 모두 현명하게 처리하시리라 믿습니다.」

백제어라하제국의 천명. 아직은 선언에 불과하였다. 당장 시급한 것은 무주공산이 되어버린 삼한땅을 한성이 실질적으로 흡수하는 것이었다. 삼한땅은 소국들로 분산되어 있었다. 이에 앞서 삼한땅 영유권에 대한 야마토와의 분쟁도 해결하여야 했다. 또한 한성의 어라하국의 등장은 반도의 백제와 열도의 야마토, 두 개의 어라하국이 병존함을 의미하였다. 야마토와 조율이 필요하였다. 비유어라하는 등극하자마자 객부의 수장인 장위를 급히 야마토에 파견하였다.

「태상어른?」

비유어라하의 눈빛이 간절하였다.

「알겠습니다. 소신의 거취문제로 더는 어라하의 심기를 어지럽히지 않겠나이다. 다만 소신이 등청하지 못하더라도…」

여신은 머뭇거렸다.

문득 만수법사의 말이 떠올랐다.

「상좌평나리는 죽어서야 관직을 내려놓을 운명이군요.」

만수법사의 말을 흘려들었던 여신이었다.

「아… 알겠습니다. 굳이 등청하지 않으셔도 됩니다. 태상어른께서 기력을 되찾는 것이 우선입니다. 소자와 내신좌평이 자주 찾아뵐 겁니다.」

「하해와 같은 성은에 감읍할 따름입니다. 어라하…」

여신은 고개를 숙였다.

여신의 기억은 15년 전으로 거슬러 올라갔다. 갓 스무살의 앳된 청년이 여신을 찾아왔다. 자신을 비유라 밝힌 청년은 어린 시절 여신이 고마성에서 봤던 휘어라하의 적손이었다. 여신은 비유를 양자로 삼았다. 여러 번 한성 조정에 출사를 권했지만 비유는 한사코 거절하였다. 돌이켜보면 비유가 출사하지 않은 것은 잘한 일이었다. 한때 팔수태후의 견제도 있었지만 한성의 왕실과 조정에 비유의 적은 없었다. 비유에게 무절도는 행운이었다. 비유는 무절도를 통해 심신을 수련하였고 무절도를 이끄는 수장으로써 한성 왕실과 조정이 무시할 수 없는 정치적 역량을 갖추었다. 비유의 어라하 등극은 여신의 힘도 컸지만 어찌 보면 비유 스스로 만든 것이었다.

비유어라하는 왕실을 정리하였다. 해수의 딸이자 본부인인 유마를 왕후에 봉하였다. 비유어라하의 자식을 낳은 여채의 첩과 연길의 첩은 각각 후궁인

〈목원木媛〉과 〈가원歌媛〉으로 삼았다. 목원은 목씨가문 출신이었다. 목원이 낳은 첫째아들 여은餘殷과 가원이 낳은 둘째아들 여기餘杞와 딸은 모두 제 어미와 함께 왕궁에서 살도록 하였다. 죽은 석아랑은 〈석원石媛〉이라 추증하고 석원이 낳은 셋째아들 경사慶司는 왕후와 해수가문의 의견을 존중하여 왕후가 직접 기르도록 하였다.

비유어라하는 조정도 정리하였다. 기존의 좌평들은 그대로 유지하였다. 상좌평 여신, 내신좌평 해수, 내두좌평 여채, 내법좌평 진우, 조정좌평 목연, 병관좌평 목금, 위사좌평 해부였다. 이와는 별도로 여신과 해수를 〈태상太上〉에 봉하였다. 특별히 연길을 내두좌평 산하 곡부穀部(곡물)의 장사로 전격 발탁하였다. 관등은 달솔이었다. 연길의 발탁에 대해 귀족들의 반발이 심하였으나 비유어라하는 밀어붙였다. 무절도 출신들도 일부 발탁하여 역량에 따라 관등과 관직을 주고 배치하였다. 조미미귀는 위사좌평 산하 은솔의 관등을 주고 이전처럼 비유어라하를 지근에서 경호하도록 하였다. 또한 호가부는 재건된 무절도의 무사로 승차시켜 무절도를 이끌게 하였다.

비유어라하는 왕실과 백제의 상징색을 청색으로 바꿨다. 기존 해씨왕가는 황색으로 땅을 가리켰다. 청색은 전통적으로 부여왕가의 상징색이었다. 청색은 파란 하늘을 가리키며 부여왕가가 하늘의 자손임을 나타냈다. 야마토도 청색이었다. 깃발을 포함하여 식별을 나타내는 것은 모두 청색으로 교체되었다. 고구려는 적색이고 신라는 노란색이었다.

* * *

무진년(428) 새해가 밝았다. 비유어라하는 시조사당과 종묘사당에 제를 올려 어라하 등극을 재차 알렸다. 새 왕이 등극하면 이듬해 정월에 제를 올리는 전왕조의 관례에 따랐다. 선왕들의 위패는 그대로 유지하였다.

제를 올린 날,

만수법사가 한 젊은 승려를 데리고 비유어라하를 찾았다.

「이제야 비로소 한성이 황룡을 맞이했으니 날로 번창할 것이옵니다. 소승 늦게나마 감축드립니다.」

만수법사는 무진년의 상징인 황룡을 비유어라하에 빗대었다.

「부족한 소인이 감히 대업을 떠안았습니다.」

「소인이라니요? 가당찮은 말씀이십니다. 어라하.」

「처음 뵐 때부터 과인은 법사 앞에 소인일 뿐입니다. 한번 찾아뵈어야겠다고 맘만 먹고 이를 실천에 옮기지 못했습니다.」

「소승이 뭐라 했습니까? 소승이 찾아뵙겠다 하지 않았습니까?」

만수법사가 피식 웃었다.

「과인에게 많은 가르침을 주십시오. 법사님.」

비유어라하는 문득 첫 만남이 떠올랐다. 만수법사의 알 듯 모를 듯한 말은 결국 어라하 등극의 예언이었다.

「불자의 소견이 어찌 어라하께 가르침이 되겠습니까? 다만 오늘은 어리석은 중생 하나를 어라하께 맡기고자 들렸습니다.」

「…?」

「소승. 공보公輔라 하옵니다.」

만수법사가 눈치하자 젊은 승려가 예를 갖췄다.

「허허… 승려라니? 너는 이미 파계하였느니라. 파계한 자가 어찌 불제자를 칭하느냐. 고얀 지고…」

「스승님?」

「나는 파계한 자를 제자로 둔 적이 없느니…」

만수법사와 젊은 승려가 실랑이를 벌였다.

「어라하… 소승이 얼마 전까지 쓸 만한 제자 하나를 두었는데 글쎄 이놈이 불법에는 관심이 없고 잿밥에만 관심을 두어 파계시켰습니다. 어라하께 맡기려 하옵니다. 곁에 두고 잡일이나 시켜주십시오.」

「…!」

「…?」

「허허… 이놈아! 뭘 그리 멀뚱멀뚱하느냐. 다 이것도 부처님의 뜻인 걸. 나무아미타불!」

만수법사는 눈을 감은 채 염주를 돌렸다.

「소승… 그만 물러날까 하옵니다.」

만수법사가 일어났다.

「어라하! 그래도 이놈 문무는 깨나 익힌 놈입니다. 요긴하게 써 주십시오.」

「알겠습니다. 법사님. 법사님의 말마따나 이 또한 부처님의 뜻이라면 그리하겠습니다.」

비유어라하는 어전 밖까지 나왔다.

「과인이 법사님께 청이 하나 있습니다.」

그리고 만수법사의 발길을 잡았다.

「…」

「작년 역모사건으로 죽은 해구의 왕성 밖 저택이 비어있습니다. 훌륭한 불사가 될 수 있을 것 같습니다만…」

며칠 전, 비유어라하는 해수를 불렀다. 해구의 옛 저택을 불사로 개조하겠다는 뜻을 밝혔다.

「그렇지 않아도 내신좌평나리로부터 제의를 받았습니다. 이 또한 부처님의 뜻이라면 어라하의 제안을 받아들이겠습니다.」

「고맙습니다.」

비유어라하는 죽은 해구 부부의 원혼을 달래주고 싶었다. 어찌되었던 간에 해구는 전왕조의 충신이었다. 또한 비유어라하가 등극할 수 있는 단초를 제공한 사람이었다. 비유어라하는 옛 해구의 저택을 불사로 개조하여 전왕조의 아픔까지도 씻어내길 원했다. 더불어 한성 백성이 불법에 가까이 다가가길 바랐다.

비유어라하는 며칠째 잠을 이루지 못하였다. 고마성 성주가 축하 사절단을 이끌고 다녀간 이후부터였다. 비유어라하는 등극하자마자 서둘러 주변국과 삼한의 소국들에게 이를 통보하였었다. 야마토에는 장위를 보냈고 고구려에도 사신을 파견하였다. 고구려가 축하 사절단을 보내지 않은 것은 어느 정도 이해할 수 있었다. 그러나 모한의 소국들은 한 달이 지나도 축하 사절단을 보내지 않았다.

「어라하… 옥체를 상할까 염려되옵니다.」

만수법사의 제자 공보였다. 비유어라하는 공보를 〈대사인大舍人〉으로 삼았다. 대사인은 오늘날의 대통령 부속실장 격이었다.

공보는 요동지방에 연燕나라를 세웠던 공손公孫씨의 후손이었다. 위나라의 사마의司馬懿에 의해 멸족을 당한 이후 그 일부가 공公씨로 성을 바꾸어 숨어 살았다. 만수법사가 요동에 갔다가 공보를 발견하고 제자로 삼아 데려왔다.

「…!」

비유어라하는 말없이 술잔을 기울였다.

「어라하. 소인이 한 말씀을 올려도 되겠습니까?」

「그래 말해 보거라. 과인이 너무 답답하구나. 너무 답답해!」

비유어라하는 또 술잔을 기울였다.

「어라하. 아주 오래 전 저 바다건너 광활한 대륙을 최초로 통일한 진秦나라를 아십니까?」

「진나라? 〈황제〉라는 칭호를 사용했다던 진시황의 나라 말이더냐?」

「후대의 사가들은 그를 진시황이라 불렀습니다. 천하를 통일한 진시황은 치세기간 내내 전국을 순행하였습니다.」

「순행…?」

「진시황이 전국을 순행하며 지낸 이유를 아십니까?」

「글쎄다…」

「진시황은 천하를 통일하였지만 진나라에 굴복한 옛 여섯 나라가 언제든지 반란을 일으킬까 두려워 순행을 멈추지 않았습니다. 황제의 위엄을 직접 보여줌으로써 다른 마음을 먹지 못하도록 한 것입니다.」

「순행… 순행이라!」

비유어라하는 무릎을 탁쳤다.

「과인이… 과인이 참으로 아둔했구나. 과인이 직접 나서면 될 걸. 그걸 생각지 못했구나.」

「송구하옵니다. 어라하. 소인이 어라하의 심기를 어지럽혔나이다.」

「아니다. 과인이 우매하여 만수법사의 말을 흘려들었구나. 법사께서 너를 보낸 이유를 이제야 알겠구나. 고맙구나.」

비유어라하의 얼굴이 확 밝아졌다.

비유어라하는 순행을 결심하였다. 조정은 즉각 순행준비에 들어갔다. 수행 인력을 두고 갑론을박이 일었다. 내신좌평과 병관좌평은 남고 나머지 좌평들은 비유어라하를 수행하도록 가닥이 잡혔다. 해수는 조정을 이끌고 목금은 한성을 지킬 수 있도록 조치하였다.

그러나 문제는 엉뚱한 곳에서 터졌다.

여러 소국은 차치하더라도 지방호족과 백성들에게 당근을 주지 않으면 오히려 부담만 줄 수 있다는 판단이었다.

좌평회의.

「어라하께서 등극하시면서 한성 백성에게 양곡을 다 풀어 창고가 바닥입니다. 소관더러 해결해라 함은 천부당만부당이옵니다.」

여채가 입을 열었다. 나라 재정을 총괄하는 내두좌평이었다.

모두 꿀 먹은 벙어리였다.

「말씀을 해보십시오. 두 분 태상어른?」

여채는 여신과 해수를 번갈아 쳐다보았다. 여신은 모처럼 등청하여 좌평회의를 주관하였다.

「국고 사정은 뻔히 알고 있는 사항이고…」

여신이 머뭇거렸다.

「이렇게 합시다. 얼마 되지 않는 재물이지만 내가 재산의 반을 내놓을 테니 우리 좌평들도 할 수 있는데 까지 동참하는 것이 어떻겠습니까?」

「태상어른?」

모두 여신의 눈을 주시하였다. 여신은 비록 많지 않은 재력이지만 비유어라하를 위해 반이 아니라 모두 다 내놓는 다해도 아까울 것은 없다고 생각하였다. 다만 좌평들의 입장을 고려하여 반만 내놓겠다는 의사를 냈다.

「태상께서는 어찌 생각하십니까?」

여신이 해수에게 물었다. 해수는 한성의 최대 재력가였다.

「그리 하시지요. 상좌평어른. 그래도 제가 재물이 많으니 형편이 허락하는 데까지 내놓겠습니다.」

그때 공보가 급히 들어왔다.

「어라하의 명을 전하러 왔나이다.」

모두 공보를 쳐다보았다.

「필요한 재물은 어라하께서 직접 준비하겠다고 말씀하셨습니다. 좌평들께서는 성의만 보여 달라는 말씀도 계셨습니다.」

「대사인. 어라하께서 그리 명을 하셨습니까?」

여채가 공보에게 물었다.

「예. 내두좌평나리! 하옵고 이 문제는 더 이상 거론치 말라는 명도 계셨습니다.」

모두 의아한 눈빛이었다.

비유어라하와 조정은 순행준비에 박차를 가하였다. 소국의 왕들과 호족들에게 줄 선물과 백성들에게 나누어줄 양곡을 준비하였다. 선물은 부여왕실의 권위를 상징하는 하사품이었다. 양곡은 국고 사정을 감안하여 비유어라하가 특별히 연길에게 부탁하였다. 곡부의 수장이었던 연길은 흔쾌히 자신의 상단 재산을 내놓았다.

비유어라하 침전.

「대사인. 선물과 양곡만으로 과인을 믿고 따르겠느냐?」

「어라하. 재물만으로는 한계가 있습니다. 보다 확고한 대책이 필요합니다.」

「확고한 대책?」

「그렇습니다. 어라하. 두 가지를 검토해야 합니다.」

「… ??」

「하나는… 소국의 왕들과 호족들에게 작위를 하사하거나 그 자제를 한성으로 불러들여 조정의 관직을 주는 겁니다. 이는 대륙의 나라들이 지방호족을 다스리기 위해 〈장군將軍〉의 작위와 〈객경客卿〉의 관직을 하사하였는데 이를 살펴보심이 좋을 듯하옵니다.」

「…」

「또 하나는 지방호족과 혈연을 맺는 것이옵니다.」

「혈연?」

「어라하께서 호족의 딸을 후궁으로 맞이하거나 왕실의 공주를 호족과 혼인시키는 방법이 있습니다. 그러나 왕실에는 어린 공주 한 분만 계시니 어라하께서 호족의 딸을…」

「과인더러 또 후궁을 두란 말이냐?」

순간 얼굴이 화끈거렸다.

「두 가지 중 한 가지를 선택하시던지 또는 두 가지를 절충하십시오. 이 모든 것은 정략적이지만 또한 정략적이지 않아야합니다.」

「정략적이지 않아야한다…?」

「호족의 충심을 얻기 위해서는 어라하께서 진심을 보이시는 것이 더욱 중요합니다.」

「음…」

비유어라하는 짐짓 놀랐다.

공보는 소름끼칠 정도로 가려운 점을 꼭꼭 집어 살폈다.

「하옵고 송구한 말씀이오나 소인 잠시 법륭사에 다녀올까 합니다.」

「법륭사에?」

「아무래도 소인이 어라하 순행 길을 따라가게 되면 스승을 더 이상 뵙지 못할 것 같습니다.」

「법사께서 죽기라도 한단 말이요?」

「사람이 죽고 사는 것은 천명이라 하였습니다. 법사 또한 어찌 이를 거스를 수 있겠습니까? 열반에 들기 전에 얼굴이라도 뵙고자 합니다.」

비유어라하는 착잡하였다. 옛 해구의 저택을 불사로 개조하는 공사가 잠시 중단되었다는 전언을 들은 터였다. 만수법사의 건강이 갑자기 악화되어 공사를 중단하였다. 비유어라하는 때를 보아 공보에게 만수법사의 소식을 알릴 생각이었는데 공보는 이미 알고 있었다.

＊＊＊

무진년(428) 2월, 비유어라하는 즉위 이듬해 서둘러 전국 순행을 나섰다. 순행의 실질적인 이유는 무주공산이 되어버린 현남지역 특히 모한의 소국들을 병합하는 것이었다.

고마성에 들러 구태성왕 사당에 제를 올리고 어라하 등극을 고한 비유어라하는 남쪽으로 향하였다. 금마저, 불사, 벽골 등을 순행한 비유어라하는 어느덧 모한에 당도하였다.

「어라하 등극을 감축드리옵니다.」

발라국 왕 여주가 비유어라하를 맞이하였다.

발라국은 비유어라하가 한성을 떠나와서 한 겨울을 보낸 곳이었다. 2년 전이었다. 그때 여주에게 신세를 졌었다.

「고맙습니다. 한기. 부족한 과인이 한성에 어라하국을 재건하였습니다.」

비유어라하의 일성은 어라하국의 재건의 천명이었다. 모한은 옛 고마성 어라하국이 열도로 망명하기 전에 지배하였던 지역이었다.

「우리 한기들은 새 주인을 찾지 못하고 있었습니다. 어라하국을 재건하셨으니 어라하를 따르겠습니다.」

여주는 순순히 한성의 백제어라하국에 병합하겠다는 의사를 밝혔다. 사실 비유어라하에게는 확고한 명분이 있었다. 비유어라하는 옛 고마성 백제어라하국의 적통이었다. 비록 고마성이 아닌 한성에 백제어라하국을 재건하였지만 이 역시 명확한 어라하국이었다. 따라서 모한의 소국들은 비유어라하를 삼한의 새 주인으로 받아들일 수밖에 없었다.

「어찌 월나국 한기는 보이지 않는 게요?」

비유어라하는 좌중을 쭉 훑었다. 월나국 석풍이 보이지 않았다.

「송구합니다. 어라하. 얼마 전 동한의 아라국에 갔는데 아직 돌아오지 않고 있다하옵니다.」

「아라국?」

월나국이 아라국과 가깝게 지낸다는 것은 모한 사람이면 누구나 아는 사실이었다. 새삼스러운 일은 아니었다.

「아라국에 간 연유는 모르오나 조만간 돌아온다 합니다.」

「…」

비유어라하는 고개를 끄덕였다.

한편으로는 의구심이 일었다. 한성을 떠나 모한에 머무를 때였다. 당시 비유어라하는 죽은 석아랑과 오누이 사이인 석풍을 만났다. 석풍은 한성과 야마토에 대해 강한 불만을 표시하였다.

「고맙습니다. 과인은 모한의 결정을 존중합니다. 모한은 한성으로부터 수천리 떨어져 있습니다. 이번에 제국에 편입되더라도 이는 어디까지나 강토의 편입이지 행정의 편입은 아닙니다. 이전과 같이 자치를 인정할 것이오니 오해 없길 바랍니다. 또한 무리한 요구는 하지 않을 겁니다. 오히려 한성의 직간접적인 지원이 있을 것입니다.」

비유어라하는 소국의 왕들에게 장군의 작위와 선물을 하사하였다. 선물은 환두대도를 비롯하여 금동으로 만든 관모, 신발, 장신구 등 주로 금제품이었다.

비유어라하는 연회장으로 이동하였다. 야마토의 축하 사절단이 기다렸다.

「찬어라하께서 축하와 아울러 깊은 경의를 표하셨습니다.」

축하 사절단 대표는 찬어라하의 둘째아들 주길중住吉仲(이하 중仲)왕자였다. 중왕자는 찬어라하의 친서를 바쳤다.

「고맙습니다. 중왕자. 과인 또한 찬어라하께 감사의 말을 전합니다.」

연회가 시작되었다. 야마토 사절단은 각종 진귀한 해산물로 가득 찬 음식 앞에 휘둥그레 놀랐다. 모두 음식물 섭취에 여념이 없었다.

연회가 무르익을 무렵이었다.

「어라하. 송구한 말씀이오나 한성이 모한을 병합한다는 말을 들었습니다.」

오자룡吾子龍이 비유어라하의 눈치를 살폈다.

「…?」

「어라하께서 잘 아시다시피 모한은 저희 찬어라하의 고향입니다. 이는 부당한 처사입니다.」

「부당하다…!」

비유어라하가 실눈을 떴다.

「그렇습니다. 모한의 영유권은 저희 야마토가 가지고 있습니다. 삼한의 새 주인이 되셨지만 모한은 별개이옵니다.」

「오 숙니. 이는 전적으로 모한의 결정입니다. 과인은 어떠한 압력이나 회유를 한 적이 없습니다. 과인은 모한의 결정을 존중할 뿐입니다.」

「어라하…?」

「야마토의 입장은 충분히 이해합니다. 하지만 모한이 스스로 나서 병합을 결정한 것은 야마토가 모한을 방치한 까닭이 아니겠습니까? 다시 한 번 말씀드리지만 과인은 모한의 결정을 존중합니다.」

「…」

오자룡이 입술을 꽉 오므렸다.

「오 숙니. 어라하의 말씀이 옳은 것 같습니다. 사실 부왕께서 모한의 일을 명확히 하고 오라 명을 주셔서 연회에 참석하기 전에 몇 분을 만나보니 그들의 주장에 일리가 있었습니다. 어라하께서 모한의 결정을 존중한다 하니 이 또한 합당하다 할 수 있습니다. 내 돌아가면 부왕을 설득하도록 할 테이니 오 숙니는 걱정하지 마세요.」

중왕자가 끼어들었다.

「중왕자 ?」

「어라하. 사실 우리 야마토가 모한을 지배하기에는 무리가 많습니다. 부왕의 고향이나 한성은 지척인데 반해 우리 야마토는 바다 건너 수 천리 밖에 떨어져 있습니다.」

「…!」

「오늘의 이 사태는 우리 야마토의 잘못이 큽니다. 이제 삼한에 새 어라하국이 탄생하였으니 한성이 모한을 인수하는 것이 타당하다고 봅니다. 모한의 발전을 위해서도 올바른 선택이라 봅니다.」

중왕자는 명쾌하였다.

「…」

비유어라하는 중왕자의 얼굴을 유심히 바라보았다.

중왕자는 연회가 진행되는 동안 줄곧 웃음을 잃지 않았다. 말 한마디 한마디에는 호탕함이 넘쳤다. 비유어라하는 시종 중왕자에게서 시선을 떼지 않았다. 중왕자가 마음에 들었다.

연회가 끝날 무렵.

조미미귀가 급히 들어 공보가 월나국에 도착하였다고 알렸다.

「다른 말은 없었습니까?」

조미미귀가 망설였다.

「송구합니다. 어라하 소장이 미처…」

그리고 뒤돌아 섰다.

「아닙니다. 과인이 직접 월나국으로 갈 것이니 행차를 준비해 주세요.」

비유어라하는 먼저 자리를 떴다.

모한으로 오기 전 비유어라하는 며칠간 불사弗斯(전북 전주)에 머물렀다. 공보에게 은밀히 특명을 내렸다. 공보는 대마도에 있는 야왕 갈성위전葛城韋田을 찾아가기 위해 먼저 출발하였다. 때마침 월나국 석풍이 아라국에서 돌아왔다는 보고를 받았다. 월나국 석풍에게는 한성의 뜻을 전달하지 못한 상태였다.

비유어라하는 발길을 재촉하였다. 월나국까지는 반나절 거리였다.

저녁 무렵. 석풍의 처소에 당도하였다.

「모한의 결정을 존중합니다. 한성이 힘닿는데 까지 돕겠습니다.」

비유어라하가 먼저 선수를 쳤다.

「월나 역시 모한의 결정과 어라하와 한성의 뜻에 따르겠습니다. 하오나…」

석풍은 한참을 망설이다 입을 열었다. 그리고 말꼬리를 흐렸다. 표정이 어두웠다.

「…?」

「아…아닙니다. 따르겠습니다.」

석풍은 마지못해 답하였다.

「고맙습니다. 한기. 힘닿는데 까지 도울 것이니 월나도 도와주세요.」

「예…」

석풍의 목소리는 힘도 의지도 없었다.

훗날 석풍은 한성 백제어라하국 병합을 공식적으로 거부한다. 결국 비유어라하는 군대를 파견하여 월나국을 강제로 병탄한다. 석풍은 무리를 이끌고 원읍猿邑(전남 여수)으로 망명하여 독자적으로 소국의 명맥을 유지한다. 그러나 석풍은 몇 해 지나지 않아 배를 타고 바다에 나갔다가 풍랑을 만나 익사하는 불운을 맞는다.

「어라하… 야왕의 둘째따님을 모셔왔습니다.」

「정말인가?」

비유어라하는 벌떡 일어났다.

「지금 뒤채에 계신데 모셔올까요?」

공보가 야왕 갈성위전의 둘째딸 위이랑을 데리고 왔다. 특명은 갈성위전과 위이랑을 설득하여 비유어라하와 혼인을 성사시키는 것이었다.

「아… 아닙니다. 과인이 직접 가겠소.」

비유어라하는 주위를 물리고 홀로 뒤채를 찾았다. 그러나 방 안에 위이랑은 없었다. 한 여인이 다가왔다. 낯익은 얼굴이었다. 위이랑의 종녀였다.

「낭자는 ?」

「뒤뜰 연못가에 계십니다. 어라하께서 오시면 뒤뜰로 모셔라 하였습니다.」

비유어라하는 콩닥콩닥 가슴이 뛰었다. 설렘으로 몸이 한껏 달아올랐다. 옛 기억이 솔솔 피어올랐다. 대마도에서 처음 위이랑을 만났다. 야마토를 떠나 삼한으로 건너올 때였다. 첫눈에 반해 혼사 직전까지 갔었는데 위이랑의 고모인 찬어라하의 왕후가 반대하였다. 그렇게 첫 만남은 애틋한 이별로 막을 내렸다. 2년 전, 월나국에 방문하였다가 한 여각에서 또 우연히 마주쳤다. 재회의 기쁨도 잠시, 위이랑은 사랑의 증표로 건넸던 청동거울을 되돌려주며 그마저 인연을 끊었다. 위이랑의 뒷모습을 지켜보며 자신의 처지를 한탄했던 비유어라하였다. 그러나 지금은 당당한 삼한의 주인이었다. 대백제국의 어라하였다.

「소녀… 어라하와의 인연은 모두 끝났습니다. 아비의 성화에 못 이겨 따라오긴 했지만 소녀의 결심은 변함없습니다.」

위이랑의 첫마디는 매몰찼다.

「낭자 ?」

「이 말씀을 드리고자 어라하를 기다리고 있었습니다.」

「…」

위이랑은 뒤돌아서 뒤뜰을 빠져나갔다.

비유어라하는 위이랑의 뒷모습을 물끄러미 바라보았다.

「참으로 가혹하구나. 어찌 나는 낭자의 뒷모습만 바라보는 사람이 되었단 말인가!」

홀로 남겨진 비유어라하의 입안에 푸념이 맴돌았다.

그리고 며칠 동안 비유어라하는 위이랑의 처소 앞에서 용서를 빌었다. 애걸복걸하였다. 수행한 신료들은 어라하의 위신이 손상된다며 적극 말렸다. 그러나 비유어라하는 아랑곳하지 않았다. 오히려 적극적으로 호소하였다. 마침내 방문이 열렸다. 위이랑은 비유어라하 앞에 큰 절을 올렸다. 위이랑은 흐느꼈다. 뜨거운 눈물이 고운 얼굴을 따라 흘러내렸다. 비유어라하는 위이랑을 일으켜 세웠다. 그리고 꼭 껴안았다.*

＊ ＊ ＊

기사년(429) 9월, 만수사에서 무량수불無量壽佛 안치식이 있었다. 해구의 저택을 불사로 개조하는 공사가 꼬박 한 해를 넘겼다. 지난 해 만수법사가 열반에 들었다. 비유어라하는 만수법사의 공덕을 기리기 위해 새 불사를 〈만수사萬壽寺〉로 명명하였다. 죽은 해구 부부와 해충의 명복을 비는 추선공양追善供養이 이어졌다. 해충의 죽음을 알린 사람은 해충의 부인이었다. 한

＊ 비유왕의 〈순행〉에 대한 기록들이다.

《삼국사기/백제본기》 비유왕조에는 '봄2월 왕이 4부를 순시하며 백성을 위로하고 가난한 사람에게 정도에 따라 곡식을 주었다. 왜국 사신이 왔는데 수행자가 50명이었다.'하였고, 《남당유고/고구려사략》 장수대제기에는 '봄3월 비유가 나라를 순시하여 백성을 진휼하고 왜의 사신 50명과 연회를 열어 술을 마시고 왜의 딸을 맞이하였다 한다.'고 하였고, 《남당유고/신라사초》 눌지천왕기에는 '봄3월 부여의 비유가 야왕의 딸 위이랑을 맞이하기 위해 월나에 이르렀다.'고 하였다. 위의 세 가지 기록을 종합하면 비유왕은 즉위 이듬해인 428년 이른 봄철에 백성을 위무하기 위해 전국을 순행하였고 모한지방에서 야마토의 축하 사신단 50명을 맞이하여 연회를 베풀고 월나로 건너가 왜왕의 딸과 혼인을 했다라고 정리할 수 있다.

성에서 쫓겨난 해충은 삼한을 떠돌다 불귀의 객이 되었다.

「저희 가문에 베풀어주신 어라하의 하해와 같은 은덕에 감읍할 따름입니다.」

「은덕이라니요? 가당찮은 말씀입니다. 태상어른.」

비유어라하와 해수는 경내의 사리탑을 살폈다.

「사관에게 물으니 옛 선대 아신왕께서 불법을 권장했다고 합니다. 그동안 불사가 남한산에 있어 백성들이 자주 불법에 접하지 못했는데 이제 왕도 안에 불사가 생겼으니 우리 백성들에게 얼마나 좋은 일입니까?」

비유어라하는 불법이 백성들의 고단한 삶을 조금이나마 위로해주길 원했다. 선도와 유가가 널리 알려졌으나 대중적이지 못하였다. 백성들이 일상에서 접하기가 너무 어려웠다

「과인은 만수사를 해씨가문의 불사로 명합니다.」

「어라하… 저희가문의 불사로 하신다는 분부는…」

「아닙니다. 당연이 만수사는 해씨가문의 불사이지요. 태상어른께서 불사가 날로 번창할 수 있도록 힘써 주십시오.」

이는 백제에 불교가 전래된 이후 처음 있는 일이었다. 기존의 불사들은 모두 왕실 소속이었다.

「어라하. 성은이 망극하옵니다.」

그때 나인이 급히 다가왔다.

「뭐라! 사내아기란 말이지?」

비유어라하의 얼굴이 활짝 피었다.

「태상어른. 짐이 사내아기를 또 얻었습니다.」

「어라하. 감축드리옵니다. 위원韋媛마마께서 왕자 아기씨를 출산하시다니 왕실의 홍복이옵니다.」

「허허… 자애로운 아미타부처님이 왕실에 자비를 베푼 것이지요.」

비유어라하는 함박웃음을 머금었다. 그리고 급히 어가에 올랐다.

해수는 비유어라하의 뒷모습을 지켜보며 잠시 상념에 잠겼다.

지난 해 비유어라하는 삼한순행을 통해 삼한의 여러 소국을 한성에 병합하는 놀라운 정치력을 발휘하였다. 비유어라하 자신이 옛 고마성의 백제어라하국 적통이기에 가능한 일이지만 한성의 선대왕들은 상상조차 할 수 없는 놀라운 성과였다. 비유어라하는 소국의 수장들에게 〈장군〉의 작위를 주고 어라하왕실의 상징인 금동관모, 금동신발 그리고 환두대도를 하사하였다. 이후 비유어라하는 백제 강역을 기존의 〈부部〉체제에서 〈담로擔魯〉* 체제로 변경하였다. 기존의 4부는 한성을 중심으로 동서남북 주변일대에 국한된 강역을 나타냈지만 삼한순행을 통해 지침과 현남 등 광대한 남쪽지역을 흡수한 상태라 4부의 강역체제는 어울리지 않았다. 그래서 선택한 것이 담로체제였다. 새로 병합된 소국들을 담로에 편입시켰다. 전국을 담로로 확대 재편하였다.

그러나 동한東韓지역은 한성의 지배가 현실적으로 불가능하였다. 동한은 옛 변한 땅에 10개의 연맹국을 둔 〈임나任那〉가 실질적으로 지배하였다. 비유어라하가 선택한 것은 혼인동맹이었다. 임나 대호족 갈성위전葛城韋田의 둘째딸 위이랑을 후궁으로 맞이하였다. 〈위원韋媛〉이었다. 비유어라하는 위원의 처소에서 살다시피 하였다. 이를 못마땅하게 여긴 유마왕후는 아비인 해수에게 수차례 하소연하기도 하였다. 올 초 위원이 임신하였고 산달이 되어 사내아기가 출생하였다. 문득 해수는 죽은 만수법사의 말이 생각났다. 해

---

* 〈담로擔魯〉는 백제 말 〈다라〉, 〈드르〉의 음차로 〈읍성邑城〉을 의미하는데 중국의 군현과 같은 백제 고유의 지방통치제도이다. 《양서》 백제전에 따르면 백제는 전국에 22개 담로를 두고 왕족을 보내어 다스리게 하였다고 한다. 따라서 담로는 지방지배의 거점인 성을 뜻하는 동시에 그곳을 중심으로 하는 일정한 통치영역을 나타내는 것으로 일종의 봉건제라 할 수 있다. 담로 설치시기는 학계에서조차 의견이 분분하다. 백제건국 초부터로 보는 견해와 웅진으로 천도한 이후로 보는 견해, 백제가 지배영역을 분정한 것으로 이해되는 근초고왕대로 보기도 한다. 필자는 해씨에서 부여씨로 왕통이 바뀐 비유왕대부터 실시된 것으로 본다.

씨가문이 멸문지화滅門之禍를 당하지 않으려면 왕실 일에 관여하지 말 라 경고하였다. 특히 왕자들과 관련된 일은 절대 삼가라는 주문이었다. 또 한 명의 왕자가 태어났다. 해수는 내심 공주이길 바랐다. 유마왕후가 보살피고 있는 경사왕자의 앞날을 위해서였다.

　위원의 왕자 출산은 비유어라하에게 큰 기쁨이었다. 위원이 낳은 왕자는 잠저潛邸시절 얻었던 왕자들과는 근본적으로 달랐다. 실질적인 적통이었다. 비유어라하는 왕자 출생의 기쁨을 백성들과 함께 하고자 하였다. 어려운 처지에 있는 백성들을 직접 찾아 위문하였다.

「태상어른… 어서 쾌차하시어 자리를 털고 일어나셔야죠.」

비유어라하는 위원과 왕자아기를 데리고 상좌평을 찾았다. 여신은 건강이 악화되어 한 달 이상 등청하지 못하였다.

「아무래도 신의 명줄이 다한 듯합니다.」

「태상어른?」

「어제는 꿈속에서 휘어라하를 뵈었나이다. 어라하께서 그만 이승의 연을 놓으라 하십니다.」

여신은 마른 쇠기침을 하였다. 입술을 떼는 것조차 힘겨워 하였다.

「의박사가 고뿔이 심해서 기력이 많이 쇠해졌다합니다. 서운한 말씀 마시고 하루빨리 일어나셔야죠.」

「…」

여신은 고개를 가로저었다. 얼굴 가득 체념이 서려 있었다.

그리고 강보에 시선을 멈췄다.

「소자가 또 왕자를 보았습니다.」

비유어라하는 강보에 싸인 왕자아기를 여신의 팔에 안겼다.

「어라하를 많이 닮으셨군요.」

여신이 왕자아기의 얼굴을 찬찬히 살폈다.

「아직 이름도 짓지 못했습니다. 태상어른.」

이름을 지어달라는 주문이었다.

「곤昆이라 하면 좋겠군요.」

여신은 한참을 생각하더니 왕자의 이름을 〈곤昆〉이라 지었다.

곤昆은 〈맏이〉, 〈형〉의 뜻으로 〈크다〉라는 의미가 있었다. 왕자아기의 위상을 나타내는 이름이었다.

비유어라하가 위원과 왕자아기를 데리고 여신을 찾아온 것은 나름 이유가 있었다. 비유어라하는 여신으로부터 위원과 왕자아기의 존재를 인정받고 싶었다. 두 사람은 어라하에 등극한 후 얻은 정비며 적통이었다.

「〈곤지昆攴〉라 부르고요.」

〈지攴〉*는 존귀하고 높은 존재를 의미하였다. 수장을 가리키는 말이었다. 따라서 곤지는 〈큰 왕〉이라는 뜻이었다.

「곤지… 참으로 좋은 이름입니다. 태상어른의 뜻 깊이 새기겠습니다.」

여신은 왕자 아기를 비유어라하의 적통으로 인정하였다.

강보에 다시 건네받은 비유어라하는 왕자아기의 얼굴을 바라보며 〈곤이라…〉, 〈곤지라…〉하며 되뇌었다.

「한 말씀 올리고자합니다. 유언이라 생각하시고 잊지 말아주세요.」

여신이 무겁게 입을 열었다.

「…?」

---

* 《삼국지》 위지魏志는 변진조弁辰條에 삼한 소국의 우두머리를
〈신지臣智〉라 불렀다 하였다. 또《일본서기》는 가야 소국의 왕
을 〈한기旱岐〉라 칭하였으며, 임나왕은 〈간기干岐〉라 하였다.
〈지智〉, 〈기岐〉, 〈지攴〉는 모두 수장 또는 족장을 뜻하는 〈치〉
라는 순수 토착 우리말을 한자로 옮겨 쓴 것이라 한다. 모두 왕
을 나타내는 말이다. 현대어에 손가락을 가리키는 엄지, 검지
등이 있다.

「어라하의 적윤… 태자는 하루라도 빨리 정하소서.」

〈적윤嫡胤〉은 왕의 후계자를 칭하였다.

「태자를요?」

「신의 말씀대로 하소서. 태자가 정해지면 나머지 왕자들은 무조건 출궁시키소서.」

「…!」

「그렇게 하셔야만 왕실의 분란을 막을 수 있습니다. 어라하.」

여신은 또박또박 목에 힘을 주었다.

10월, 유송 사신이 왔다. 예고 없는 방문이었다. 백제조정은 지난 4월에 장위를 유송에 파견하여 비유어라하의 등극과 백제가 삼한의 주인임을 알렸다. 사신은 유송황제의 친서를 가져오지 않았다. 고구려에 파견된 사신은 환국 길에 백제에 잠시 들렀다.

그럼에도 조정은 사신을 환대하였다. 환대할 수밖에 없었다. 고구려에 대한 정보가 전혀 없었다.

사신은 비유어라하에게 〈호계삼소도虎溪三笑圖〉라는 화도 하나를 선물하였다. 동진의 유학자요 시인인 도연명陶淵明과 고승 혜원慧遠, 도사 육수정陸修靜 등 세 사람의 웃는 모습이 담긴 그림이었다. 당대 유儒, 불佛, 도道를 대표하는 세 사람이 서로 대화를 하다 그만 호계虎鷄다리를 건넜다는 일화를 표현한 그림이었다. 유불도의 진리가 그 근본에 있어 결국은 하나라는 의미를 담고 있었다. 사신은 고구려 장수태왕에게도 이를 선물하였다고 하였다.

「고구려 사정은 어떠합니까?」

유송 사신 접대는 연길이 맡았다. 비유어라하를 알현한 사신일행은 송파각에 여장을 풀었다.

「평양으로 천도한지가 두 해가 지났지만 천도작업이 다 마무리되진 않은 듯싶습니다. 올 정월에도 거련왕이 손수 옛 도성인 국내성에 다녀왔다 합니다.」

「…?」

「고구려 시조 추모鄒牟성왕을 추모대제로 추증하는 등 옛 선대왕들의 존호를 높이고 제를 올렸다고 하는데 백제와는 무관한 일이라…」

「다른 사정은?」

「다른 사정이랄 것은 없어 보였습니다. 다만 비유어라하 등극에 대해서는 다소 경계하는 눈치입니다. 그렇다고 당장 전쟁을 일으키겠다는 의사는 아닌 듯하고.」

「…!」

「솔직히 황제폐하와 우리 조정은 고구려가 전쟁을 일으키지는 않을까하고 예의주시하고 있었습니다. 제가 황제폐하의 명을 받고 고구려에 파견된 것도 이를 직접 확인하기 위해서입니다.」

유송 사신은 고구려에 파견된 사유를 털어놓았다.

「우리 백제는 삼한통합이 급선무라 전쟁할 의사가 없습니다. 다만 우리 조정도 방비차원에서 고구려와 국경을 연하는 북부의 성들은 일부 보수하긴 하였습니다만.」

「잘 알겠습니다. 제가 보고 들은 대로 황제폐하께 보고하겠습니다.」

연길은 사신에게 술을 권했다.

「한 가지 송구한 질문이나 삼한영토의 영유문제는 야마토와 협의가 된 것입니까?」

사신이 물었다.

「비유어라하는 백제어라국의 적통이십니다. 야마토가 가타부타할 문제가 아닙니다. 야마토에서 대규모 축하 사절단을 보내왔습니다. 삼한영토는 우리 백제의 영유로 결론을 내렸습니다.」

연길이 입술을 잘근 물었다.

「그렇군요. 백제가 삼한의 주인임이 틀림없군요.」

사신은 고개를 끄덕였다.

연길은 삼한영토의 영유권 문제만큼은 분명히 해달라는 장위의 주문을 잊지 않았다. 그날 밤 연길은 유송 사신을 극진히 대접하였다.

상좌평 여신이 죽었다. 유송 사신이 다녀간 직후였다. 비유어라하는 국장國葬을 선포하였다. 왕실의 최고 어른에 걸 맞는 최고의 예우였다. 비유어라하는 왕도밖에 새로이 부여왕가의 묘역을 조성하였다. 여신은 한성의 부여왕가의 묘역에 매장된 최초의 사람이었다.

여신은 평생 백제어라하국의 재건에 몸부림쳤다. 여신의 대업은 비유에 의해 완성되었지만 여신의 말년은 편치 않았다. 여신은 고향인 고마성으로 돌아가 여생을 보내길 원했지만 현실은 여신을 한성에 묶어 놓았다. 여신이 마지막으로 본 사람은 내신좌평 해수였다. 여신은 숨을 거두기 직전 해수의 인도로 불법에 귀의하였다.

비유어라하는 공석이 된 상좌평을 포함한 좌평들의 인사를 추가로 단행하였다. 상좌평직 폐지에 대한 조정의 공론이 있었으나 비유어라하는 이를 받아들이지 않았다. 내신좌평 해수를 상좌평으로 임명하였다. 다만 상좌평의 직무는 군국정사軍國政事 총괄하는 집정대신이 아닌 좌평의 수장 역할로 한정하였다. 내신좌평에는 여신의 장자인 여명餘暝을 전격 발탁하였다. 여명은 유가의 학식이 깊었는데 일찍이 야마토에 〈논어〉, 〈천자문〉 등 학문을 전한 왕인王仁박사 가문의 문하생이었다. 여신은 여명을 비롯하여 3명의 아들이 두었는데 모두 조정 출사를 적극 막았다. 여신가문의 조정내 권력이 비대해지는 것을 원치 않았다. 여명의 내신좌평 발탁에 대해 조정 내에서 이의를 제기하는 신료는 없었다.

석촌동 고분군

일제강점기 일본의 조사기록에 따르면, 옛 한성 백제의 도성인 서울시 송파구와 강동구 일대에는 100여 기가 넘는 고분이 산재해 있었다고 한다. 지금은 개발로 모두 없어지고 송파구 석촌동과 방이동에 고분군이 일부 보존되고 있다. 석촌동 고분군은 고구려의 대표 묘제인 〈돌무지무덤〉(적석총) 7기를 비롯하여 널무덤, 독무덤 등 30여기가 있다. 대략 3세기 중후반에서 5세기 중엽까지 200여년에 걸쳐 조성된 것으로 확인되어 백제 한성시대 마지막까지 조성된 것으로 보인다. 방이동 고분군은 〈굴식돌방무덤〉(횡혈식석실분) 8기가 있다. 굴식돌방무덤은 백제 웅진시대부터 나타나는 백제의 대표 묘제로 알려져 있어 조성시기가 불일치하여 방이동 고분군은 신라고분이라는 설도 있다. 필자는 방이동 고분군이 백제 한성시대 대미를 장식한 부여왕가의 묘역으로 추정한다.

방이동 고분군

* * *

　11월. 한성에 지진이 일어났다. 일순간 한성은 공포에 휩싸였다. 왕궁피해도 적잖았지만 백성들의 피해가 너무 컸다. 많은 가옥이 무너지고 인명피해까지 겹쳤다. 비유어라하는 즉각 비상사태를 선포하고 모든 관원과 호성군을 총동원하여 피해복구에 진력하였다. 이는 왕실과 조정 그리고 백성을 하나로 묶는 힘을 발휘하였다. 위기를 기회로 삼은 발 빠른 대처였다.

　비유어라하는 만수사에서 천도제를 올렸다. 천도薦度제는 죽은 자의 영혼을 극락으로 보내는 불교의식이었다.

　「어라하. 백성들의 칭송이 자자합니다.」

　「...?」

　「어라하께서 친히 천도제를 열어 백성들을 위로하였으니 하해와 같은 성은을 백성들이 알고 있는 겁니다.」

공가부였다.

공가부는 만수법사의 제자인 공보였다. 비유어라하는 삼한순행 후 공보에게 〈가부嘉夫〉라는 이름을 하사하고 자신의 의형제로 삼았다.

「천도제는 아우의 제안으로 연 것인데 어찌 과인의 성은이라 할 수 있겠나.」

천도제를 제안한 사람은 공가부였다. 에둘러 공을 치하하였다.

「어라하… 송구한 말씀이오나 이상한 풍문이 돌고 있습니다.」

「풍문…?」

「한성의 땅기운이 이미 수명을 다하여 지진이 일어났다고도 하고… 또 작고하신 상좌평어른의 한이 지진을 일으켰다고도 합니다.」

「태상어른의 한이라니?」

비유어라하는 놀란 표정으로 되물었다.

「상좌평어른께서는 고마성에 묻히시길 원했는데… 한성에 묻히시어 한이 되었다 하옵니다.」

「음…」

그리고 눈을 아래로 깔았다.

여신이 고마성으로 돌아가 여생을 보내고자 했던 것은 사실이었다. 그러나 죽은 여신의 한이 지진을 일으켰다는 말은 이해할 수 없었다.

「태상어른께서 고마성에 묻히길 원했다는 것은 금시초문인데…」

「신은 상좌평어른을 왕가묘역에 안치한 뜻을 잘 알고 있사옵니다. 다만 백성들의 입에서 회자되고 있는지라…」

공가부는 하던 말을 삼키며 눈치를 살폈다.

비유어라하는 여신을 새 왕조의 상징으로 삼고자 하였다. 그래서 부여 왕가묘역을 새로이 조성하고 여신의 시신을 안치하였다.

「…?」

「신이 내신좌평께 직접 확인해보겠습니다.」

「아… 아닐세. 과인이 소홀했네. 태상어른이 돌아가신 후로 대부인조차 찾아뵙지 못했구먼.」

비유어라하는 눈을 감았다. 스스로의 부덕을 책하였다.

「어라하… 이는 풍문일 뿐이옵니다. 신이 불미하여 어라하의 심기를 어지럽혔나이다.」

「허허… 과인이 대사인을 아우로 삼은 뜻을 모르겠나. 과인은 군신 관계를 원치 않네.」

비유어라하는 입술을 부루퉁히 부풀렸다. 다소 못마땅한 눈치였다. 그럼에도 미소만큼은 잃지 않았다.

「어라하…?」

공가부는 머리를 숙였다.

「과인도 한성의 땅기운이 쇠했다는 말은 들었네. 아우의 생각은 어떠한가?」

비유어라하가 물었다.

「어라하. 외람된 말씀이오나… 만수법사께서는 오늘의 지진을 예견하였습니다. 한성에 지진이 일어나면 즉각 한성을 버리라 하셨습니다.」

「한성을 버리라…」

「천도를 검토하심이 옳을 듯하옵니다. 새로운 땅을 찾아야 합니다. 한성은 죽은 땅이옵니다.」

「음…」

비유어라하는 살포시 위아래 입술을 포갰다.

「어라하… 고구려가 평양으로 천도한 이유를 아십니까?」

「…?」

「사람들은 우리 백제를 압박하기위한 것이라 하고 귀족세력을 견제하기 위해 국내성을 버렸다고도 합니다. 둘 다 맞는 얘기입니다. 그러나 근본적인 이유는 국내성이 왕도의 수명을 다했기 때문입니다.」

「…!」

「한성의 기운이 다했기에 부여왕가가 해씨왕가를 대처한 것입니다. 죽은 땅에서 천년대국을 일으킨다는 것은 이치에도 어긋나옵니다.」

「아우가 생각하는 새로운 땅은 어디요?」

비유어라하가 또 물었다.

「신의 생각은… 고마성이 합당할 듯싶습니다.」

「고마성?」

「고마성은 삼한의 중심입니다. 왕도의 기운이 가장 성한 곳입니다. 예나 지금이나 고마성은 부여왕가의 왕도로써 최적의 땅이옵니다.」

「음…」

「고마성으로 천도하게 되면 백성들의 불안을 해결할 수 있습니다. 상좌평 어른의 묘도 고마성으로 이장하면 될 것입니다.」

「…!」

「어라하… 한 말씀 더 올리고자하옵니다. 고구려의 평양과 이곳 한성은 너무 가깝습니다. 항상 위험이 도사리고 있습니다. 만수법사께서도 한성을 버리지 않으면 훗날 더 큰 환란을 입게 될 것이라 했습니다. 이는 고구려를 염두한 말씀이 아니겠습니까?」

「알겠소.」

비유어라하는 머리가 지끈거렸다. 예상치 못한 지진으로 한성이 큰 혼란에 빠졌지만 비유어라하는 왕실과 조정, 백성을 한마음으로 묶어내는 슬기를 발휘하였다. 백성들은 칭송으로 화답하였다. 가슴 뿌듯한 결과였다. 그러나 공가부는 한성이 갖고 있는 근본문제를 제기하였다. 천도라는 무거운 현실이 눈앞에 다가왔다.

「천도문제는 좀 더 시간을 두고 생각해 보세. 절대 공론화되어서는 안 되네. 아시겠는가?」

비유어라하가 눈에 잔뜩 힘을 주었다. 다짐의 요구였다.

「알겠습니다. 어라하. 명을 따르겠사옵니다. 심기를 어지럽혔다면 용서해 주십시오. 하명이 없는 한 절대 언급하지 않겠습니다. 혹이 공론이 일어난다 해도 적극 막겠습니다.」

비유어라하는 천도문제를 덮었다.

천도는 왕궁전각 몇 채 달랑 지어 옮기는 것이 전부가 아니었다. 이를 모를 리 없는 비유어라하였다. 천도는 인적, 물적 모든 기반이 옮겨가야 하는 어려운 문제였다. 설사 천도가 공론화되고 명분을 내세워 강행하더라도 한성 귀족과 백성들이 따라줄 리는 만무하였다. 지난 달 다녀간 유송 사신은 고구려가 천도 후유증을 앓고 있다하였다. 비유어라하는 결단을 내렸다.

그날 밤, 비유어라하는 여신의 처 대부인을 찾아갔다. 대부인은 여신이 고마성으로 돌아가 여생을 보내겠다는 뜻은 밝혔으나 고마성에 묻어달라는 유언은 없었다 하였다. 비유어라하는 고마성에 여신의 사당을 따로 만들겠다고 약속하였다.

* * *

12월, 한강이 얼지 않았다. 따뜻한 날씨가 계속되었다. 백성들은 비유어라하의 따뜻한 마음이 하늘을 감화시켰다고 입을 모았다.

야마토에서 조문단이 왔다. 조문단은 여신의 묘소에 애도를 표하고 비유어라하를 알현하였다.

「저희 어라하께서 백제국 어라하께 심심한 조의를 표하셨습니다.」

조문단 대표는 아지阿知 사주였다. 사주使主는 외교를 담당하는 야마토의 관직이었다.

「먼 길 오느라 수고했소이다. 야마토 어라하께도 감사의 뜻을 전해주시오.」

「어라하… 송구한 말씀이오나 천도를 하신다는 말을 들었는데 어디로 천도를 하는 것인지요?」

「…!」

비유어라하는 미간을 찌푸렸다. 공가부에게 의심의 눈초리를 보냈다. 공가부는 고개를 가로저었다.

「고마성으로 다시 가시는 겁니까?」

「아… 아니요. 사주. 어디서 그런 소문을 들었는지 모르나 과인은 천도할 생각이 없습니다.」

「주막에서 들었습니다. 천도얘기를 하며 모두 걱정을 하는지라….」

아지가 말꼬리를 흐렸다.

「…?」

「어라하께서 강하게 부인하시오니 신이 잘못들은 듯합니다.」

아지가 은근슬쩍 꽁무니를 내렸다.

「잘못 들었을 겁니다. 과인과 조정은 천도에 대해 아는 바가 없습니다. 백성들의 얘기는 근거 없는 입방아입니다.」

비유어라하는 고개를 돌리며 강하게 부인하였다.

「하옵고… 저희 어라하께서 백제국 여인을 보내 달라하셨습니다.」

「여인을 말이요?」

비유어라하는 되물었다.

「그러하옵니다. 어라하. 한성 귀족가문의 여식이면 좋겠다는 말씀이 계셨습니다.」

「과인이 기억하기로 선대 전지왕께서 누이인 도노都怒공주를 포함하여 7

명의 여인을 야마토에 보낸 것으로 알고 있는데….」*

「당시 야마토와 한성간의 우호증진을 위해… 죽은 상좌평께서 힘써주신 것으로 알고 있사옵니다.」

「알겠소.」

비유어라하는 선뜻 약속하였다.

야마토 조문단이 물러가자 비유어라하는 공가부를 추궁하였다.

「과인이 분명 천도에 대해 함구령을 내렸는데 어찌 백성들의 입에서 이런 말이 나오는가?」

「송구하옵니다. 며칠 전 좌평회의에서 천도얘기가 나와서 어라하의 뜻을 분명히 전했습니다. 천도문제는 일절 꺼내지도 말라 부탁을 드렸습니다.」

「그렇게 했는데도 어찌 백성들의 입에서 그런 말이 나오는가. 어느 좌평이 천도얘기를 하던가?」

얼굴 가득 노기가 서렸다.

「어라하… 고정하시옵소서.」

「어느 좌평이 천도얘기를 꺼냈는지 과인이 물었다.」

그리고 거듭 추궁하였다.

「내두좌평께서 주로 천도관련 말씀을 하셨고 나머지 좌평들은 그저 듣기만 하였습니다. 어라하.」

「여채가 그리했단 말인가? 여채가…!」

---

* 《일본서기》 응신천황기에 '봄2월 백제의 직지왕(전지왕)이 누이 〈신제도원新齊都媛〉을 보내어 섬기게 하였다. 신제도원은 7명의 여자를 이끌고 와서 귀화하였다.'라고 기록하고 있다. 신제도원은 〈백제의 새 수도 즉 신제도新齊都에서 온 여자〉라는 뜻을 갖고 있다. 《고사기》에는 반정천황의 황부인 이름이 〈도노랑여명都怒郞女命〉이다. 《일본서기》는 〈진야원津野媛〉으로 기록하고 있다. 일본 사서의 기록을 주의 깊게 살펴보면 야마토 왕와 귀족은 백제 여인을 무척 좋아했던 것 같다. 추측컨대 미모와 학식, 기술, 문화 등 모든 면에서 백제 여인이 야마토 여인보다 뛰어났기에 백제 여인을 선호했던 것으로 보인다.

비유어라하는 입술을 꽉 깨물었다.

그리고 급히 여채를 불렀다. 잠시 후 여채가 허겁지겁 어전에 들었다.

「내두좌평! 어찌 내두좌평은 과인의 명을 거역하는 것이오.」

다짜고짜 일갈을 가하였다.

「어라하… 오해이십니다. 신은 다만…」

여채가 어쩔줄 몰라하며 말을 삼켰다.

「천도는 안 됩니다. 과인은 절대 천도 안 합니다.」

「백성들의 말을 좌평회의에 상정한 것뿐이옵니다. 어라하. 민심을 정책에 적극 반영하라고 누누이 강조하지 않으셨습니까?」

「뭐라 ?」

비유어라하가 자리를 박찼다.

「…」

여채는 멈칫하였다. 그리고 이내 고개를 숙였다.

「내두좌평. 이는 경우가 다릅니다. 국론을 분열시키는 행위입니다.」

「어라하… ??」

「당분간 내두좌평직에서 물러나 자숙하세요.」

비유어라하는 냉정하게 고개를 돌렸다.

「…」

여채의 얼굴이 빨갛게 달아올랐다. 지르퉁한 표정이었다. 한참 입술을 꽉 깨문 채 공가부를 노려보았다. 공가부가 고개를 절레절레 흔들었다. 여채는 허겁지겁 어전을 나갔다.

「어라하… 내두좌평직을 물러나게 하심은…」

공가부가 말을 하려다 머뭇거렸다. 잔뜩 주눅든 얼굴이었다.

「아… 아니다. 내두좌평은 이전에도 국고를 횡령한 적이 있었으나 과인이 그 죄를 덮었다. 내두좌평은 과인과 같은 씨족이다. 같은 씨족을 내치는 과인의 마음이 어찌 편하겠느냐. 그러나 내두좌평을 내쳐야한다. 내두좌평은 반드시 훗날 분란을 일으킬 것이다. 그 싹을 지금 자르려는 것이다. 내두좌평도 천도가 어렵다는 것은 잘 알고 있을 것이다. 그럼에도 이를 거론한 것은 다른 생각이 있을 것이다. 조정 내의 입지를 확대하려는 의도일 것이다. 태상어른이 작고하였을 때 여채가 상좌평을 맡게 될거라는 소문이 돌았다지. 허나 어림없는 소리다.」

「어라하…?」

공가부는 자신의 눈과 귀를 의심하였다. 평소와 전혀 다른 비유어라하의 모습이었다. 덕德의 군주로만 알고 있던 비유어라하가 아니었다. 자신의 혈족까지도 과감히 내치는 냉정한 군왕이었다. 공가부는 절로 고개를 숙였다.

문득 연길의 말이 생각났다. 연길은 비유어라하를 〈영원한 주군〉이라 하였다.

「아우는 너무 괘념치 말라. 과인이 다 생각이 있어 그리 결정한 것이니…」

비유어라하는 내신좌평을 불러 여채의 해임을 통보하였다. 후임에는 연길을 좌평으로 승진시켜 내두좌평을 맡겼다. 여명은 말없이 복명하였다.

그 이후로 천도얘기는 일절 없었다. 내두좌평까지 해임된 마당에 천도얘기를 꺼낼 신료는 없었다.

한성의 지진사태는 결국 내두좌평 여채의 해임이라는 뜻밖의 결과로 귀결되었다. 비유어라하는 지진사태 수습을 통해 민심과 왕권 두 마리 토끼를 동시에 잡는 놀라운 정치력을 보였다.

비유어라하는 야마토로 보낼 마땅한 여인을 찾지 못하였다. 왕실은 물론이고 귀족가문의 여식들 대부분이 너무 어리거나 이미 혼인한 상태였다. 답답하였다. 누이 소시매를 불러 의중을 타진하였으나 소시매는 죽어도 야마토로 돌아가지 않겠다고 완강히 거부하였다. 비유어라하의 고민은 깊어만 갔다. 해수가 고민을 해결해 주었다. 죽은 해충의 딸 적계適稽를 추천하였다.

적계가 한성을 떠나던 날, 만수사에 몸담고 있던 해충의 부인은 멀리 구릉 너머로 사라지는 딸의 뒷모습을 보며 홀로 통곡하였다. 통곡의 슬픔이 하늘을 동화시켰던지 갑자기 마른하늘에서 비가 거세게 쏟아졌다. 사람들은 해충 부인의 눈물이 비가 되었다고 하였다.

한성은 평온하였다. 왕실과 조정, 백성 모두가 깊은 휴식에 들어갔다. 겨우내 비유어라하는 왕후와 후궁들의 처소를 찾아 전전긍긍하였다. 위원 처소에서 많은 시간을 보냈다. 항상 웃음소리가 끊이질 않았다.

유마왕후의 처소.

「아버님. 어라하께서 해도 해도 너무 하십니다.」

「참으셔야합니다. 어륙!」

해수가 유마왕후의 부름을 받고 급히 처소를 찾았다.

「벌써 며칠째 어라하께서 위원 처소에서 시간을 보내고 있습니다. 소녀뿐 아니라 목원, 가원도 이래저래 불만이 많습니다.」

「어륙은 누가 뭐라 해도 이 나라의 왕후이시옵니다. 어륙께서 사사로이 어라하의 후궁들에게 질투심을 보여선 안 됩니다.」

「하지만…」

유마왕후는 입술을 질근 깨물었다.

「그 동안 잘 참아 오시지 않으셨습니까? 여인을 택하고 취하는 것은 어디까지나 어라하의 취향이십니다. 그 취향을 꺾으시려면 오히려 어라하의 미움을 삽니다. 부디 자중자애自重自愛하시옵소서.」

「알겠습니다.」

며칠 전 유마왕후는 비유어라하와 언성을 높였다. 유마왕후는 위원을 편애하는 비유어라하에게 반기를 들었다. 이후 비유어라하는 아예 위원 처소에 틀어박혔다. 왕후와 다른 후궁의 처소는 거들떠보지도 않았다.

해수는 유마왕후의 심정을 십분 이해하고도 남았다. 그렇지만 비유어라하를 탓할 수 없었다. 해수 역시 남자였다. 마음이 가는 여자와 마음이 가지 않는 여자가 있었다. 이는 취향의 문제였다.

「우리 가문에는 경사왕자가 있습니다. 어륙께서 경사왕자를 보살피고 있는 한 우리 가문은 명성을 잃지 않을 겁니다.」

「…」

「앞으로도 어라하께서는 많은 후궁을 얻고 취하실 겁니다. 그때마다 불편한 심기를 드러내시면 어라하께서는 더욱 멀리 하실 겁니다.」

「…」

「자칫 우리 가문에 해가 미칠까 두렵습니다. 부디 참으셔야 합니다. 참고 인내하다보면 반드시 좋은 날이 옵니다. 이 아비가 60 평생을 살면서 깨우친 이치이옵니다.」

「알겠습니다. 하도 답답해서 아버님을 뵙고자 청하였는데 조금은 위안이 되었습니다.」

「왕궁이 답답하시면 만수사에도 가보시고 이 아비의 집도 찾아오셔도 됩니다. 설마하니 이 조차 어라하께서 반대하진 않을 겁니다.」

「아버님의 말씀 명심하겠습니다.」

해수의 마음은 무거웠다. 멸문지화를 경고한 만수법사의 말이 머릿속을 떠나지 않았다. 며칠 전 비유어라하와 유마왕후가 서로 언성을 높였다는 소식을 듣고 가슴이 철렁하였다. 아비로써 딸인 유마왕후의 성정을 누구보다 잘 알고 있는 해수였다. 늘 유마왕후의 언행이 불안하였다. 이제 비유어라하는 사위가 아니었다. 같은 혈족인 여채를 내치는 모습을 보면서 해수는 두려움마저 느꼈다. 그렇지만 해수 자신이 살아있는 한 왕후를 내치진 않을 것이라 생각했다. 세월이 무서웠다. 해수는 자신의 여생도 얼마 남지 않았음을 너무도 잘 알았다. 벌써 또 한 해가 지나고 경오년(430)이 되었다. 세월 가는 것은 변함이 없었다.

4월. 유송 사신이 왔다. 지난 해처럼 고구려를 경유해 온 비공식 사신은
아니었다. 직접 백제에 파견된 공식 사신이었다. 사신은 황제의 친서와 함께
〈사지절도독백제제군사진동장군백제왕使持節都督百濟諸軍事鎭東將軍百濟王〉이
라는 비유어라하의 작위를 동봉해왔다. 또한 설화마雪花馬 암수 한 쌍을 선
물로 보냈다.

「고조 황제폐하께서 과인의 선왕께 〈대장군〉의 작위를 내린 것으로 압니
다만…」

비유어라하는 눈에 잔뜩 힘을 주었다.

유송황제의 작위를 받고 비유어라하는 무척 불쾌하였다. 〈진동장군〉 때문
이었다.

「건국 초의 일이라…」

유송 사신은 머뭇거렸다.

사실 유송왕조는 창업자 유유가 동진의 하급장수 출신인 까닭에 건국 초
부터 전왕조인 동진과 우호적이었던 주변국들로부터 왕조의 정통성을 인정
받는 것이 시급하였다. 그래서 서둘러 주변국에 작위를 내렸다.* 전지왕은
〈진동대장군〉의 작위를 받았다.

「과인이 서운해서 드린 말씀이 아닙니다. 양국 간의 우호를 진작시키기
위해서는 신뢰가 우선 아니겠소?」

「송구하옵니다. 어라하. 신이 귀국하면 황제폐하와 조정에 어라하의 작위

---

* 《송서》 무제본기 영초 원년(420) 7월 무진일 기록에 따르면, 서량
의 진서장군 이흠李歆은 정서장군征西將軍으로, 서진의 평서장군
걸불치반乞佛熾盤은 안서대장군安西大將軍으로, 고구려의 정동장
군 고구려왕 고련高璉은 정동대장군征東大將軍으로, 백제의 진동
장군 백제왕 부여영扶餘映은 진동대장군鎭東大將軍으로 각각 작
위를 내렸다.

문제를 재조정하도록 건의하겠습니다.」

「아… 아니요. 그럴 필요 없습니다. 사신은 너무 어려워하지 마시오. 과인은 황제폐하가 내린 작위를 문제 삼는 것이 아닙니다. 다만 삼한에 대한 우리 백제의 영유권을 재삼 인정해주었으니 그것으로 족합니다.」

비유어라하는 유송황제가 어떤 작위를 내리든 이는 자신의 자존문제라 생각하였다. 현실적으로 백제가 삼한땅의 영유권을 유송으로부터 인정받은 것이 중요하였다.

「송구… 송구하옵니다.」

「야마토에서 또 사신을 보내 방물을 바쳤다고요?」

비유어라하가 물었다.

지난 2월 야마토는 유송에 사신을 파견하였다. 비유어라하는 장위의 보고를 받아 이를 알았다.

「그러하옵니다. 지난해 신이 백제를 방문했을 때 삼한땅을 백제가 영유하는 것으로 알고 갔는데 야마토에서 방물을 바치며 삼한땅이 자신들의 것이라 주장을 해서…」

「거듭 말하지만… 과인이 등극하면서 이 문제는 정리되었소.」

「알겠습니다. 어라하. 황제폐하와 우리 조정은 백제의 입장을 전적으로 지지합니다.」

「고맙소. 거듭 감사의 뜻을 전하오.」

삼한땅에 대한 유송의 입장이 전달되었다. 그러나 비유어라하는 야마토가 계속해서 유송과의 외교전에 매달리는 이유를 알지 못하였다.

삼한 통합의 갈등

신미년(431) 정월, 야마토 찬어라하가 승하하였다. 태자 거래수별去來穗別 (이하 수穗태자)은 상중에 우전실대羽田失代숙니의 딸 흑원黑媛을 비妃로 정하고 동생 주길중住吉仲(이하 중仲왕자)왕자를 보내 혼례 날짜를 잡도록 하였다. 중왕자가 수태자를 칭하며 흑원을 범하였다. 형 수태자가 이 사실을 알게 되자 동생 중왕자는 태자궁을 급습하여 불을 질렀다. 그러나 아지사주阿知使主가 수태자를 하내河內國으로 도주시켰다. 이후 야마토는 내란에 휩싸였다. 당시 수태자는 오랫동안 고구려에 머물며 학문을 수학한 탓에 야마토내 기반이 약하였다.*

반면 중왕자는 야마토의 수도인 나니와難波의 귀족과 야마토내 소국들로 부터 절대적인 지지를 얻었다. 그러나 아지사주에 매수당한 중왕자의 호위 군사 척령건刺領巾이 중왕자를 척살함으로 내란은 종지부를 찍었다.

2월, 수태자는 수도를 이하레(반여磐余)로 옮기고 치앵궁稚櫻宮에서 즉위하였다. 훗날 〈이중履中〉의 시호를 받은 야마토 수穗어라하였다. 수어라하가

---

* 《남당유고/고구려사략》에 의하면, 403년 왜왕 〈인덕〉이 아들 〈맥수麥穗〉를 고구려에 보내 딸을 바쳤고, 419년 왜왕이 아들을 학문하러 보내와 〈이불란사伊弗蘭寺〉에 머물게 했다는 기록이 있다. 〈맥수〉는 《일본서기》에 기록된 〈인덕천황〉의 직계로 〈이중천황〉이 된 〈거래수별去來穗別〉 태자와 동일 인물이다.

이하레를 선택한 것은 나니와가 중왕자의 세력기반인 까닭이었다. 아지사주는 수태자의 목숨을 구하고 중왕자를 제거하는 등 수태자를 야마토 어라하에 등극시킨 일등공신이었다.

수어라하는 즉위하자마자 반대파 숙청에 나섰다. 이하레에 인접한 왜국倭國(야마토 소국)의 호족 오자룡忢子龍은 내란 중 수태자편으로 갈아탄 덕분에 숙청을 면하였다. 자신의 누이 일지원日之媛을 수태자에게 바쳤다. 아담연빈자阿曇連濱子를 비롯하여 대부분의 중왕자 세력은 흑형黑刑을 가하여 둔창屯倉(왕실 경작지)에 사역使役케 하거나 참살되었다.

야마토가 내홍을 겪고 있을 즈음, 백제조정은 월나국 처리문제로 골머리를 앓았다. 지난해 임나는 아라阿羅국(경남 함안), 월나국 등과 연합하여 신라에 부용附庸한 고자古自국(경남 고성)와 금관金官국(경남 김해)을 공격하였다. 그러나 월나국의 배신으로 고자국 공격은 실패하고 금관국은 신라군의 주둔으로 아예 공격조차 못하였다. 임나왕은 배신한 월나국 석풍을 응징해달라 백제에 요청하였다.

비유어라하 어전.

「어라하… 월나국은 이미 우리 제국의 담로로 편입되었어야 했습니다.」

위사좌평 해부였다.

「그러하옵니다. 유독 월나국에만 관용을 베푸시어 오늘과 같은 배신의 참사가 일어난 것입니다. 부디 통촉하여 주시옵소서.」

「통촉하여 주시옵소서.」

「통촉하여 주시옵소서.」

좌평들이 이구동성으로 들고 일어났다.

「소신의 생각은… 지금은 때가 아닌 듯싶습니다. 한겨울에 전쟁을 하는 것은 병법에도 어긋납니다. 지금 우리 한성의 사정이 매우 어렵습니다. 지난

해 가뭄으로 백성들의 삶이 무척이나 고달픈 상태입니다.」

여명이 다소 신중한 입장을 표명하였다.

「태상어른의 생각은 어떠신지요?」

비유어라하는 해수에게 의견을 구했다.

「어라하. 신은 내신좌평말씀에도 공감하나 여러 좌평들의 의견을 따르는 것이 좋을 듯싶습니다. 월나국을 취하는 데 많은 병력이 필요한 것은 아닙니다. 이번 기회에 월나국을 정벌하여 담로로 편입하시는 것이 옳을 듯하옵니다. 이는 임나왕께도 선의를 보이는 일입니다. 또 다시 늦춘다면 오히려 분란만 일으킬 수 있습니다.」

「아… 알겠소. 과인의 생각도 다르지 않소.」

비유어라하는 어전에 들기 전 위원 처소에 있었다. 위원은 임나왕을 도와달라 간청하였다. 비유어라하는 어려운 일은 아니라 판단하였다. 다만 좌평들의 동의를 구하는 절차가 필요하였다.

비유어라하는 월나 평정을 명하였다. 병관좌평 목금에게 호성군 1천을 인솔하도록 하였다. 특별히 공가부를 딸려 보냈다.

한성의 저녁은 빨리 왔다. 잔뜩 찌푸린 하늘이 이내 어두워지더니 하얀 눈발이 날렸다. 왕성 남문이 닫히기 직전 두 사내가 두 소년을 데리고 급히 왕성으로 들어왔다. 모두 방갓을 깊게 눌러썼다. 여명의 저택에 당도하였다.

다음날 일찍, 여명은 사내들을 데리고 비유어라하를 알현하였다.

「뭐라…? 찬어라하께서 죽었단 말이냐?」

「그러하옵니다. 어라하. 내란이 일어나 중왕자가 죽고 수태자가 어라하에 등극하였다 하옵니다.」

여명이 야마토 소식을 전하였다.

「중왕자가 죽었다고?」

비유어라하는 놀라 되물었다.

중왕자는 백제에 왔던 축하 사절단의 대표였다. 비유어라하는 중왕자의 거침없는 호탕함에 좋은 인상을 받았다.

여명은 야마토 사정을 보다 상세히 설명하였다. 찬어라하가 죽자 여자문제로 중왕자와 수태자가 두 파로 갈리어 충돌하였고 중왕자가 측근에 의해 척살되어 수태자가 어라하에 등극하였다는 내용이었다. 이어 두 사람을 비유어라하에게 소개하였다.

「두 분은 낯이 익은데…」

「소인은 신협촌주 청 이옵고 이쪽은 증외민사 박덕입니다.」

두 사람이 비유어라하전에 엎드렸다.

「소인들은 원래 모한에 살았습니다. 찬어라하를 따라 야마토에 정착하게 되었습니다. 일전에 중왕자님을 모시고 축하 사절단 일원으로 백제에 온 적이 있었습니다.」

「오호… 그래서 낯이 익었구나.」

「송구한 말씀이오나 저희 오자룡 숙니께서 수태자에게 항복하는 조건으로 중왕자님의 자식들을 구명하였습니다.」

신협촌주 청이 두 소년을 가리켰다.

「첫째 혈수穴穗와 둘째 유무幼武이옵니다.」

「혈수와 유무!」

비유어라하는 두 소년의 얼굴을 살폈다. 둘 다 앳된 얼굴이었다. 둘째 유무는 유독 눈빛이 빛났다. 중왕자의 얼굴모습을 빼닮았다.

「어라하… 백제에서 살 수 있도록 성은을 베풀어주시옵소서.」

신협촌주 청이 고개를 숙였다.

「…?」

「수어라하의 맘이 언제 바뀔지 모르옵니다. 이를 염려한 오자룡 숙니께서 저희와 중왕자님의 자제들을 백제로 보냈습니다. 부디 저희를 불쌍히 여겨 굽어 살펴주시옵소서.」

거듭 고개를 숙여 조아렸다.

「내신좌평 생각은 어떠하오?」

비유어라하가 여명에게 물었다.

「어라하… 미물 또한 함부로 목숨을 빼앗지 않는다 하였습니다. 하물며 살기위해 온 사람을 버릴 수 있겠습니까? 선친이신 상좌평께서도 야마토 중왕자님에 대해서는 남다른 애착을 가지고 계셨습니다. 어라하의 성은을 베풀어 주시옵소서.」

「알겠소. 내신좌평께서 보살펴주시오.」

「성은이 망극하옵니다. 어라하. 하옵고… 청이 하나 있습니다.」

「…」

「조만간 야마토에서 사신이 올 겁니다. 이들 네 사람의 존재는 비밀로 해주시옵소서.」

「알겠소. 그리하리다.」

모두 물러갔다.

비유어라하는 문득 한 기억에 사로잡혔다. 자신의 옛 처지였다. 아비인 토도태자가 자살하고 찬어라하가 등극하자 비유어라하와 소시매 남매는 목숨 자체가 위험에 빠졌다. 다행히 아비의 스승인 왕인박사의 도움으로 목숨을 보전할 수 있었다. 하지만 야마토에 살 수 없었다. 백제로 쫓겨 올 수밖에 없었다. 백제에 살면서도 찬어라하에 대한 두려움이 항상 있었다. 자객을 보낼지도 모른다는 두려움이었다. 그러나 어라하에 등극하면서 두려움은 없어졌다. 찬어라하와 그의 딸 팔수태후에 대한 사무친 미움도 함께 사라졌다. 이제 찬어라하의 손자들이 자신에게 찾아와서 살길을 열어달라 하였다. 비유어라하는 씁쓸하였다.

며칠 후. 야마토 사신단이 왔다.

「어라하. 지난 정월 찬어라하께서 승하하시어 수태자께서 등극하였나이다. 삼가 백제국 어라하께 수어라하의 등극을 알리옵니다.」

사신단의 대표는 아지였다. 여신이 죽었을 때 야마토 조문단을 이끌고 왔었다. 아지는 원래 대방출신이었다. 임인년(402)에 17현민을 이끌고 야마토로 망명하였다.*

「수어라하의 등극을 진심으로 축하하오. 조만간 축하 사절단을 보내겠소.」

「망극하옵니다. 어라하. 수어라하께서는 백제국이 이제 동서지간이 되었다며 매우 기뻐하셨습니다.」

「…?」

「왕후께서는 임나국 대호족 갈성위전의 첫째 따님이옵니다. 어라하께서 둘째따님을 맞아들이셨으니 동서지간이 아니겠습니까?」

야마토 수어라하의 왕후는 갈성위전의 첫째 딸로 《일본서기》가 황비黃妃 흑원黑媛이라 기록한 위일랑韋一娘이었다. 비유어라하가 등극 후 맞아들인 위원 위이랑은 갈성위전의 둘째딸이었다.

「음…」

비유어라하는 일순 아미가 흔들렸다. 아지의 말속에는 야마토가 형이고

---

* 《신찬성씨록》일문逸文에 '아지왕은 응신천황 때 본국의 난을 피해 모친과 처자를 데리고 모제 연흥덕과 칠성한인七姓漢人과 함께 귀화하였다. 칠성은 단段씨, 이李씨, 급곽皀郭씨, 주朱씨, 다多씨, 급皀씨, 고高씨이다. 응신천황은 이들이 온 뜻을 궁휼히 여겨 아지왕을 사주로 삼아 야마토국 증상檜常군에 살게 했다.', 또 《속일본기》연희 4년 6월조에 '이들은 대방의 인민들로서 남녀노소 모두 재능을 지녔으며, 근래 백제와 고구려 사이에서 마음이 혼란하여 거취를 정하지 못하다가 천황이 사람을 보내 부름에 따라왔다.'라고 기록하고 있다. 아지 일족은 당시 백제와 고구려의 접경지역은 황해도 일대에서 망명해온 것으로 추정된다. 이들이 정착한 증상군은 현 나라현 고시군 아스카촌이다.

백제가 아우라는 뜻이 담겼다.

「사주의 말씀을 듣고 보니…」

비유어라하는 말꼬리를 흐렸다. 다소 불쾌하였다.

「하옵고… 앞으로 양국 간의 우호를 증진하자고 특별히 말씀하셨습니다.」

「우호증진! 당연히 해야지요.」

「…」

「그런데 어찌하여… 야마토는 송나라에 사신을 파견하여 삼한땅의 영유권을 주장하였습니까? 사주께서 직접 송나라에 가셨다고요? 이 문제는 이미 중왕자와 협약한 사안입니다.」

이번에는 협약 내용을 들춰 따져 물었다.

「어라하… 그것은…」

아지가 당황하며 머뭇거렸다.

「사주의 말씀대로… 양국의 우호 증진을 위해서 이 문제만큼은 명확히 합니다. 앞으로 우리 삼한땅에 대해서만큼은 야마토가 일절 왈가왈부하지 않길 바랍니다.」

「어라하. 중왕자의 일방적인 약속은 저희 어라하와 조정의 뜻이 절대 아니었습니다.」

「사주. 과인이 누구입니까? 야마토를 창업한 휘어라하의 적손입니다. 잊으셨습니까? 휘어라하는 삼한의 백제어라하국의 주인이었다는 사실 말입니다. 적손인 과인이 조부가 다스리던 삼한땅을 다시 다스리겠다는데.」

비유어라하는 자리를 박찼다.

「고정하시옵소서. 어라하. 신이 어라하 뜻을 다시금 알리겠습니다.」

아지는 즉답을 하지 않고 에둘렀다.

「좋습니다. 사주를 믿습니다. 다시 한 번 야마토가 다른 행태를 보이면 과인은 결단할 것입니다.」

「알겠습니다. 어라하.」

아지는 꼬리를 내렸다.

「송구한 말씀이오나… 한 말씀 여쭙겠습니다.」

「…?」

「중왕자의 자제들이 백제로 건너왔다는 소문을 들었습니다. 혹 소재를 아십니까? 신이 한번 만나고 싶습니다.」

「글쎄요. 과인은 처음 듣는 말이라…」

비유어라하 역시 말꼬리를 흐리며 에둘렀다.

아지가 물러갔다. 아지는 찬어라하의 죽음과 수어라하의 등극만 전했다. 야마토의 내란과 중왕자의 죽음에 대해서는 일절 말하지 않았다. 비유어라하도 묻지 않았다.

병관좌평 목금이 승전보를 전해왔다. 월나국을 평정하여 담로로 편입하였다.

비유어라하는 장수들을 위해 연회를 베풀었다.

「참으로 고생 많았습니다. 병관좌평.」

「송구하옵니다. 어라하. 하지만 신의 불찰로 석풍을 놓쳤습니다.」

석풍은 처 오녀吳女, 아들 우풍禹風 그리고 일부 수하와 백성들을 이끌고 원읍猿邑(전남 여수)으로 도망쳤다.

「과인은 월나땅을 병합한 것만으로도 만족합니다.」

비유어라하는 손수 장수들에게 일일이 술잔을 채워주며 노고를 치하하였다.

「어라하. 송구한 말씀이오나 앞으론 신라를 경계해야 할 것 같습니다.」

공가부였다.

「신라를요?」

「신이 월나국 원정에 참가하면서 새삼 신라의 국력이 예전 같지 않다는 느낌을 받았습니다.」

「…?」

「잘 아시다시피 고자국과 금관국은 이미 신라에 부용하고 있습니다. 이번에 확인한 것은 사물史勿(경남 사천)국 또한 신라로 넘어갔습니다.」

「사물국까지 말인가?」

비유어라하가 논란 눈으로 되물었다.

「그렇습니다. 어라하. 고자국, 금관국, 사물국 세 나라는 동한의 핵심입니다. 이들은 동남해상권을 장악하고 막대한 부를 축적한 소국 아닌 소국들이옵니다.」

「…!」

「신라가 이들을 장악했다는 것은… 향후 다른 연맹국도 신라로 넘어갈 수 있다는 얘기가 됩니다.」

좌중이 조용하였다. 모두 공가부의 말을 귀담았다.

「신라가 강성해지면 삼한통합이 벽에 부딪칠 수 있사옵니다.」

「대사인. 까짓 것 신라와 한판 붙으면 되지 않겠습니까?」

그때 한 장수가 나섰다.

「전쟁을 하자는 말씀이신데… 신라와의 전쟁은 월나국 원정처럼 쉽게 이길 수 있는 전쟁이 아닙니다. 큰 나라와의 전쟁은 많은 준비가 필요합니다. 자칫 전쟁에 패하게 되면 치명상을 입을 수 있습니다.」

「대사인의 말씀이 지당합니다. 병법에 싸우지 않고 이기는 것이 최선이라 했습니다. 전쟁은 최선이 아닌 차선일 뿐입니다.」

여명이 공가부의 주장에 동조하였다.

「태상어른께서는 어찌 보십니까?」

비유어라하는 해수에게 넌지시 눈길을 보냈다.

「신라가 강성해지고 있다는 것은 사실인 듯합니다. 어라하께서는 동한에 대한 영향력을 확대하기위해 임나와 혼인동맹을 결단하셨는데 임나가 그 역할을 못한다면 신라에 대한 별도의 방책이 필요합니다. 신라와 전쟁을 하고 안하고는 차후의 문제입니다.」

축하연 자리가 갑자기 토론장으로 변하였다.

「과인은…」

모두 비유어라하의 입을 주시하였다.

「오늘 이 자리는 원정을 승리로 이끈 여러 장수들의 노고를 치하하는 자리입니다. 여러 의견들은 앞으로 좀 더 숙고해봅시다. 조정과 백성들의 동의가 있어야 하지 않겠습니까. 과인은 우리 대백제국을 생각하는 모두의 충정을 높이 삽니다.」

비유어라하는 서둘러 연회를 파하였다. 자칫 격해질 수 있는 시국 논쟁을 일단 중지시켰다. 비유어라하도 신라의 존재를 의식하지 않을 수 없었다. 그렇다고 당장 어떤 행동을 취할 수 있는 문제도 아니었다. 어라하에 등극한지 3년이 지났다. 삼한통합의 대백제어라하제국. 그 제국의 틀을 조금씩 만들어 가고 있었다.

* * *

야마토에 수어라하 등극을 축하하는 사절단을 파견하였다. 사절단의 대표는 여명이었다. 비유어라하는 공가부를 은밀히 사절단 일행에 포함시켰다. 야마토의 사정을 좀 더 면밀히 알아보기 위해서였다.

4월. 임나왕은 만두랑晩頭良과 불차不次에게 군사 3천을 주어 신라를 공격하였다. 지난해 고자국 수복 참패에 대한 보복이었다. 처음 임나군은 명활성明活城을 포위하는 등 우세를 점하였다. 하지만 신라 효직孝直의 실직군이 임나군의 배후를 끊고 호연好淵과 다감多甘의 남로군이 경도군과 합세하여 전세를 역전시켰다. 임나군은 장수 만두량과 불차가 죽고 1천여 명이 넘는 사상자를 내고 대패하였다.

이 전쟁의 결과는 임나에게 치명상을 입혔다. 동한의 임나 연맹국들이 와해되어 신라의 부용국이 되거나 독립을 선포하였다. 금관국, 고자국에 이어 졸마卒麻(경남 진해)국, 자타子他(경남 창녕)국, 산반하散半下(경남 진주)국이 신라의 관할로 들어갔다. 내륙의 아라阿羅(경남 함안)국과 다라多羅(경남 합천)국은 자립을 선포하였다.*

이는 백제에도 커다란 영향을 미쳤다. 임나의 패배는 동한의 패권이 신라로 넘어갔음을 의미하였다. 백제의 대동한정책 수정이 불가피하였다. 임나중심에서 신라중심으로 정책의 축을 옮겨야 하였다.

야마토에 파견한 사절단이

임나연맹 10국

신라
가야산 ▲   대구
다라국   경주
졸마국   산반하국
(함양)   (초계)
다라국   사이기국
(합천)   (부림)
지리산 ▲   가라국
결손국   염례국   (김해)
(단성)   (의령)
안라국   임나
(함안)   (부산)
자타국   고차국
(진주)   (고성)

* 임나任那의 실체에 대해선 여러 설이 있다. 식민사학을 개발한 옛 일본학자들은 가야 전체를 통칭하여 임나라 하였으나 현재는 가야 지역에 존재했던 별도의 국가로 보고 있다. 고령의 대가야와 김해의 금관가야를 임나로 비정하기도 하며 대마도를 비정하기도 한다. 김성호는 부산지역(울산 포함)을 임나의 강역으로 보았으며 《광개토왕비문》의 〈임나가라 종발성〉을 《진경대사탑비》의 〈임나왕족 초발성지〉인 현재 부산 가야동에 인접한 초읍동의 고성지로 비정하였다. 부산 동래 복천동 고분군은 임나왕족의 무덤으로 추정된다. 《일본서기》 흠명천황 조에 임나연맹 10국을 각주를 달아 기록하고 있는데 가라국(김해), 안라국(함안), 사이기국(부림), 다라국(합천), 졸마국(함양), 고차국(고성), 자타국(진주), 산반하국(초계), 결손국(단성), 염례국(의령) 등이다.

돌아왔다.

「야마토 사정은 어떠하던가?」

「어라하의 예상대로입니다. 야마토 수어라하는 명목상의 어라하일 뿐 모든 실권은 아지가 쥐고 있었습니다.」

공가부가 답하였다.

「어라하위를 아지에게 양위할 것이라는 소문이 나돌 정도입니다.」

「음…」

「신이 보기에도 아지의 권력은 대단하였습니다. 조정의 모든 사안은 아지가 결정하였고 수어라하는 그저 보고만 받았습니다.」

여명이 거들었다.

「야마토 조정에는 아지에 견줄만한 사람이 없단 말입니까?」

「있기는 합니다. 평군목토平群木兎와 소하만치蘇賀滿智 두 숙니와 물부이거불物部伊莒弗 연連과 어라하의 처남이신 갈성원葛城圓 사주 등 네 사람이 있습니다.」

「그런데도 아지가 권력을 전횡할 수 있습니까?」

「모두 아지의 눈치를 봐야할 입장입니다. 처음 내란이 발생했을 때 평군목토와 물부대전物部大前 두 숙니는 관망을 하다 막판에 수태자 진영에 합류한 것 같습니다. 물부대전이 죽어 그의 아들 이거불이 연의 직책을 승계하였습니다. 소하만치는 아지가 발탁한 인사입니다. 갈성원 사주 또한 수어라하의 처남일 뿐입니다. 모두가 대항할 힘이 없었습니다.」

「소하만치. 이 자는 누구입니까? 처음 들어보는 이름인 듯한데…」

비유어라하는 평군씨와 물부씨 두 가문에 대해서는 익히 알았다. 비유어라하가 야마토에 있을 때도 두 가문은 대호족이었다. 그러나 소하만치는 들어보지 못했으며 소하씨 가문은 생소하였다.

「어라하. 혹 목만치라는 사람을 아십니까?」

「죽은 팔수태후와 통정하여 야마토로 불려간 좌평이 아니요?」

「맞습니다. 그 목만치가 성을 바꾸어 소하만치가 되었습니다. 아지와 어떤 인연으로 조정의 중책을 맡게 되었는지는 모르옵니다.」

「소하만치와 아지와의 관계는 신이 알고 있습니다. 우연히 관원들로부터 들었는데 아지의 처가 목사木事의 딸입니다. 같은 목씨이고 또 우리 백제에서 좌평을 역임한 까닭에 강력히 추천했다 들었습니다.」

여명이 또 거들었다.

두 사람은 야마토의 사정을 속속들이 보고하였다. 비유어라하가 두 사람을 파견한 것은 둘 다 학식이 뛰어난 까닭이었다. 보고 듣고 느낀 것이 같다면 야마토 사정은 정확하였다. 예상대로 새 어라하를 맞이한 야마토는 왕권을 능가하는 인물이 출현하였다.

「귀국길에 잠시 임나에 들렸습니다. 임나의 사정이 말이 아니었습니다. 패배의 후유증이 심각하였습니다. 과부와 고아들이 넘쳐났고 백성들은 심각할 정도로 피폐해져 있었습니다.」

「과인도 애석하게 생각하고 있소. 그렇지 않아도 도울 방안을 찾아보라 내두좌평에게 일렀소.」

「어라하. 기존의 금관국, 고자국 뿐 아니라 졸마국, 자타국, 산반하국 또한 신라로 넘어간 것은 알고 계십니까?」

「알고 있소이다. 과인이 고민이 많습니다. 동한의 5개 소국이 넘어간 마당에 신라와 한판 붙을 수도 없고 참으로 진퇴양난입니다.」

비유어라하는 눈을 감았다.

임나왕은 신라와의 전쟁을 일으키기 직전에 긴급히 병력을 요청하였다. 비유어라하는 월나국 원정이 막 끝난 시점이어서 당장 병력파견이 어렵다는 입장을 내놓았다. 후일 사정을 봐서 병력을 지원하겠다는 뜻을 전달하였다. 그러나 임나왕은 덜컥 신라를 공격하였다. 결과는 말 그대로 참패였다. 임나왕의 요청을 거절한 판단이 부담으로 돌아왔다. 때 늦은 후회였다.

「어라하… 이제는 신라의 존재를 무시할 수 없는 상황에 이른 듯하옵니다.」

「…」

「지금의 동한정책은 수정이 불가피하지 않겠습니까?」

「과인도 충분히 인지하고 있습니다. 두 분이 돌아왔으니 이 문제는 좌평들과 깊이 상의해봅시다.」

그날 밤, 비유어라하는 위원의 처소에 들지 않았다. 예정에 없던 유마왕후의 처소를 찾았다. 임나 출신인 위원에 대한 미안함이 스스로를 옭아맸다. 영문을 모르는 유마왕후는 밤새 비유어라하의 가슴을 파고들었다. 다음날 아침, 나인이 위원의 소식을 전하였다. 위원은 밤새 이부자리를 펴놓은 채 쪼그리고 앉아 호롱불만 지켰다.

백제의 대동한정책의 핵심은 두 가지였다. 동한을 두고 영향력이 확대되는 신라와 상대적으로 축소되는 임나와의 관계설정이었다. 다행히 임나의 국력이 날로 쇠락하고 있음에도 국교를 단절하자는 의견은 없었다. 전통적인 우호관계였던 임나는 혼인동맹으로 발전한 상황이었다. 여명이 순망치한의 유가 예법을 들어 설득한 것이 주효하였다.

문제는 점점 강성해지고 있는 신라와의 관계설정이었다. 대동한정책은 대신라정책으로 변화하였다. 조정의 의견도 크게 둘로 갈라졌다. 신라와 전쟁을 불사하자는 주전主戰과 화친을 하자는 주화主和였다. 주전파는 젊은 신료였고 주화파는 원로였다. 주전파를 이끌고 있는 사람은 목금 병관좌평을 비롯한 군부출신이었다. 주화파는 해수를 비롯하여 여명, 진우 등이었다. 해수의 아들인 해부는 주전파와 의견을 같이했다. 연길은 중립을 취하였다.

「어라하께서 새 주인이 된지 벌써 수년이 지났지만 신라는 지금까지도 아무런 대응을 해오지 않고 있습니다. 등극하셨을 때도 축하 사절단을 보내지 않았습니다. 그런 신라를 가만히 두고 볼 수만은 없습니다.」

「옳은 말씀입니다. 더 이상 신라의 오만함을 용인해서는 안됩니다. 이번 기회에 신라의 콧대를 꺾어 제국의 위엄을 보여줘야 합니다.」

「옳습니다.」

「옳습니다.」

한 관부의 수장이 입을 열자 젊은 신료들이 일제히 동조하였다.

급히 전체회의가 열렸다. 좌평과 관부 수장들 모두가 참석하였다. 회의를 주관한 사람은 상좌평 해수였다.

「신라가 강성해지고 있다는 것을 인정해야 합니다. 예전의 고구려와 임나에 왕자들을 볼모로 보내 스스로 부용하며 구걸하던 신라가 아니란 말입니다.」

주전파의 주장에 대응한 사람은 주화파의 여명이었다.

「그렇습니다. 동한의 임나 연맹국들이 신라로 넘어간 상태입니다. 신라가 그만큼 강해졌다는 말입니다. 강한 자를 강하게 다루면 반드시 부러집니다. 유하게 다뤄 강한 기를 빼야합니다.」

진우가 거들었다. 역시 주화파였다.

「두 분의 말씀도 충분히 공감하오나 이는 어라하와 우리 제국의 자존이 달린 문제입니다. 소장에게 군사 1만만 내어 주십시오. 당장 금성을 공격하여 신라 눌지마립간을 사로잡겠습니다. 어라하전에 무릎을 꿇리겠습니다. 동한의 소국들도 되찾아 임나에 돌려주겠습니다.」

주화파의 주장에 또다시 대응한 사람은 목금이었다.

「아버님. 지금 우리의 군사들은 그 어느 때 보다 사기가 충천해 있습니다. 지금이 신라를 제압할 절호의 기회입니다.」

해부였다. 해부가 목금을 응원하였다.

「허허… 위사좌평은 어찌 이리도 경하신가? 이 아비가 그리 가르쳤는 가?」

해수는 해부를 책망하였다.

「아버님…!」

순간 회의장은 부자간의 갈등으로 비화하였다.

「우리 군사의 사기와 충성심이 그 어느 때보다 충천하다는 것을 나도 인정하네. 그러나 전쟁은 쉽게 결정하고 행하는 것이 아니네. 임나를 보지 않았는가? 임나가 신라를 침공할 때는 나름 승리에 대한 확신이 없었겠는가? 그러나 그 패배로 임나는 동한을 모두 잃었네.」

「상좌평어른. 우리 제국의 군사들은 반드시 신라를 이길 수 있습니다.」

목금이 연거푸 자신감을 드러냈다.

「병관좌평. 만에 하나 우리가 패할 경우를 가정해보세. 대백제국이 다시 시작한 시점에 꽃도 펴보지 못하고 신라의 발아래 짓밟히고 찢겨야 되겠는가?」

「…」

「…」

해수의 말에 일순 조용해졌다.

그때 비유어라하와 연길이 들어왔다.

「태상어른. 좌중이 조용한 걸 보니 어떻게 결론이 났습니까?」

비유어라하가 넌지시 말을 건넸다.

「아… 아닙니다. 어라하. 아직 논의 중입니다.」

「과인이 문밖에서 다 들었습니다.」

모두 술렁였다.

「오해는 마십시오. 과인은 전쟁을 하자는 주장도 화친을 하자는 주장도 모두 옳다 생각합니다. 우리 군사의 사기가 그 어느 때 보다 충천해 있다는 것도 잘 알고 있습니다. 지금 상태라면 당장 신라를 공격해도 충분히 승산이 있다고 봅니다.」

「어라하. 신에게 군사 1만만 내어 주시면…」

목금이 이때다 싶어 끼어들었다.

「병관좌평! 모든 것은 명분이 있어야 합니다. 병관좌평이 전쟁의 명분을 찾아주면 전쟁을 할 것이며 태상어른께서 화친의 명분을 찾아주면 화친을 하겠습니다.」

「어라하…!」

「어라하…!」

「동한의 여러 소국이 신라로 넘어가는 것을 보면서 과인도 울분을 참을 수 없습니다. 당장 신라왕실과 조정을 박살내고 싶었습니다. 그러나 곰곰이 생각해보니 울분만 가지고 전쟁을 일으킬 수는 없었습니다.」

모두 〈어라하…〉하고 일제히 합창하였다.

「과인은 너무 기쁩니다. 혈기 넘치는 젊은 신료와 원로 좌평들의 경륜이 우리 조정에 살아 숨 쉬는 한 우리 제국은 날로 번창할 것입니다.」

다시 한 번 모두 〈어라하…〉하고 합창하였다.

「임나의 사정이 매우 어렵다는 보고를 받았습니다. 그러나 내두좌평에게 물으니 국고 사정이 여의치 않다 하였습니다. 그나마 있는 양곡도 올 겨울 우리 백성들을 위해 써야한다 해서 과인이 고민을 많이 했습니다. 이번에도 우리 내두좌평이 임나왕과 임나 백성을 위해 재물을 내놓았습니다.」

모두 손뼉을 쳤다.

「망극하옵니다. 소신은 그저…」

연길은 어쩔 줄 몰라 하였다.

「신라와 관계는 명분이 생길 때까지 가다립시다. 벌써 여러 달 삼한 전체가 가뭄에 시달리고 있습니다. 백성이 편해야 조정이 편하고 나라가 편하니다. 아무쪼록 우리 백성들의 고초를 살피는 데 힘써 주시길 당부합니다.」

「어라하… 성은이 망극하옵니다.」

모두 엎드렸다.

햇살이 창문 틈을 비집고 들어왔다. 햇살을 머금은 먼지가 너풀거렸다. 두 사람이 회의장을 떠나지 않았다. 해수와 해부였다. 두 사람은 침묵의 공간에 매몰되었다.

「아들아. 오늘 우리 어라하는 또 모든 것을 얻었구나.」

해수는 지그시 눈을 감았다.

「아버님?」

「아비는 어라하가 참으로 무섭구나. 저 빈틈없는 통치술 말이다. 이 아비가 60 평생을 살았지만 어라하 면전에 서면 절로 고개가 숙여지는구나.」

해수는 언제부터인지 비유어라하에 대한 두려움을 갖기 시작하였다. 자신도 모르게 비유어라하 면전에 서면 고개가 절로 숙여졌다. 한없이 왜소해졌다. 마치 태산을 우러러보는 느낌이었다. 중압감이었다.

비유어라하는 잠저시절처럼 편히 대할 수 있는 사위가 아니었다. 빈틈없는 통치술로 강력한 군왕의 위엄과 권위를 스스로 만들었다. 해수는 장인이 아닌 신하로 철저히 변했다.

양곡과 물품을 가득 실은 배가 송파나루를 떠났다. 임나로 보내는 지원품이었다. 그날 밤. 비유어라하는 비로소 위원의 처소에 들었다. 한동안 머물렀다.

* * *

계유년(433) 봄과 여름은 비가 오지 않았다. 지독한 가뭄이었다. 신미년(431)의 대가뭄과 임신년(432)의 태풍으로 연이어 농사를 망쳤다. 백성들의 삶은 점차 곤궁해졌다. 설상가상으로 올해는 봄부터 가뭄이 계속되었다.

두해 전, 신라에 참패한 임나는 동한의 연맹국들을 신라에 잃은 채 회복의 기미가 보이지 않았다. 백제가 급히 지원한 양곡과 물품은 임시방편이었다. 전쟁의 후유증은 해가 갈수록 임나의 국력을 약화시켰다. 임나백성들 중 일부는 해적이 되어 동남해 연안의 민가들을 약탈하였다.

5월. 첩보 하나가 조정을 발칵 뒤집었다.

「어라하. 고구려 거련왕이 관미성關彌城에 와 있다는 첩보입니다.」

「거련이 관미성에 있다고?」

「그러하옵니다. 지금 관미성에 체류 중이라 하옵니다.」

목금이 급히 아뢰었다.

관미성은 한강하류 북쪽에 위치하였다. 한성의 물자는 주로 해상교통을 통해 들어오는데 관미성은 한강의 길목을 가로막았다. 백제가 관미성을 고구려에 빼앗긴 것은 임진년(392)이었다. 고구려 광개토태왕은 수군과 육군을 동원하여 일곱 길로 나누어 주야 20일 동안 쉼 없이 관미성을 공격하여 함락시켰다. 관미성은 사면이 가파르고 험하며 바다로 둘러싸여 난공불락이었다. 당시 한성의 진사왕은 관미성이 함락되는 일은 절대 없을 것이라 믿었다. 열흘 동안 구원에서 사냥을 하며 고구려군이 물러나길 기다렸다. 성이 함락되자 진사왕은 실신하여 끝내 일어나지 못하고 죽었다. 이후 한성은 관미성을 되찾기 위해 노력하였으나 번번이 실패하였다. 한성은 해상물자 수송에 막대한 제약을 받았다.

「…?」

비유어라하의 아미가 꿈틀거렸다.

「어라하. 조만간 거련이 전군에 동원령을 내릴 것이라는 첩보도 있었습니다.」

「동원령…?」

「신의 판단에 거련이 전쟁을 일으킬 공산이 크옵니다.」

「음…」

고구려가 전쟁을 일으킬 만한 근거는 충분히 있어 왔다. 평양 천도였다. 갑인년(414) 즉위한 장수태왕은 북방의 북위北魏와의 관계가 어느 정도 정리되자 정묘년(427) 도읍을 국내성에서 평양으로 옮겼다. 노골적인 남진정책의 표방이었다.

「거련은 매사가 신중하고 준비가 철저한 왕이옵니다. 전쟁을 일으켜도 준비를 끝내고 확신이 설 때 공격할 것입니다. 근자의 행동들은 사전 준비과정임에 틀림없습니다.」

그때 좌평들이 어전으로 들었다.

「어라하. 저희도 병관좌평으로부터 보고를 받았습니다.」

해수가 입을 열었다.

「병관좌평의 말마따나 거련이 우리 제국을 공격할 채비를 갖추고 있는 게 분명합니다.」

「과인도 충분히 공감하고 있습니다. 태상어른.」

「어라하. 급히 경계태세를 강화하라는 군령을 하달하였으나 그것만으로는 부족하옵니다.」

「다른 대책이 있는 것이요?」

「어전에 들기 전에 잠시 논의를 하였습니다. 외람된 말씀이오나 두해 전 어라하께서는 신라와의 관계설정을 논하시면서 신라와 전쟁을 하든 화친을 하든 명분이 만들어지면 이를 실행하자 말씀하신 바 있습니다.」

「…!」

해수는 지난번 논쟁을 상기시켰다.

「어라하. 이제 신라와 화친을 할 때가 된듯 합니다.」

「화친을 말입니까?」

「독자적으로 막아낼 수 없다면 신라와 동맹을 체결하여 대응하면 고구려의 어떠한 책동도 막아낼 수 있습니다. 거련왕의 성격상 우리 제국과 신라와 동시 전쟁을 치르진 못할 겁니다.」

「음…」

「어라하… 태상어른의 말마따나 신라와 화친을 맺는 것이 옳을 듯하옵니다.」

진우가 해수의 의견에 적극 동조하였다.

「다른 좌평들도 태상어른의 말씀에 동의하십니까?」

「동의합니다. 어라하.」

모두 화친에 동의하였다.

「알겠소이다.」

비유어라하는 고개를 끄덕였다.

「다만… 신라와 연결고리가 마땅치 않으니….」

그리고 말꼬리를 흐렸다.

백제와 신라의 화친동맹은 이전에도 있었다. 정사년(417) 선대 실성이사금을 죽이고 왕위에 오른 신라 눌지마립간은 전격적으로 한성에 화친을 요청하였다. 당시 한성의 전지왕은 이를 수락하여 양국은 화친을 맺었다. 전지왕 사후(420) 한성 왕실과 조정은 임나 우선정책을 펴면서 신라와의 화친은 3년 만에 막을 내렸다.

「의박사 진아眞兒가 있지 않습니까?」

진우가 나섰다.

「진아 ?」

지난 정월이었다. 눌지마립간의 특사가 은밀히 비유어라하를 찾아왔다. 눌지마립간은 아우 미사흔未斯欣의 병을 고치기 위해 의관을 보내 달라 요청하였다. 비유어라하는 진우가 상의하여 동생 진아를 특사에 딸려 보냈다. 의박사를 보낸 것은 선의의 조치였다.

「의박사는 신라에 체류하고 있습니다.」

「아직 돌아오지 않았습니까?」

비유어라하는 미사흔이 죽었다는 보고를 받았다. 지난 4월이었다. 의박사 진아의 치료에도 미사흔은 끝내 숨을 거두었다. 미사흔의 나이 마흔 한 살이었다. 젊은 나이였다.

「눌지마립간이 한사코 만류하여 돌아오지 못하고 있습니다.」

진우는 진아의 근황을 알렸다.

「어라하. 의박사가 아직 신라에 있다면… 눌지마립간이 우리 제국의 뜻을 쉬이 거부하진 못할 겁니다. 어라하께선 이미 선의를 보이셨습니다.」

해수가 거들었다.

「알겠습니다. 신라와 화친을 합시다.」

비유어라하는 신라와의 화친을 받아들였다. 비록 고구려의 심상찮은 움직임이 발단이었지만 백제에게 유리한 점이 많았다. 우선 당장은 고구려의 남진정책을 약화시킬 수 있었다. 또한 가까이는 임나와 멀리는 야마토에 대해서도 우위를 점할 수 있었다. 다만 싫든 좋든 신라를 삼한의 한 축으로 인정해야했다.

비유어라하의 어전.

「어라하. 눌지마립간이 어라하와 우리 조정의 뜻을 받아들였습니다.」

공가부가 신라에서 돌아왔다. 신라가 화친을 수락했다는 소식을 전하였다.

「수고했네. 아우」

「다만 몇 가지 조건을 내놓았습니다.」

「조건?」

「왕실 혼인동맹을 제안하였습니다. 또 의박사 진아를 신라에 귀화시켜 달라 하였습니다.」

「뭐라?」

비유어라하는 고개를 치켜들었다.

「공주들이 어리다는 것은 익히 잘 알 터이고 더구나 진아를 귀화시켜달라는 것은 과인이 어찌할 수 없는 일이거늘 이는 동맹을 맺지 않겠다는 의사가 아니요?」

그리고 언짢은 표정을 지었다.

눌지마립간의 조건은 수용하기 어려웠다. 공주는 어렸고 진아의 귀화는 권한밖이었다.

「망극하옵니다. 어라하.」

「음…」

「의박사 진아는 어라하의 뜻을 따르겠다하였습니다.」

「정말이요? 정말 진아가 과인의 뜻을 따르겠다하였소?」

비유어라하가 흠칫하며 되물었다.

「그러하옵니다. 어라하. 하옵고…」

공가부가 말을 멈추었다.

「외람된 말씀이오나… 소시매 공주님이 있질 않습니까?」

「과인의 누이 말이요?」

비유어라하는 고개를 절레절레 흔들었다.

「어라하께서 윤허해 주신다면 소신이 공주님을 직접 설득하겠나이다.」

「음…」

비유어라하는 망설였다.

「아… 알았네.」

그리고 마지못해 허락하였다.

솔직히 소시매를 설득할 자신이 없었다. 어라하 등극 후에도 수차례 혼인을 종용하였다. 그러나 소시매는 완고하였다. 평생을 비유어라하 곁을 지키며 살겠다고 고집을 부렸다. 비유어라하는 마음을 접었다.

「지금 신라는 임나 때문에 골머리를 앓고 있습니다. 해적이 된 임나 백성들이 간간히 신라의 변방을 약탈하고 있사옵니다. 이번에 동맹을 결정한 것도 임나를 염두한 것입니다.」

공가부는 신라의 다급한 사정도 전하였다.

「과인이 임나와 혼인동맹을 체결한 것을 신라가 잘 알고 있을 텐데.」

「물론 알고 있습니다. 그럼에도 동맹을 맺으려는 이유는 전적으로 임나를 견제하기 위해서입니다. 우리 백제의 도움이 절실해 보였습니다. 서불한 호물好物과 수차례 만나 담판하였지만 역시 같았습니다.」

「호물?」

낯익은 이름이었다.

호물은 비유어라하의 의제 호가부의 종형從兄이었다.

「호물은 눌지마립간을 옹립한 일등공신이옵니다. 야마토 아지와 마찬가지로 신라 조정내 호물의 정치적 힘은 실로 대단했습니다.」

「알겠네. 좌평들에게 알리시게」

공가부가 어전을 나갔다.

비유어라하는 소시매를 불러 저녁식사를 함께하였다. 두 사람은 세상사는 이야기로 꽃을 피웠다. 신라와의 동맹에 대해서도 이야기를 주고받았다. 그러나 비유어라하는 소시매가 신라왕실로 시집가야한다는 말은 하지 않았다.

7월. 사절단을 확정하였다. 백제조정이 사절단을 꾸리는 동안에도 고구려의 첩보 상황이 속속 들어왔다. 고구려 장수태왕은 동원령을 선포하고 군사들을 평양 인근에 집결시켰다.

사절단의 공동대표는 진우와 호가부였다. 진우는 아우 진아를 배려하였다. 호가부는 신라의 각간 호물과의 인척관계를 고려하였다. 또한 특사자격으로 공가부를 포함시켰다. 소시매를 포함하여 선발된 미녀들이 동행하였다.

소시매가 떠나던 날. 비유어라하는 왕성 밖까지 나와 배웅하였다.

지난 밤 소쩍새가 구슬피 울더니만
그 울음이 소시매의 울음인 줄 미쳐 몰랐구나.
오늘 밤 또 소쩍새가 찾아와 구슬피 울면
그땐 소시매의 울음인 줄 알리라.

비유어라하는 시 한수를 읊었다. 소시매를 보내는 안타까움이었다.

백제와 신라가 동맹을 체결하였다. 핵심은 고구려가 양국 중 어느 한 나라를 침공하면 무조건 공동 대응이었다. 이 소식은 급히 고구려에 전해졌다. 장수태왕은 평양 인근에 집결한 군대를 즉각 해산하였다. 그리고 백제-신라 동맹을 폄하하며 〈간사한 무리들이 이랬다저랬다 하기가 무상하더니만 저희들끼리 병주고 약주고 한 것이다.〉라고 말하였다. 동맹이 즉각 효력을 발휘하였다.

10월, 공가부가 뒤늦게 돌아왔다.

「어라하. 눌지마립간의 청을 거부할 수 없어 지체하였습니다.」

공가부는 석달 간 신라에 머물었다.

「고생 많았구려.」

「송구하옵니다. 왕자들에게 유가의 학문을 가르치느라 늦었습니다.」

「유가의 학문?」

「망극하옵니다. 어라하. 신라는 아직 모든 것이 부족합니다. 학문도 기술도 문화도 아직은 우리 제국에 비해 견줄 바가 못 되옵니다.」

「…?」

「그러나 군사들만큼은 뛰어났습니다. 중무장한 기마병들의 위용은 대단하였습니다. 임나가 패한 이유가 있었습니다. 육상에서만큼은 절대로 신라를 이길 수 없습니다.」

「신라 기마병이 그토록 강하단 말인가?」

「그러하옵니다. 고구려 기마병이 강하다 하지만 신라 기마병 또한 고구려와 비교해도 결코 지지 않을 것이옵니다.」

「음…」

「신라왕실을 뒷받침하고 있는 군사는 원래 북방의 초원에서 활동하던 기마 족속입니다. 신라에 온지 수십 년이 지났지만 그 기질만큼은 아직도 남아 있었습니다.」*

공가부는 보고 듣고 느꼈던 신라의 속사정을 속속들이 보고하였다.

「하옵고 신라공주 한 분을 모셔왔습니다.」

「…?」

「선대 실성이사금의 딸 선명仙明공주이옵니다.」

「선명공주?」

「공주가 여럿 있사오나 하나같이 추녀들인지라 감히 어라하께 보낼 수 없다며 대신 선명공주를 보냈습니다.」

---

* 신라 왕의 성씨는 박씨, 석씨, 김씨로 이어졌다. 내물奈勿왕(재위 356~402)은 신라 김씨 왕통의 출발이다. 〈마립간麻立干〉의 왕호를 사용한 최초의 왕이다. 시조는 흉노 출신의 투후秺侯 〈김일제金日磾〉라 한다. 이 시기 그의 후손이 어떻게 해서 신라왕실을 접수했는지는 알 수 없다. 수백 또는 수천의 군사를 일시에 동원하여 왕실을 점령하지는 않았을 것이다. 흥미로운 단서가 있다. 중세 이집트 맘룩((Mamlūk)왕조이다. 이들은 투르크(흉노족)계 출신의 용병이다. 용병이 새왕조를 세운 셈이다. 마찬가지로 신라의 김씨 왕조도 이와 유사한 형태가 아니었을까? 내물마립간시대부터 신라의 금관이 만들어졌다 한다. 신라 〈황금시대〉의 개막이다.

「과인은 이미 소시매를 보냈거늘…」

비유어라하는 입술을 실룩거렸다. 못내 아쉬운 표정이었다. 이는 공가부가 곧바로 돌아오지 못한 사정이었다. 신라 왕실은 소시매에 견줄만한 혈통과 미모를 갖춘 여자를 찾지 못하였다. 자칫 성사된 동맹이 흔들릴 수 있었다. 이를 해결하기 위해 공가부는 신라에 장기간 체류하였다.

한 여인이 어전에 들었다.

「소녀. 선명이라 하옵니다. 어라하를 뵙습니다.」

아리따운 얼굴이었다. 여인의 향취가 물씬 풍겼다.

비유어라하는 일관부日官部(천문,점술)에 지시하여 혼례 일자를 잡도록 하고 유마왕후에게 혼례를 준비하라 명하였다.

혼례식을 앞두고 이상한 소문이 돌았다. 선명공주가 이미 공가부와 혼인을 했다는 소문이었다. 이를 이상히 여긴 유마왕후는 소문의 출처를 추적하였다. 선명공주를 따라 온 종녀의 입에서 처음 시작된 것을 확인하였다.

「어라하. 선명공주가 이미 대사인과 혼인을 했다하옵니다.」

유마왕후가 헐레벌떡 어전에 들었다.

「뭐라? 왕후는 어찌 황당한 말씀을 하시오?」

비유어라하는 오히려 화를 냈다.

「사실이옵니다. 어찌 소녀의 말을 흘려들으려 하십니까? 종녀에게서 직접 확인하였습니다.」

「왕후는 방금 전 하신 말씀에 책임을 질 수 있습니까?」

비유어라하는 유마왕후를 다그쳤다. 왕후의 질투심이라 단정하였다.

그때 공가부가 급히 들어와 머리를 조아렸다.

「어라하. 신이 죽을 죄를 지었사옵니다. 어륙의 말씀이 맞사옵니다.」

「아우?」

「신이 혼인을 한 것은 맞으나 눌지마립간의 강압 때문에 어쩔 수 없었사옵니다.」

「…」

「그것 보십시오. 소녀의 말이 맞지 않습니까?」

유마왕후가 입을 쭉 내밀었다.

「어라하. 신의 불충을 용서하지 마시옵소서.」

공가부는 거듭 조아렸다.

비유어라하는 어떤 사정이 있을 것이라 생각하였다. 유마왕후를 어전에서 물렸다.

「어라하. 전에 말씀드렸다시피 신라 왕실은 마땅한 여인을 찾지 못하고 있습니다.」

「…」

「선명공주를 저와 혼인시켜 보낸 이유는 임시방편입니다. 양국 간 혼인동맹을 어떻게든 성사시키려는 눌지마립간을 이해해 주시옵소서.」

「…」

「선명공주는 선대 실성이사금의 따님입니다. 잘 알다시피 눌지마립간과 실성이사금은 같은 골족이 아니며 천적관계였습니다. 실성이사금이 죽고 없는 상황에서 선명공주의 존재는 눌지마립간에게 부담스러운 일입니다. 하여 신과 혼인시켜 선명공주를 왕실에서 내쫓은 것이옵니다.」

「…」

「어라하. 신은 불자이옵니다. 불자가 여인을 취할 수는 없습니다. 선명공주는 신라왕실에서조차 버림받은 여인입니다. 평생 홀로 지낼 가엾은 여인의 처지를 가엾이 여기소서. 하해와 같은 성은을 베풀어 주시옵소서.」

「그렇다고 선명공주를 과인의 후궁으로 삼을 수 없네.」

「어라하. 원컨대 신의… 아니 이 아우의 충심을 굽어 살피시옵소서.」

「음…」

비유어라하는 입술을 깨물었다.

혼례는 차질 없이 준비되었다. 혼례식 당일 신랑의 자리에는 비유어라하가 아닌 공가부가 있었다. 비유어라하는 공가부의 혼례를 왕실예법으로 성대히 치렀다. 왕궁 밖에 저택을 마련하여 공가부에게 하사하였다.

그해 겨울, 해수가 병환이 깊어져 등청하지 않았다.

「태상어른. 하루빨리 쾌차하셔야지요.」

비유어라하는 해수를 찾았다. 유마왕후와 경사왕자를 대동하였다.

「어라하. 신의 명줄도 이제 다한 듯하옵니다.」

해수는 자리에 누운 채 비유어라하를 맞이하였다. 해수의 얼굴은 어느새 바짝 말라있었다. 눈덩이는 파여 깊은 골을 이루었다. 죽음의 그림자가 해수를 감쌌다.

「어이 허약하신 말씀을 하십니까? 태상어른.」

비유어라하는 해수의 손을 꼭 잡았다. 마른 나뭇가지마냥 온기조차 없었다.

「어라하. 송구한 말씀이오나… 눈을 감기 전에 꼭 확인하고 싶은 것이 있사옵니다.」

「…?」

「작고한 여신 공과 신이 약속한 것이 있었습니다.」

「알고 있습니다. 왕후와 좌평에 관한 문제 말이지요. 과인은 반드시 지킬 겁니다. 태상어른.」

「고맙습니다. 어라하. 신은 이제 죽어도 여한이 없습니다.」

해수는 움푹 꺼진 눈자위에 눈물을 가득 담았다.

비유어라하는 유마왕후와 경사왕자를 남겨두고 환궁하였다. 내법좌평을 불러 국장을 준비하라 일렀다.

같은 시각.

해수는 식솔들을 불러 마지막 유언을 하였다.

「어륙께서는 어떠한 일이 있더라도 어라하와 척을 지셔는 안 됩니다. 어라하의 여인들에 대해 시기나 질투를 보여서도 안 되며 매사에 경고망동하지 말고 때를 기다려야 합니다. 이 아비의 마지막 부탁입니다.」

「아버님.」

유마왕후는 흐느꼈다.

「경사왕자님도 장성하시거든 꼭 우리 해씨가문을 보호해주셔야 합니다.」

경사왕자는 그저 유마왕후의 품 속에서 따라 울었다.

잠시 후 해수는 아들 해부만을 남겨둔 채 모두 자리에서 물렀다.

「아들아.」

해부가 해수의 손을 잡았다.

「우리 가문이 부여왕가에게 왕위를 넘기면서 여신 공과 밀약을 맺었느니라. 앞으로 왕후는 우리 해씨가문 출신이어야 하며 항시 좌평 두 자리도 약속하였다. 어라하께서도 이를 알고 있으며 나에게 직접 확인까지 해줬다. 그러나 나는 어라하를 믿지 않는다. 아니 믿을 수 없는 상황들이 생길 것이다. 그깟 좌평 두 자리는 얼마든지 양보해도 좋다. 허나 왕후자리만큼은 우리 가문이 꼭 맡아야 한다. 그것만이 우리 가문을 온전히 보전할 수 있는 길임을 명심하여라.」

해수는 긴 숨을 몰아쉬었다. 그리고 깡마른 손을 아들 손에 맡겨두고 눈을 감았다.

상좌평 해수가 죽었다. 비유어라하는 국장을 선포하고 성대히 장례를 치렀다. 해수의 시신은 능골 해씨가문의 묘역에 안치하였다. 위패는 만수사에 모셨다. 해수의 죽음으로 조정을 떠받치는 신료의 축이 무너졌다. 왕권을 견제할 수 있는 조정의 힘이 사라졌다. 비유어라하는 고마성 성주 여이를 상좌평으로 전격 발탁하였다. 여이는 비유어라하의 숙부였다. 상좌평 인사에 대해 이의를 제기하는 신료는 없었다. 위사좌평 해부를 내신좌평으로, 내신좌평 여명을 내법좌평으로, 그리고 위사좌평은 해씨가문에서 발탁하였다.

상좌평 여이의 첫 번째 임무는 혼인동맹의 마무리였다. 이미 소시매를 보냈는데도 신라 왕실은 이에 합당한 왕녀를 보내지 않았다.

갑술년(434) 2월, 여이를 신라에 파견하였다. 설화마 두 마리를 선물로 보냈다. 경오년(430) 유송 황제가 보낸 설화마 암수 한 쌍의 자손들이었다.

여이가 돌아왔다. 눌지마립간은 궁인 용명龍明이 낳은 딸 주씨周氏를 보냈다. 주씨는 13살의 아주 앳된 어린 소녀였다. 눌지마립간은 어린 공주를 보내며 고민을 많이 했다. 혼기가 찬 공주들은 한결같이 추녀였다. 그나마 얼굴이 아름다운 어린 공주 주씨가 스스로 가기를 원했다.

비유어라하는 혼례를 치르고 후궁첩지를 내렸다. 〈주원周媛〉이었다. 백성들은 비유어라하가 욕심이 과해 어린 신라공주를 후궁으로 맞이했다고 꼬집었다. 비유어라하는 주원의 처소에 들지 않았다. 주원이 너무 어렸다.

3월. 소시매가 임신을 하여 눌지마립간이 골품을 하사하였다.

9월. 소시매가 딸을 출산하였다. 비유어라하는 흰 매 두 마리를 축하의 선물로 신라에 보냈다. 눌지마립간은 양금良金과 명주明珠를 답례로 보내왔다.

혼인동맹을 맺은 지 3년이 지났다.

병자년(436) 5월. 백제 왕실과 조정은 주원으로 인해 발칵 뒤집어졌다.

「주원이 관원과 사통을 했단 말입니까?」

비유어라하는 벌떡 일어났다.

「그러하옵니다. 어라하. 주원마마에 대한 소문이 하도 이상해서 이를 직접 내사해보니 사실이었습니다.」

여명이 당혹한 얼굴로 아뢰었다.

「백성들이 먼저 알았단 말입니까?」

「망극하옵니다. 어라하.」

비유어라하는 낙담하였다.

어린 소녀로만 알고 있던 주원이 사통했다는 말 자체도 믿기 어려웠지만 이를 백성들이 먼저 알았다는 것은 보통 일이 아니었다.

「왕후는… 왕후는 이 지경이 되도록 무엇을 했단 말입니까?」

「어라하. 어륙께서는…」

여명이 말꼬리를 흐렸다.

비유어라하는 일절 주원 처소를 찾지 않았다. 대신 유마왕후에 일러 특별히 관심을 갖고 보살피라 당부하였다.

비유어라하는 유마왕후를 불렀다.

「왕후. 왕후도 주원이 젊은 관원과 사통한 것을 알고 있었소?」

다짜고짜 추궁하였다.

「어라하. 소녀는… 주원이…」

유마왕후는 말을 더듬었다.

「왜 답을 못하시오. 왕후.」

비유어라하는 눈을 부라렸다.

「어라하. 어륙께서는 주원마마의 사통사실을 모르고 계셨습니다. 신이 내사를 하면서부터 알게 되었습니다.」

「왕후가 사전에 전혀 몰랐다는 것이 말이 되요? 과인이 특별히 보살펴 달라 부탁하지 않았소. 사전에 몰랐다니… 과인의 명을 따르지 않았다는 말밖에 되지 않소.」

「어라하. 어륙께서는 아무런 잘못이 없사옵니다. 부디 통촉하여 주시옵소서.」

「내법좌평은 나서지 마세요. 과인이 왕후에게 묻고 있습니다.」

「…」

유마왕후는 아예 입을 닫았다.

비유어라하의 태도가 확 달라졌다. 아비 해수가 죽은 이후부터였다. 비유어라하는 사소한 일에도 자주 짜증을 냈다. 유마왕후는 후궁들이 보는 앞에서 심한 면박을 당해 밤새 속앓이를 한 적도 있었다. 오라비인 해부에게 답답한 심경을 토로하였지만 해부는 그저 참으라고만 하였다. 주원의 사통문제도 그랬다. 전후 사정도 듣지 않고 또 일방으로 몰아붙였다. 유마왕후의 선택은 침묵이었다. 최선의 자기방어였다.

비유어라하는 연신 미간을 찌푸렸다. 그리고 손짓으로 유마왕후를 물렸다.

「어라하. 망극한 말씀이오나 어륙의 심정도 헤아려주시옵소서.」

「아… 아닙니다. 내법좌평. 누차에 걸쳐 일렀거늘 왕후는 과인의 명을 흘려들은 겁니다. 왕후의 책임도 큽니다.」

「어라하!」

여명은 거듭 유마왕후의 무고를 주장하였다. 왕후에 대한 비유어라하의 태도가 너무 완강하였다. 자칫 주원의 사통문제가 유마왕후에게 불똥이 튈 수도 있었다.

여명은 사통한 관원이 지난밤 옥사에서 자결하였다는 사실도 아뢰었다.

한참이 지났다. 비유어라하는 창가에서 서성였다. 창 밖을 내다보며 한숨을 푹푹 쉬었다.

「이 문제를 어찌 처리했으면 좋겠습니까?」

그리고 뒤돌아섰다.

「어라하. 이는 왕실의 문제입니다. 조정에서 관여할 사안이 아닙니다. 그렇지만… 굳이 한 말씀 올리자면… 그냥 덮는 것이 좋을 듯합니다.」

「과인이 덮고자 해도… 이미 백성들이 다 알고 있다하지 않았소?」

또 한숨을 내뱉었다.

「어라하.」

「아무래도 신라로 다시 보내는 것이 좋을 것 같소.」

「어라하. 신중히 판단하셔야 합니다. 이는 자칫 동맹을 파기하겠다는 의사로 비춰질 수 있습니다.」

「…」

비유어라하는 얼굴을 찡그렸다.

그날 밤. 비유어라하는 주원의 처소를 찾았다. 그러나 주원을 만날 수 없었다. 주원은 방문을 잠근 채 열어주지 않았다. 서글픈 울음소리만 구슬프게 흘러나왔다.

비유어라하는 주원을 신라로 돌려보내기로 결단을 내렸다. 공가부를 딸려 보냈다. 눌지마립간에게 충분한 양해를 구하기 위해서였다. 그러나 눌지마립간은 비유어라하의 처사에 격분하였다. 주원을 신라로 되돌려 보낸 일은 두고두고 비유어라하의 발목을 잡았다. 양국의 동맹이 흔들렸다. 비유어라하는 두 차례나 신라에 사신을 파견하였다.

주원은 신라로 쫓겨난 지 1년이 지나고서야 다시 백제로 돌아왔다.

* * *

정축년(437) 3월. 야마토 수어라하가 재위 6년 만에 죽었다. 찬어라하의 장자이자 태자였던 수어라하는 신미년(431) 찬어라하 사후 아우 중왕자와 왕위 다툼으로 촉발된 내란에서 사주 아지의 도움을 받아 중왕자와 추종 세력을 제거하고 어라하에 등극하였지만 단지 명목상의 어라하였다. 이듬해 수어라하는 장자 시변압반市邊押磐을 제쳐두고 아지를 후계자로 지목하여 전권을 넘겼다. 재위기간 내내 전국을 떠돌며 지냈다. 그러나 풍토병에 걸려 이하레의 치앵궁稚櫻宮으로 돌아와 죽었다.

10월. 수어라하를 백설조이원릉에 장사지냈다. 야마토 조정은 이듬해인 무인년(438) 정월 아지를 새 어라하로 맞이하였다. 훗날 〈반정反正〉의 시호를 받은 야마토 어라하 〈진珍〉이었다. 야마토 조정은 수어라하 죽음도 아지의 어라하 등극도 일절 백제에 알리지 않았다.

무인년(438) 3월경이었다. 열도를 다녀온 연길 상단이 아지의 어라하 등극을 조정에 알렸다.

「어라하. 아지가 야마토의 어라하에 등극했다하옵니다.」

「아지가?」

비유어라하는 흠칫 놀랐다.

이는 아지가 전권을 휘두를 때부터 어느 정도 예상했던 일이었다. 그럼에도 너무 뜻밖이었다.

「수어라하는 어찌 되었답니까? 살아있답니까? 죽었답니까?」

비유어라하는 야마토에 내란이 일어난 것이라 단정하였다. 수어라하의 나이가 자신과 비슷한지라 자연사는 아닐 것이라 생각하였다.

「수어라하께서는… 지난해 병들어 죽었답니다.」

「죽었다고요?」

「풍토병이라 하옵니다.」

「왕자들은 어찌되었답니까? 장자 시변압반은 이미 성년이 되었을 것이고… 분명 아지가 왕자들을 살려 두진 않았을 것 같은데…」

「어라하. 아직 왕자들의 생사는 알지 못하옵니다.」

「…」

잠시 침묵이 흘렀다. 더 이상의 정보가 없었다.

그러나 침묵은 강요로 돌아왔다. 수어라하의 죽음과 아지의 어라하 등극 사실을 받아들이라는 무언의 압력이었다.

「어라하. 앞으로 우리 제국과 관계는 어떻게 되는 겁니까?」

해부가 비유어라하를 쳐다보았다.

「…?」

「송구한 말씀이오나… 야마토와 절연해야 하는 것 아닙니까?」

표정이 자못 심각하였다.

문제는 아지가 부여왕가 혈족이 아니라는 데 있었다. 해부의 말은 아지의 등극을 인정할 수 없다는 뜻이었다.

「내신좌평어른. 그렇다고 해서 야마토 자체를 부정할 순 없습니다.」

여명이 이견을 내놓았다.

「조정좌평께서는 어떻게 생각하십니까?」

비유어라하는 진우에게 물었다.

「어라하. 신도 내신좌평과 생각이 같습니다. 지금처럼 계속 관계를 유지한다면 이는 아지의 어라하 등극을 인정해 주는 꼴이 됩니다.」

진우는 해부의 주장을 따랐다.

「내두좌평은?」

이번엔 연길에게 물었다.

「신의 생각은…」

연길이 멈칫하였다.

연길에게는 말 못할 사정이 있었다. 아지와 연길은 친족이었다. 아지의 외삼촌이 연길의 백부였다. 아지가 대방 사람들을 데리고 야마토로 망명할 때 연길은 따라가지 않았다. 대신 연길은 한성으로 건너와 큰 상단을 이루었다. 이는 비유어라하만 아는 비밀이었다.

「상좌평께서는?」

비유어라하는 연길의 대답을 가로막았다. 그리고 여이에게 물었다.

「어라하. 아직 야마토로부터 공식적인 입장을 전달받지 못했습니다. 내부 정리가 되면 어떤 형태로든 이를 알리지 않겠습니까? 그때 가서 판단하셔도 늦지 않을 듯싶습니다.」

「과인의 생각도 상좌평과 같습니다. 야마토의 공식입장이 전달될 때까지 이 문제는 유보합시다.」

비유어라하는 서둘러 어전회의를 파했다.

좌평들의 의견이 둘로 갈렸다. 야마토와 절연하자는 의견과 계속 유지하자는 의견이었다. 섣불리 결정할 수 없는 상황이었다.

비유어라하에게는 아픔이었다. 야마토의 부여왕가 혈통이 끊긴 것에 대한 안타까움이었다. 천신만고 끝에 삼한땅에 부여왕가의 어라하국을 재건하였는데 열도로 밀려난 어라하국 야마토가 스스로 그 혈통을 끊었다. 이제 어라하국은 백제만 남았다.

경진년(440) 4월 초하루 무오일에 일식이 있었다. 아지가 등극한지 두 해가 지났다. 야마토는 백제에 어떤 입장도 밝히지 않았다. 다만 야마토가 왕도를 이하레磐余*에서 다지히丹比로 옮겼다는 소식이 들려왔다. 다지히는 아지의 본거지였다. 야마토의 천도 소식도 연길 상단이 알려왔다.

「어라하. 야마토가 우리 신라를 침범하였습니다.」

---

* 야마토 수도 〈이하레〉는 한자로 〈이파례伊波禮〉 또는 〈반여磐余〉로 쓴다. 레드야드(G. Ledyard)는 반여의 〈余〉자가 부여夫餘의 〈餘〉자와 같아 이하레가 백제의 마지막 수도 〈부여〉와 연관이 있음을 지적하였고, 도수희는 이하레가 백제의 첫 수도 〈위례〉와 고구려의 〈위나암〉과 어원이 같다고 하였다. 이하레는 지금의 나라현 가시하라橿原시를 중심으로 하는 야마토대평원으로 비정된다. 당시 야마토왕 들은 수도를 자신의 근거지로 옮겼는데 인덕천황은 오사카大阪, 반정천황은 이시바라松原시, 안강천황은 텐리天理시, 웅략천황은 사쿠라이櫻井시이다. 왕궁은 왕 자신이 현재 살고 있는 집이었다.

신라 사신이 급히 어전에 들었다.

「임나가 아니고 야마토입니까?」

비유어라하가 벌떡 일어섰다.

「그렇습니다. 어라하. 야마토 군사들이 임나 해적들과 함께 있었습니다. 두 차례 침범하였는데 4月에는 남쪽 우리 백성들을 잡아갔고 6月에는 동쪽 지역을 집중적으로 약탈했습니다.」

「야마토가 개입했다는 것을 어떻게 알았습니까?」

「포로로 잡힌 해적 하나가 토설했습니다. 야마토 장수의 사주를 받았다고 말입니다. 해적으로 가장한 야마토 군사들이 우리 백성들을 잡아가고 약탈을 자행했습니다.」

「…」

비유어라하는 어안이 벙벙하였다.

아지가 등극한 후 야마토가 보인 첫 대외행위는 신라침범이었다. 두 해만의 일이었다. 그것도 임나 해적을 가장한 약탈행위였다.

「야마토 장수가 누구라 합니까?」

「이름은 알 수 없으나 야마토 군사들이 보국輔國장군이라 불렀답니다.」

「보국장군!」

비유어라하는 고개를 갸웃하였다. 보국장군은 비유어라하가 삼한의 소국을 담로로 편입하면서 수장들에게 제수한 작위 중 하나였다.

「어라하. 저희 마립간께서는 정식으로 야마토에 항의해 주실 것을 요청하였습니다. 또한 잡아간 백성을 돌려주고 차후 침범과 약탈을 자행하지 않도록 조치를 취해 달라 하였습니다.」

「…」

비유어라하는 난감하였다. 신라의 요청은 동맹국으로써 당연한 요구였다. 그러나 마땅한 답을 줄 수 없었다. 두 해의 시간은 백제와 야마토를 어정쩡

한 관계로 만들었다.

　얼마 후 유송 사신이 왔다. 사신은 야마토에 관한 놀라운 소식을 전하였다.
　두해 전인 무인년(438)에 야마토는 유송에 사신을 파견하였다. 야마토왕
진珍이 〈사지절도독왜백제신라임나진한모한육국제군사안동대장군왜국왕
使持節都督倭百濟新羅任那辰韓慕韓六國諸軍事安東大將軍倭國王〉의 작위를 요청하
였다. 유송 황제는 이를 받아들이지 않고 〈안동장군왜국왕安東將軍倭國王〉의
작위만 제수하였다. 진왕의 신하들에겐 평서平書, 정로征虜, 관군冠軍, 보국輔
國장군의 작위를 요청해 유송 황제는 모두 허락하였다.
　유송 사신은 비유어라하를 알현하였다.
　「진珍이라 했습니까?」
　「분명 진이라 하였습니다. 선대왕의 동생이라 했습니다.」
　「동생요?」
　비유어라하는 흠칫 놀랐다.
　아지는 뜻밖에도 선대어라하 동생을 참칭하였다.
　「6국은 또 무엇입니까?」
　사신에게 따지듯 물었다.
　「6국은 야마토, 백제, 신라, 임나, 진한, 모한이라 했습니다. 황제폐하께
서는 도저히 받아들일 수 없다하여 관직 제수를 거절하였습니다.」
　「허허…」
　비유어라하는 혀를 내둘렀다. 다소 황당하였다. 6국은 열도 뿐 아니라
고구려를 제외한 삼한 전체의 나라들을 가리켰다.
　「그래서 백제의 입장을 분명히 확인하라 하셨습니다. 혹이 중간에 사정
이 생겨 백제의 입장이 바뀐 것은 아닌지 말입니다.」
　「바뀐 것은 없습니다. 이전에도 누차에 걸쳐 말씀드렸지만… 삼한땅은

우리 백제의 영토입니다. 사신께서는 이점 분명히 아셔야 할 것입니다.」

비유어라하는 재차 백제의 입장을 밝혔다.

「알겠습니다.」

「대장군의 작위를 요청했다고요?」

비유어라하는 또 물었다. 대장군은 최고의 품계였다. 이 역시 황당하였다.

「대장군은 1품이옵니다. 이 또한 황제폐하께서는 받아들일 수가 없었습니다. 아무리 좋은 방물을 바친다 한들 주변국들과의 형평성이 우선입니다, 안국장군 3품을 제수하였습니다.」

비유어라하가 받은 작위는 〈진동장군〉 2품이었다.

「신하들에게도 장군 작위를 제수하였다고요.」

비유어라하의 질문은 계속되었다.

「처음 있는 일입니다. 야마토가 신하들에게까지 장군 작위를 제수해 달라 요청한 전례가 없었습니다. 황제폐하께서는 야마토왕 진에게 대장군의 작위를 제수하지 못한 점을 애석해하시며 신하들에겐 3품의 장군 작위를 일괄 제수하였습니다.」

「…」

「하옵고… 신이 알기에는 백제와 야마토는 왕의 칭호가 〈어라하〉인줄로 알고 있습니다. 이번에 야마토왕은 어라하라 하지 않고 〈대왕〉이라 하였습니다.」

「음…」

비유어라하는 아랫입술을 잘근 깨물었다.

모든 것이 명확하였다.

아지는 부여왕가 상징인 어라하국을 버렸다. 스스로 대왕이라 칭하고 새로운 야마토왕조를 창업하였다. 내부적으로는 신료들에게 장군 작위를 제수하여 왕권 기반을 다졌고 외부적으로는 삼한의 모든 나라들을 속국으로 만들려는 야욕을 들어냈다.

비유어라하는 커다란 망치로 뒤통수를 얻어맞은 기분이었다. 노심초사 야마토의 입장만을 기다리며 보낸 세월이 야속하였다. 아지를 쉽게 판단한 실책이었다. 비유어라하는 입술을 깨물고 또 깨물었다.

유송 사신이 다녀간 이후, 비유어라하와 백제조정은 침통에 빠졌다. 어느 누구도 야마토와 형제국의 관계를 계속 유지하자는 주장은 없었다.

「과인은 어라하국을 버린 야마토를 용서할 수가 없습니다. 오늘로 국교를 단절합니다. 또한 우리 제국이 어라하국의 유일한 적통임을 선언합니다.」

이때가 경진년(440) 9월이었다.

10월, 비유어라하는 유송에 사신단을 파견하여 다시 한번 백제의 입장을 송나라에 확인시켰다.

사신단 속에는 연길이 있었다. 연길은 귀국길에 야마토에 들러 국교단절을 통보할 예정이었다. 야마토에 파견할 특사 선정에 상당한 진통이 있었다. 신변위협이 따랐다. 어느 누구도 선뜻 나서지 않았다. 연길이 자청하였다.

* * *

신사년(441), 해가 바뀌었다. 연길이 돌아오지 않았다.

3월, 신라에서 사신이 왔다. 신라로 귀화한 의박사 진아가 죽었다고 알려왔다. 진우가 장례를 치르고 돌아왔다.

4월, 비유어라하는 좌평들과 관부의 수장들을 대동하고 무절도 공개훈련을 참관하였다. 무절도는 호가부가 이끌었다. 전체훈련은 격월로 실시하였다. 며칠 전 호가부가 비유어라하를 찾아와 훈련 참관을 청하였다. 비유어라하는 홀로 참관하려다 막판에 생각을 바꿨다. 왕자들 중 성년이 된 첫째 여은왕자와 둘째 여기왕자를 무절도에 입도시키기로 마음먹었다. 비유어라하는 셋째 경사왕자와 넷째 곤지왕자를 어가에 태웠다. 무절도의 훈련장인 자벌말로 향하였다.

무절도 공개훈련은 3단계로 진행되었다. 신술, 검술, 창술, 봉술 등 낭도의 제식 시범과 실전 대련, 수사 승진식 및 신입낭도 입도식으로 이어졌다. 수사 승진예정자의 검술 대련이 있었다. 두 사람의 검이 허공을 가르며 상대방을 향해 돌진하였다. 검이 부딪칠 때마다 탁한 소리가 났고 모두 탄성을 질렀다. 한참동안 일진일퇴를 거듭하였지만 쉬이 결판이 나지 않았다. 호가부가 신호하자 두 사람은 대련을 멈췄다.

「참으로 대단한 검술입니다.」

비유어라하는 환한 미소를 지었다. 둘 다 얼굴이 낯익었다.

「오늘 사비랑에서 차사로 승차할 낭도들입니다. 사비랑 여작餘爵은 내법좌평의 자제이시고 또 사비랑…」

「알고 있습니다.」

비유어라하는 고개를 끄덕였다. 그리고 한 사내에게 다가 갔다. 유무幼武였다. 10여 년 전 비유어라하에게 몸을 의탁한 야마토 중왕자의 둘째아들이었다. 유난히 초롱초롱했던 눈빛은 어느새 세상을 빨아들일 것 같은 강렬한 눈빛으로 변했다.

비유어라하는 어깨를 다독이며 특별한 관심을 보였다.

「검술 솜씨가 대단하구나.」

「망극하옵니다. 어라하. 하해와 같은 성은에 감읍할 따름입니다.」

유무는 고개를 숙였다.

비유어라하는 두 사람에게 환두대도를 하사하였다. 환두대도 하사는 차사 승진의 공식 절차였다.

이어 신입낭도 입도식이 진행되었다. 10명이 입도하였는데 그중에는 여은왕자와 여기왕자도 있었다. 다른 신입낭도와 똑같이 대우하였다. 신입낭도에게 목검을 하사하였는데 이를 보고 있던 어린 곤지왕자가 목검을 달라며 유난히 떼를 썼다. 이 광경을 보고 모두 함박 웃었다. 그리고 곤지왕자가 비유어라하를 가장 많이 빼닮았고 한마디씩 내뱉었다.

「과인은 오늘 기쁘기 그지없습니다.」

마지막으로 비유어라하의 훈시가 이어졌다.

「무절도는 제국의 미래를 이끌어갈 동량을 양성하는 기관입니다. 한성에 국한하지 않고 삼한의 젊은이라면 누구나 참가할 수 있도록 문호를 개방하였습니다. 과인은 무절도를 이끌고 있는 호가부 무사에게 진심으로 경의를 표합니다. 앞으로도 우리 제국의 기둥으로 그 역할과 소임을 다하길 빕니다. 조정에서도 적극적으로 무절도를 지원하길 바랍니다.」

비유어라하는 무절도가 국가기관임을 공식 천명하였다. 사실 무절도의 인적규모는 예전보다 3배 이상 커졌다. 당연히 많은 재정소요가 따랐다. 호가부는 여러 차례 조정에 재정지원을 요청하였으나 국가기관이 아니라는 이유도 번번이 거부당했다.

비유어라하가 관부의 수장들을 훈련에 참관시킨 것은 조정차원에서 적극 지원하라는 명을 담고 있었다. 왕자들까지 입도시켜 이를 명확히 밝혔다.

연길이 야마토로부터 돌아왔다. 6개월만의 귀국이었다. 비유어라하는 연길의 귀국이 늦어지자 내내 가슴을 졸였다. 연길의 신변을 걱정하였다. 비록 연길이 아지왕과 친족관계이지만 국교단절의 특사는 사정이 다를 수 있었다. 비유어라하는 연길의 자청을 들어준 것을 내심 후회하였다.

「어라하. 신이 야마토에 오랫동안 체류하다보니 그만 시각을 지체하였나이다.」

「어찌 이리 늦었소. 내두좌평.」

비유어라하는 연길을 덥석 껴안았다.

「망극하옵니다. 어라하. 아지왕께서 신의 귀국을 만류하는지라 쉬이 돌아올 수 없었습니다.」

「회유라도 했단 말이요?」

「회유도 있었습니다. 야마토에 믿을 사람이 없다며 신에게 고위관직을 주겠다 하였습니다.」

「정말이오?」

비유어라하가 놀라 되물었다.

「하오나… 신이 어찌 어라하와 제국을 배신할 수 있겠습니까? 이를 거부하자 신을 감금하기도 하였습니다.」

「…」

「아지왕은 신하들을 믿지 못하고 있었습니다. 비록 왕권을 잡긴 하였으나 자신 앞에서는 충성을 한다고 하지만 뒤로는 딴마음을 먹고 있다고 믿고 있었습니다.」

「동상이몽同床異夢을 한단 말이요?」

「그러하옵니다. 어라하. 신하들에 대한 불신을 직접 목도하였습니다. 하옵고… 송나라에 요청한 6국제군사와 대장군 작위 그리고 신하들에게 제수한 장군 작위도 모두 부실한 왕권을 감추려는 수단이었습니다. 신하들을 회유하고 묶어두기 위한 고육책이었습니다.」

연길이 전한 아지왕의 사정은 전혀 달랐다. 정반대였다. 강력한 왕권을 구축한 줄 알았던 아지왕의 권위는 허울이었다.

「국교를 단절한다는 뜻은 전하셨소?」

「예. 어라하. 어라하의 뜻을 전하자 아지왕은 차마 말을 못하고 눈물을 흘렸습니다.」

연길은 아지왕의 친서를 건넸다.

친서는 〈존경하는 대백제국 어라하 전…〉으로 시작하였다. 아지왕은 야마토 사정을 즉각 알리지 못한 데 대해 깊은 유감을 표하였다.

국교단절은 겸허히 받아들였다. 모두 자신의 부덕으로 돌렸다. 다만 〈어라하〉 칭호 대신 〈대왕〉의 칭호를 선택한 것은 양해를 구했다. 백제를 어라하국의 적통으로 인정하였다.

비유어라하는 마음 한구석이 짠하였다. 측은지심이 들었다. 잠시 혼란스러웠다.

「과인과 조정이 아지왕을 더욱 궁지에 몰았다는 생각마저 드는 군요.」

「어라하. 이유야 어찌되었던 간에 야마토가 아지를 새 군왕으로 맞이하여 부여왕가의 어라하국을 버린 것은 분명 잘못된 것입니다. 국교단절은 당연하다 사료됩니다. 이미 지난 일이니 마음에 두지 마옵소서.」

연길은 수어라하의 장자 시변압반의 소식도 전했다. 예상과 달리 아지왕은 수어라하의 직계 혈손들을 죽이지 않았다. 연길이 물러가자 비유어라하는 술상을 내오게 하였다. 말없이 술잔을 기울이고 또 기울였다. 그날 밤 비유어라하는 정해진 후궁의 처소에 들지 않았다. 홀로 침전을 지켰다.

임오년(442) 2월, 백제왕실에 경사가 났다. 주원이 왕자를 출산하였다. 비유어라하는 신라관습에 따라 손수 아기를 씻기고 〈문文〉이라 이름을 지었다. 여문餘文은 비유어라하의 6번째 왕자였다. 〈문주文周〉라 불렸다. 훗날 백제 22대 왕 〈문주왕〉이다. 주원은 3년 전에도 왕자를 출산하였다. 이름은 〈흥興〉이다. 여흥餘興은 〈흥주興周〉라 불렸다. 문주, 흥주 두 사람의 이름에 주周자가 들어간 것은 주원의 성씨를 따랐다.

3월, 공가부가 급병으로 죽었다. 비유어라하는 공가부의 죽음을 슬퍼하여 열흘 동안이나 곡기를 끊었다. 공가부의 시신은 불가의 장례의식에 따라 화장하였다. 적잖은 사리가 나왔다. 만수사에 부도탑을 만들고 사리를 봉헌하였다. 장례를 치른 후 공가부의 유언장이 비유어라하에게 전달되었다. 선명공주를 거둬 달라는 간곡한 유언이었다. 비유어라하는 선명공주를 후궁으로 맞이하고 〈선원仙媛〉의 첩지를 내렸다. 이를 두고 백성들은 공가부가 죽어서까지 비유어라하에 대한 의리를 지켰다 하였다. 또 비유어라하가 선명공주를 후궁으로 맞이한 것은 지나쳤다고 하였다.

5월, 야마토 아지왕이 시리궁柴籬宮에서 죽었다. 재위 5년만 이었다. 아지왕은 고령으로 자연사하였다.

《일본서기》는 아지왕이 재위하는 동안 천하가 태평하였다고만 짤막하게 기록하고 있다. 그럼에도 아지왕에게 〈반정反正〉이라는 시호를 붙였다. 아지왕이 반정을 했다는 역사적 정황이나 사실은 전혀 없다. 역사는 아지왕이 부여왕가의 혈통이 아님을 고백하고 있다.

늦은 시각.

여명의 사랑방에 네 사람이 호롱불을 마주하였다. 야마토 왕자 혈수와 유무 그리고 증외민사 박덕과 신협촌주 청이었다.

「야마토로 돌아가지지요?」

신협촌주 청이 혈수에게 밀서를 내밀었다. 오자룡 숙니가 보낸 밀서였다.

「아우님. 오 숙니께서 이제 그만 돌아오라 하는군. 아우님 생각은 어떠한가?」

혈수는 밀서를 유무에게 건넸다.

「글쎄요?」

유무는 지그시 눈을 감았다.

「유무왕자님. 숙니께서 밀서까지 보냈다면 다 이유가 있지 않겠습니까? 아직 후계자가 결정되지 않았습니다. 두 분 왕자께서도 분명 기회가 있을 것입니다.」

「아우님. 우리에게도 기회가 있다 하지 않소. 나는 한성생활이 이력이 납니다. 그만 고향으로 돌아가 살고 싶습니다.」

혈수는 지쳐있었다. 처음 유무와 같이 무절도에 입도하였지만 무술 연마는 혈수의 체질이 아니었다. 무절도를 탈퇴한 혈수는 중외민사 박덕과 함께 무료하게 소일하였다.

「형님. 선친은 이미 반역자로 낙인찍혔습니다. 반역자의 자식인 우리를 받아줄리 만무합니다.」

「아닙니다. 군신들 중에는 아직도 중왕자님을 그리워하는 분들이 많습니다. 중왕자님께서 보위를 이었다면 오늘처럼 우리 야마토가 혼란에 빠지지는 않았을 겁니다.」

신협촌주 청은 유무의 마음을 잡으려 애썼다.

「형님께서는 돌아가시지요. 저는 그냥 남겠습니다.」

유무는 고개를 돌렸다.

「아우님.」

「형님 하나면 족합니다. 저까지 돌아가서 혼란을 가중시킬 필요는 없습니다. 만에 하나 형님께서 어라하에 등극하시면 저는 이곳에 남아 백제와의 단절된 교류를 재건하는 데 힘쓰겠습니다.」

유무는 잔류를 결정하였다. 설사 혈수가 보위에 오르더라도 자신의 존재는 부담만 줄 뿐이었다. 유무는 마음을 다독였다.

「아우님의 결정 존중하네. 나는 촌주와 함께 야마토로 돌아가겠네.」

다음날 혈수와 신협촌주 청은 야마토로 돌아갔다.

혈수는 보위에 오르지 못했다. 야마토 군신들은 찬어라하의 아들 웅조진 간치자(이하 치稚)왕자를 선택하였다. 치왕자는 오래전 왕궁을 나와 웅조진雄朝津에 정착하였다. 소아마비를 앓아 다리를 절뚝거렸다. 치왕자를 따르는 세력은 하나도 없었다. 아비인 찬어라하조차 치왕자에게 이르길 〈너는 병중인데 몸을 마음대로 부수었다. 이보다 더 심한 불효는 없다. 오래 살더라도 결코 보위에 오르지 못할 것이다.〉라고 책망하였다. 치왕자는 지극히 평범한 삶을 살았다. 야마토 군신들이 치왕자를 선택한 것은 바로 이점이었다. 군신들은 자신의 권세를 약화시킬 수 있는 강력한 왕권을 원치 않았다. 치왕자는 〈왕위에 오를 수는 있어도 왕권을 행사하기는 어렵다.〉 말하며 군신들이 바치는 옥새를 거부하였다. 해가 바뀌고 나서야 치왕자는 보위를 수락하였다. 《송서》에 왜왕 〈제濟〉로 이름을 알렸으며, 훗날 〈윤공允恭〉의 시호를 받았다.

그러나 야마토 군신들의 기대는 착각이었다. 야마토 제濟왕은 〈맹심탐탕盟神探湯〉(끓는 물속에 진흙이나 자갈을 집게 하여 화상의 유무로 죄를 판정하는 일종의 신판神判행위)을 통해 문란해진 군신들의 씨성氏性을 바로잡는 등 적폐일소에 왕권을 행사하였다. 이는 왕후의 도움이 컸다. 왕후는 야마토에 인질로 잡혀왔던 신라왕자 미사흔이 낳은 딸이었다. 신라에서 파견된 의사 김무金武가 제왕의 소아마비를 고쳤다. 야마토 조정은 친신라파로 채워졌다.

제왕은 야마토를 어라하국으로 환속하지 않았다. 전임 아지왕이 만든 〈대왕〉의 칭호를 그대로 답습하였다. 친신라파를 등에 업은 제왕은 친백제파를 강하게 억눌렀다. 이는 재위기간 내내 계속되었다.

삼한 여행의 장정

곤지는 달포 가까이 모후 위원韋媛의 처소를 지켰다. 위원이 심병을 얻었다. 곤지는 1년 전 무절도에서 입도하였다. 한참 무술연마에 열성을 보였던 곤지는 이를 멈췄다. 그리고 오로지 위원의 병수발에 열중하였다. 위원의 병세가 점점 악화되었다. 위원의 심병은 오라버니 갈성옥葛城玉의 죽음에 기인하였다. 야마토 제왕은 친신라정책을 노골적으로 표방하였는데 친백제계인 갈성원은 눈엣가시였다. 그래서 갈성옥을 죽였다. 비유어라하는 처남인 갈성옥의 죽음을 접하고도 야마토 제왕에게 항의조차 하지 않았다. 백제와 야마토간 단절된 국교는 회복되지 않았다. 점점 더 악화되었다.

보름 전. 비유어라하가 출궁하였다. 비유어라하는 주원周媛과 왕자 흥주와 문주를 데리고 혈구도穴口島(강화도)로 갔다. 마리摩利산(마니산)정상에 오른 비유어라하는 좌평들과 함께 친히 고천告天제를 올렸다. 이는 등극 후 처음이었다. 고천제는 봄, 가을 두 차례 올렸다. 비유어라하는 귀환 길에 구원행궁에 머물렀다. 휴식도 취하고 사냥도 즐겼다.

위원은 처소에 누운 채 곤지를 맞이하였다. 바짝 마른 입술과 야윈 눈자위는 위원의 병세를 알렸다.

「왕자…」

위원이 버겁게 입을 열었다. 눈가에 눈물이 고였다.

「어마마마. 어서 자리를 털고 일어나셔야지요.」

곤지는 두 손을 꼭 잡은 채 위원의 가냘픈 눈빛을 놓치지 않았다.

「어제는 꿈속에서 외조부님을 뵈었습니다. 외조부께서 이 어미더러 그만 이승의 연을 놓으라 합니다.」

「어마마마. 심약한 말씀은 하지 마옵소서. 의박사가 심지를 굳건히 하시면 쾌차하실 수 있다 하였습니다.」

곤지는 위원을 안심시키려 무던히 애를 썼다.

「이 어미는… 우리 왕자의 혼사 때까지는 꼭 살고 싶었는데…」

위원은 짧은 숨을 들어 마시더니 이내 토해냈다.

위원의 심병이 악화된 데는 비유어라하의 무관심이 한 몫 하였다. 비유어라하는 젊은 주원이 조정관원과 사통하여 신라로 쫓겨날 때까지만 하더라도 여인으로서의 주원을 발견하지 못하였다. 주원은 앳된 소녀였다. 그러나 백제로 돌아온 주원은 달랐다. 활짝 필대로 핀 아름다운 꽃이었다. 비유어라하는 주원에게 흠뻑 빠졌고 왕후를 비롯한 다른 후궁들은 그저 애간장을 태웠다. 특히 위원의 상심이 가장 컸다. 주원이 돌아오기 전까지 비유어라하를 독차지한 여인은 위원이었다.

의박사가 약사발을 가지고 처소에 들었다. 의박사는 안정을 취해야 한다며 곤지조차 처소에서 물렸다.

며칠 전 의박사는 위원의 임종이 얼마 남지 않았다고 곤지에게 귀띔하였었다. 곤지는 이를 전내부仐內部(왕명출납)에 알렸다. 전내부는 급히 연통을 띄웠으나 비유어라하는 환궁하지 않았다.

곤지는 위원의 마지막 바람을 잘 알고 있었다. 위원은 비유어라하의 환궁 날짜를 계속 물었다. 비유어라하의 품 안에서 죽음을 맞고자하는 위원은 어느 여염집 아낙과 다를 바 없었다.

어제는 유마왕후와 목원, 가원이 찾아와 위문하였다.

다음날 아침 일찍, 곤지가 처소를 찾았을 때는 위원의 기척은 없었다. 깊은 어둠만이 위원의 죽음을 지켜보았다.

비유어라하가 환궁하였다. 위원이 죽은 다음날이었다. 왕실과 조정은 서둘러 시신을 부여왕가묘역에 안치하였다.

「어라하. 소자 이제 궁을 나갈까 하옵니다.」

장례를 치른 며칠 후였다. 곤지는 비유어라하를 찾았다.

「과인이 어미의 임종을 지키지 못해 서운해서 그리 말하는 것이냐?」

「아니옵니다. 어라하. 어미가 죽고 없는 마당에 왕궁에 기거하는 것은 도리가 아니라 생각했습니다.」

「허허! 왕자는 과인의 아들이니라. 어미가 없다 해서 출궁하겠다는 말은 과인을 아비로 인정하지 않겠다는 것인데…」

비유어라하의 아미가 흔들렸다.

「오해이시옵니다. 어라하. 소자가 어찌 어라하의 자식 된 도리마저 저버리겠사옵니까? 원컨대 소자의 청을 가납하여 주시옵소서.」

곤지는 머리를 숙였다.

「곤지야. 형들은 모두 혼인을 하였기에 궁밖에 살고 있는 것이다. 이는 이 아비가 세운 원칙이니라.」

비유어라하는 왕자들이 혼인하면 출궁토록 조치하였다. 첫째 여은왕자와 둘째 여기왕자는 오래전 혼인하여 궁 밖에 따로 식솔을 거느리고 살았다. 올 초에는 경사왕자가 혼인하여 출궁하였다.

「아바마마. 소자 궁에 있는 한 어미에 대한 그리움을 떨쳐낼 수가 없사옵니다. 부디 출궁을 허락해 주시옵소서.」

「…」

비유어라하는 곤지를 빤히 쳐다보았다. 두 사람의 눈빛이 마주쳤다.

「아바마마?」

곤지의 눈빛이 간절하였다.

「좋다. 그러면 이렇게 하자. 1년만 궁밖에 나가 살아라. 그리고 1년 후에
는 꼭 다시 돌아 오거라. 대신 혼인하면 그땐 형들과 마찬가지로 궁 밖에 나
가 살아라.」

「알겠습니다. 아바마마.」

「한 가지만 유념하여라. 나가더라도 자유롭게 살아라. 삼한땅 어디든 가
고 싶은 곳이 있으면 가거라. 우리 제국이 아니어도 좋다. 임나와 신라도
좋고 야마토도 적국인 고구려도 대륙의 다른 나라들도 좋다. 눈으로 보고
귀로 듣고 스스로 경험해라. 1년 후 다시 만나자. 약속할 수 있겠느냐?」

「약속하겠습니다.」

비유어라하는 곤지를 가까이 다가오게 하였다. 그리고 삼한을 여행하며
겪었던 자신의 경험담을 조근조근 들려주었다.

헤어질 시간이었다.

비유어라하는 품 속에서 무언가를 꺼냈다. 야명주였다.

「잊지 말거라. 이 야명주는 부여왕가의 상징이니라. 혹 어려운 일이 닥치
면 이를 사용하여라. 이 야명주가 왕자의 신분을 보증해 줄 것이다. 왕자는
과인의 아들일 뿐 아니라 이 제국의 왕자임을 꼭 명심하여라.」

그리고 곤지의 손에 야명주를 꼭 쥐어주었다.

찬바람이 불었다. 바람은 얼굴 가득 부딪히며 옷깃을 파고 들었다. 곤
지는 설핏 고개를 돌렸다. 왕궁 전각이 눈에 들어왔다. 순간 처음 보는 것

처럼 낯설었다.

「어마마마. 소자 한성을 떠나려 합니다. 앞으로 어디로 가서 어떻게 살아야 할지 막막하옵니다. 어마마마께서 저 세상으로 떠나셨다는 게 도저히 믿기지 않습니다. 어마마마가 원망스럽습니다. 그러나 꿋꿋하게 살겠습니다. 절대로 울지 않겠습니다. 다시 찾아뵐 때까지 편안히 주무세요.」

곤지는 모후 위원의 묘소 앞에 엎드렸다. 눈가에 눈물이 그렁그렁 맺히며 볼을 타로 흘러 내렸다. 곤지는 한참을 울었다. 위원이 죽었을 때도 시신을 안장할 때도 울지 않았던 곤지였다. 그러나 지금은 혼자였다. 철저히 홀로 존재하였다. 모후 위원에게 작별을 고한 곤지는 호가부를 찾아갔다.

「숙부님. 제가 당분간 무절도 훈련에 참가할 수 없게 되었습니다.」

곤지는 자신의 처지를 호가부에게 알려야 했다.

「연락을 받았습니다. 궁을 나오게 되셨다는 말씀도 들었습니다. 삼한을 여행하신다고요. 참으로 잘하신 결정입니다.」

호가부가 반가이 맞이하였다.

「송구합니다. 아바마마께서 조건을 내시어 그리 약속을 했습니다.」

「이 숙부도 형님어라하와 함께 삼한을 여행한 적이 있습니다. 지금은 모든 것이 혼란스럽고 두렵겠지만 큰 도움이 될 것입니다.」

호가부는 여행담을 하나하나 늘어놓았다. 자랑은 아니었다. 격려의 말이었다.

「고맙습니다. 숙부님. 제가 궁에서만 살아 세상물정을 몰라 두려움이 많았는데 말씀을 듣고 보니 용기가 생깁니다.」

「왕자님은 어느 왕자들보다 형님어라하를 빼닮았습니다. 부디 용기 잃지 마시고 당당하게 세상경험 하세요.」

호가부는 지그시 눈을 꿈벅였다.

그때 한 사내가 들어왔다.

「왕자님. 조미걸취 월랑은 잘 아시죠?」

곤지는 사내와 눈을 마주쳤다. 낯이 익었다.

「장사 조미미귀님의 자제입니다. 형님어라하께서 특별히 조미 월랑이 왕자님과 동행할 수 있도록 명을 내렸습니다.」

조미걸취祖彌傑取는 왕실 숙위군 사령인 장사 조미미귀祖彌麋貴의 아들이었다. 무절도 월랑이었다. 곤지가 태랑으로 무절도 1년차 낭도라면 조미걸취는 2년차였다. 무절도로 보자면 선배이고 나이도 곤지보다 두 살 많았다. 무슨 연유인지 비유어라하는 조미걸취를 택하여 곤지와 동행하도록 하였다.

「잘 부탁드립니다. 월랑님.」

곤지는 조미걸취에게 손을 내밀었다.

「아닙니다. 소인은 최선을 다해 왕자님을 보필하겠습니다.」

조미걸취는 기골이 강대하였다. 전형적인 무인이었다. 신술과 검술이 뛰어났다. 특히 표창술 만큼은 무절도 내에서 단연 으뜸이었다.

「또 한 분 오라했는데…」

호가부가 문 쪽을 향해 고개를 쭉 내밀었다.

그때 또 한 사내가 문을 삐쭉 열고 들어왔다.

「유무 좌사 잘 아시죠?」

곤지는 벌떡 일어섰다. 곧장 머리를 숙여 예를 갖췄다. 유무는 곤지를 가르치는 교관이었다.

「유무 좌사는 야마토 왕자이십니다. 이 숙부가 특별히 부탁을 드렸는데 흔쾌히 동행하시겠다고 하여 모셨습니다.」

「…?」

곤지는 움찔하였다.

「유무 좌사가 야마토 왕자라는 사실은 금시초문일 것입니다. 이 숙부 말고 아는 사람은 없습니다.」

유무는 무절도 봉술 교관이었다. 유무는 엄격하였다. 낭도를 가르침에는 빈틈이 없었고 그 가르침에 반할 경우 매몰차게 책망하였다. 그래서 낭도 사이에는 무서운 교관으로 알려졌다.

「왕자님보다 나이가 열 살 위일 겁니다. 형으로 모셔도 될 듯합니다.」

「잘 부탁합니다. 아우님.」

유무가 먼저 손을 내밀었다.

「많은 가르침을 주십시오. 좌사님. 아니… 형님.」

곤지는 다시 한 번 정중히 인사하였다.

뜻밖의 반전이었다.

사실 곤지는 호가부를 찾을 때까지만 하더라도 그저 막막하고 두려웠다. 출궁을 허락한 비유어라하는 덤으로 여행을 제안하였다. 엉겁결에 약속을 했지만 곤지가 갈 곳은 아무데도 없었다. 모후의 고향인 임나를 떠올린 게 전부였다. 나인 계두鷄頭가 유일한 동행자였다. 그러나 그 막막함과 두려움은 숙부와 조미걸취 그리고 유무를 만나면서 눈녹 듯 사라졌다. 오히려 설렘으로 가슴이 벅차올랐다.

「혹 신라에 들르거든 이찬伊湌 호원好原어른을 찾아가세요. 이 숙부의 형이니 조금이라도 도움을 받을 수 있을 겁니다.」

호가부는 곱게 밀봉한 서찰을 곤지에게 건넸다.

왕성 남문을 나서자 두 사내가 앞길을 가로막았다. 연길과 또 한 젊은 사내였다.

「왕자님. 둘째아들이옵니다. 상단을 이끌고 장사한 경험이 많아 삼한땅

구석구석을 누구보다 잘 압니다. 왕자님의 여행에 적잖은 도움이 될 것이니 부디 왕자님을 모실 수 있도록 허락해 주십시오.」

「연신燕信이라 하옵니다.」

이렇게 해서 곤지의 여행에 동행할 일행이 모아졌다. 곤지를 비롯하여 유무와 조미걸취 그리고 연신과 나인 계두였다. 모두 다섯 명이었다.

곤지가 막 자리를 뜨려하자 연길이 계두를 불렀다. 두툼한 비단 봉지를 옆구리에 쑤셔 넣었다.

한성 하늘은 구름 한 점 없이 맑고 푸르렀다.

*＊＊

곤지의 여행길은 남쪽이었다. 고마성, 발라, 임나, 신라로 향하는 여정이 었다. 고마성은 시조 구태사당이 있는 백제 부여왕가의 본향이었다. 발라는 옛 마한의 신미국新彌國으로 야마토 부여왕가의 또 다른 축인 찬어라하의 고향이었다. 발라 방문은 유무가 원했다. 찬어라하는 유무의 조부였다. 임나는 곤지의 모후 위원의 고향이며 신라는 호가부가 추천하였다.

해가 뉘엿뉘엿 서쪽하늘로 기울었다. 곤지일행은 어느 읍내에 도착하였다.

「오늘 하루 이곳에서 묵도록 하시지요.」

연신이 주막을 가리켰다.

강행군이었다. 이틀 동안 꼬박 쉬지 않고 남쪽으로 내달렸다. 밤이 되면 허름한 민가에서 겉잠을 청하였다. 수면이 부족하여 피로가 겹쳐있었다.

「탕정湯井성입니다.」

지금의 충남 아산시 온양이다.

「탕정?」

「땅 속에서 온천이 나온다고 해서 붙혀진 이름입니다. 온천수는 피로를 푸는데 제격이지요. 소인은 장삿길에 이곳에 들르면 하루정도 머물며 충분한 휴식을 취하곤 했습니다.」

일행은 주막 한쪽 모퉁이에 자리를 잡았다.

연신이 주모를 불러 한참 얘기를 나누었다. 두 사람은 안면이 있었던지 서로 반기는 표정이었다.

「주막 뒤채에 온천이 딸린 봉놋방을 하나 예약했습니다.」

일행은 온천수에 몸을 담갔다. 쌓인 피로가 확 풀렸다. 피로가 풀리니 시장끼가 밀려왔다. 다시 주막으로 돌아왔다. 국밥이 나오고 막 숟가락을 입에 넣을 찰나 한 무리가 몰려들어왔다. 대여섯 명의 사내들이 다른 객을 밀어내고 중앙좌석을 독차지하였다. 술을 가져오라고 고래고래 소리를 질렀다. 모두 이미 한잔 하였던지 건드레하게 취해있었다. 사내들은 비단 두건을 쓰고 저고리와 바지를 입고 있었다. 평민은 아니었다. 그런데 주막의 객들이 슬금슬금 사내들의 눈치를 보며 주막을 빠져나갔다.

「어이… 거기는 안 나가고 버티는 거야?」

무리 중 제법 체격이 큼지막한 사내가 버럭 소리를 질렀다. 아무런 반응을 보이지 않자 사내가 다가와 조미걸취의 옷소매를 잡아당겼다. 조미걸취는 앉은 채로 사내의 인중을 향해 주먹을 날렸다. 사내는 고꾸라지며 코피를 질질 흘렸다. 이 광경을 본 다른 사내들이 일제히 달려들었다. 어느새 자리를 박차고 일어난 조미걸취는 사내들을 향해 옆차기와 돌려차기를 날렸다. 전광석화였다. 사내들 모두 나자빠지며 신음소리를 냈다. 그리고 하나둘 자리에서 일어나더니 꽁무니를 뺏다.

「나리들. 어서 피하시지요. 성주님 자제와 호족 자제들입니다. 아주 나쁜 놈들입니다.」

「…?」

「재물을 갈취하고 폭행을 밥 먹듯이 일삼는 망나니들입니다.」

「…!」

「뒤채 봉놋방에 따로 상을 보겠습니다. 필경 병사들을 데리고 주막으로 다시 올 겁니다. 어서 자리를 뜨시지요.」

주모는 안절부절하였다.

일행은 봉놋방으로 자리를 옮겼다. 주모가 다시 저녁 밥상을 들고 왔다. 모두 숟가락을 들고 허기진 배를 채웠다. 그때였다. 문밖에서 와장창하는 소리가 났다.

「당장 나오지 못하느냐?」

굵직한 목소리가 방문 틈을 비집고 들어왔다.

「마저 식사를 하시게. 내가 나가볼 터이니…」

유무가 숟가락을 놓고 밖으로 나갔다. 곤지도 뒤따랐다.

「어디서 굴러온 놈들이냐? 감히 내 아들에게 행패를 부리다니.」

턱수염을 늘어뜨린 한 중년 사내였다. 사내의 얼굴은 노기로 가득 찼다. 조금 전 조미걸취에게 호되게 당한 사내들이 중년 사내 주위를 빙 둘렀다. 창을 든 병사들도 있었다.

「이 나쁜 놈들… 성주님이시다. 어서 예를 갖춰라.」

중년 사내는 탕정성 성주였다.

「소인들은 장사꾼입니다. 탕정의 온천수가 좋다하여 하룻밤 유숙하러 들렀습니다. 주막에서 조그만 불상사가 있었을 뿐입니다.」

유무가 성주에게 공손히 예를 갖췄다.

「불상사라니… 이런 고얀 놈들… 그렇다고 이렇게 내 아들을 팰 수 있느냐?」

성주 옆에 잔뜩 웅크린 사내가 있었다. 사내는 입 주위가 피로 얼룩져 빨갰다. 조미걸취에게 인중을 얻어맞은 성주의 아들이었다.

「소인들이 성주님의 자제분인지 모르고 무례를 범했습니다. 너그러이 용서해 주십시오.」

「사람을 패놓고 용서하라니… 안 되겠다. 여봐라! 당장 이놈들을 포박하여 성으로 압송하라.」

「성주님?」

곤지가 앞으로 나서려 하자 유무가 옷소매를 잡았다. 곤지가 멈칫하였다. 병사들이 달려들어 일행을 오랏줄로 묶었다.

「잘 참았네. 아무리 변명을 해도 성주는 우리를 잡아갈 생각을 하고 온 것이네. 오늘 밤 하루 푹 쉴까 했는데…」

유무가 다소곳이 귓속말을 건넸다.

곤지일행은 옥사에 갇혔다.

창문 너머 곱게 치장한 하얀 달이 속절없이 일행을 내려다보았다.

「송구합니다. 왕자님. 소인이 성급하여 일을 크게 만들었습니다.」

「아닐세. 자네가 아니었으면 봉변을 당했을 것이네. 나라도 백번 그리 행동하였을 것이네. 덕분에 저 창문 너머 밝은 달을 품게 되지 않았는가? 너무도 밝구먼.」

곤지는 창 밖으로 시선을 돌리며 에둘렀다.

「그나저나… 순순히 풀어줘야 할 텐데.」

유무는 다소 걱정스런 눈빛을 하였다.

「저에게 생각이 있습니다. 불편하더라도 오늘 하루만 이 옥사에서 보내야겠습니다.」

곤지는 잠을 이룰 수 없었다. 이틀 동안 쪽잠으로 설친 탓에 피로감은 더했지만 졸지에 옥사에 갇히는 신세가 되니 도저히 잠이 오지 않았다. 곤지는 밤새 뒤척이고 또 뒤척였다.

날이 밝자, 곤지는 옥졸을 불러 성주에게 독대를 청하였다.

「성주님. 저는 어라하의 넷째아들입니다. 곤지라 합니다.」

곤지는 정공법을 선택하였다. 자신의 신분을 밝히는 것만이 이 사달의 종지부를 찍는 것이라 판단하였다.

「뭐라 ?」

성주는 휘둥그레 눈을 떴다.

「어제 장사꾼이라 하지 않았느냐?」

「분명 장사꾼이라 했습니다.」

「음…」

성주는 눈에 힘을 주었다. 그리고 한껏 곤지를 노려보았다.

「성주님께서 자제분을 대동하고 주막에 오셨을 때는 저희 일행을 잡아가기 위해 오지 않았었습니까? 제가 왕자의 신분을 밝히면 저희 일행을 잡아갈 수 있었겠습니까? 자제분 앞에서 성주님의 영이 서지 않을 것이 뻔한데…」

「음…」

성주는 잔뜩 입술을 오므렸다.

「왕자의 신분을 증명할 수 있느냐?」

그리고 물었다.

곤지는 품 속에서 야명주를 꺼냈다. 비유어라하가 곤지에게 건넨 부여왕가의 상징이자 왕자의 신분을 증명하는 증표였다. 성주는 한참동안 꼼꼼히 살피더니 급히 자리에서 일어나 엎드렸다.*

「망극하옵니다. 소인이 왕자님을 알아보지 못했습니다. 죽을 죄를 지었습니다.」

성주는 방바닥에 코가 닿을 정도로 바짝 엎드렸다.

「아닙니다. 다 몰라서 생긴 일입니다. 저희 일행 또한 신중치 못하여 발생한 불상사입니다. 자제분께도 사과의 말을 드립니다.」

곤지는 성주를 일으켜 세우고 마주 앉았다.

「그렇지 않아도 밤새 고민을 했습니다. 행색은 분명 장사꾼이 아닌데…」

성주는 말꼬리를 흐리며 거듭 조아렸다.

「그나저나 왕자님께서 이곳 탕정에는 어인 행차이시옵니까?」

「고마성에 급히 볼 일이 있어 가는 중이었습니다. 이틀 동안 쉬지 않고 내려오는 길이라 하룻밤 유숙할까 해서 탕정에 들렀습니다.」

성주의 얼굴 표정이 확 밝아졌다.

「성주님께 한 말씀드리고자 합니다. 주모 말을 빌자면 자제분과 호족의 또래 자제들이 상인들의 재물을 강탈하고 폭행을 일삼는다 합니다.」

「…?」

「이는 성주님의 선정에도 분명 누가 되는 행위입니다.」

「전혀 몰랐습니다. 다시는 그런 악행을 저지르지 못하도록 단속하겠습

---

* 〈야명주夜明珠〉는 어둠 속에서 빛이 나는 구슬로 야광주夜光珠라고도 한다. 고대로부터 황제에게 바치는 신비의 보석으로 알려져 있다. 《삼국사기/백제본기》 전지왕 조에 409년, '왜국에서 사신을 파견하여 야명주를 보내니 왕이 그 사신을 두터운 예로 대접하였다.'라는 기록이 있다. 불교신화에 나오는 '소원을 들어주는 보물'인 〈찬타마니(Cintamani)〉와 자장보살이 손에 들고 있는 여의주가 야명주라 한다. 광물학적 명칭은 〈천연플로오라이트-형석螢石〉이다. 중국 운남지방의 야명주가 유명하다.

니다.」

성주가 하루정도 성 안에 머물기를 청하였으나 곤지는 사양하였다. 굳이 탕정에 머물 이유가 없었다. 처소를 나오자 성주는 아들을 불러 곤지가 보는 앞에서 호되게 꾸짖고 나무랐다. 성주의 아들은 곤지가 떠났는데도 땅바닥에 머리를 처박고 있었다.

곤지는 계두에게 일러 주모에게 후하게 계산하고 성 밖 우물터로 오라 일렀다. 그리고 일행과 함께 발길을 재촉하였다.

* * *

고마성 성주는 상좌평 여이餘伊의 손자 여훈餘暈이었다. 여훈은 갓 스무살 청년이었다. 한 달 전 부친이 갑자기 죽어 여훈이 성주직을 승계하였다. 비유어라하는 직접 문상하지 못해 곤지에게 고마성에 들러 늦게라도 왕실을 대표하여 조의를 표하라 일렀다.

일행이 고마성에 도착하였을 때는 한낮이었다. 여훈은 출타 중이었다. 호족들과 함께 서원西原(노사지奴士只)에 사냥을 나가 며칠째 고마성을 비웠다.

곤지는 마냥 기다릴 수 없어 먼저 부여어라하국의 시조 구태성왕의 위패를 모신 사당을 찾았다. 고마성은 산성과 평지성으로 구분하였다. 구태사당의 전각은 산성의 정상에 있었다. 곤지와 유무는 신사神士의 안내를 받아 구태사당에 참배하였다. 구태사당 아래 큰 전각이 하나 있었다. 역대 어라하의 위패를 모신 사당이었다. 어라하사당에는 백제어라하국을 창업한 구句어라하와 야마토 어라하국을 창업한 곤지의 증조부 휘어라하, 조부 토도태자 그리고 유무의 조부 야마토 찬어라하의 위패도 모셔져 있었다.

「무슨 연유로 찬어라하의 위패를 모시고 있습니까?」

유무가 신사에게 물었다.

「야마토 찬어라하도 부여왕가의 혈족이기 때문입니다. 한성에 계신 어라하께서 특별히 찬어라하의 위패도 모셔라 명하였습니다.」

「수어라하도 부여왕가가 아니옵니까? 찬어라하의 직계 장자이고요.」

「수어라하께서는 부여왕가의 혈족이 아닌 아지에게 보위를 넘겼습니다. 부여왕가의 어라하국을 지키지 못한 죄를 범해 감히 위패를 모실 수 없었습니다. 이 또한 한성에 계신 어라하의 뜻이옵니다.」

유무는 문득 죽은 아비 중왕자를 떠올렸다. 신사의 설명대로 수어라하가 아닌 아비가 야마토 어라하위를 승계하였다면 분명 사당에 위패를 모셨을 것이라 생각했다. 그 생각의 이면에는 유무의 운명이 아스라이 매달려 꿈틀거렸다. 바로 보위에 오른 자신의 모습이었다. 유무는 찬어라하의 위패 앞에서 한참을 서성였다.

어라하사당 옆에 조금만 전각이 또 하나 있었다. 여신의 사당이었다. 상좌평 여신은 곤지에게 특별한 사람이었다. 곤지의 이름은 여신이 지었다. 곤지는 여신의 사당에 홀로 참배하였다.

해가 중천에 떠 있었다. 신사가 해질 무렵이나 여훈이 돌아올거라 알렸다. 또 한 나절을 꼬박 기다릴 판이었다. 신사가 고마성 안내를 자청하였다. 곤지가 백성들의 삶의 현장을 보고 싶다고 하자 신사는 고마나루로 안내하였다.

고마나루는 사람들로 북적였다. 상점마다 각종 물건들로 가득하였다. 나루터에 여러 척의 상선이 들어와 물건을 싣고 내렸다.

「나루의 규모가 대단하군요.」

곤지는 나루터가 내려다보이는 바위 위에 걸터앉았다.

「이곳 고마성이 옛 백제어라하제국의 왕도였을 때는 지금보다 배는 더 컸

〈고마나루〉는 충청남도 공주시 금강변에 위치한 옛 나루이다. 〈곰나루〉라고 하는데 전설에 따르면 이 곳에 사는 한 어부가 인근 연미산의 암곰에게 잡혀가 부부의 인연을 맺어 두 명의 자식까지 두었으나 어부가 도망치자 암곰이 그것을 비관하여 자식과 함께 금강에 빠져죽었다는 데서 유래한다고 한다. 나루 아래쪽에 금강의 용왕신에게 제를 지냈던 〈곰사당(웅진단熊津壇)〉이 있다. 백제시대에는 공주지방의 모든 물동량이 집산되는 대규모 나루였을 것으로 추정되나 옛 영화는 온데간데없고 흔적조차 찾기 힘들다.

다고 합니다.」

「…?」

문득 한성의 송파나루가 생각났다. 고마나루는 송파나루 못지 않게 규모가 크고 활기가 넘쳤다.

「모든 물자는 다 이곳 나루를 통해 제공되고 있습니다. 임나와 신라는 물론이고 바다 건너 야마토와 송나라, 위나라의 물자도 들어오고 있습니다. 드물긴 해도 고구려 상선도 들어오고 있습니다.」

「고구려도요?」

곤지는 눈을 크게 떴다.

「물자의 교류는 국경이 없지요.」

「왕자님. 외람된 말씀이오나 한성의 송파나루에도 고구려 물자는 들어오고 있습니다. 다만 조정에서 고구려 상선의 입항을 금지하였기에 3자 교역을 통해 들어오고 있습니다.」

연신이 끼어들었다.

「어찌하여 조정에서는 송파나루에 고구려 상선의 입항을 금지한 겁니까?」

곤지가 물었다.

「한성은 우리 제국의 왕도입니다. 적에게 우리 제국의 민낯을 내보일 수는 없습니다. 왕자님. 교역에 국경은 없다나 제국의 안방을 적에게 허락한다는 것은 그만큼 위험한 일이 아니겠습니까?」

「음…」

「옳은 말씀입니다. 소인이 알기에도 고마성이 백제어라하국의 왕도였을 때 이곳을 통해 고구려 상선이 제집 드나들다시피 했답니다. 고마성이 속속들이 고구려의 손바닥에서 놀아난 셈입니다. 천험의 요건을 갖추고도 휘어라하께서는 제대로 싸워보지도 못하고 고마성을 탈출해야 했지요.」

신사가 여신의 말을 이어받았다.

「…」

곤지는 아랫 입술을 삐죽 내밀었다.

「작고하신 여신 어른께서 일러 주셨습니다. 어른께서는 폐허가 된 고마성을 손수 재건하셨지요. 불타버린 시조사당과 어라하사당도 개축하셨고요. 한성으로 옮겨가시기 전에 소인에게 신사의 직분을 맡기며 과거의 역사를 교훈삼아 어떻게 해서든지 시조사당과 어라하사당을 지켜내라 하셨습니다.」

「…」

「오랫동안 고구려 상선이 들어오지 못했습니다. 한성의 어라하께서 등극하신 후 지금 상좌평이신 여이 어른께서 고구려 상선의 입항을 허락하였으니 그리 오래된 일은 아닙니다.」

붉은 해가 산마루 위에 걸쳤다. 햇살이 물비늘을 타고 넘실거렸다. 강물을 빨갛게 물들였다.

해가 서쪽능선 너머로 사라지고 흐릿한 어둠이 차곡차곡 내려 쌓였다. 곤지는 여훈의 저택에 당도하였다.

　때마침 여훈은 사냥을 마치고 돌아와 일행과 함께 막 연회를 시작하였다.

　「반갑습니다. 왕자님. 소장은 고마성주 여훈입니다.」

　여훈이 곤지를 맞이하였다. 여훈의 표정은 밝고 활기가 넘쳤다. 옆자리에 따로 좌석을 마련하고 참석자들에게 곤지와 유무의 존재를 알렸다. 유무는 무절도 좌사로만 소개하였다.

　「어린 제가 갑자기 부친이 명을 달리하는 바람에 졸지에 성주가 되었습니다. 혈기하나 빼놓고는 세상 경험도 경륜도 내세울 것이 없습니다. 앞으로 여러 성주님들의 아낌없는 가르침을 기대합니다. 혹이 제가 잘못하면 기탄없이 매를 들어주시고 책하여 주십시오. 또한 오늘은 한성에서 오신 곤지왕자님. 좌사나리도 함께하고 있습니다. 마음껏 드시고 흥겹게 즐겨주시기 바랍니다.」

　이어 통째로 구은 네 마리 사슴고기가 식탁 위에 쫙 깔렸다. 사냥에서 잡은 사슴이었다.

　「모후께서 서거하셨다는 말씀 들었습니다. 늦게나마 심심한 조의를 표합니다. 왕자님.」

　「감사합니다. 어라하께서도 작고하신 성주님을 애도한다 하였습니다. 왕실을 대표하여 깊은 조의를 표합니다.」

　곤지와 여훈은 서로 조의를 표했다. 이어 여훈은 연회 참석자들을 곤지와 유무에게 하나하나 소개하였다. 인근 성의 성주와 호족들이었다.

　연회가 시작되고 몇 순배 술잔이 돌았다. 악공과 가녀들이 가락을 타고 춤을 추며 어우러졌다.

　「왕자님. 우리 호족들은 한성의 어라하께 서운한 점이 한 두 가지가 아닙니다.」

연회가 무르익을 즈음 한 호족이 곤지를 쳐다보았다.

「승하하신 구어라하께서 이 땅에 오셔서 백제어라하국을 개국할 때도 이 땅을 내어드렸고 지금의 어라하께서 한성에서 삼한의 새 주인이 되었을 때도 우리 호족들은 전폭적으로 어라하를 지원하였습니다.」

「…!」

「하오나 한성의 어라하께서는 우리 호족들을 너무 홀대하십니다.」

「…?」

「작고한 여신어른께도 수차례 건의하였고 지금의 상좌평이신 여이어른께도 상신하였지만 호족들에게는 아무런 대우도 배려도 해주지 않고 있습니다.」

「…?」

곤지는 영문을 몰라 멋쩍어 하였다.

「오늘 이 자리는 어라하께 불만을 표하는 자리가 아니지 않습니까? 고정하시지요.」

여훈이 호족의 말을 가로막았다.

「왕자님께서 이 자리에 계시기 때문에 드리는 말씀입니다. 솔직히 우리 호족 중에 작위 받은 사람이 한 분이라도 있습니까? 어찌하여 어라하께서는 우리의 충정을 알아주지 않으시는지 그 연유를 모르겠습니다.」

호족은 울먹이며 여훈에게 되물었다. 다소 상기되고 격양된 어조였다.

여훈은 귓속말로 곤지에게 전후 사정을 조곤조곤 설명하였다.

「알겠습니다. 제가 전후사정을 잘 몰라 제대로 알아듣지 못했습니다. 방금 고마성주님으로부터 충분한 설명을 듣고 이해했습니다. 한성으로 돌아가면 어라하께 분명히 여러분의 뜻을 전하겠습니다.」

곤지는 여훈의 설명을 듣고서야 호족들의 주장을 알 수 있었다. 내용은 간단하였다. 고마성 호족들에게도 작위를 달라는 것이었다. 어찌된 영문인지 비유어라하는 고마성 호족들에게는 일절 작위를 주지 않았다.

「아우님. 어라하께서 고마성 호족들에게만 작위를 내리지 않은 것은 아우님이 모르는 다른 이유가 있지 않을까싶네만…」

유무의 귓속말에 곤지는 아차 싶었다. 잠깐 돌이켜보니 일개 왕자의 신분으로 즉답할 문제가 아니었다. 이는 왕자의 권한이 아닌 왕의 권한이며 존엄이었다. 그러나 이미 엎질러진 물. 연회가 파한 후, 곤지는 잠을 이루지 못했다. 밤새 호롱불빛 아래에서 붓을 들고 씨름하였다. 아침 일찍 계두에게 서찰을 건네며 은밀히 한성의 비유어라하에게 보내도록 지시하였다.

* * *

북동에서 남서로 기다랗게 뻗은 산줄기가 평지에 맞닿았다. 평지는 멀리 바다까지 이어졌고 강은 평지를 가로질렀다. 사방 주변이 온통 비옥한 농토였다. 비사벌比斯伐 대평원이었다. 때는 가을걷이가 시작할 무렵. 대평원은 황금물결로 넘쳐흘렀다. 듬성듬성 산목이 우거진 구릉은 을씨년스러웠다.

곤지가 소부리(충남 부여)성을 떠나 꼬박 하루를 내달려 맞닥뜨린 광경이었다.

「우리 삼한땅에서 제일 큰 곡창지대입니다.」

곤지는 입을 딱 벌렸다.

「잘은 몰라도 삼한땅에서 수확하는 양곡의 절반은 이곳에서 산출하고 있습니다.」

연신은 어느 누구도 묻지 않았는데 먼저 입을 열었다.

「대관절 이곳이 어딥니까?」

「비사벌이라 합니다. 이 곡창지대를 두고 동쪽으로 옛 마한의 소국인 건마건馬국과 비리卑離국이 있었습니다. 특히 건마국은 한때 마한 내에서 둘째 가라면 서운할 정도로 강국이었습니다. 모두 다 이 곳에서 산출되는 양곡 덕분이었지요. 지금은 금마저金馬楮(전북 익산)성이 되었고, 비리국은 시산屎山이 되었습니다. 서쪽으로는 불사弗斯(전북 전주)성이 있고 남쪽으로는 벽골壁骨(전북 김제)성이 있습니다.」

「연 공은 이곳 지리와 역사를 속속들이 잘 아십니다.」

「송구합니다. 왕자님. 장사를 하다 보니 삼한땅 안 가본 곳이 없습니다. 그저 귀동냥으로 알게 되었을 뿐입니다.」

「…」

곤지는 연신의 세상 경험이 놀라웠다. 한성을 벗어나 본 적이 없는 곤지로서는 부럽기조차 하였다. 새삼 연신을 동행시켜준 연길이 고마웠다.

「금마저와 시산은 옛 명성을 잃었지만 불사는 예전에 비자화比自火라 불렀는데 어라하께서 친히 불사라 명하시고 담로성으로 승격시켜 이곳 비사벌을 관할케 하였는바 새롭게 떠오르는 고을입니다.」

「불사성?」

「동쪽으로 그리 멀지 않은 곳에 치소가 있습니다. 괜찮으시다면 직접 안내하겠습니다. 소인 또한 불사성과 벽골성에 들러 꼭 해야 할 일이 있습니다.」

가까운 곳에 사람들이 옹기종기 모여 있었다.

곤지는 목이라도 축일 요량으로 사람들에게 다가갔다. 연신이 한참 이야기를 나누더니 다시 돌아왔다.

「마침 잘되었습니다. 불사성에서 나온 아전들입니다. 추수가 시작되어 직접 현황을 파악하기 위해 나왔답니다. 저와 평소 안면이 있는 분도 계셔서 부탁을 했더니 흔쾌히 저희 일행을 안내하겠다 합니다.」

잠시 후 두 여인이 곤지일행에게 다가왔다. 지삿갓을 쓴 한 여인과 종녀였다. 여인이 호로병을 곤지에게 손수 건넸다. 곤지는 여인과 눈을 마주쳤다. 순간 얼굴이 화끈 달아오르며 가슴이 두근거렸다. 머리끝에서 발끝까지 알 수 없는 전율이 쫙 퍼졌다. 곤지는 여인의 눈빛과 얼굴에서 시선을 떼지 못하였다.

「소녀의 얼굴에 티라도 묻었나요?」

여인이 멋쩍어 하였다.

「아… 아닙니다.」

곤지는 울컥 말을 삼켰다. 여전히 가슴은 콩닥콩닥 뛰었다. 눈앞의 세상이 여인의 얼굴로 가득 찼다. 처음 겪는 일이었다.

산봉우리로 에워싸인 널다란 분지. 아늑하고 고즈넉한 땅. 불사성이었다. 불사성을 감싸고 동에서 서로 흐르는 개천은 멀리 비사벌 대평원에 이르렀다. 옛 마한의 원지국圓池國으로 훗날 완산完山으로 불린 지금의 전라북도 전주이다.

「올해는 대풍입니다. 몇 년 동안 한성에 양곡을 제대로 대지 못해 전전긍긍했는데 올해만큼은 연 좌평나리께 면목이 서게 되었습니다.」

「그렇지 않아도 비사벌 들녘의 황금물결을 보았습니다. 성주님.」

연신이 성주와 인사를 나눴다. 두 사람은 서로 잘 아는 사이였던지 표정이 자못 밝았다.

「하늘이 도운 게지요. 올해는 가뭄도 태풍의 피해도 없었답니다. 어라하의 대은에 보답할 수 있어 더욱 기쁩니다.」

연신은 곤지를 연길상단에 소속된 장사꾼으로 소개하였다.

「반갑습니다. 성주 우서于西입니다.」

상견례가 끝나자 저녁밥상이 들어왔다. 밥상은 종녀들이 들고 왔는데 한 여인이 인솔하였다. 낮에 곤지의 시선을 사로잡은 지삿갓을 쓰고 있던 바로 그 여인이었다.

「하나밖에 없는 여식입니다. 마땅한 혼처를 구하지 못해 아비로써 고민이 많습니다. 한성의 귀족 자제분들 중에 좋은 배필이 될 만한 사람을 소개해 주십사 해서 들라 했습니다.」

여인이 다소곳이 인사하였다.

「소녀 미랑美娘이라 하옵니다.」

곤지는 우미랑의 얼굴에서 눈을 떼지 못하였다. 알 수 없는 설렘이 또 다시 가슴을 부풀렸다.

음식은 다양하고 화려하였다. 보는 것만으로도 배가 불렀다. 특히 왕실에서 사용하는 고급 식기가 눈길을 끌었다.

「좋은 혼처만 소개시켜준다면… 제가 더 많이 양보하겠습니다.」

우서가 넌지시 연신에게 말을 놓았다. 그리고 눈치를 살폈다.

우미랑의 혼처 소개와 장사 이문과의 거래제안이었다.

「알겠습니다. 여식의 혼처는 아비께 꼭 말씀드리겠습니다.」

연신의 대답하였다.

우서가 헤벌쭉 웃으며 밝은 표정을 지었다.

「내일 벽지산에 갈 예정입니다. 혹 괜찮으시면 동행하겠습니까?」

「…?」

「매년 두 차례 벽지산에 올라 고천제를 올리고 있습니다. 봄철 씨 뿌릴 때와 가을 추수가 시작할 때입니다. 우리 불사와 벽골이 함께 하는 연례행사지요.」

연신이 눈짓하자 곤지가 고개를 끄덕였다.

「좋습니다. 성주님.」

「오래된 과거 이야기입니다만… 옛날 구어라하께서 고마성에 백제어라하 제국을 세우시고 장군 목라근자를 시켜 삼한을 정벌하였는데 한성의 근초고 왕이 이곳 벽지산에 올라 맹약을 했습니다.」

「굳이 벽지산을 선택한 특별한 이유가 있습니까?」

곤지가 물었다.

「벽지산이 신령스러운 산입니다. 우리 불사와 벽골 백성들은 벽지산을 매 우 영험한 산으로 알고 있지요.」

「…」

곤지의 눈빛이 빛났다.

다음날 일행은 우서를 따라 벽지산에 올랐다. 우서의 말대로 벽골성주도 와있었다. 고천제가 끝나자 우서는 근초고왕이 맹약을 했다는 바위를 가리 켰다. 곤지는 바위에 걸터앉아 잠시 상념에 잠겼다. 이번 여행은 세상을 경 험하는 것뿐 아니라 지난 역사를 체험하는 여행이었다. 문득 아비 비유어라 하의 얼굴이 떠올랐다. 아비의 뜻이라 생각하니 곤지는 힘이 절로 솟구쳤다. 벽지산 정상에서 내려다본 비사벌 대평원은 실로 장대하였다. 서쪽으로 남 쪽으로 그 끝은 보이지 않았다. 우서는 곤지일행에게 며칠 더 머무르며 사냥 을 같이하자 제안하였다.

그러나 곤지는 서둘러 작별을 고했다.

멀리 한 무리 철새가 떼를 지어 남쪽으로 이동하였다. 곤지의 다음 여정을 재촉하였다.

벽지산을 내려온 일행은 벽골성에 잠시 들렀다. 연신이 벽골성주와 거래 를 위해 간 사이 나머지 일행은 들녘을 향했다. 가을걷이가 한창이었다. 곤 지가 들녘에 나온 까닭은 추수광경을 보기 위해서가 아니었다. 연신으로부

전라북도 전주시 남서쪽 12km 지점 노령산맥 서단부에 위치한 해발 794m의 〈모악母岳산〉이 있다. 호남평야에 우뚝 솟은 산으로 산 정상에 어미가 어린 아이를 안고 있는 형태의 바위가 있다 해서 〈엄뫼〉라 불렸으며 이를 한자로 표기한 것이 〈모악母岳〉이다. 모악산은 〈벽지壁支산〉이다.

《일본서기》 신공황후 조에 백제장군 목라근자木羅斤資가 비자발, 남가라, 탁국, 안라, 다라, 탁순, 가라 7국을 평정한 기사가 있는데 이때 천웅장언千熊長彦과 백제왕이 〈벽지산辟支山〉에 올라 맹약을 했다 한다. 모악산은 미륵신앙의 본산으로 미륵을 모태로 한 신흥종교의 발원지로도 유명한데 서쪽 사면에 백제 법왕(599) 때 자복사찰資福寺刹로 처음 지어진 〈금산사〉가 있다. 신라 혜공왕 2년(766) 〈진표율사〉의해 중창되었다 한다.

터 커다란 방죽 얘기를 들은 터라 이를 직접 눈으로 확인하고 싶었다.

「참으로 큰 방죽이군요?」

곤지를 안내한 사람은 벽골성 아전이었다.

「삼한에서 제일 큰 방죽입니다. 제방길이가 1,800보입니다. 다섯 개 수문이 있어 각 수로를 따라 멀리 두내산豆乃山(전북 김제 만경)까지 물을 대고 있습죠. 벽골성에 가뭄이 들어도 끄떡없습니다.」

「언제 누가 만들었습니까? 보통의 노동력으로는 어림없을 것 같은데요?」

「100여 년 전으로 알고 있습니다. 벽골성은 백제어라하국에 편입되기 전에 옛 마한의 벽비리辟卑離라는 소국이었습니다. 한때 신라의 지배하에 있었는데 그때 방죽을 쌓았다 들었습니다.」

「신라요?」

곤지는 깜짝 놀랐다.

《삼국사기/신라본기》흘해이사금 21년(330)에 기록하길 〈처음으로 벽골지를 여니 언덕길이가 1,800보이다.〉라 하였다.

「그렇습니다. 소문에 의하면 신라사람들이 쌓은 것은 아니고 임나의 포로들을 동원하였다 들었습니다.」

「음…」

문득 모후가 생각났다. 임나는 모후의 고국이자 곤지의 외가였다. 곤지가 귀동냥해서 아는 임나는 끊임없이 신라와 갈등을 일으켰다. 전쟁을 해도 승리보다는 패배가 많은 비운의 나라였다. 100여 년 전에도 임나사람들이 겪었을 고초를 생각하니 마음 한구석이 짠하였다.

그러나 그 수탈의 댓가로 벽골의 농사는 가뭄으로부터 해방되었고 그 혜택은 지금 백제어라하제국이 고스란히 받고 있었다.

석양에 붉은 노을이 물들었다. 벼베기에 열중하던 농부들도 하나둘 자리를 떴다. 서둘러 읍내 주막에 당도한 곤지일행은 연신을 다시 만났다. 연신은 벽골성주와 거래가 잘 성사되었다며 저녁식사를 거하게 샀다. 모처럼 일행만의 편한 시간이었다.

「왕자님. 외람된 말씀이오나 성주의 따님을 어떻게 생각하십니까?」

「…!」

곤지는 뜨끔하였다.

「소인이 보기에 무척 마음에 들어 하는 눈치였는데…?」

「허허… 연 공. 왕실 혼사는 함부로 할 수 없습니다. 이는 어라하께서 직접 결정할 일입니다.」

곤지의 말 속에 체념이 섞였다. 왕자들의 혼처는 아비 비유어라하가 직접 결정하였다. 대부분 해씨, 진씨가문의 여식이었다. 모두 한성귀족과의 정략적인 혼인이었다. 경사왕자는 연모하는 여인이 따로 있었다. 그러나 경사왕자는 내신좌평 해부의 여식과 혼인하였다.

「송구합니다. 소인이 왕자님의 심기를 어지럽혔습니다.」

「아닙니다. 연 공. 마음에 두지 마세요. 제가 지금 여인을 연모할 처지가 아니지 않습니까?」

곤지는 에둘렀다.

그날 밤 일행은 한성을 떠나온 이후 처음으로 편안한 밤을 보냈다. 모두가 곤히 잠들었지만 곤지는 우미랑의 얼굴이 자꾸 눈앞에 아른거려 또 그만 잠을 설쳤다.

＊＊＊

다음 행선지는 발라였다. 벽골성을 뒤로한 곤지일행은 고사부리古沙夫里(전북 정읍), 모량부리毛良夫里(전북 고창)를 거쳐 어느덧 발라에 이르렀다. 강행군이었다. 처음 한성을 떠나올 때의 따뜻한 날씨는 자못 쌀쌀해졌다. 모량부리에서 여러 날을 지체하였는데 우연히 본 거석巨石 때문이었다. 마을 촌장이 옛 선조들의 무덤이라 하였다. 거대한 바위 속에 시신을 안치하였다. 곤지가 아는 무덤은 시신을 땅 속에 묻고 분봉을 입히는 것이었다. 너무 생소하였다.

발라는 옛 마한 20여 국으로 구성된 신미제국新彌諸國의 중심지였다. 삼한 땅의 서남지방, 즉 지금의 전라남도 지역인 모한은 넓은 평야를 보유해 곡물의 생산이 많았고 연안은 해상교통의 요충지인 탓에 대륙과 열도와의 활발한 교역으로 물자가 풍부하고 인심 또한 넉넉하였다. 삼한에서 가장 부유한 지역이었다.

모한은 비유어라하가 삼한 순행을 통해 한성의 백제에 편입하였다. 발라(전남 나주)를 중심으로 북쪽으로는 무시이武尸伊(전남 영광), 굴내屈奈(전남 함평), 고시이古尸伊(전남 장성), 추자혜秋子兮(전남 담양), 무진武珍(광주광역시)이 서쪽으로는 물아혜勿阿兮(전남 목포)가 남쪽으로는 고서이古西伊(전남 해남). 도무道武(전남 강진), 오차烏次(전남 장흥), 복홀伏忽(전남 보성), 두힐豆肹(전남 고흥), 분차分嵯(전남 순천 낙안), 감평欿平(전남 순천)과 그리고 마지막으로 월나국 석풍을 몰아내고 담로로 재편한 월나月奈(전남 영암)였다. 월나성은 발라를 비롯하여 아로곡阿老谷, 고미古彌, 새금塞琴, 고서이古西伊, 황술黃述 등 지금의 전라남도 영암 및 해남 일대였다. 비유어라하는 옛 월나땅을 제국의 영토로 흡수하면서 월나를 담로성으로 만들고 옛 신미국의 치소였던 발라를 현으로 강등시켜 월나성의 속현으로 만들었다.

모한 지역

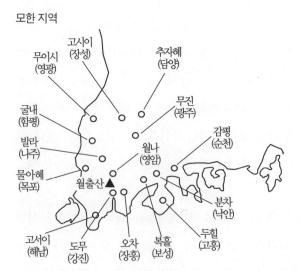

「어라하께서 발라를 현으로 강등시킨 것은 지나친 처사입니다.」

월나성 성주 여예餘乂의 항변이었다. 여예는 선친 여주의 뒤를 이어 성주직을 승계하였다. 여주는 옛 발라국 왕이었는데 모한의 소국들이 한성의 백제에 병합되면서 새로 신설된 월나성의 성주로 보임하였었다. 여예 역시 야마토 찬어라하의 친족이었다.

「…?」

「우리 여씨왕족은 대부분 발라에 거주하고 있습니다. 발라가 모한의 중심이라는 것을 누구나 아는 사실입니다.」

「…!」

곤지는 지난번 고마성 호족들로부터 호되게 당한 경험이 있었던지라 여예의 불만에 일절 대꾸하지 않았다. 더구나 비유어라하의 결정을 알 수 없는 상황이었다.

「어라하께서 선친의 일 때문에 그리 결정하셨다면 드릴 말씀은 없습니다만…」

여예는 말을 하다말고 곤지의 눈치를 살폈다.

「토도태자께서 자결하신 일이 어찌 찬어라하의 잘못이라 단언할 수 있겠습니까? 더구나 찬어라하께서 어라하위를 승계한 것은 전적으로 야마토 신료들의 결정이었습니다.」

「…」

문득 아비 비유어라하가 조부의 제삿날에 왕자들에게 했던 말이 생각났다.

「왕자들은 조부의 일을 결코 잊어서는 안 된다.」

당시 어린 곤지로써는 그 말이 무슨 말이며 무얼 의미하는지 알 수 없었다. 단지 아비의 눈가에 그렁그렁 맺힌 눈망울을 보면서 아비에게 평생 지울 수 없는 어떤 한이 있을 것이라 막연히 추측하였다. 그 일이 있은 지 얼마 후 곤지는 스승인 내두좌평 여명으로부터 조부가 찬어라하에게 어라하위를 물려주기 위해 자결하였고, 아비 비유어라하가 삼한으로 쫓겨났다는 사실을 전해 들었다. 아비의 한 맺힌 설움과 아픔이 곤지의 심장을 관통하였다.

「어라하께서 야마토 어라하에 등극하지 않은 것이 오히려 전화위복이 되었지요. 이제 명실공히 삼한의 참주인인 백제어라하제국의 어라하가 되셨으니 백번 잘된 일이 아닙니까?」

여예의 말은 분명 지난 역사의 아픔에 대한 양해였으나 듣기에 따라서는 역사의 변명이었다.

「성주님. 저는 조부의 일에 대해서는 아는 바가 없으며, 어라하께서 발라를 현으로 강등시킨 것은 지난 일을 곡해해서 내린 결정은 아닐 것입니다.」

「…?」

「또한 이 문제는 왕자인 제가 어떻게 할 수 있는 문제가 아닙니다. 이는 어라하만이 결정할 수 있습니다.」

「…!」

「혹이 서운한 점이 있었다면 너그러이 양해해 주십시오.」

이번에는 곤지가 일방으로 입을 열었고 여예는 묵묵히 듣기만 하였다. 상황이 역전된 셈이었다.

「알겠습니다. 곤지왕자님. 소관이 다소 왕자님께 무례를 범했습니다.」

여예는 곤지보다 열 살 위였다. 유무와 동년배였다. 유무와 여예는 형제뻘이었다. 유무는 곤지와 여예의 대화를 듣고만 있었다.

여예와 헤어진 곤지와 유무는 숙소로 향했다.

「아우님. 부탁이 있네. 우리 세대만큼은 선대 조부님들의 아픈 기억은 스스로 들춰내지 말고 살았으면 좋겠네.」

「…?」

「나는 고마성의 어라하사당에서 조부 찬어라하의 위패를 보았네. 어라하께서 찬어라하를 용서하지 않았다면 어찌 위패를 사당에 모셔놓았겠나. 아마도 지난 과거의 아픈 역사까지도 용서했다는 생각이 드네.」

「형님!」

「솔직히 나 또한 아비를 죽인 백부에 대한 원한이 무척 컸네. 보위를 찬탈코자 했던 아비의 대죄가 있었다지만 아지사주를 시켜 아비를 죽인 일만큼은 용서가 안 되었네. 그러나 조부의 위패를 보고 어라하의 하해와 같은 용서의 마음을 배우기로 하였네.」

곤지는 고개를 숙였다. 동감이었다.

「형님. 실은… 제가 성주께 거짓을 고했습니다.」

「무얼 말인가?」

「조부의 일을 모른다고 한 말…」

곤지가 머뭇거렸다.

방금 전 월나성주 여예에게 말했던 거짓이 생각났다.

「허허… 미루어 짐작하고 있었네. 아우님이 조부님들의 일을 모른다면 어찌 왕자라 할 수 있겠나. 선의의 거짓말인 걸.」

유무는 너털웃음을 지었다.

첫눈이었다. 점심나절부터 구름이 몰려오더니 눈이 내렸다. 찬바람을 타고 흩날리는 눈발이 거세게 몰아쳤다. 어둠이 깔리자 바람은 온데간데없이 사라졌지만 눈은 계속해서 내렸다. 새벽이 되어서야 그쳤다.

어제 곤지는 발라포구에 나갔다. 초겨울인데도 포구는 사람들로 북적였다. 정박한 상선들도 많았다.

「야마토 상선들이 많이 들어오고 있습니다.」

동행한 아전이었다.

「이곳 모한은 한성보다 야마토와 더욱 밀접한 관계를 유지하고 있습니다.」

「…?」

「사람과 물자의 교류가 활발히 이루어지고 있습니다.」

「특별한 이유라도?」

「왕자님께서도 잘 아시겠지만… 이곳 발라는 야마토 찬어라하의 고향입니다. 휘어라하께서 야마토를 개국하고 찬어라하를 야마토로 부르셨죠. 당시 찬어라하는 〈궁월弓月*왕〉이라 불렸는데 이곳 모한과 동한의 120현민을 데리고 야마토로 망명하셨죠. 벌써 40여 년 전의 일입니다.」

「궁월왕?」

「휘어라하께서 삼한의 고마성에 계셨을 때 궁월왕의 작위를 하사하시고 이곳 모한을 독자적으로 다스리게 하셨습니다.」

「음…」

「당시 모한의 수많은 백성들이 찬어라하를 따라 야마토로 건너갔습니다. 그들 중에는 궁월왕의 선조께서 대륙에서 이곳 모한으로 건너오셨을 때 따라온 사람이 적잖았습니다. 그들 대부분이 또 궁월왕을 따라 야마토로 건너갔습죠. 진秦씨들입니다.」

아전은 자신의 진씨라 밝히며 조상의 이야기를 덧붙였다. 진씨는 대륙의 옛 진秦나라 출신이라 했다.

---

* 《일본서기》 응신천황조 14년에 〈궁월군弓月君〉이 120현민을 데리고 백제로부터 귀화하였다는 기록이 있다. 〈120현민〉, 어림잡아도 수만명이다. 한일관계사에서 가장 규모가 큰 대규모 망명사건이다. 〈궁월군〉과 120현민은 출애굽을 단행한 〈모세〉와 히브리민족을 연상시킨다. 《신찬성씨록》은 궁월군을 〈융통왕融通王〉이라 하였고 그 조상이 〈진시황〉이라 하였다. 다소 과장된 측면이 있다하더라도 당시 120현민을 이끌었던 〈궁월군〉의 위상은 가히 우리의 상상을 뛰어넘는다.

「외람된 말씀이오나 저희 진씨는 양잠과 토목에 대한 남다른 기술을 가지고 있습니다. 야마토 왕실과 조정에 많은 기여를 하고 있습니다.」

아전은 다소 우쭐댔다.

「궁금한 것이 있습니다. 어찌 이곳을 모한이라 합니까?」

이번에는 곤지가 물었다.

곤지는 뱃사람들 말 속에서 〈모한慕韓〉이란 말을 우연히 들었다. 전후 말의 흐름으로 보아 분명 어느 지역을 지칭하는 것은 분명한데 도통 알 수가 없었다.

「야마토로 건너간 사람들이 부르기 시작했습니다.」

「…」

「이곳 삼한땅 고향에 대한 그리움에서 그리 부르고 있지 않나 생각합니다. 〈모慕〉라는 한자가 〈그리워하다〉라는 뜻을 가지고 있으니 말입니다.」

「애틋한 사연이 있었군요.」

「비록 고향을 떠났지만 고향에 대한 향수를 어찌 잊을 수 있겠습니까?」

「고향…」

문득 한성이 그리웠다. 처소에 머무르는 내내 아비 비유어라하와 죽은 모후의 얼굴, 한성의 왕궁 모습이 곤지의 머릿속을 가득 채웠다. 내심 한성으로 돌아가 겨울을 보내고 날이 풀리면 다시 여행을 시작할까도 생각하였다. 객지 생활 자체가 처음 인지라 한성에 대한 그리움이 더 컸다.

유무가 합류하였다. 유무는 나인 계두를 데리고 포구에 나갔었다.

「가셨던 일은?」

「다행히 여각주인이 야마토 사람이어서 야마토에 계신 혈수 형님께 인편을 좀 넣었네.」

「혈수 ?」

「친형일세. 오래전 나와 함께 한성으로 건너왔다가 형님만 귀국하셨지. 벌써 소식이 끊긴지 5년이 지났네.」

유무의 형인 혈수는 임오년(442) 야마토 아지왕이 죽고 왕위계승자가 결정되지 않았을 때 야마토 오자룡의 요청으로 귀국하였다. 5년 전이었다. 그러나 야마토 군신과 군경은 혈수가 아닌 숙부 치왕자를 선택하였다. 야마토 제왕이었다.

「몰랐습니다.」

「내 아우님에게 말한 적이 없으니… 다행히 죽지 않고 살아계신다 해서 소식을 전했네.」

「유무형님께서도 고향인 야마토가 그립진 않습니까?」

「왜 그립지 않겠나? 야마토를 떠나온 지 15년이 지났는걸. 10년이면 강산도 변한다 했거늘 무척 궁금하고 그립다네. 다행히 고향에 온듯하여 한결 마음이 평온하네.」

유무의 표정이 내내 밝았다. 발라에 도착한 이후부터였다. 평소 말수가 적고 무뚝뚝한 태도 역시 말끔히 사라졌다.

여예가 내일 아침 사냥을 같이 하자고 연통을 보내왔다. 매년 첫눈이 내린 다음날은 현령들과 정례적으로 사냥을 하였다며 꼭 참석해 달라 당부하였다. 곤지와 유무는 흔쾌히 수락하였다. 사냥터는 굴내屈柰(전남 함평)의 한 들판으로 이틀 정도 유숙할 예정이었다.

다음 날, 월나성 관아에 사람들이 모였다. 인원은 수십 명이었다. 현령들은 모두 아전과 몰이꾼을 대동하였다. 여예는 현령들을 일일이 소개하였다. 그중 여루餘婁라는 사람이 있었다. 부여왕족은 틀림없으나 여예는 이름만 알려주었다.

눈 덮은 하얀 벌판은 최적의 사냥터였다. 사냥감 식별이 용이하였고 사냥

감도 기동이 자유롭지 못하였다. 사냥감은 주로 사슴이었다. 몰이꾼이 세 방향에서 사슴무리를 몰았다. 사냥꾼은 일정거리에 잠복하고 있다가 활시위를 당겼다. 특히 사슴은 무리짓는 속성이 있어 한꺼번에 여러 마리를 잡을 수 있었다. 일제히 활시위를 놓자 순식간에 사슴 다섯 마리가 고꾸라졌다. 곤지의 화살은 사슴의 배에 정확히 명중하였다.

「활솜씨가 보통이 아닙니다.」

여예가 흠칫 놀라며 곤지를 쳐다보았다.

「과찬이십니다. 실은 사슴을 향해 활시위를 놓은 것은 처음입니다.」

곤지는 줄곧 매사냥만 하였다. 매사냥은 매를 이용한 간접사냥이었다.

「첫 솜씨치고는 대단합니다. 정확히 명중했습니다.」

여예가 빙그레 웃었다.

곤지에게 활은 죽은 모후의 기억이었다. 어린 시절 모후를 졸라 처소 앞뜰에 조금만 활터를 만들었다. 틈만 나면 활을 쏘았는데 학문에 열중하길 바랐던 모후는 이를 못마땅하게 여겼다. 급기야 곤지가 보는 앞에서 활을 부러뜨렸다. 한동안 모후에 대한 원망으로 내내 가슴앓이 했던 곤지였다.

막 일행이 자리를 뜨려하자 여루가 손짓하였다.

「우리 말고 또 사냥꾼이 있었습니다.」

여루가 소나무 숲속을 가리켰다. 그리고 한 물체가 움직일 찰나 활시위를 놓았다. 횡하고 화살이 날아가 물체에 꽂혔다. 물체가 공중으로 튀어 오르더니 다시 바닥으로 내리박혀 나뒹굴었다. 또 하나의 화살이 날아가 꽂혔다. 물체는 몇 발짝 움직이다 고꾸라졌다. 순간 일제히 환호하였다.

「대단하십니다. 여루 공. 호랑이를 잡았습니다. 그것도 화살 두 방으로 말입니다.」

「…!」

「활솜씨가 출중하다는 말은 들었지만 정말 대단한 명궁이십니다.」

「제가 운이 좋았습니다.」

여루는 멋쩍은 웃음을 지었다.

저녁식사의 주 요리는 사냥에서 잡은 사슴고기였다. 화제는 단연 화살로 호랑이를 잡은 얘기였다. 몇 순배 술잔이 돌고 음식을 나누자 곤지와 현령들 그리고 여루는 다소 어색한 분위기를 거두었다.

서로에게 궁금증이 일었다.

「존함으로 보아 부여왕족이 분명하온데…?」

유무가 넌지시 여루에게 말을 건넸다.

「소인의 조부는 옛 연나라의 건절建節장군을 지내신 여암餘巖*이라는 분입니다. 부여 백성을 이끌고 연나라에 대항하여 거병하였는데 모용농慕容農에게 패하여 죽임을 당했습니다.」

「언제 때 일인가요?」

「을유년(385)이니 대략 60여 년 전 이야기입니다. 선친 또한 오래 전에 죽어 소인의 일족은 바다 건너 삼한으로 오게 되었습니다.」

「조부께서 어찌 연나라에 대항하여 봉기를 하였습니까?」

곤지가 끼어들었다.

---

* 385년 7월, 후연의 건절建節장군 여암餘巖이 북경 남쪽 하북성 기주冀州 무읍武邑에서 군사를 이끌고 난을 일으켜 북방으로 진군한다. 유주幽州(북경)의 계성薊城을 점령한 후 동쪽으로 이동하여 난하 하류인 영지令支에 정착한다. 그러나 그해 11월 후연의 모용농慕容農에게 패하여 참수당한다. 《자치통감》이 기록한 〈여암의 난〉이다. 비록 5개월의 단명이지만 최종 점령지는 요서지방이다. 강종훈은 대륙백제의 실체를 알려주는 중요한 사건으로 보았다. 여암이 무슨 이유로 후연에 대항하여 난을 일으켰는지는 알 수 없다. 그러나 당시는 모용수가 후연을 건국(384)한 직후이다. 여암은 정세가 불안한 틈을 타 서부여(대륙백제)의 부활을 꿈꾸었을 것으로 추정된다.

「선친의 유언을 빌리자면 조부께선 서부여를 재건하려 했던 것 같습니다.」

「서부여?」

「너무 오래된 이야기입니다만 지금으로부터 250여 년 전 동부여 구태왕자께서 대륙의 요서지방에서 새로 부여를 세우셨습니다. 이것이 부여어라하 국의 시작이었습니다. 뭇 사람들이 이를 서부여라 합니다. 대륙의 부여인 셈이지요. 이런 연유로 나라 이름을 따라 부여 성씨가 생긴 것이고요. 서부여를 창업하신 구태성왕은 대륙 부여왕가의 시조입니다.」

「…!」

「서부여의 마지막 왕은 여현餘玄이라는 분입니다. 그 아들이 여울餘蔚*입니다. 여현왕이 나라를 들어 연나라에 바치자 여울도 아비를 따랐지요. 결국

---

* 《자치통감資治通鑑》의 기록에 의거하여 복원한 〈여울餘蔚〉의 생애이다. 여울은 부여의 마지막 왕인 〈여현餘玄〉의 아들이다. 여현왕은 346년에 전연前燕의 공격으로 나라를 잃고 5만 명의 백성과 함께 연나라로 끌려와 모용황慕容皝의 사위가 되었다. 여울의 출생 시기는 알 수 없으나 전연에서 〈산기시랑散騎侍郎〉을 지냈으며, 370년 부여, 고구려 및 정령족의 인질 500여 명을 선동하여 전연 수도 업鄴의 성문을 열어 전연이 전진前秦에 의해 멸망하는 데 일조하였다. 이후 여울은 전진의 부견苻堅 치하에 있었으나 주로 모용수慕容垂의 가신으로 활동하였다. 384년에 모용수가 후연後燕을 건국할 때 모용수와 함께 거병하였으며 〈형양태수滎陽太守〉에 임명되었다. 모용수에 의해 〈부여왕〉에 책봉되었고 〈정동대장군·통부좌사마征東大將軍統府左司馬〉가 되었다. 이후 〈우광록대부右光綠大夫〉를 지냈으며 390년에는 〈좌복야左僕射〉, 396년에는 〈태부太傅〉가 되었다. 후연이 화북지방을 상실하고 요서 일대로 영토가 축소된 이후에는 사료에서 모습이 나타나지 않아 이 무렵에 사망한 것으로 추정된다.
참고로, 〈여현〉과 〈여울〉말고도 같은 시기 부여씨족이 대륙에서 활동한 사례는 많다. 후연에는 건절建節장군 〈여암餘巖〉을 비롯하여 진동鎭東장군 〈여숭餘嵩〉과 그의 아들 건위建威장군 〈여숭餘崇〉, 산기상시散騎常侍 〈여초餘超〉가 있으며, 남연南燕의 진서대장군鎭西大將軍 〈여울餘鬱〉, 수광공壽光公 〈여치餘熾〉 등이다. 이들의 공통점은 4세기 중후반에 연나라에 부용하여 벼슬을 받았다는 것이다. 〈여餘〉씨의 성과 이름으로 중국사서에 기록을 남긴 것은 이 시기가 유일하다.

서부여는 멸망하였습니다. 하여 조부께서 비록 구태성왕의 방계이지만 이를 안타깝게 생각하시고 거병을 했던 것 같습니다.」

「…?」

「백제어라하국을 창업하신 여구어라하께서는 여현왕의 동생으로 알고 있습니다. 일족을 데리고 삼한땅으로 건너오셨지요. 삼한의 백제어라하국의 시작입니다.」

여루가 전한 부여왕족의 역사는 생소하였지만 가슴 벅찬 충격이었다. 부여왕족의 활동공간은 백제의 삼한반도도 야마토의 열도도 아닌 저 바다 건너 이역만리 광활한 대륙에서 시작하였다. 또한 부여왕족의 시조 구태로부터 시작된 그 혈손들은 대륙에도 반도에도 열도에도 널리 퍼져있었다. 그 뜨거운 부여왕족의 피가 곤지에게도 유무에게도 똑같이 흐르고 있었다.

그날 밤 곤지와 유무는 잠을 이루지 못하고 뒤척였다.

다음날 곤지일행은 사냥에 참가하지 않았다. 굴내을 떠나 인접 무시이武尸伊(전남 영광)로 발길을 돌렸다. 무시이에는 백제에 불법을 전한 마라난타 존자가 창건한 불갑사가 있었다. 불갑사를 찾아보라 주문한 사람은 비유어라하였다.

불갑사 경내에 들어서자 한 젊은 승려가 곤지일행을 가로막았다.

「혹 왕자님이 아니신지요?」

「그렇습니다만 어찌 저희를 알아보십니까?」

「법사님께서 두 분의 왕자님을 정중히 모시라 하였습니다. 한 분은 한성에서 한 분은 야마토에서 오신 왕자님이라 하셨습니다.」

곤지와 유무는 놀란 눈빛으로 서로를 쳐다보았다. 젊은 승려는 곧장 대웅전 전각으로 안내하였다.

전각 안에는 목조로 만든 3구의 좌불상이 자리하였다. 석가모니불을 중심으로 왼쪽에 약사불, 오른쪽에 아미타불이 위치하였다. 삼존불이었다. 한 승려가 삼존불을 등지고 좌부좌를 틀었다.

「수년 전 만혜법사께서 입적하시면서 먼 훗날 왕자 두 분 왕자님이 찾아올 것이라 하셨습니다.」

「…?」

「어젯밤 스승께서 꿈에 나타나 오늘 오실 것이라 하여 기다리고 있었습니다.」

「…!」

「좌정하시지요.」

승려는 앉은 채로 자리를 권했다.

「법사께서 유언하시길…」

「…」

「…」

「왕이비왕비왕이왕王而非王非王而王. 이 말씀을 두 분 왕자님께 전하라 하였습니다.」

즉 〈왕이되 왕이 아니고 왕이 아니되 왕이라〉는 뜻이다.

「법사님의 말씀 도통 이해할 수가 없습니다. 가르침을 주소서.」

유무가 승려에게 물었다.

「소승은 두 분 왕자님께 스승의 유언을 전할 뿐이옵니다. 스승의 유언이 무얼 말하는지 알지 못하옵니다.」

「…!」

「다만 두 분 왕자님이 서로 믿고 의지하면 만사가 형통할 것이라 했습니다.」

「만사형통?」

「소승은 스승의 유언을 전하게 되어 다행입니다.」

승려는 먼저 자리를 떴다.

곤지와 유무는 한참 동안 대웅전에 머물렀다. 말없이 만혜법사의 유언을 되새겼다.

〈왕이되 왕이 아니고 왕이 아니되 왕이로다.〉

알 듯 모를 듯한 유언이었다. 수수께끼였다.

석가모니불이 두 사람을 내려다보며 잔잔한 미소를 머금었다.

아주 먼 훗날, 곤지와 유무는 유언의 실체를 깨닫게 된다. 이는 두 사람의 각기 다른 운명을 관통하였다.

대웅전을 나오자 동자승이 기다렸다. 동자승은 불갑사 경내 곳곳을 안내 하였다. 한성의 만수사에 비해 불갑사는 초라하기 그지없었다. 곤지는 나인 계두에게 일러 따로 불사에 시주하였다.

백제에 최초로 불법을 전한 마라난타 존자는 불사에서 멀지 않은 바닷가 아무포阿無浦(법성포)에 도착하여 손수 이곳 모악母岳산(불갑산)에 터를 잡고 불사를 창건하였다. 〈불법의 시원이요 으뜸이 되는 절〉이라 하여 불갑사라 명명하였다 하니 불갑사는 백제불법의 모체였다.

* * *

해가 바뀌어 갑신년(444)이 되었다. 춘 3월 날씨가 풀리자 곤지는 서둘러 동쪽으로 여행을 떠났다. 육로가 아닌 해로로 여행길을 잡은 곤지는 발라 포구에서 임나 상선에 몸을 실었다. 최종 목적지는 동남해안의 끝인 임나 였다. 겨우내 곤지는 모한에 머물렀다. 물아혜勿阿兮(전남 목포)를 비롯하여

고서이古西伊(전남 해남), 도무道武(전남 강진), 오차烏次(전남 장흥), 복홀伏忽(전남 보성), 두힐豆肹(전남 고흥), 분차分嵯(전남 순천 낙안) 등 주로 서남해 연안지역을 두루 돌아다녔다. 여행을 함께한 유무의 표정이 밝았다. 모한의 모든 환경이 야마토와 유사하다며 마치 고향에 와있는 듯한 착각에 빠졌다고 토로하였다.

　연안항로를 따라 동쪽으로 이동하던 상선이 처음으로 닻을 내린 곳은 원읍猿邑(전남 여수)의 한 포구였다. 상선은 원읍의 상인들과 물물교역을 위해 잠시 정박하였다. 원읍부터는 백제의 영토가 아니었다.

　「월나국이라는 소국이옵니다.」

　「월나국? 우리가 머물렀던 곳이 월나성이 아니었소?」

　곤지가 다소 의아한 표정을 지었다.

　「원래 월나국은 지금의 월나성에 있던 소국이었는데 어라하께서 월나땅을 제국의 영토로 병합하자 이에 반기를 든 월나국왕 석풍이 일부 백성을 데리고 이곳 원읍으로 망명하였습니다.」

　「…」

　「어라하께서는 원읍으로 망명한 이들 또한 제국으로 편입하려 했으나 스스로 신라의 부용국이 되는 바람에…」

　「신라의 부용국이라니요? 신라가 이곳까지 영향력을 행사하고 있는 겁니까?」

　「그렇습니다. 지금의 왕은 오인이란 자인데 신라가 세운 왕입니다.」

　「오인?」

　「경사왕자님의 죽은 친모가 월나국의 공주였습니다. 석원이라 추존된 분인데 석풍과는 오누이 사이입니다. 오인은 석풍의 아들입니다.」

곤지가 아는 석원은 형 경사왕자의 생모였다. 월나국 공주라는 사실은 금시초문이었다.

선장이 물물교역을 위해 잠시 자리를 빈 사이 곤지일행은 포구의 한 주막을 찾았다.

「임나가 조만간 신라를 공격한다지.」

「나도 소문 들었네. 이번엔 전례 없는 대규모 군사를 동원한다고 하네.」

「걱정이 태산일세. 임나와 큰 거래가 있는데 들어가야 할지 말아야 할지 결정을 못 내리겠네.」

「잘못되기라도 하면 모든 것이 끝장인데. 참으로 고민일세.」

주막의 객들은 푸념을 늘어놓았다. 행색으로 보아 고구려 상인들이었다. 대낮인데도 거하게 취해 얼굴은 온통 붉었다.

「왕자님. 임나가 전쟁을 일으킨다면 우리 행선지도 다른 곳으로 바꿔야 하지 않을까요?」

「…?」

「발라에 있을 때도 들어보지 못했네. 장사꾼들의 얘기이니 좀 더 상황을 알아보세.」

유무가 곤지를 대신하였다.

「좌사어른. 원래 장사꾼의 정보가 가장 빠르고 정확합니다. 저들의 말이 사실이라면 필시 임나로 들어가는 바닷길은 모두 봉쇄됐을 겁니다. 위험부담이 너무 큽니다.」

그때 선장이 주막 안으로 들어왔다.

「선장께서도 임나가 전쟁을 일으킬 것이라는 소문 들었습니까?」

연신이 다짜고짜 물었다.

「들어서 알고 있습니다.」

「그렇다면 상선이 임나로 들어가는 것 자체가 위험한 것이 아니요?」

연신이 거듭 물었다.

「상선이 임나에 입항하는 데는 전혀 문제없습니다.」

「…?」

「발라 현령의 간곡한 부탁이 있어 공들의 승선을 허락했지만 실은 이 상선은 임나조정에서 운영하는 관선입니다. 소인은 조정의 명을 받아 물자를 모아 임나로 운반하는 중입니다. 전쟁에 관한 소문은 조금 전 들었고요.」

평소 직접 상선을 운영해본 연신은 상선에 실려 있는 물자들부터 살폈다. 대부분 양곡과 도기였으나 우연히 볏짚으로 덮어놓은 칼과 창을 발견하였다. 처음에는 의아해 했지만 연신도 무기를 은밀히 거래했던 경험이 있었던지라 대수롭지 않게 생각하였다.

「…!」

「그래도 안전에 대한 판단이 서지 않으시면 이곳에서 하산하셔도 됩니다. 다만 소인이 장담할 수 있는 것은 임나 포구까지는 어떤 일이 있더라도 안전하게 모시겠습니다.」

선장이 먼저 주막을 나섰다.

「왕자님. 임나에 도착하더라도 나라 전체가 전쟁준비로 어수선할 겁니다. 자칫 잘못하면 전쟁에 휘말릴 수도 있습니다.」

연신은 임나 여행을 극도로 꺼렸다. 장사꾼의 본능이었다.

「유무형님께서는 어찌 생각하십니까?」

곤지는 유무에게 판단을 넘겼다.

「연 공의 말씀도 충분히 공감하나 지금 상황에서 마땅한 다른 행선지를 정할 수도 없고, 설령 임나에서 전쟁이 일어난다 하더라도 우리 일행과는 무관한 일이니 다른 염려는 없을 겁니다. 예정대로 계속 진행하는 것이 좋을 듯 싶습니다. 왕자님.」

「알겠습니다. 다소 위험부담이 따르더라도 처음 계획대로 진행하겠습니다.」

곤지는 강행을 결정하였다. 임나방문은 삼한여행의 핵심이었다. 어떠한 악조건이 있더라도 임나는 반드시 가야 할 곳이었다.

상선은 다시 닻을 올리고 동쪽으로 나아갔다. 하늘에 먹구름이 끼더니 세찬 바람이 불었다. 물결이 거칠게 출렁였고 상선은 심하게 요동쳤다. 일행은 극심한 뱃멀미로 기진맥진하였다. 유독 곤지가 심했는데 급기야 혼절하였다.

연신이 선장을 찾아가 통사정하였고 상선은 어느 섬의 포구에 일시 정박하였다. 마을의 한 촌로가 뱃멀미에 좋다는 약초를 곤지의 입에 물렸다.

「참으로 신통한 약초입니다. 촌로어른 덕에 정신을 차렸습니다.」

곤지는 거듭 감사를 표하였다.

「우리 뱃사람들은 항상 약초를 가지고 다닙니다. 산에 지천으로 널린 약초입죠.」

「지천에 널렸다고요?」

「이 섬에는 유용한 약초들이 많이 서식하고 있습니다. 옛날 진나라의 서불徐市이라는 방사方士가 불로초를 찾아 이 섬에 왔었습니다.」

「불로초?」

곤지는 눈을 크게 떴다.

「수십 척의 배와 수백 명의 아이들을 데리고 우리 섬을 찾아왔었습니다. 실제로 불로초를 찾았는지는 모르겠고 마을 뒷산 중턱바위에 글을 새기고

경상남도 남해도 금산 중턱에 선사시대 석각화가 있다. 서불이 남긴 화상(그림)문자로 전해지고 있다. 〈서불과차徐市過此〉 또는 〈서불기배일출徐市起拜日出〉로 읽는다. 서불의 행적은 제주도에도 있다. 서귀포 정방폭포 부근에 있는 석각화인데 추사 김정희가 제주도에서 유배생활을 하면서 우연히 발견하였다고 한다. 역시 〈서불과차徐市過此〉 또는 〈서불과지徐市過之〉로 읽는다. 서귀포는

「서불이 서쪽으로 돌아갔다」는 데서 유래한다고 한다. 서귀포에는 〈서복전시관〉도 있다.

일본에도 미야자키현을 비롯하여 여러 곳에 서불의 흔적이 남아 있다. 대표적으로 사가현 사가시, 미에현 구마노시, 와카야마현 신구시, 가고시마현 이치키쿠시키노시, 야마나시현 후지요시다시, 도쿄도 하치조섬, 미야자키현 노베오카시 등이 있다.

떠났다 합니다.」

「…?」

「서불과차徐市過此. 서불이 이 섬을 다녀갔다란 글이죠.」

「…?」

「촌로어른께서는 어찌 이를 알고 계십니까?」

「생각해 보세요. 수십 척의 배에 수백 명의 사람이 찾아와 며칠 동안 섬 곳곳을 뒤졌으니 전설이 될 수밖에요.」

「불로초가 진짜 이 섬에 있습니까?」

「세상에 어디 불로초가 있겠습니까? 우리 마을 사람들은 유독 무병장수하는 사람들이 많은데 약초 덕이 아닌가 싶습니다.」

촌로는 너털웃음을 지었다.

진시황秦始皇은 대륙을 최초로 통일한 군왕이었다. 곤지가 알고 있는 진시황이었다. 그러나 진시황이 영생불사를 꿈꿨고 방사 서불을 통해 불로초를 구했다는 얘기는 촌로를 통해 처음 들었다. 더구나 진시황의 명을 받은 서불이 불로초를 찾아 이 섬에 찾아왔다는 사실은 흥미로웠다.

일행은 다시 상선에 올랐다. 갑판 위에서 바라본 섬의 풍광은 실로 장관이었다. 새하얀 운무가 산허리를 감싸고 있었다. 곤지는 문득 섬에 유용한 약초가 많다는 촌로의 말이 떠올랐다. 절경을 만든 땅기운 때문이라 생각했다. 멀리 촌로의 모습이 보였다. 촌로는 상선이 정박했던 자리를 떠나지 않았다.

돛에 단 깃발이 파란색에서 노란색으로 바뀌었다. 이를 두고 연신과 선장이 실랑이를 벌였다. 파란색은 백제·임나·야마토를 상징하였다. 노란색은 신라, 고구려는 빨간색이었다.

「어찌하여 신라깃발로 바꾼 겁니까?」

「만의 하나라도 있을지 모를 신라의 검문을 피하기 위해서입니다.」

「…?」

「공께서 상선을 직접 운영해본 경험이 있다기에 드리는 말씀입니다만 이 배는 원읍을 떠나면서 연안항로가 아닌 근해항로로 항해하고 있습니다. 사물史勿국(경남 사천) 앞바다 협로를 피하기 위해서입니다.」

「…?」

「사물국이 신라의 부용국이 된 이래 앞바다는 신라 군사들이 지키고 있습니다. 지난해 여름부터 이곳을 지나는 상선들을 직접 검문검색하고 있습죠.」

「무엇 때문입니까?」

「우리 임나백성 중 해적이 된 자가 많은데 한때 이 지역은 해적의 분탕질이 격심했습니다. 대부분 해적은 신라군사에 의해 소탕되었지만 일부 잔당은 본거지를 풍도風島(거제도)로 옮기고 일대를 장악하고 있습니다.」

연신도 임나해적을 경험한 적이 있었다. 다행히 상선은 빼앗기지 않았지만 싣고 있던 물자는 모두 강탈당했다. 인명손실도 입었다. 이후 연신은 용병을 고용하였다. 해적에 대항하는 적극적인 자기방어였다. 그런데 지금 이 상선에는 일꾼 말고 용병은 없었다.

「해적의 본거지가 풍도라면 역시 위험하기는 마찬가지 아닙니까? 더구나 신라깃발을 매단 채 풍도 앞바다를 지나는 것은 호랑이 아가리에 머리를 들이대는 격인데…」

「소인에게 다 생각이 있습니다. 신라군사의 검문지역만 벗어나면 다시 파란색 깃발로 바꿀 겁니다. 해적 추장 중에 잘 아는 자가 있으니 결코 강탈당하진 않을 겁니다.」

「…」

그러나 선장의 예측은 빗나갔다. 상선은 풍도 앞바다에서 멈췄다. 세 척의 해적선이 상선을 에워싸더니 순식간에 상선을 점령하였다. 선장과 일꾼들 그리고 곤지일행은 선미 쪽으로 내몰렸다. 선장이 해적의 우두머리와 협상을 벌이더니 이내 돌아와 낙담을 늘어놓았다.

「얼마 전 소인이 잘 아는 추장이 수하에게 살해당했답니다. 지금 그 수하였던 자가 추장이 되었다는데 참으로 난감합니다.」

「…!」

「저들은 배와 함께 우리를 풍도로 끌고 갈 심사인 듯합니다.」

선장은 덜덜 떨었다.

그때 갈기 수염에 험악한 인상을 한 사내가 밧줄을 든 여러 명의 사내들과 함께 바짝 다가왔다. 모두 포박할 태세였다.

「살고자 하거든 순순히 포박을 받으라.」

사내는 음흉한 미소를 머금었다.

조미걸취가 앞으로 나서더니 칼을 뽑아 사내를 향해 일장을 내리쳤다. 전광석화였다. 순식간에 사내의 목이 떨어져 갑판에 나뒹굴었다. 목덜미에서 검붉은 피가 솟구쳤고 몸뚱이는 맥없이 고꾸라졌다.

이 광경을 지켜본 해적들은 일제히 칼을 뽑아들고 방어자세를 취했다. 어느 누구하나 앞으로 나서지 않았다. 조미걸취가 한 걸음 내딛자 해적들은 일제히 뒷걸음질하였다. 전세가 역전되었다. 방금 전 의기양양하던 해적들은 어쩔 줄 몰라 잔뜩 웅크렸다.

「네 이놈들. 감히 어느 안전이라고 함부로 칼을 뽑아드느냐. 당장 물러가렷다. 물러가지 않으면 모두 목이 떨어질 줄 알아라.」

뒷전에서 눈치만 보고 있던 계두가 나서 해적들을 향해 소리쳤다. 해적들은 계두의 말이 떨어지기가 무섭게 하나둘 상선에서 내렸다.

「감사합니다. 나리들. 소인이 나리들께 신세를 졌습니다.」

선장은 고개를 푹 숙였다. 곤지일행에 대한 호칭도 〈공〉이 아닌 〈나리〉로 불렀다.

그러나 해적은 다시 나타났다. 이번엔 10여 척의 선단이었다. 곧바로 상선주위를 삥둘러 에워쌌다. 상선은 오도 가도 못하고 꼼짝없이 갇혔다. 또 다시 해적들이 갑판으로 올랐다. 족히 50여 명은 되었다. 상선은 사람무게에 못 이겨 좌우로 심하게 흔들렸다.

「죽으려고 작정한 놈들이 아니냐? 감히 여기가 어디라고…」

풍채가 우람한 애꾸눈의 사내가 검을 빼들었다. 해적의 우두머리였다.

조미걸취가 앞으로 나섰다.

「오호라… 바로 네 놈이구나. 내 수하의 목을 자른 놈이.」

「…」

두 사람은 팽팽히 맞섰다. 서로를 향해 칼을 휘두를 찰나였다.

「항복하겠소.」

곤지가 조미걸취의 옷소매를 잡았다.

「당연히 항복해야지. 그렇지 않으면 내 모두 도륙을 내려했는데…」

애꾸눈 사내는 킬킬 웃음을 흘렸다. 그리고 신호하자 해적들은 일행을 포승줄로 묶었다.

「잘했소. 아우. 어차피 승산이 없소. 이 좁디좁은 갑판 위에선 해적들을 모두 대적할 순 없소.」

유무가 고개를 끄덕였다.

일행은 해적의 본거지인 풍도로 끌려갔다. 통나무로 지은 산채 앞에 모두 무릎을 꿇렸다. 호피가죽을 걸친 한 사내가 산채 밖으로 나왔다. 유달리 눈썹이 짙었다. 해적 추장이었다. 나무의자에 삐딱하게 걸터 앉더니 모두를 내리훑었다.

「추장님. 이 자들이 작두형님을 죽였습니다.」

「뭐야…?」

추장이 벌떡 일어나더니 일행을 쏘아보았다.

「어느 나라 사람이더냐?」

「모르옵니다. 배는 임나 것이었습니다.」

「임나…?」

「갑판 아래 창고에는 칼이며 화살이며 여러 무기들로 가득하였습니다.」

애꾸눈 사내가 추장에게 고하였다.

「네 놈들의 정체가 무엇이냐?」

이번엔 추장이 큰 소리로 물었다.

「소인은 임나의 장사꾼이고. 이분들은 백제사람입니다. 발라에서 처음 만나 승선한 분들이라 더 이상 아는 것은 없습니다.」

선장은 부들부들 떨었다.

「우리 역시 장사꾼이오. 임나에 장사하러가는 길이었소.」

연신이 대꾸하였다.

추장은 다시 한 번 쭉 훑더니 옥사에 가두라 하고 산채로 들어가 버렸다.

「아무래도 이번에 빠져나가기가 만만치 않겠네.」

유무가 고개를 흔들었다. 통나무로 만든 옥사였다.

「참으로 난감합니다. 탕정에서도 옥사에 갇힌 일이 있었는데 내 나라 강토도 아니고 더구나 해적들의 옥사라니요.」

옥사 안에는 일행 말고도 여러 사람이 있었다. 대부분 늙은이와 어린 아이들이었다. 젊은 사람은 하나도 없었다.

「행색을 보아하니 우리 같은 하찮은 백성은 아닌 듯 한데 어찌 끌려오셨소?」

한 노인이 말을 걸었다.

「임나로 가다가 그만…」

선장은 귀찮은 듯 툭 말을 던졌다.

「해적이 되거나 팔려가겠군…」

「팔려가다니요? 어디로 팔려간단 말이요?」

선장이 정색하며 노인에게 바짝 다가갔다.

「해적에게 잡혀올 때는 그만한 각오도 안했단 말이요. 삼한 사람들은 다 아는 사실인데 대관절 댁들은 어디서 온 사람들이오.」

「어디… 어디로 팔려간단 말입니까?」

「어디긴 어디겠소. 삼한땅 아니면 야마토지. 고구려에도 팔려가고 멀리 바다 건너 송나라까지도 팔려간다 하더이다. 다들 귀족의 노비로 팔려가는 것이니 굶어 죽을 걱정은 없는 게지. 얼굴 반반한 계집들은 팔자 고쳤다는 말도 간간히 들리더이다.」

선장은 낙담한 듯 풀썩 주저앉았다.

사실 곤지가 더 놀랐다. 해적이 인신매매를 한다는 말은 처음 듣는 이야기였다. 곤지는 무의식중에 귀를 쫑긋 세웠다.

「내일 날이 밝으면 해적이 되거나 팔려나간 텐데 오늘 밤은 누추하더라도 편한 잠자리되소.」

노인은 고개를 절레절레 흔들더니 횡하니 다시 자리로 돌아갔다.

옥사 너머 수평선 위로 붉은 노을이 짙게 깔렸다. 석양볕이 곤지의 얼굴을 감쌌다. 수평선 자락에 멈춰 선 붉은 해를 마주하던 곤지는 문득 자신의 처지가 한탄스러웠다.

그때 한 사내가 옥사로 다가와 문을 열었다. 애꾸눈 사내였다. 사내는 일행을 산채로 데려 갔다. 산채 안에는 통나무로 엮은 너른 탁자 주위로 사내 여럿이 빙 둘러앉아 거방지게 술판을 벌였다. 모두 어여쁜 여인을 옆에 끼고 있었다. 일행이 들어서자 상석에 앉은 사내가 모두 물러나라 손짓하였다. 추장이었다.

「장사꾼은 아닌 것 같고… 백제사람이라 했는데… 대관절 정체가 무엇이냐?」

추장이 일행을 내리훑었다.

「…」

「다시 한 번 묻겠다. 정체가 무엇이냐?」

그리고 목에 잔뜩 힘을 주었다.

「우리는…」

막 입을 열 찰나였다.

「이 분은 백제의 왕자님이시다. 아무리 근본 없는 해적이라 하지만 참으로 무례하구나.」

계두가 곤지의 말을 가로챘다. 덜컥 곤지의 신분을 밝혔다.

「…?」

추장이 흠칫하며 눈을 흘겼다.

「왕자신분을 증명할 수 있소?」

엎질러진 물이었다. 신분이 노출된 이상 달리 변명의 여지가 없었다. 곤지는 품 속에 손을 넣었다. 순간 멈칫하였다. 손에 잡히는 것이 아무것도 없었다. 야명주가 품 속에 없었다.

「흠…」

곤지는 가벼운 신음소리를 냈다.

「왕자신분을 증명할 수 있냐 물었소?」

추장이 눈을 부릅떴다.

「없소.」

곤지는 맥이 탁 풀렸다.

야명주를 분실하였다. 순간 머릿속이 혼란스러웠다. 야명주는 왕자신분의 증표이기 전에 아비 비유어라하가 건네준 소중한 물건이었다.

「참으로 가소로운 자가 아니더냐. 감히 왕자를 사칭하다니… 여기가 어딘 줄 알고.」

추장이 벌떡 자리를 박차고 일어섰다. 그리고 칼을 빼들고 곤지 앞으로 다가왔다. 당장 칼을 휘두를 태세였다. 곤지는 꿈쩍하지 않았다.

조미걸취가 번개같이 달려들어 추장 앞을 가로막았다. 추장이 칼을 치켜 들고 조미걸취를 내리칠 찰나였다.

「잠깐 !」

유무가 자리에서 일어났다.

「이 분이 왕자라는 사실은 내가 증명하겠소?」

추장은 유무를 힐끗 보더니 칼을 내렸다.

「뭘로 증명하겠소?」

「이 분이 왕자라는 것을 백번 말해도 추장이 믿지 않을 것이니…」

유무는 품 속에서 단검을 꺼냈다. 그리고 왼손 검지에 칼날을 가져갔다.

「형님 ?」

「좌사나리 ?」

곤지는 본능적으로 유무를 불렀고 조미걸취는 단검을 든 유무의 팔뚝을 잡았다.

「내 검지 하나를 베어 이 분이 왕자라는 것을 증명하겠소.」

유무는 조미걸취의 손을 뿌리쳤다.

「형님 !」

이번엔 곤지가 유무의 손목을 잡았다.

「하하하…」

추장이 큰 소리로 웃었다. 그리고 칼을 거두고 자리에 앉았다.

그때 애꾸눈 사내가 급히 들어오더니 추장에게 귓속말을 하고 무언가를 건넸다. 추장은 건네받은 물건을 보더니 흠칫 놀랐다.

「내 행색을 보아하니 장사꾼은 아니고… 범상치 않은 인사라 생각했는데 또한 그 의리가 실로 깊구나.」

추장이 다시 자리에서 일어나 곤지 앞에 한 물건을 내려놓았다. 야명주였다.

「소인이… 왕자님을 몰라 뵙고 큰 결례를 하였습니다.」

그리고 무릎을 꿇었다.

뜻밖의 반전이었다.

「곤지라 합니다.」

곤지는 추장을 일으키며 자신의 이름을 밝혔다. 추장이 상석을 권했지만 곤지는 극구 사양하였다.

「안체라 합니다. 어찌하다 보니 해적이 되었고… 또 추장이 되었습니다.」

추장 안체安㠱는 자신을 소개하였다. 안체는 임나사람이었다. 어느 호족 가문의 가병이었는데 해적에 붙잡혀 해적이 되었고 해적무리 내에서 능력을 인정받아 승승장구하여 추장이 되었다.

안체가 신호하자 여인들이 새로이 음식을 가져왔다. 모두 찰진 고기음식 이었다.

「시장하실 텐데… 요기를 하시죠.」

일행은 주섬주섬 식사를 하였다. 얼마의 시간이 지나자 곤지와 안체 사이 에 다소 격이 없어졌다.

「외람된 말이나… 옥사에서 들으니 인신매매를 한다들었습니다.」

곤지가 넌지시 입을 열었다.

「어쩔 수 없습니다. 왕자님. 말이 해적이지 많은 식구를 먹여 살리려면 이 것저것 가릴 수가 없습니다. 인신매매가 가장 큰 이문이 남습니다.」

「그래도… 인신매매까지 하면서…」

곤지가 머뭇거렸다.

「좋습니다. 장담을 할 순 없지만 최대한도로 줄여보겠습니다. 대신 조건 이 있습니다.」

「조건 ?」

「왕자님을 형님으로 모시고 싶습니다.」

「…?」

안체가 덜컥 무릎을 꿇었다.

「…!」

곤지가 당황하며 엉거주춤 하였다.

「아우님. 근본을 보아하니 악한 사람은 아닌 듯싶네. 추장의 제안을 받아주시게. 백제 왕자가 해적 추장을 아우로 삼는다… 생각만 해도 유쾌하고 재미있는 일이 아니겠는가.」

유무가 술잔을 기울이며 빙그레 웃었다.

「좋소. 추장이 나보다 연배이나 내 추장을 아우로 삼겠소. 대신 옥사에 감금하고 있는 어린 아이와 노인들은 풀어주소. 그리고 당장은 어렵겠지만 인신매매만큼은 가능한 하지마소.」

곤지와 안체는 술잔을 부딪쳤다.

다음날 아침 일찍 곤지일행은 풍도를 떠났다. 안체는 부둣가에 나와 손을 흔들며 환송하였다.

* * *

낙동강 하구는 사시사철 철새들로 넘쳐났다. 길게 늘어진 모래섬과 모래톱 위로 새들은 계절마다 찾아들었다. 봄, 가을에는 도요새와 물떼새가 긴 여정에 잠시 들러 휴식을 취하고 여름에는 딱새와 쇠물닭이 갈대밭과 늪지에서 번식하였다. 겨울에는 오리, 기러기, 고니 등이 몰려들었다. 낙동강 하구는 사람들도 넘쳐났다. 현해탄을 건너 열도로 향하는 사람들이었다. 백제사람, 고구려사람, 멀리 대륙에서도 모두 문물과 문화를 가지고 모여들었다. 임나 다다라多多羅(다대포) 포구였다.

〈다대포多大浦〉는 낙동강하구 최남단 다대반도와 두송반도에 둘러싸인 5개의 소만입小灣入으로 되어있다. 지명은 〈큰 포구가 많은 바다〉에서 유래하였다. 《일본서기》는 〈다다라多多羅〉로 기록하고 있다. 지금은 규모가 작은 항구이지만 당시 다대포는 낙동강 하구에 위치한 지리적 이점으로 부산일대에서 가장 큰 포구였을 것으로 추정된다. 주변에는 철새도래지 을숙도와 다대포해수욕장, 몰운대가 있고, 윤공단尹公壇, 다대포, 첨사청, 정운장군순의 비 등 유적이 있다.

4월, 곤지는 다다라에 도착하였다.

포구에는 서너 척의 배가 정박하였다. 저잣거리는 한산하였다.

「전쟁입니다.」

연신이 여각으로 돌아왔다.

「임나 간기께서 손수 노구의 몸을 이끌고 신라를 공격했습니다.」

간기干岐는 임나왕의 호칭이었다.

「…」

「금성까지 치고 올라갔답니다. 조만간 결판이 날 듯 합니다.」

연신은 한산한 포구를 보고 좀 더 사정을 알아보겠다며 급히 나갔었다.

「금성까지 ?」

곤지가 물었다.

금성은 신라의 수도였다.

「금성까지 치고 올라간 것은 확실합니다. 간기께서 신라왕을 사로잡지 않으면 절대 돌아오지 않겠다 했답니다.」

「아우님. 임나가 승기를 잡은 것은 분명한 것 같네.」

유무가 곤지를 쳐다보았다.

「그렇긴 합니다만… 간기께서 왜 신라왕을 사로잡겠다 했는지 그 연유를…」

「…」

연신이 머뭇거렸다. 연신은 전쟁 상황만 알아왔다.

「복수입니다.」

그때였다. 한 중년사내가 다가와 끼어들었다.

여각주인이었다.

「복수?」

「왕후마마를 빼앗긴 것에 대한 복수입니다.」

여각에는 곤지일행 말고 객이 없었다. 여각주인은 줄곧 곤지일행을 주시하였다.

「…!」

「작년에 신라로 잡혀간 왕후마마께서 신라왕의 딸을 낳았지요. 간기께서 이를 아시고 복수를 결심하였지요.」

「어찌… 그런 일이…?」

「우리 임나 백성은 간기의 결정을 무조건 지지합니다. 이는 간기의 복수가 아니라 임나 백성 모두의 복수지요. 반드시 신라왕을 사로잡아 백배 천배로 갚아야 합니다.」

여각주인은 주먹을 불끈 쥐었다.

그날 밤. 곤지는 유무와 따로 자리를 마련하였다.

「아우님. 마립간은 천인공노할 짓을 했네. 아무리 왕후가 마음에 든다 하여 사람의 도리마저 버릴 수 있단 말인가!」

「형님 말씀에 백번 공감합니다. 자세한 내막은 알 수 없지만 분명 마립간의 행위는 잘못된 겁니다. 마땅히 응분의 댓가를 치르는 것이 순리입니다.」

곤지와 유무는 생각을 같이했다.

「그나저나… 어라하의 입장이 난처하게 되었네.」

「…?」

「임나가 승리하든 신라가 승리하든 어느 쪽도 두둔할 형편이 아니지 않은가?」

「…!」

사실 그랬다.

비유어라하는 신라와 혼인동맹을 맺어 고구려를 견제하였다. 전통적인 우방인 임나와도 따로 관계를 맺었다. 곤지의 모후가 바로 임나 출신이었다. 백제 입장에서 임나는 야마토를 견제할 수 있는 유일한 통로였다.

「아바마마께서는 현명한 군왕이시니 이 사태를 잘 관리하실 겁니다.」

곤지는 에둘렀다.

술잔이 오고갔다. 모처럼 두 사람은 격이 없는 대화를 주고받았다.

「형님.」

곤지가 유무를 불렀다.

「…!」

「저번에… 해적에게 붙잡혔을 때… 이 아우는 형님의 행동에 큰 감명을 받았습니다.」

「손가락 자르려 했던 일 말인가?」

「네…」

「허허… 아우는 어찌 이를 감명이라 하시는가? 나는 당연하다 여기는데.」

유무가 입가에 미소를 담았다.

「형님…」

「나는 아우가 좋네. 그냥 좋네. 내 좋아하는 아우를 위해 그깟 손가락 하나 내어준들 아깝겠나. 내가 원해서 하고자 한 일이네. 마음에 둘 필요 없네.」

유무의 내심이었다.

「…!」

순간 곤지는 가슴이 뭉클하였다. 뜨거운 전율이 온몸을 퍼져나갔다.

「어차피 시작한 전쟁… 임나 간기가 명분이 분명하니 좋은 결실을 얻었으면 좋겠구먼.」

유무가 먼저 자리를 떴다.

다음날 곤지는 임나 수도 종발성으로 향하였다. 종발성에는 곤지의 외숙 갈성원이 살고 있었다.

갈성葛城가문은 임나의 대호족이었다. 갈성위葛城韋는 슬하에 3남 2녀를 두었는데 아들은 〈원圓〉, 〈정鼎〉, 〈옥玉〉이고 딸은 야마토 수어라하 왕후 흑원 〈위일랑韋一娘〉과 곤지의 모후 위원 〈위이랑韋二娘〉이었다. 갈성원은 임나에, 갈성정은 대마도에 거주하였다. 야마토에 거주한 갈성옥은 야마토 제왕에 의해 죽임을 당했다.

「몰라보게 성장했구려.」

갈성원이 곤지를 맞이하였다.

「오랜만에 뵙습니다. 외숙.」

두 해 전 갈성원은 동생 갈성옥의 부고 소식을 듣고 위원을 찾아왔었다. 그때 곤지는 갈성원을 처음 보았다.

「위이랑이 훌쩍 세상을 떠날지 몰랐습니다. 내 직접 가서 조문을 했어야 했는데…」

갈성원은 못내 아쉬운 표정을 지었다. 모후 위이랑이 죽었을 때 갈성원은 조문하지 않았다.

「모후께서는 살아생전 외숙에 대해 말씀을 많이 했습니다. 누구보다 자상한 오라버니라 했습니다.」

곤지는 모후 위이랑을 대신하였다.

「…」

갈성원은 창문쪽으로 시선을 돌렸다. 그리고 눈을 감더니 잠시 회상에 젖었다.

「간기께서 금성까지 밀고 올라갔다는 말을 들었습니다.」

곤지는 화제를 돌렸다.

「며칠 째 대치중이라 하네.」

「임나가 승기를 잡은 듯합니다.」

유무가 끼어들었다.

「전황으로 보아 그렇긴 하지만… 원래 전쟁이라는 것이 변수가 많은지라… 지금 상황으로서는 더 지켜볼 수밖에.」

「외숙. 간기께서는 어찌 전쟁을 일으킨 것입니까? 얼핏 신라 마립간이 임나 왕후를 범해 생긴 일이라 들었습니다.」

「맞네. 신라 마립간이 최소한의 도리마저 무너뜨린 셈이지.」

갈성원의 이야기는 계속되었다.

전쟁의 발단은 4년 전으로 거슬러 올라갔다.

경진년(440) 임나왕은 소가동蘇可同과 미무생尾戊生으로 하여금 각각 고자古自국(경남 고성)과 아라阿羅국(경남 함안)을 공격하였다. 고자국과 아라국이 임나 연맹에서 탈퇴, 신라에 부용하여 이를 되찾고자 하였다. 공격은 성공하여 두 나라가 임나 연맹에 환속되었지만 소가동은 1년을 버티지 못하고 고자국을 다시 신라에 빼앗겼고 자신은 신라의 번신이 되었다. 엎친 데 덮친 격으로 신라 눌지마립간은 임오년(442) 초에 총덕龍德을 총사령관으로 정예 신라기병으로 하여금 임나 수도 종발從拔성(부산광역시)을 공격하였다. 급습을 당한 임나는 신라기병에게 철저히 유린당했다. 임나왕후 소상의蘇相儀와 왕자 모자가牟子可가 신라에 잡혀갔다. 이에 임나왕은 사신을 파견하여 왕후와 왕자를 돌려줄 것을 요청하였으나 오히려 눌지마립간은 사신을 감금하고 돌려보내주지 않았다. 이 와중에 아라국의 미무생마저 신라에 투항하였다. 와신상담臥薪嘗膽. 신라에 대한 분노로 치를 떨고 있던 임나왕에게 치명타가 날아왔다. 계미년(443) 즉 작년 7월 신라 눌지마립간이 임나왕후 소상의를 범하여 딸을 낳았다는 어처구니없는 소식이었다. 임나왕은 이성을 잃었다. 신라에 대한 보복전을 선포한 임나왕은 전쟁을 일으켰다.

「나는 이번 전쟁을 반대했네.」

갈성원은 한숨을 푹 쉬었다.

「명분이 충분합니다. 수위首位어른. 이는 인의仁義를 바로잡는 정의의 전쟁입니다. 백성들도 간기를 적극 지지한다들었습니다.」*

유무의 눈빛이 빛났다.

「정의?」

「그렇습니다. 수위어른. 신라 마립간은 분명 인의를 버렸습니다. 마땅히

---

* 당시 임나 등 가야 소국의 〈왕〉과 〈신료 수장〉에 대한 칭호 또는 관직을 정확히 알 수는 없다. 다만《일본서기》흠명기 2년조에 '안라국 차한기次旱岐 이탄해, 대불손, 구취유리, 가라국 상수위上首位 고전해, 졸마국 한기旱岐, 산반해국 한기旱岐의 아들, 다라국 하한기下旱岐 이타, 사이기국 한기旱岐의 아들, 자타국 한기旱岐 등은 임나일본부(임나파견사신) 길비신과 더불어 백제로 가서 조서를 들었다.'라는 기록이 있다. 또한 계체기에는 〈임나왕 기능말 다간기己能末多干岐〉가 나온다. 왕은 〈한기旱岐〉, 태자는 〈차한기次旱岐〉 또는 〈하한기下旱岐〉이며, 신료 수장은 〈상수위上首位〉였을 것으로 추정한다. 이는 백제의 〈상좌평〉과 신라의 〈서불한〉에 해당한다.

징벌을 받아야 합니다.」

「백번 옳은 말이네. 허나 명분만 가지고 전쟁을 할 순 없네. 전쟁은 사전에 준비하여 승리에 대한 확신이 설 때 일으키는 것이 상책이네.」

「음…」

「솔직히 내가 전쟁을 반대한 것은 우리 임나는 전쟁준비가 덜 되었었네.」

「…?」

「간기의 복수심 하나로 승리를 보장할 순 없지 않은가?」

갈성원이 오히려 되물었다.

「그렇지만 이미 시작된 전쟁입니다. 반드시 승리를 쟁취해야 합니다.」

「당연히 그래야 하겠지만…」

「…?」

「허나 만약 패하게 된다면 생각만 해도 끔찍하네.」

「…?」

「우리 임나는 걷잡을 수 없는 쇠락의 길로 빠지게 되네. 이미 연맹국 다수가 신라로 넘어갔고 일부는 자립을 선포하였고…」

갈성원은 말을 하다 말고 눈을 감았다.

그때였다. 문밖에서 급히 갈성원을 찾았다.

「왕궁에서 급히 들라는 연통이옵니다. 수위나리!」

「연통?」

갈성원이 방문을 열었다.

「간기께서 환궁했다 하옵니다.」

갈성원의 집사였다.

「환궁하다니… 대관절 무슨 말이더냐? 금성에 있는 간기께서 환궁하다니…」

「소인은 모르옵니다. 방금 전 다녀간 왕궁사인이 전한 말인지라.」

갈성원은 급히 관복을 차려입고 대문을 나섰다.

밤이 깊었다. 정오 무렵 갈성원이 등청하였는데 한나절이 지나도 돌아오지 않았다. 갈성원을 배웅한 곤지와 유무는 별채에 머물렀다. 곤지와 유무는 임나의 패배를 단정하였다. 그럼에도 혹시나 하는 생각을 지울 수가 없었다. 조미걸취와 연신이 밖의 사정을 알아보았지만 승리인지 패배인지 확실한 답을 가져오지 못했다. 전쟁 결과가 궁금하였다. 아리따운 소녀가 손수 저녁밥상을 들고 들어왔다. 유무가 소녀에게서 눈길을 떼지 않았다. 갈성원의 딸이었다.

개짓는 소리가 정적을 깼다.

곤지와 유무는 급히 마당으로 나왔다. 갈성원은 얼큰히 취해있었다. 날이 밝으면 다시 찾겠다고 하는데도 한사코 곤지와 유무를 데리고 처소에 들었다.

「내 오늘은 우리 조카들과 한잔 더해야겠네.」

원일랑이 술상을 들여왔다.

「참으로 우습게 되었네.」

갈성원은 한 잔 쭉 들이키더니 입술을 깨물었다.

「패한 겁니까?」

곤지가 물었다.

「아니… 패한 것도 아니고 승리한 것도 아니고… 그냥 흐지부지 된 듯하네.」

또 술잔을 들어 입 안에 훌훌 털어 넣었다.

그리고 전후 사정을 상세히 설명하였다.

임나왕은 1만의 군사를 이끌고 파죽지세로 북상하였다. 신라는 장군 총덕

寵德을 내세워 맞서게 하였으나 패하였다. 승기를 잡은 임나왕은 순식간에 금성에 다다랐으나 성문을 열지 못하였다. 열흘을 대치하다 독산獨山에 군사를 매복시켜놓고 성에서 물러났다. 임나군이 철수하자 신라 눌지마립간은 성문을 열고 임나군을 뒤쫓았다. 임나 매복군에 걸린 신라군은 독산에서 대패하였고 눌지마립간은 산 속으로 숨어들었다. 임나왕이 군사를 풀어 포위망을 좁혀 가는데 때마침 안개가 독산에 홀연히 피어올라 앞을 분간할 수 없었다. 신라 지원군이 독산에 당도할 것이라는 첩보를 듣고 임나왕은 서둘러 포위망을 풀고 철군하였다.*

「결국… 마립간을 잡지 못했군요.」

「그러네.」

「그렇지만 신라군 반수 이상 인명손실을 입혔다하시지 않았습니까?」

「전투에선 이겼으니 승리라 할 수 있지만 마립간을 사로잡지 못했으니 패배라 할 수 있네. 결국 승리도 패배도 아닌 우스운 꼴이 되었네.」

갈성원은 비죽대며 웃었다.

「간기께서는 이번 전쟁을 통해 세 가지를 얻고자 하였네. 첫째는 포로로 잡혀간 왕후와 왕자를 돌려받는 것이요. 둘째는 고자국과 아라국에 주둔한 신라군대를 철수 시키는 것이요, 셋째는 전쟁에 대한 물질적인 보상을 받아 내는 것이었네.」

---

*《삼국사기/신라본기》눌지마립간 조의 기록이다.
'28년(444) 여름 4월, 왜병이 금성을 열흘 동안 포위했다가 식량이 떨어지자 돌아갔다. 왕이 군사를 보내 추격하려 하자 측근들이 "병가에 이르길 '궁한 도적을 추격하지 말라' 하였으니 왕은 그들을 내버려 두십시오."라고 말했다. 그러나 왕은 이를 듣지 않고 수천 명의 기병을 거느리고 추격하여 독산 동쪽에 이르러 접전하였다. 왕이 이 전투에서 적에게 패하여 죽은 장병이 절반이 넘었다. 왕은 당황하여 말을 버리고 산 속으로 도망갔다. 적이 여러 겹으로 산을 포위하였다. 이 때 갑자기 어두운 안개가 끼어 지척을 분별할 수 없게 되었다. 적은 하늘이 왕을 돕는다고 생각하여 군사를 거두어 물러갔다.

「…!」

「이번 전쟁은 승리의 전리품은 없고 승리의 명분만 있는 셈이네.」

갈성원은 말을 마치더니 술 한 잔을 깊이 들이키고 긴 하품을 하였다. 그리고 이내 곯아 떨어졌다.

그날 밤 곤지는 깊이 잠들지 못했다. 유무가 자리를 뒤척였다. 낄낄 웃기도 하고 혼잣말로 주절주절하기도 하였다.

훗날, 유무와 갈성원은 악연惡緣으로 만난다. 갈성원이 임나를 청산하고 야마토로 귀화하여 새로이 일가를 이루었는데 유무가 갈성원을 죽인다. 갈성원의 딸은 유무가 야마토 왕이 된 후 후궁으로 맞이한다.

＊ ＊ ＊

4월 전쟁은 임나-신라의 지도부의 싸움이었지만 승패 결과는 백성들의 표정에 그대로 나타났다. 승자인 임나 백성은 밝고 여유로운 반면 패자인 신라 백성은 어둡고 사나웠다.

곤지일행은 임나를 떠나 일주일만에 신라 금성에 도착하였다. 검문검색이 강화되었다. 전쟁의 후유증이었다. 다행이 남문 수문장과 안면이 있던 연신의 노력으로 성 안으로 들어갔다.

수도 금성은 왕궁 월성月城을 중심으로 동쪽과 남쪽은 명활산明活山과 남산南山이 각각 가로막고 서쪽과 북쪽은 하천으로 둘러싸인 천혜의 요새였다. 월성 북쪽으로 대로가 나 있고 좌우로 관가와 민가가 질서정연하게 펼쳐 있었다. 금성은 실로 장대하였다.

일행은 성 안 낭산狼山골 주막에 여정을 풀었다. 낭산은 왕궁 월성과 동쪽

명활산 중간지점에 위치한 야트막한 산이었다.

「마립간의 잘못으로 많은 장수와 병사들이 저승길로 갔다네.」

「순순히 물러나는 임나왕을 뒤쫓지만 않았더라도 독산에서 참패하는 일은 없었을 것이네.」

「한사코 임나왕 추격을 만류하였는데 마립간이 이를 듣지 않고 과욕을 부린 것이지. 죽은 병사들만 불쌍하지.」

주막에 모인 객들은 이구동성으로 눌지마립간의 잘못을 성토하였다.

「임나가 수차례 우리 신라를 침범하고 약탈했지만… 이번처럼 우리 신라병사가 많이 죽은 적은 없었네. 다들 난리일세. 낭산골에 사는 한 할배는 자식 셋 다 이번 전쟁에 동원되었는데 다 죽었다는구먼.」

「허허… 자네 소식 듣지 못했나? 그 할배… 그 충격으로 곡기를 끊더니어제 할배도 저승길로 갔다지.」

「대가 끊겼다는 사람이 어디 한둘인가. 마립간이 원망스럽네. 마립간이…」

객들은 탄식하며 술잔을 기울었다.

「마립간은 혼자 살겠다고 산 속으로 도망가 숨었다지.」

「때마침 안개가 피어올라 임나왕이 포위를 풀고 물러났다 하네. 하늘이 도운 것이야. 하늘이…」

「그나마 얼마나 다행인가. 마립간이 임나왕에게 사로잡혔다면… 생각만해도 끔찍하네. 필시 임나왕은 우리 금성을 가만 두지 않았을 거야.」

「옳은 말일세. 옳은 말이야.」

객들은 이중 잣대를 들이댔다.

많은 병사들을 죽게 만든 눌지마립간의 잘못을 성토하면서도 눌지마립간이 임나왕에게 사로잡히지 않은 것은 다행이라 여겼다

「그렇지만 임나왕이 우리 신라를 공격한 것은 마립간이 포로로 잡아온 임나왕후를 범해서 생긴 일이 아닌가. 백번 마립간이 잘못한 일일세. 입장을 바꿔놓고 생각해보게. 내가 임나왕이라도 우리 마립간은 용서가 안되지.」

「하긴… 임나왕도 참 안됐지. 처자식 빼앗기고 복수도 못하고 아마 단단히 화병이 났을 걸세.」

또 객들은 임나왕의 입장을 옹호하였다.

「그만하세나. 하루빨리 이 고통스러운 시간들이 지나갔으면 좋겠네. 죽은 우리 병사들만 불쌍하지. 산 사람은 또 어떻게든 살아가지 않겠나.」

그때 남루한 차림의 젊은 사내가 주막 안으로 들어왔다. 주막의 객들이 일제히 일어서서 예를 표하였다. 사내는 금琴을 들고 있었다. 주막 한 구석에 자리를 잡고 금을 뜯으며 타령을 읊었다.

> 하늘이 사람을 내렸으니 모든 것이 하늘에 매였노라.
> 왕을 잃고 또 얻음이 하늘이 할 일이려다.
> 얻거나 잃거나 모두가 참갓 나를 위함이 아니려니
> 오거나 가거나를 탓하여 무엇 하리.
> 세상에 별찬 낙 없나니 참갓 내 천명을 따르리라.

가락과 타령이 흥이 났다. 어깨가 절로 들썩였다. 그러나 타령의 내용은 은연중 눌지마립간을 비꼬았다. 곤지는 한껏 몸을 실었다.

객들이 모두 환호하였다. 타령을 끝낸 사내는 조용히 요기를 하고 자리를 떴다.

「뉘시옵니까?」

곤지는 주막의 주인을 불렀다.

「백결百結*이라는 분입니다. 우리 신라에서 최고로 금을 잘타는 명인입니다.」

「백결?」

「근처 낭산골에 사시는데… 가난하여 옷을 백번이나 기워 입어 마치 메추라기가 거꾸로 매달린 것처럼 너덜너덜하다하여 사람들이 그리 부른답니다.」

곤지는 처음 사내의 행색을 보고 걸인이 접선하기 위해 주막에 들어온 줄 알았다. 생각해보니 사내의 옷은 걸인보다 못했다.

「백결은 어린 시절 왕궁에서 살았답니다. 금을 잘 탔는데 왕궁을 나와 낭산골에 기거하면서 백성들에게 좋은 가락을 들려주고 있답니다.」

「왕궁에 살았다면 왕족이란 말씀입니까?」

「글쎄올시다. 소인이 더는 아는 게 없어서…. 우리 같은 천한 백성은 그저 가락과 타령이 좋을 뿐입니다.」

곤지의 귓전에 백결의 가락과 타령이 맴돌았다. 짧은 고저장단이 반복되는 가락은 처음 듣는데도 전혀 생소하지 않았다. 마치 물결을 타고 공중을 날아다니는 기분이었다. 저절로 흥이 났다. 타령 또한 따라 부르기 쉬웠다.

---

* 〈백결百結〉은 신라시대의 음악가로 생몰년은 알 수 없다. 금琴의 명수로 경주 낭산골에 살았다. 《삼국사기》에 의하면 그는 이름도 성도 알 수 없으며 가세가 빈곤하여 늘 누더기 옷을 입고 다녔는데 모양이 마치 메추리가 매달린 것 같아 백결百結(백번을 기웠다는 뜻)이라 불렸다. 어느 해 세밑을 맞아 이웃에서 조를 찧어 별식을 마련하는데 그의 집은 사정이 여의치 않았다. 그의 아내가 가난을 상심하자 백결은 하늘을 우러러 탄식하며, '무릇 죽고 사는 것은 명에 달렸고, 부귀는 하늘에 매인 일이어서 사람의 힘으로는 어쩔 수 없는 것인데 그대는 무엇 때문에 부질없이 상심하는가.'라고 하며, 금으로 방아 찧는 소리를 연주하여 아내를 위로하였다. 이 음악이 후세에 전해진 〈대악碓樂〉즉 〈방아악〉이다. 〈영해박씨寧海朴氏〉족보에 따르면 백결의 이름은 〈박문량朴文良〉이며 신라 충신 〈박제상朴堤上〉의 아들로 기록하고 있다.

이에 반해 백제의 가락과 타령은 무거웠다. 곤지가 궁중연회 때 들었던 가락과 타령은 무척이나 딱딱하였다. 비유어라하의 후궁 가원歌媛의 가락과 타령은 가슴을 도려내듯 애절하였다.

월성 북쪽 귀족 거주지.

곤지는 호연을 찾아갔다. 호연好淵은 병관이찬兵官伊飡으로 군부를 총괄하였다. 부친 호물好勿은 실성이사금을 제거하고 눌지마립간을 옹립한 일등 공신이었다. 호연은 곤지의 숙부 호가부와 형제였다. 호연과 호가부 두 사람은 백제-신라 동맹을 이끈 주역이었다.

「백제 왕자라고요.」

곤지는 호가부의 서찰을 건넸다.

「곤지라 하옵니다.」

곤지는 유무와 연신을 인사시켰다. 유무는 야마토의 왕자가 아닌 백제 무절도의 수사로, 연신은 장사꾼으로 소개하였다.

「검문검색이 강화되어 도성 안으로 들어오기가 만만치 않았을 텐데…」

「다행히 연신 공이 수문장과 안면이 있어…」

곤지는 연신과 눈빛을 주고받았다.

「임나에 참패한 후 우리 신라사정이 말이 아닙니다. 인적피해가 너무 컸지요. 자식 잃은 부모들의 원성이 하늘을 찌르고 있답니다. 마립간의 과욕이 참화를 부른 셈이니…」

호연은 입술을 실룩였다.

「과욕이라니요?」

「그런 일이 있습니다. 그나마 마립간께서 직접 위해를 당하지 않은 것은 천만다행입니다.」

호연은 임나-신라 전쟁을 쭉 설명하였다. 이미 알고 있는 내용이지만 신라입장은 다소 흥미로웠다.

「내가… 왕실과 조정으로부터 탄핵을 받고 있습니다.」

「…?」

「참으로 어처구니없는 일이지요. 전쟁의 패배를 나에게 덮어씌우는 꼴이니.」

호연은 씁쓸한 표정을 지었다.

장군 총덕의 방어선이 맥없이 무너지자 신라 눌지마립간은 급히 호연에게 서로군 동원을 명하였다. 호연이 서로군을 이끌고 금성에 도착한 때는 임나군이 금성 포위를 풀고 후퇴한 후였다. 그 사이 눌지마립간은 임나군을 추격하였지만 독산에서 대패하였다. 호연의 탄핵은 신속히 서로군을 동원하지 못한 책임이었다.

「이찬어른?」

「우리 마립간과 조정의 행태입니다. 이것이 오늘의 신라입니다. 전쟁패배는 반드시 누군가 책임을 져야하는 데 마립간께서 책임질 수 없으니 나를 희생양으로 삼은 것이지요. 원래 정치라는 것이 다 그렇습니다.」

호연은 초연한 얼굴이었으나 눈빛만큼은 서운함이 가득 차 있었다.

곤지는 차마 말할 수 없었다. 임나왕이 눌지마립간의 생포작전을 포기한 이유는 호연의 서로군 때문이었다. 호연은 신라에게는 탄핵의 대상이지만 임나에게는 아픔을 준 존재였다.

「송구한 말씀이오나 임나의 소왕후와 왕자가 신라에 잡혀와 있다들었습니다.」

곤지는 말머리를 돌렸다.

「마립간께서 소왕후를 범하지만 않았더라도 임나왕이 우리 신라를 공격하는 일은 없었을 겁니다. 신료들이 극구 반대를 했는데도 마립간께서…」

「…!」

「지난해 소왕후께서 마립간의 딸을 낳아 이 사실이 임나왕에게 알려지게
되었지요.」

「백성들의 말이 소왕후와 왕자는 임나에 돌려주어야 한다고들 합니다
만…」

곤지는 호연의 눈치를 살폈다.

「그렇지 않아도… 백성들의 원성이 있고 해서… 조정에서 이를 공론으로
삼아 해결책을 모색 중이었는데…」

호연이 머뭇거렸다.

「며칠 전… 소왕후께서 그만 자결한지라…」

「자결요?」

곤지는 움찔하였다.

「전쟁의 아픔이지요.」

「백성들은 소왕후께서 죽은 사실을 모르던데요?」

「언젠가는… 우리 백성도 임나왕도 알게 되겠지만 왕실과 조정에서 쉬쉬
하며 시신을 은밀히 처리한지라.」

「…!」

순간 숨이 턱 막혔다.

곤지는 나름 결심한 것이 있었다. 포로로 잡혀 있는 소왕후와 왕자를 임
나로 돌려보내 달라 호연에게 청할 생각이었다. 이 문제만 해결된다면 비록
양국이 서로에게 전쟁의 상처를 입혔지만 얼마든지 관계개선의 여지가 있
어 보였다. 그러나 소왕후가 죽었다. 누구도 예단할 수 없는 암울한 먹구름
이었다.

「다행히 자가왕자는 돌려보내기로 조정의 공론이 섰네. 소왕후가 죽고 없는 마당에 마립간께서도 딱히 거부하기는 힘들 것이네!」

「그랬군요!」

곤지는 못내 아쉬웠다. 그나마 왕자가 돌아가게 된 것은 다행이었다.

「백제에는 무절도라는 것이 있다지요?」

호연이 유무를 쳐다보며 화제를 돌렸다.

「…?」

「내 아우가 무절도를 맡고 있다 들었습니다. 왕족과 귀족의 자제들을 선발하여 문무를 익히게 하는 것은 나라의 장래를 위한 최선의 투자지요. 무절도로 인해 백제의 미래는 매우 밝습니다.」

「신라에는 없습니까?」

유무가 되물었다.

「아직…. 일부 귀족이 가병을 두고 젊은 남자들을 뽑아 무예를 익히게 하고 있지만 이마저 마립간께서 반대하시는지라.」*

「어찌 ?」

「어느 군왕이나… 귀족이 병력을 갖는 것은 싫어하지요. 귀족의 힘이 강해지는 것을 좋아할 군왕은 없습니다. 지금 마립간께서도 바로 가병들의 힘으로 왕위에 올랐지요.」

---

* 신라 〈화랑도花郞徒〉가 역사기록에 등장하기까지는 앞으로도 100년 이상의 세월이 흘러야 한다. 《삼국사기》는 화랑도를 가리켜 '현좌賢佐와 충신이 이로부터 솟아나고 양장良將과 용졸勇卒이 이로 말미암아 나왔다'고 하였다. 그 설치시기에 대해서는 이견이 적잖으나 《삼국사기》는 576년(진흥왕 37년)이라 하였다. 그러나 562년 화랑 사다함斯多숨이 대야성을 공격하여 큰 공을 세웠다는 기록이 있다. 따라서 이 시기 미비한 형태의 청소년 집단이었던 화랑도를 국가조직에 편입시켜 무사집단의 성격을 강화시킨 것으로 보인다. 화랑도는 신라의 삼국통일을 이끈 중추이다.

「왕실과 조정의 주관으로 만들면 되지 않습니까?」

「조정의 공론을 만들어 수차례 품신하였지만⋯ 극구 반대하시니 현재로서는 도리가 없네. 그저 백제가 부러울 뿐이네.」

호연은 아쉬운 듯 한숨을 길게 내쉬었다.

「이찬어른. 혹 백결이란 분을 아십니까?」

곤지가 물었다.

「백결?」

「낭산골 주막에 들렀는데 우연히 그 분의 가락과 타령을 들었습니다. 참으로 일품이었습니다.」

「박문량朴文良이라는 사람이네. 금 타는 재주가 뛰어나지. 어린 시절 왕궁에 살았네. 그 아비 박제상朴堤上*은 마립간의 아우 미사흔왕자를 야마토에서 탈출시키고 그 자신은 대마도에서 죽었지. 마립간께서 박문량의 누이 아영阿榮을 미사흔왕자의 아내로 맞게 하였는데 이때부터 궁에서 살게 되었네.」

「⋯」

「박문량은 천성이 청렴한지라 출궁한 후에도 일절 왕실과 조정의 지원을 거부하고 청빈하게 살고 있네. 너무도 가난하여 기운 누더기 옷을 입고 다니기에 백결이라 부르지.」

---

* 〈박제상朴堤上〉의 죽음과 관련한 기록이 일본의 《유방원사적流芳院事蹟》에 있다. '박제상이 죽던 날 그를 태운 불길이 하늘로 치솟아 청천벽력으로 변해 왜왕이 기절하였고 그를 태워 죽인 군사들은 모두 피를 토하고 죽었다. 이듬해 신라를 치려고 바다를 건너가던 군사들은 풍랑을 만나 모두 몰살당해 다시는 신라를 칠 염두를 못 냈다.'라고 하였다. 왜왕에게 모진 고초를 당하면서도 '계림의 개나 돼지는 될지언정 왜국의 신하는 되지 않겠다.'라고 한 박제상의 말은 충절의 표상이다. 박제상이 불타 죽은 곳으로 추정되는 일본 대마도對馬島의 미나토湊 방파제 옆에는 박제상의 순국비殉國碑가 외롭게 서있다.

「…」

「언젠가 다시 궁으로 돌아오겠지. 왕실과 조정이 공의 재주를 아끼고 잊지 않고 있으니…」

호연은 지그시 눈을 감았다.

며칠 후.

곤지는 왕궁 소시매 처소를 찾았다. 호연이 만남을 주선하였다.

「이제 어엿한 청년이 되었구나.」

소시매가 놀란 눈으로 곤지를 맞이하였다.

「어라하의 젊었을 때 모습을 꼭 빼닮았구나.」

그리고 곤지의 얼굴을 찬찬히 살피더니 이내 눈시울을 적셨다.

「어라하께서도 강녕하시지?」

「네.」

곤지가 정중히 인사를 올렸다.

「세월이 너무 빨리 흐르는 구나. 한성을 떠날 때가 어제 같은데…」

소시매는 잠시 회상에 젖는 듯 눈을 지그시 감았다.

소시매는 백제-신라 혼인동맹의 상징이었다. 한때 남장을 하고 다니며 완강히 혼인을 거부하였던 소시매였다. 그러나 백제-신라 동맹을 위해서 자신이 신라왕실에 시집을 가야한다는 사실을 알고 군말 없이 비유어라하의 뜻을 따랐다. 10년의 세월이 훌쩍 지났다.

「고모님. 임나 소왕후께서 자결했다는 말을 들었습니다.」

「왕실과 조정의 비밀인데…」

「이찬어른으로부터 들었습니다.」

「소왕후는 이 고모와 남다른 인연이 있던 분이셨단다. 고모의 모후가 바로 임나국의 왕비 소蘇씨가문* 출신이었지. 아비 토도태자께서 모후를 너무 사랑한 나머지 이 고모의 이름에 소씨의 성을 넣어주었지.」

죽은 모후 위원과 마찬가지로 고모 소시매의 모후도 임나 출신이었다. 곤지의 핏속에 임나가 흐르고 있었다. 임나는 곤지가 존재해야 하는 이유였다.

「소왕후께서 금성에 붙잡혀 온 후로 이 고모와는 어느 누구보다 서로 의지하고 친하게 지냈는데 임나로 돌아가지 못하고 불귀의 객이 되고 말았구나.」

「…」

「세상의 인연이란 것이 어찌 내 뜻대로 이루어지겠느냐! 참으로 애석하구나.」

그때 한 청년이 처소에 들었다. 소시매가 청년을 소개하였다. 임나 왕자 모자가牟子加였다. 모자가는 임나로 돌아가기 앞서 소시매를 찾았다.

「참으로 잘 되었습니다. 자가왕자님. 왕후의 일은 안됐지만 늦게라도 신라조정이 왕자님의 귀국을 결정하였고 마립간께서 이를 윤허하였으니 정말 다행입니다.」

「이 모두 마마의 덕분입니다. 마마께서 마립간께 간청하지 않았다면 제가 어찌 돌아갈 수 있겠습니까? 이 은혜 평생 잊지 않고 살아가겠습니다.」

---

* 진주를 본관으로 하는 〈진주소씨晉州蘇氏〉가 있다. 시조는 박혁거세를 도와 신라를 건국한 6부 촌장 중의 한 사람인 돌산突山 고허촌장高墟村長 〈소벌도리蘇伐都利〉이다. 소벌의 25세손인 〈소경蘇慶〉은 자손이 없었는데 어느 날 선조 소벌이 꿈에 나타나 진주로 이사하면 자손을 얻을 것이라 하여 진주로 옮겨와 살았다 한다. 원조가 〈소벌〉이고, 중시조가 〈소경〉이다. 《일본서기》에는 임나인 〈소나갈질지蘇那曷叱智〉가 나오고, 《남당유고/신라사초》에는 백제 비유왕의 여동생 〈소시매蘇時眛〉와 임나인으로 추정되는 〈소가동蘇可同〉, 〈소두蘇豆〉가 나온다. 이들 두 사람은 신라를 공격한 주동 인물이다. 또 임나왕후 〈소상의蘇相儀〉도 나온다. 추정컨대 시조 소벌의 후손 중 한 일파가 임나의 호족으로 성장하였고 이후 임나의 왕비족으로 발전한 듯하다.

곤지의 삼한 여행

○한성

탕정성(아산)

○고마성(공주)

○불사(전주)

○금성(경주)

종발성(부산)

발라(나주)
원읍(여수) 남해도 거제도
다대포

「은혜라니요? 가당찮은 말씀입니다. 부디 왕후의 일을 잊으시고 임나를 일으키는 데 반석이 되어 주세요.」

모자가는 큰 절을 올리고 처소를 나갔다.

그러나 3년 후 임나왕자 모자가는 가솔과 무리를 이끌고 신라로 망명한다. 임나왕이 죽어 왕위자리를 놓고 태자인 모자도牟子都와 왕위 쟁탈전을 벌여 패한다. 신라 눌지마립간은 신라로 망명한 모자가를 서고촌西高村 촌주村主로 삼아 그 무리들과 함께 살도록 한다.

곤지도 작별을 고했다. 또 다시 소시매를 만나는 것은 그저 운명일 뿐이었다. 멀리 소시매가 손을 흔들었다. 금성 하늘은 구름 한 점 없이 맑았다.

곤지는 귀국을 서둘렀다.

비상하는 곤지의 길목

　한성 들녘은 가을걷이가 한창이었다. 능숙한 낫 놀림에 한 움큼 벼가 베어지고 논바닥 여기저기에 볏단이 모아졌다. 논둑 가장자리에 볏가리를 쌓는 농부의 이마에 구슬땀이 맺혔다. 모두 대풍을 노래하였다.

　곤지가 한성으로 돌아왔다. 삼한여행을 떠난 지 꼭 1년 만이었다. 곤지는 모후 위원의 묘소에 들러 귀환을 알리고 송파각에 머물렀다. 사냥을 나간 비유어라하가 환궁하지 않았다.

　「무척 늠름해지셨습니다. 왕자님.」

　연길이 환한 얼굴로 맞이하였다.

　「고맙습니다. 좌평어른. 자제의 도움으로 무사히 여행을 마칠 수 있었습니다. 이 은혜 잊지 않겠습니다.」

　「도움이 되었다니 정말 다행입니다.」

　그때 연신이 고개를 삐쭉 내밀었다. 두 사람을 데리고 들어왔다. 불사성 성주 우서와 그의 딸 우미랑이었다.

　「한성엔 어인 일로?」

　「매년 추수 때마다 신세를 졌는데… 직접 찾아뵙지 못해 항상 미안한 마음이었습니다. 좌평어른께 긴히 부탁드릴 일도 있고 해서…」

　우서가 눈짓하자 우미랑이 공손히 머리를 숙였다.

　「…!」

「제 하나밖에 없는 여식입니다. 마땅한 혼처를 구하지 못해 아비로서 여간 고민이 아닙니다. 하여 좌평어른께 부탁드리고자 합니다.」

「…?」

「한성 귀족가문이면 더할 나위없겠습니다만…」

우서는 말을 하다말고 머뭇거렸다. 곤지를 발견하였다.

「여기 이분은…」

연길이 소개하려 하자 곤지가 가로막았다.

「일전에 불사성에서 뵈었습니다. 좌평어른.」

그리고 우서에게 인사를 하였다.

「곤지라 했지요. 한성에서 장사한다더니만 송파각에 계셨군요.」

연길은 흠칫하며 멋쩍은 표정을 지었다. 곤지와 우서를 번갈아 쳐다보았다. 그 짧은 순간 곤지는 우미랑과 눈빛을 마주쳤다. 두 사람은 이내 얼굴이 빨개지며 서로 시선을 피했다.

「알겠습니다. 참으로 백옥같이 아름다운 여식이군요. 제가 혼처를 알아보겠습니다.」

또 다시 연신이 들어왔다. 비유어라하의 환궁을 알렸다.

곤지는 연길과 함께 급히 송파각을 나섰다. 연길이 한성사정을 귀띔하였다. 올 초 상좌평 여이餘伊가 죽어 여채餘蠆가 조정에 복귀하여 상좌평을 맡았고 비유어라하는 출가한 왕자들과 사냥을 위해 자주 출궁하였다.

곤지는 비유어라하를 알현하였다.

「겨우 일 년인데…」

비유어라하는 짐짓 놀랐다.

1년 전 앳된 얼굴의 곤지가 아니었다. 소년티를 말끔히 벗었다.

「소자. 무사히 삼한 여행을 마치고 돌아왔나이다.」

곤지가 엎드려 큰 절을 올렸다.

「고생 많았지?」

「아닙니다. 아바마마. 호 숙부와 연 좌평의 도움이 컸습니다. 숙부께서는 야마토 유무왕자와 동행토록 해주시고 신라 병관이찬을 찾아뵐 수 있도록 서찰을 써주셨습니다. 또한 좌평께서는 삼한땅을 잘 아는 자제를 동행시켜 주셨습니다. 물심양면 많은 도움을 주셨습니다.」

「연 좌평이?」

「좌평어른의 도움이 없었다면 중도에 포기했을 겁니다. 초행길이라 모든 게 낯설고 힘에 부쳤는데 자제가 길잡이를 해주었습니다.」

비유어라하는 슬그머니 연길에게 눈길을 주었다. 마음 씀씀이에 대한 고마움의 표시였다.

「무엇을 느꼈느냐?」

「남쪽 모한은 제국의 영토이나 오히려 야마토와 가깝고, 임나는 날로 쇠해지고 반면 신라는 점점 강성해지고 있었습니다.」

「지난 여름 임나가 전쟁에서 승리하지 않았더냐?」

「아바마마. 이는 실속 없는 승리였습니다.」

「실속이 없다고…?」

곤지는 임나-신라의 전쟁을 상세히 설명하였다.

전쟁원인은 임나 연맹국이었던 사물, 고자, 아라를 되찾기 위한 다물多勿(회복) 전쟁이었으나 내막은 신라에 붙잡혀간 임나왕후와 왕자를 되찾기 위한 복수 전쟁이었다. 임나의 승리로 끝났지만 신라 눌지마립간의 항복을 받아내지 못한 미완의 승리였다. 결국 명분만 있고 실속은 없는 전쟁이었다.

비유어라하는 고개를 끄덕이며 흡족해하였다.

「아바마마. 궁금한 것이 있사옵니다. 어찌하여 고마성 호족들에게는 어라하의 성은을 베풀지 않으셨는지요?」

곤지는 고마성 호족들의 불만을 우회적으로 전하였다. 이는 서찰을 통해 이미 알린 내용이었다.

「과인이 생각한 바 있어 그리했지만 서찰을 받고 느낀 바 있었다. 고마성의 호족들에겐 따로 작위를 내렸으니 왕자는 마음에 두지마라.」

「아바마마. 성은이 망극하옵니다.」

「성은이라… 왕자가 호족들에게 뇌물이라도 받은 것이더냐?」

「…?」

비유어라하는 빙그레 웃었다.

곤지는 월나성 성주 여예餘乂의 불만은 따로 전하지 않았다. 더 이상 비유어라하에게 부담을 주고 싶지 않았다. 고마성 호족들의 불만을 받아 준 것만으로도 감사할 일이었다.

비유어라하는 곤지의 귀환을 축하하는 성대한 연회를 열었다. 왕실가족과 좌평들이 참석하였다. 모두 부쩍 성장한 곤지의 모습을 보고 놀라움을 감추지 못하였다. 비유어라하는 정식으로 곤지의 혼사를 거론하였다. 빠른 시일 내로 혼간婚簡*이 있기를 희망하였다. 비유어라하가 혼간까지 거론하며 적극 나선 것은 한성 귀족가문들에 대한 무언의 압력이었다.

「어륙. 어라하께서 곤지왕자의 혼사를 직접 챙기시니 아무래도 마음에 걸립니다.」

「…?」

연회를 마친 내신좌평 해부는 유마왕후의 처소를 찾았다.

「우리 가문도 매파媒婆를 내어야 할 것 같습니다.」

---

* 혼간은 혼처가 정해진 뒤 사주단자와 택일단자를 양측이 교환하는 일종의 혼례 전 의식행위이다. 혼간이 있은 후 정혼의 증표로 신랑 측에서 신부 측에 예물을 보내는 납폐納幣가 이어진다. 그 다음이 혼례식이다.

「당연히 그리 해야지요.」

「매파를 내는 것은 어렵지 않으나 경사왕자의 입지가 흔들릴 수 있습니다.」

「…」

「요사이 어라하께서 왕자들과 사냥하는 일이 잦습니다. 후계자를 염두하고 계신 듯 합니다. 만에 하나 우리 가문의 여식이 곤지왕자의 처가 된다면 곤지왕자도 후계자 대열에 서게 됩니다.」

「그렇다고 해서 어라하께서 직접 챙기시고 나서는데…」

유마왕후는 고개를 설레설레 흔들었다.

「이미 우리 가문은 경사왕자를 밀고 있습니다.」

경사왕자의 처는 해씨가문의 여식이었다. 해부는 아비 해수의 유언에 따라 자신의 딸을 경사왕자에게 시집보냈다. 이는 경사왕자를 후계자로 결정한 해씨가문의 선택이었다.

「어륙. 우리 가문은 매파를 내지 않는 것이 좋을 듯싶습니다.」

「…?」

「분명. 여씨가문이나 진씨가문에서 매파를 낼 겁니다.」

「하오나 어라하께서 가뜩이나 우리 가문을 경계하고 계신데 이번에 매파를 내지 않으면 분명 이를 빌미로 또 어떤 압박을 가할지 모릅니다. 오라버니?」

유마왕후는 입술을 삐죽거렸다.

「흠…」

해부는 신음소리를 냈다. 진퇴양난이었다. 매파를 내자니 자칫 해씨가문의 여식이 곤지왕자의 처가 되면 경사왕자의 입지가 흔들릴 것은 불을 보듯 뻔하였다. 그렇다고 매파를 내지 않자니 비유어라하의 해씨가문에 대한 경계가 한층 고조될 것이었다.

「오라버니. 이렇게 하시지요.」

유마왕후는 해부를 가까이 다가오게 하였다. 그리고 속삭이듯 자신의 생각을 은밀히 전했다.

내용은 이러했다. 매파를 내되 미모가 떨어지는 여식을 추천하여 후보면접에서 자연스럽게 탈락시키자는 계책이었다.

「참으로 절묘한 선택입니다. 어륙.」

며칠 후, 비유어라하는 곤지의 처가 될 후보를 직접 면접하였다. 후보는 여씨, 해씨, 진씨 가문의 여식이었다. 그러나 세 가문의 후보 모두 미모가 보통이하로 떨어졌다. 비유어라하는 대노하였다.

상황이 꼬인 데는 세 가문의 나름대로 계산이 얽혀있었다. 여씨가문과 진씨가문은 당연히 해씨가문의 여식이 곤지의 처가 될 것이라 여겨 미모가 떨어지는 여식을 추천하였다. 해씨가문은 철저히 경사왕자 한 사람을 고려하였다.

비유어라하는 난처하였다. 죽은 위원에 대한 미안함이 커 곤지의 혼사를 직접 챙겼는데 엉뚱한 결과가 나왔다. 그렇다고 다시 여식을 추천하라 강권할 수도 없었다.

늦은 밤. 비유어라하는 은밀히 송파각을 찾았다. 미복차림이었다.

「참으로 괘씸하오. 생각만하면 울화통이 터지요.」

비유어라하가 주먹을 불끈 쥐었다.

「어라하. 고정하소서.」

연길이 당황하며 눈치를 살폈다.

비유어라하는 숙부 상좌평 여이가 죽은 이후로 흉금을 털어놓을 대상을 잃었다. 그 빈자리를 연길이 채웠다. 연길은 신하 이전에 절친한 동지였다.

「형님어라하. 이는 한성의 가문들이 형님어라하를 능멸한 것입니다.」

호가부의 얼굴이 덩달아 붉으락푸르락하였다.

「과인이 죽은 위원을 생각해서 곤지왕자의 혼사를 직접 챙기며 서둘렀는데…」

비유어라하는 입술을 꽉 깨물었다. 일순 세 가문에 대한 분노가 치밀어 올랐다.

「어라하. 세 가문 모두 나름 사정이 있었을 겁니다. 부디 노여움을 푸시고…」

「내두좌평어른. 지금 세 가문을 두둔하시는 겁니까?」

호가부가 연길을 향해 일갈하였다. 직설적인 성품이었다.

「아닙니다. 소관은 다만… 이 일로 해서 어라하께서 세 가문과 척을 져서는 절대 안 된다는 생각에서 드리는 말씀입니다.」

「제가 또 경솔했군요.」

호가부가 구레나룻을 쓰다듬었다.

「그나저나 형님어라하. 세 왕자와 잦은 사냥을 두고 말들이 많습니다. 후계자를 정하기 위해 그리 한다고들 합니다.」

「…」

「또한 겸연쩍은 말씀이오나 향후 왕후는 해씨가문출신이어야 한다는 말들도 있습니다.」

「…」

「무사나리. 어찌 확인되지도 않은 소문을 어라하께 고하십니까?」

비유어라하가 말이 없자 연길이 호가부의 말을 막았다.

「내 말이 틀렸습니까? 내두좌평어른?」

호가부가 오히려 강하게 반문하였다.

「맞네. 작고하신 여신 태상께서 서둘러 태자를 정하라 했지만 과인은 그 유언을 지키지 못했네. 세 왕자와의 사냥은 후계를 염두한 것이 맞네. 왕후를 해씨가문으로 해야 한다는 것 또한 여신과 해수 두 태상께서 밀약으로 정한 것이네. 과인은 어떠한 일이 있더라도 이를 지킬 생각이네.」

비유어라하는 굳이 숨기지 않았다

「형님어라하. 태자는 정하셨습니까?」

「아직… 첫째는 여씨와 목씨가 뒷배가문이고 문무를 두루 갖추었으나 신체가 유약하고 둘째는 진씨와 연씨…」

「어라하. 어찌 신의 일족을 가문이라 할 수 있습니까?」

연길이 흠칫하며 항변하였다.

「연 좌평. 무슨 말인지 잘 압니다. 여하튼 둘째는 문무는 약하나 예술에 조예가 있으며, 셋째는 해씨가 뒷배가문이지만 무보다는 문을 좋아하나 성격이 급한지라.」

왕자들에 대한 비유어라하의 평가였다.

「형님어라하. 우리 곤지왕자는 어떻습니까? 태자가 될 수 있는 자격이 있는 겁니까?」

「음…」

「1년 만에 뵈었는데 무척 늠름해지셨습니다. 인상과 풍채는 젊은 날 형님어라하를 빼닮았습니다. 삼한을 여행하며 느낀 바가 컸던지 생각의 폭도 깊어지셨고 눈빛 또한 예전과는 확연히 달랐습니다.」

「과인 또한 넷째의 변한 모습을 보고 놀랐네. 당연히 넷째도 자격이 있지.」

비유어라하의 속내였다.

「어라하. 그렇다면 곤지왕자도 해씨가문의 여식을 맞아들여야 하지 않겠습니까?」

연길이 힐끔 눈치를 살폈다.

「넷째가 태자가 된다면 당연히 해씨가문의 여식을 처로 맞이해야겠지. 허나 과인의 후계자는 보위를 이은 다음 해씨가문의 여식을 왕후로 맞이하면 될 것이네.」

유연한 사고였다. 또한 명확하였다.

해씨가문 출신 왕후는 전후의 문제이지 결코 원칙은 깨지지 않는다는 판단이었다.

「어라하. 굳이 곤지왕자님의 처를 한성의 귀족가문에서 구하지 않아도 된다면 추천하고 싶은 낭자가 있습니다.」

연길이 운을 뗐다.

「누구…?」

「불사성주의 여식 우미랑 낭자입니다.」

「영삭장군 말인가?」

비유어라하가 되물었다.

「그러하옵니다. 어라하. 아들이 전하길 곤지왕자께서 우미랑 낭자에게 애틋한 감정을 표했다 하옵니다.」

「음…」

「또한 곤지왕자의 의중을 넌지시 물으니 어라하께서 결정하실 일이라 말하며 에둘러 피했다 합니다.」

「과인이 한번 만나보고 싶구려.」

「그렇지 않아도 지금 두 부녀가 한성에 올라와 있습니다. 내일이라도 당장 알현시키겠나이다.」

연길은 우서가 여식의 혼처를 부탁해왔을 때만 하더라도 곤지와 우미랑의 관계를 알지 못하였다. 때마침 한성귀족가문 모두가 곤지의 혼사관계로 얽혀있어 우미랑의 혼처 얘기는 꺼내지도 못하였다. 이를 눈치 챈 연신이 곤지와 우미랑과의 관계를 귀띔하였다.

다음날, 우서 부녀는 비유어라하를 알현하였다. 우미랑의 생김생김을 찬찬히 살피던 비유어라하는 흡족한 표정을 지었다.

「성주. 과인에게 여식을 주겠소?」

「…?」

우서가 놀라 머뭇거렸다.

「왜 답을 못하는 것이요? 과인에게 주기가 싫은 게요?」

「아… 아니옵니다. 어라하.」

우서는 당황하였다.

입궁 길이었다. 연길이 비유어라하가 좋은 혼처자리를 소개해줄 것이라 귀띔하였다. 우서는 내심 기대에 부풀었다. 그런데 지금 비유어라하는 우미랑을 후궁으로 달라하였다.

「고맙소이다. 성주.」

「어라하. 송구한 말씀이오나 신의 여식을 후궁으로 들이겠다는 말씀이온 지요?」

「허허…」

비유어라하는 헤벌쭉 웃었다.

「…!」

비유어라하가 나인에게 신호하자 곤지가 곧바로 들어왔다.

「아니… 곤지 공이 아니시오?」

우서가 먼저 곤지를 알아보았다.

「또 뵙습니다. 성주님.」

우서는 반가움과 의구심이 교차하였다. 반가움은 낯익음이요 의구심은 예상치 못한 출현이었다.

「어떻소?」

「곤지 공은 좋은 청년이옵니다. 송파각에 몸담고 있는 장래가 촉망되는 상인이라 들었습니다.」

「정말 그리 생각하시오?」

「예. 어라하.」

사실 우서도 곤지에게 깊은 호감을 가졌다. 처음 만났을 때부터 그냥 맘에 들었다. 사위삼고 싶은 생각에 이것저것 물었으나 연신은 딱히 답하지 않았다. 어제 송파각에서 곤지를 또 보았다. 인연이다 싶었다. 연길에게 곤지의 출신을 물으니 연길은 웃기만 하였다.

「성주. 성주가 아는 곤지는 상인이 아니라 과인의 아들이오.」

「…?」

우서는 소스라치게 놀랐다.

「과인의 넷째 아들 곤지왕자란 말이요.」

「…!」

「송구합니다. 본의 아니게 성주님께 저의 신분을 밝히지 못했습니다. 용서해 주십시오!」

곤지는 머리를 숙였다.

「무슨 사정이 있어 자신을 상인으로 소개했는지 모르나 곤지왕자는 과인의 아들이오. 어떻소. 성주. 과인은 성주의 여식을 며느리로 삼고 싶은데…」

「어라하…?」

「어찌 답을 안 하는 것이요? 곤지왕자가 마음에 들지 않는 게요.」

「아… 아니옵니다. 어라하. 신은 어라하의 하해와 같은 성은에 감읍할 따름이옵니다. 미천한 신의 여식을 며느리로 삼아주시겠다 하오니 신의 가문에 광영이옵니다.」

우서는 감격에 겨워 눈가에 눈물을 가득 담았다.

「고맙소이다.」

전격적으로 곤지의 혼인이 결정되었다.

비유어라하는 왕실혼인을 관장하는 후궁부를 제쳐두고 의례를 담당하는 법부에 명을 내려 곤지의 혼례식을 준비시켰다. 관례를 깬 파격적인 조치였다. 곤지의 혼례를 왕실혼이 아닌 국혼으로 격을 높였다. 이를 두고 왕실과 조정이 반발하였으나 비유어라하는 이를 무시하였다. 곤지의 혼례식은 만수사에서 거행되었다. 거처는 왕성밖에 마련하였다.

곤지의 처가는 한성귀족가문이 아닌 지방호족가문이었다. 이는 처음 있는 일이었다. 비유어라하는 왕실의 선택보다 곤지의 선택을 중시하였다.

* * *

정해년(447) 5월, 왕궁 남쪽연못에서 수레바퀴 모양의 불꽃*이 일더니 밤새 타다가 새벽녘에 갑자기 사라졌다. 그날 이후로 비유어라하는 어전에서 나오지 않았다. 하루에 한두 차례 의박사만이 용태를 살폈다. 비유어라하의 알현은 금지되었다. 왕명의 하달 또한 중지되었다. 비유어라하가 급병이 생겼다는 소문이 급속도로 퍼졌다.

「어륙. 어라하께서 침전에서 일절 기동하지 않고 계십니다. 벌써 보름째입니다. 환후가 깊어지신 것 같아 심히 우려됩니다. 의박사의 말로는 탕약을 올려도 효험이 없다합니다.」

「무슨 병이랍니까?」

「의박사도 처음 접하는 병이라 잘 모르겠다합니다. 가슴을 쥐어짜고 계시답니다. 심병이 아닌가 추측할 뿐이랍니다.」

---

* 《삼국사기》 비유왕 21년(447) 기록에 '여름 5월 궁궐 남쪽연못에서 불길이 일어났는데 불꽃이 수레바퀴와 같았고 밤새도록 타다가 꺼졌다.'라는 기사가 있다. 이는 《삼국사기》가 전하는 실체를 알 수 없는 미스터리한 기록이지만 우리는 〈수레바퀴 불꽃〉의 존재를 UFO라 상상하기에 부족함이 없다. 이와 유사한 〈비거飛車〉 기록은 《산해경山海經》 해외서경海外西經 편에 나온다.

비유어라하의 칩거가 길어지자 좌평들이 왕후의 처소를 찾았다.

「지난 번 수레바퀴 불꽃이 문제입니다. 나인들의 말에 의하면 초저녁 남쪽연못에 굉음과 함께 나타났는데 밤새도록 불꽃이 꺼지지 않았다 합니다. 이상한 복장을 한 사람들이 불꽃 속에서 나와 어라하의 침전으로 들어가는 광경을 목격했다 합니다.」

「불꽃 속에서 사람이 나왔단 말입니까?」

「머리카락은 짧고 눈은 크고 검으며 의복은 온통 검은 데 저고리와 바지는 구분이 없고 몸에 짝 달라붙어있었다 합니다. 필경 우리 백제사람은 아닙니다.」

「그렇다면 고구려나 신라에서 온 사람입니까?」

「아닙니다. 고구려와 신라도 그런 의복을 걸친 사람은 보지 못했습니다.」

「도대체 어디서 온 사람이랍니까?」

「일관부日官部(천문, 기상, 점술 관장) 장사에게 물으니 혹 기굉국奇肱國에서 온 사람일지 모른다 하였습니다.」

「기굉국?」

「아주 오래전 먼 북쪽에 있었던 나라라 합니다. 실제로 존재했는지는 모르나 기굉국 사람들은 비거飛車를 타고 하늘을 날아다니며 온갖 짐승을 잡았다는 옛 기록이 있다 했습니다.」

「비거라면 하늘을 나는 수레라는 말인데 정말 그런 수레가 있답니까?」

「큰 수레바퀴에서 불꽃이 꺼지지 않고 계속 나왔다고 합니다. 장사 또한 더는 모르겠다며 고개를 가로젓더이다.」

「허허…」

좌평들은 너도 나도 한마디씩 입을 모았다. 모두 불안한 기색이 역력하였다.

「문제는 이 일이 있은 후 어라하께서 환후가 계시다는 겁니다. 의박사 말로는 중한 환후는 아닌 듯 하나 일체의 접촉을 피하시니 조정의 중요사안을 품신할 수도 없고 하명을 받을 수도 없습니다. 국사가 모두 중지되었습니다.」

상좌평 여채가 말머리를 돌렸다. 좌평들 모두 고개를 끄덕였다.

「백성들은 하늘이 어라하를 버렸다고 합니다.」

해구가 돌연 정색하였다.

「…?」

「…!」

모두 바짝 긴장하였다.

「허허… 내신좌평께서는 어찌 불경한 언사를 입에 담습니까?」

여채가 나무라며 혀를 찼다.

「소관은… 민심을 전했을 뿐입니다. 민심 말입니다.」

해부가 고개를 꼿꼿이 쳐들었다.

「내신좌평의 말씀은 지나치셨습니다. 상좌평의 말씀대로 신하로써 이는 불경보다 더한 불충입니다. 설사 민심의 동요가 있더라도 중신으로써 옳지 못한 언사입니다.」

유마왕후가 힐끗 해부를 쳐다보았다.

「어륙?」

「이럴 때 일수록 하나로 똘똘 뭉쳐서 민심의 동요를 막고 국사를 살피는 데 매진해야지요. 민심 운운하며 국론을 분열시키는 행위는 절대 있어선 안 됩니다.」

「…?」

해부는 입을 실룩거렸다.

「어륙. 송구한 말씀이오나 어라하께서 칩거를 거두실 때까지 만이라도 조정의 중요사안을 어륙께 품신코자 합니다.」

「아닙니다. 상좌평. 제가 국사에 관여할 수는 없습니다. 상좌평께서는 조정의 영수이십니다. 상좌평을 중심으로 중요사안에 대해서는 우선 결정하여 시행하고 어라하께서 칩거를 거두시면 그때 보고하여도 큰 문제는 없을 겁니다.」

「음…」

「오늘 좌평들이 저를 찾아온 것을 충분히 이해합니다. 훗날 어라하께서도 충분히 좌평회의의 결정을 존중하실 겁니다.」

유마왕후는 여채의 제안을 일언지하로 거절하였다. 여채와 유마왕후는 비유어라하를 극도로 의식하였다. 두 사람 비유어라하의 칩거가 쉽게 풀리지 않을 것이라 판단하였다. 문제는 국사 처리였다. 여채는 비록 자신이 상좌평이지만 국사를 왕명 없이 함부로 처리할 수 없었다. 10여 년의 야인생활은 여채를 완벽한 비유어라하의 폐신嬖臣으로 만들었다. 유마왕후 역시 어라하 유고시 왕후가 권한을 대행한 관례가 있었지만 이는 어디까지나 어라하의 실질적 유고에 한하였다.

「알겠습니다. 어륙.」

여채도 유마왕후도 국사 처리에 부담을 떨쳐내고자 하였다. 차후 발생할 어떤 사달에 대해 서로가 필요로 하는 명분과 보완장치를 마련한 셈이었다.

좌평들이 물러가고 해부는 유마왕후와 따로 만났다.

「어륙. 상좌평의 제안을 어찌 거절하신 겁니까? 이번 기회에 어륙께서 국사에 직접 관여하시면 여러 가지로 좋을 듯 싶은데…」

「오라버니. 하나는 알고 둘은 모르는 소리입니다.」

「…?」

「섶을 지고 불구덩이에 뛰어드는 격이지요. 만약 제가 국사에 관여한 사실을 알면 어라하께서는 이를 빌미로 분명 저와 우리가문을 핍박하려들 겁니다. 이는 상좌평이 저에게 미끼를 던져 재갈을 물리려 한 것이지요.」

「음…」

「상좌평도 마찬가지입니다. 조정의 수장이라 하나 분명 부담이 되겠지요. 오늘 저에게 내락內諾을 받은 격이니 충분히 명분을 쌓은 셈입니다. 그러나 두고 보세요. 결코 독단으로 결정하는 일은 하나도 없을 겁니다. 철저히 좌평들과 상의해서 결정하겠죠.」

「…!」

「상좌평도 어라하를 지극히 무서워하고 있는 겁니다.」

「제가 경솔했습니다. 어륙.」

해부는 고개를 숙였다.

「어륙. 오늘의 이 사달은 태자가 정해지지 않아 생긴 일이옵니다. 이번 기회에 조속히 태자를 정해야한다는 조정의 공론을 만들어보겠습니다.」

「…?」

「우리 경사왕자님의 태자입지를 확고히 만들겠습니다.」

「안됩니다. 오라버니. 제발 경거망동하지 마세요. 이는 오히려 독이 되는 일입니다. 어라하께선 그동안 수차례 태자를 정하겠다는 뜻을 내비쳤지만 그때마다 다른 일들이 생겨 이를 유야무야 거두셨습니다. 어라하의 속셈을 모르시겠습니까?」

「속셈이요?」

「어라하는 마지막까지 권력을 놓고 싶지 않은 겁니다. 태자가 정해지면 권력이 태자로 급격이 넘어갈 게 뻔하지요. 어라하는 권력 누수가 싫은 겁니다.」

「…!」

「설사 오라버니 말씀대로 지금 태자가 정해져도 이는 어라하의 경계대상일 뿐입니다. 오라버니는 어라하의 지근에 있으면서도 어찌 심중을 그리 모르십니까?」

「어륙. 이 오라버니가 또 생각이 짧았습니다.」

해부는 연신 고개를 떨구었다.

「오라버니. 상좌평과는 절대로 척을 지지마세요. 국사결정에 주도적으로 나서지도 마시고요. 경거망동을 삼가고 때를 기다리라는 아비의 유언을 꼭 명심하세요.」

해부는 처소를 나갔다. 유마왕후는 뒷모습을 보며 입술을 지그시 깨물었다. 유마왕후의 눈에 해부는 늘 불안하였다. 해부는 다소 즉흥적이며 전후사정을 살피지 않고 쉽게 판단하고 행동하였다. 아비 해수가 살아있을 때는 문제가 되지 않았지만 지금의 상황은 달랐다.

문득 비유어라하의 얼굴이 눈앞을 가로막았다.

「또 무슨 술수를 부리려고…」

유마왕후는 숨을 한껏 내뱉었다.

며칠 후, 비유어라하는 칩거를 풀었다. 첫 왕명은 사냥이었다. 그것도 내신좌평이 아닌 어전나인을 통해서 하달하였다. 연길과 호가부, 곤지 세 사람에게 연통을 보냈다. 사냥터는 북한산이었다. 여채와 해부가 칩거기간 처리된 국사를 보고하기 위해 비유어라하 알현을 청했다. 비유어라하는 사냥을 다녀와서 보고받겠다며 이를 물렸다.

비유어라하 일행은 왕성 남문 밖 나루를 출발하여 한강을 건넜다.

「형님어라하. 환우가 계시다는 말씀을 들었습니다.」

호가부가 안색을 살폈다.

「누가 그런 말을 하던가?」

「의박사의 말이… 형님어라하께서 심병을 얻었다 하였습니다. 소제는 걱정이 태산 같아 잠도 제대로 못 잤습니다.」

오히려 호가부의 안색이 수척하였다.

「허허… 과인이 편하게 쉬려고 그리 명을 내린 것인데…」

비유어라하가 가벼이 입꼬리를 올렸다.

「아들을 낳았다고?」

그리고 곤지에게 물었다.

「송구하옵니다. 아바마마. 소자가 불효를…」

「어찌 왕실의 자손을 번창시키는 것이 불효이겠느냐? 이 아비에게 귀한 손자를 보게 했으니 이는 효이니라. 아기의 이름은 지었느냐?」

「아직…」

우미랑이 사내아기를 출산하였다. 곤지는 비유어라하가 칩거에 들어가는 바람에 이를 알리지 못하였다.

「고高라 지으마. 고우高于라 부르라.」

곤지의 첫째아들 이름이었다.

어느덧 일행을 태운 배는 한강 하류 쪽으로 내려가다 북한산이 보이는 북쪽나루에 도착하였다.

「어라하. 북한산을 선택한 특별한 연유가 있으십니까? 초행의 사냥터라.」

연길이 넌지시 물었다.

「북한산은 산세가 험해 호랑이와 사슴이 많이 서식하고 있네. 그러나 고구려 첩자들의 출몰이 잦아 그동안 사냥터로서는 배제되었지. 숙위宿衛병을 배치하지 말라 일렀으니 설사 고구려 첩자가 과인을 발견한다하더라도 어라하인 줄은 모를 것이네.」

분명 평소 사냥행차는 아니었다. 인원이라고 해봤자 고작 10여 명. 비유어라하와 호가부, 연길, 곤지 그리고 나인 대여섯 명이 전부였다.

「사냥만을 위해 찾은 것은 아니네. 꼭 찾을 사람이 있네.」

「…?」

「죽은 공가부가 현인賢人이 한산에 살고 있다 말한 적이 있었네. 꼭 현인을 만나고 싶네.」

비유어라하의 축소된 사냥행차가 예사롭지 않았다. 더구나 곤지를 동행시켰다. 연길은 비유어라하가 자신의 후계에 대해 어떤 언질을 하기 위한 것이라 생각하였다. 그러나 다른 목적이 있었다. 자못 궁금하였다.

「현인을 꼭 만나야할 이유가 있습니까?」

연길이 다시 물었다.

「그 이유는 천천히…」

비유어라하는 길을 재촉하였다.

숙영지는 북한산을 등진 야트막한 구릉이었다. 연길이 현의 관사나 하다 못해 주막의 봉놋방을 제안하였지만 비유어라하는 일절 민폐를 끼치지 않겠다며 고사하였다.

사냥은 몰이꾼 없이 이루어졌다. 나인들은 비유어라하의 별도 명을 받고 현인을 찾기 위해 뿔뿔이 흩어졌다. 한나절 계속된 사냥은 사슴 두 마리였다. 10명이 이틀 정도 요기할 수 있는 양이었다. 어둑어둑해지는 데도 나인 한 사람은 복귀하지 않았다.

저녁식사가 무르익었다.

「모자가왕자는 의義를 버렸습니다.」

비유어라하가 임나 왕자의 신라망명 사건을 화제로 올렸다.

올 정월, 임나왕이 죽어 모자도牟子都, 모자가牟子加 두 왕자가 왕위를 놓고 다툼을 벌였다. 태자 모자도가 승리하여 새 왕이 되었는데, 3월 모자가왕자가 추종세력을 이끌고 신라로 망명하였다. 신라 눌지마립간은 모자가왕자를 받아들여 서고촌의 촌주로 삼았다.

「모자도왕의 핍박에 못 이겨 생존을 위한 어쩔 수 없는 선택 아니겠습니까? 자가왕자의 행위를 불의라고 단정할 수는 없습니다.」

호가부와 연길이 서로 의견을 달리하여 대척하였다.

「연 좌평. 자가왕자의 행위는 옳지 못합니다. 모자도왕의 핍박을 견뎌낼 수 없는 상황이라면 차라리 목숨을 끊어야지요.」

「목숨을 끊는 것은 불효요 불충입니다. 무사어른. 일단 살고 보아야 합니다. 만에 하나 모자도왕에게 변고가 생기면 누가 왕위를 잇겠습니까?」

두 사람의 주장은 명분과 현실의 차이였다. 죽음과 생존의 문제였다.

「곤지는 어찌 생각하느냐? 왕자가 자가왕자의 입장이라면…」

비유어라하가 곤지에게 물었다.

「아바마마…」

곤지는 머뭇거렸다.

「소자는 왕의 신하요 백성으로 살겠습니다. 이 조차 허락되지 않는다면 소자는 어떤 명이라도 달게 받겠습니다.」

「…」

비유어라하는 토를 달지 않았다.

「왕자님 ?」

오히려 호가부가 놀라 휘둥그레 눈을 떴다.

「…」

곤지는 입을 굳게 다물었다.

「당연합니다. 왕자님께서 올바른 선택을 하신 겁니다.」

연길이 흡족한 표정을 지었다.

「꼭 그런 것만은 아닙니다. 좌평어른.」

곤지가 연길을 쳐다보았다.

「…?」

「자가왕자가 신라로 망명한 것은 백번 잘못한 일입니다. 제가 자가왕자라면 모자도왕의 신하요 백성으로서의 삶을 선택하겠다는 뜻입니다. 필경 두 사람의 왕권다툼으로 조정은 두 동강 났을 겁니다. 조정이 흔들리고 백성이 흔들리면 그 근본인 나라는 어찌되겠습니까? 한 개인의 권력욕 때문에 나라가 흔들려서는 안 됩니다. 나라는 한 개인의 것이 아닙니다. 모두에게 소중한 것이 나라입니다.」

「그래도 이는 목숨을 구걸한 꼴인데… 비굴한 처사가 아니겠느냐?」

비유어라하가 물었다.

「아바마마. 소자의 선택이 비굴하다하시면 달게 받겠습니다. 다만 왕이 소자의 목숨을 달라하면 항시라도 내놓겠습니다. 이 또한 나라를 살리는 길이라면 말입니다.」

「음…」

비유어라하는 빤히 곤지를 쳐다보았다.

「왕자님의 생각이 참으로 깊습니다.」

호가부가 연길을 쳐다보며 눈빛을 주고받았다.

뒤늦게 나인 한 사람이 돌아왔다. 그리고 현인을 찾았다고 비유어라하에게 보고하였다.

다음날 비유어라하는 현인을 찾아갔다. 현인은 북한산 깊은 계곡에 연하는 어느 조그만 동굴에 기거하였다.

「현인이시여. 과인이 수십일 전 먼 미래에서 온 시간여행자라는 사람을 만났나이다. 과인에게 가르침을 주소서?」

현인은 백발 노인이었다.

「과거, 현재, 미래는 시간이라는 축에 놓인 일시적인 구분일 뿐 모든 사물의 생사는 시간 속에서 반복되는 과정일 뿐입니다.」

「…?」

「어라하께서 시간여행자를 만난 자체가 혼란스러웠을 겁니다. 그리고 미래의 일도 물었겠죠.」

「그렇습니다. 과인과 제국의 앞날에 대해 물었으나 일절 답을 주지 않았습니다.」

「당연합니다. 시간여행자는 역사의 축이 뒤틀리는 것을 원치 않기 때문입니다. 현재의 판단과 선택에 의해 미래가 만들어지지요. 역사 축이 조금이라도 뒤틀린다면 다른 미래가 됩니다.」

현인의 얘기는 참으로 어려웠다. 비유어라하도 동행한 일행도 현인의 설명을 이해하지 못하였다.

「현인께서는 과인과 제국의 앞날에 대해서 알고 있습니까?」

「당연히 알고 있지요. 허나 내가 이를 말하면 어라하께서는 다른 선택을 할 것이고 또 역사는 뒤틀리고 미래는 걷잡을 수 없는 혼란에 빠집니다.」

「현인이시여?」

「시간여행자도 현재의 판단에 충실하라 충고하셨지요?」

「그렇습니다. 과인에게 그리 말하고 떠났습니다.」

「시간여행자의 말씀대로 하세요. 어라하와 제국의 미래는 어라하의 판단에 따라 이미 정해진 시간의 축을 따라 진행하고 있습니다. 판단과 결정이 옳고 그르냐는 별개의 문제입니다. 역사는 선택일 뿐입니다.」

「음…」

「어라하께서는 지금 후계자를 결정하지 못해 골머리를 앓고 계시지요?」

「어찌?」

「어느 누구를 결정하든 역사는 만들어지고 존재하며 그 역사과정을 통해 미래도 결정됩니다. 결코 미래를 두려워 마시고 최선을 다해 결정하세요.」

비유어라하는 원하는 답을 듣지 못했다. 다만 현재의 결정으로 미래가 만들어진다는 사실. 그나마 비유어라하가 얻은 깨달음이었다.

세 사람에게는 실로 큰 충격이었다. 호가부와 연길은 비유어라하가 곤지왕자를 심중에 두고 어떤 언질을 할 것이라 기대하였다. 너무 앞서가는 생각이었다. 곤지도 비유어라하의 갑작스런 사냥 초대에 영문을 몰라 하였다. 다른 이유는 생각도 못했다. 그러나 비유어라하는 시간여행자를 만나고 현인에게 자문을 구하였다.

곤지의 위상에 커다란 변화가 일었다. 비유어라하가 북한산에서 돌아 온 이후였다. 곤지가 갑자기 후계자로 부상하였다. 곤지는 뒷배가문도 후원세력도 없었다.

조정이 다시 한 번 태자 문제로 들끓었다.

「어라하께서 곤지왕자를 태자로 삼겠다는 뜻이 아니겠습니까?」

「그렇습니다. 분명 곤지왕자를 염두에 둔 사냥입니다.」

「그렇지 않고는 달리 생각할 수 없습니다.」

모두 한마디씩 내뱉었다.

「정말 어라하께서 곤지왕자를 태자로 삼겠다하셨습니까?」

해부가 정색하며 연길에게 물었다.

해부는 셋째 경사왕자의 뒷배가문이었다.

「내신좌평어른. 거듭 말씀드리지만 어라하께서 딱히 말씀이 없었습니다.」

연길은 극구 부인하였다. 곤지에 대한 어떠한 언사도 하지 말라는 비유어라하의 특명이 있었다.

「정말로 다른 말씀 없었습니까? 내두좌평.」

여채가 실눈을 뜨고 물었다. 의심의 눈초리였다.

여채는 첫째 여은왕자의 뒷배가문이었다. 목금이 직간접적으로 후원하고 있었다.

여은을 낳은 목원은 목씨가문의 딸이었다.

「그렇다면 곤지왕자는 후계자 대열에서 당연히 제외되어야 하지 않겠습니까?」

진우였다.

진우는 둘째 여기왕자의 뒷배가문이었다. 여기왕자는 진우의 손녀딸과 혼인하였다. 사실 진우는 비유어라하에게 불만이 많았다. 진우는 조정 신료 중에 가장 나이가 많았다. 유일하게 예순을 넘겼다. 진우는 여이가 죽었을 때 당연히 자신이 상좌평이 될 줄 알았다. 그러나 비유어라하는 자신을 제쳐두고 여채를 불러들었다.

「곤지왕자가 탈락했다고 단정하는 것은 형평에 어긋납니다. 곤지왕자도 어엿한 어라하의 왕자이고 이제 혼인을 하였기에 충분한 자격이 있습니다.」

연길이었다.

연길은 어느 때부터인가 곤지의 뒷배가 되었다. 원래 연길은 둘째 여기왕자와 가까웠다. 여기왕자는 비유어라하가 잠저시절 가원을 통해 얻은 왕자로 연길이 줄곧 송파각에서 보살폈다.

「장자인 여은왕자가 태자가 되어야 합니다.」

여채가 먼저 나섰다.

여채는 젊은 신료들로부터 지지를 얻었다. 장자 승계를 꾸준히 제기하여 상당한 세를 형성하였다.

「상좌평어른. 여은왕자를 태자로 하심은 부당합니다. 어라하께서 여은왕자를 태자로 삼을 요량이었다면 진작 삼았어야 했습니다.」

해부가 즉각 반발하였다.

「맞습니다. 어라하께서 등극한 지가 스무 해가 지났습니다. 내신좌평의 말마따나 여은왕자를 태자로 삼고자 했다면 등극하시면서 곧바로 태자로 삼았어야 했습니다. 이는 어라하께서 장자만이 태자가 되어야 한다는 원칙을 세우지 않은 겁니다.」

사실 태자 문제가 갈수록 꼬인 데는 비유어라하의 잘못이 컸다. 비유어라하는 하루빨리 태자를 정하라는 상좌평 여신의 유언을 따르지 않았다. 비유어라하는 등극 후 정식으로 왕후를 얻어 낳은 왕자를 태자로 삼을 요량이었다. 그러나 비유어라하의 뜻대로 되지 않았다. 본처인 해씨가문의 유마를 왕후로 삼을 수밖에 없었다. 태자 문제가 꼬일 대로 꼬였다.

조정이 첨예하게 대립하였다. 여채, 해부, 진우 등 한성의 3대 귀족가문은 사활을 걸고 다퉜다. 3대 가문 모두 하루빨리 태자를 정해야 한다는 데는 공감하였다. 그러나 각론에는 철저히 상반된 의견을 내놓았다. 급기야 경합을 통해 태자를 선정하자는 의견이 나왔다. 3대 가문은 경합내용을 조율하였지만 이마저 무산되었다. 태자문제는 갈수록 미궁으로 빠졌다.

* * *

경인년(450) 3월. 내법좌평 진우가 죽었다. 비유어라하는 아들 진동眞同으로 하여금 내법좌평직을 승계시켰다. 진우의 죽음은 마지막 원로세대의 퇴장이었다. 이제 비유어라하를 견제할 수 있는 조정의 신료는 존재하지 않았다.

「아바마마. 그간 강녕하셨습니까?」

곤지가 급히 어전에 들었다.

「어서 오너라.」

곤지는 자벌말에서 무절도 훈련에 열중하고 있었다. 급히 입궁하라는 연통이 왔다.

「아비는 임나의 딸을 왕자와 혼인시키기로 결정하였다.」

「…?」

곤지는 흠칫 놀랐다.

「아바마마. 소자에게는 이미 처가 있습니다. 자식도 둘이나 있습니다. 새로 처를 맞이하는 것은 과분하옵니다.」

지난해 겨울 우미랑이 딸을 낳았다. 곤지는 이름을 〈順淳〉이라 지었다. 아들 〈고〉와 딸 〈순〉이 곤지의 자식이었다.

「왕자의 모후가 임나출신 아니더냐? 하여 아비가 내린 결정이니 따르도록 하여라.」

며칠 전 연길이 곤지를 찾아왔다. 임나공주 〈모아牟兒〉와 왕자들 중 한 사람과 혼인시킬 예정이라 하였다. 혹 곤지가 대상이 될 수 있으니 놀라지 말라며 넌지시 귀띔하였다.

「아바마마. 형님들이 있습니다. 소자는 그저…」

「어허…. 감히 아비의 명을 거역하려는 것이냐?」

「아… 아닙니다. 소자는…」

「더는 말하지 마라.」

비유어라하는 단호하였다.

사실 우여곡절이 있었다. 임나 모자도왕은 백제와 혼인동맹을 강력히 원했다. 갑신년(444)년 임나-신라 전쟁 이후 임나의 국력은 날로 약화되었다. 엎친 데 덮친 격으로 왕권다툼에 패한 모자가왕자가 신라로 망명하면서 임나왕은 백제가 절실히 필요하였다. 백제에 혼인동맹을 제안하였다. 비유어라하는 난감하였다. 이미 신라와 혼인동맹을 맺고 있는 상태라 임나왕의 요청을 들어줄 수가 없었다. 그래서 선택한 것이 비유어라하 자신이 아닌 왕자와의 혼인이었다.

「알겠습니다. 아바마마. 명을 받들겠습니다.」

곤지는 고개를 떨구었다.

「왕후에게는 이미 나인을 통해 알리라 했으니 나름 준비할 것이다.」

「…?」

비유어라하는 무절도에 활용하라며 요노腰弩(허리에 차는 격발식 활)를 건네주었다. 송나라에서 가져온 활이었었다.

곤지는 어전을 나왔다.

같은 시각. 유마왕후의 처소.

「곤지왕자가 어전에 들었습니다. 아마도 임나공주와의 혼인을 통보한 듯합니다.」

해부였다.

「음…」

유마왕후는 입술을 뽀로통 부풀렸다.

어제 비유어라하가 곤지의 혼사 준비를 지시하였다. 일방의 통보였다. 더구나 왕후 자신을 부르지 않고 나인을 시켰다.

「곤지왕자에게 날개를 달아주는 상황이 아닙니까? 어륙.」

「…」

「우리 경사왕자가 선택되길 바랐는데… 어라하는 어찌 곤지왕자만을 편애하시는지.」

「오라버니. 어라하께서 결정한 일입니다. 절대 불만을 가져서도 토로하셔도 안 됩니다.」

유마왕후가 주의를 주었다.

「그나저나… 큰일입니다. 어라하께서 국사를 멀리하시고 오로지 역술과 방술에 집착하시니…」

「…」

「벌써 한 달이 넘었습니다. 어륙. 이제 좌평들의 알현도 거부하고 계십니다. 풍야부가 다녀간 이후로는 아예…」

해부는 고개를 설레설레 흔들었다.

비유어라하가 국사를 멀리한 지는 꽤 오래되었다. 정해년(447)년 수레바퀴 불꽃 출현 사건 후 북한산을 다녀온 직후부터였다. 벌써 3년 전이었다. 처음

일관부가 소지하고 있는 각종 서적을 가져다 탐독하더니 급기야 올 초 서하태수西河太守 〈풍야부馮野夫〉를 유송에 파견하여 역술 책을 구하였다.* 때마침 조정원로인 진우가 죽었는데 그 후로는 아예 침전에 틀어박혀 나오지 않았다. 임나왕의 혼인동맹 건도 홀로 결정하고 통보하였다.

그때 곤지가 처소에 들었다.

「어륙. 그간 강녕하셨습니까? 한번 찾아뵙는다 했는데 늦어졌습니다. 송구합니다.」

「어서 오세요. 곤지왕자.」

유마왕후는 자세를 바로하고 곤지를 맞이하였다.

「임나공주와의 혼인을 축하합니다. 왕자님.」

해부가 툭 말을 던졌다.

「내신좌평어른께서도 강녕하시지요?」

「암요. 강녕하다말고요. 신은 아주 건강합니다.」

그리고 잔뜩 비꼬았다.

「어라하의 명을 받았습니다. 왕실의 혼사이니 만큼 잘 준비하지요.」

유마왕후의 말이 퉁명스러웠다.

사실 곤지가 유마왕후를 찾은 것은 비유어라하의 마지막 말 때문이었다. 유마왕후를 직접 부르지 않고 나인을 통해 혼사준비를 통보했다는 말이 거슬렸다. 유마왕후를 찾아뵙는 것이 도리라 생각하였다.

「고맙습니다. 어륙.」

---

* 《송서》 백제열전에 '원가元嘉 27년(450) 백제왕 비毗가 글을 올려 사사로이 대사臺使 풍야부馮野夫를 서하태수西河太守로 삼은 것을 추인해 주고, 표문을 올려 역림易林과 식점式占, 요노腰弩를 보내 주기를 요구하였다.'라는 기록이 있다. 역림과 식점은 역술, 점괘에 관한 서적이며 요노는 격발식 활인 노弩의 일종이다. 서하태수 풍야부에 대한 해석은 다분하다. 서하의 위치비정은 현재의 중국 화북성이며, 풍야부는 대륙의 현지인으로 이해하고 있다.

「고맙다니…? 곤지왕자의 말이 거슬리는 구나. 그래도 이 왕후가 생모는 아니더라도 염연히 모후인 걸…」

유마왕후는 되래 면박을 주었다.

분위기가 참으로 어색하였다. 가시방석이었다.

곤지는 서둘러 처소를 나왔다.

「축하하네. 곤지아우.」

경사왕자가 기다렸다. 왕후처소에 들려다 곤지가 처소에 있는 것을 확인하고 잠시 발걸음을 멈췄다.

「형님께서 임나공주와 혼인해야 하는데…」

곤지는 말꼬리를 흐렸다. 못내 미안함이었다.

「아닐세. 당연히 아우 차지이지. 아바마마로부터 절대적인 신임을 받고 있는 아우가 아닌가?」

「형님…?」

「누가 감히 아바마마의 명을 거역할 수 있겠는가?」

경사왕자는 입술을 실룩거리더니 시선을 어전 쪽으로 돌렸다. 한참 전각 치미를 쳐다보더니 이내 시선을 접었다. 그리고 요노를 들고 있는 곤지의 손에 멈췄다. 곤지가 건네자 또 한참을 만지작거리며 이리저리 살폈다.

「아바마마께서 주신 물건이구먼. 송나라에서 가져왔다는 활…」

「…?」

「아우. 하여간 축하하네. 이는 왕실의 경사가 아니겠나. 왕실이 번창해야 우리 제국의 앞날이 밝은 것이지.」

그리고 곤지의 어깨를 툭툭 치더니 이내 처소로 들어갔다.

「…!」

곤지는 한없이 마음이 무거웠다.

언제부터인지 자신의 존재가 부담을 주고 있었다. 곤지도 이를 의식하였다. 한번은 큰 맘먹고 경사왕자의 집을 찾아갔다. 모처럼 술잔을 기울이며 화해아닌 화해를 했지만 그 뿐이었다.

그해 겨울. 임나공주 모아부인이 곤지의 둘째 아들을 낳았다. 비유어라하는 손수 곤지의 집을 찾아와 아기의 몸을 씻겨주며 축하해 주었다. 아기의 이름을 〈대大〉라 짓고 〈모대牟大〉라 부르도록 명하였다.

모대는 훗날 백제 24대 왕으로 등극하여 〈동성東城〉의 시호를 받은 분이다. 《삼국사기》는 〈모대牟大〉 또는 〈마모摩牟〉라 했으며 '담력이 뛰어나고 활을 잘 쏘아 백발백중이다.'라고 인물평을 하였다. 《삼국유사》는 〈마제摩帝〉 또는 〈여대餘大〉라 하였고, 《동국여지승람》은 〈말통末通〉, 《일본서기》는 〈말다末多〉라 하였다.

이후에도 모아부인은 모두 3남 1녀를 낳았다. 〈모대〉를 포함하여 아들 〈모지牟支〉와 〈모호牟虎〉 그리고 딸 〈모혜牟兮〉이다. 이름에 모牟자가 들어간 것은 모아부인의 성씨를 따랐다.

당시 왕족과 같은 높은 신분계층의 이름은 한 글자와 두 글자를 동시 사용하였다. 두 글자의 경우는 처가 쪽이 높은 신분일 경우 처가의 성씨를 이름에 포함시키는 풍습이 있었다.

＊ ＊ ＊

신묘년(451) 3월. 꽁꽁 얼었던 대지가 따스한 햇살을 받아 막 풀리기 시작한 이른 봄이었다. 비유어라하는 왕자들을 대동하고 구사파의仇斯波衣(경기 김포) 벌판에 사냥을 나갔다. 호가부가 동행하였다. 지난달 곤지는 무절도 차사에서 역사로 승차하였다. 무절도의 교관격인 수사직은 차사, 역사, 무사 순이었다. 무사는 무절도의 수장으로 호가부가 스무 해째 맡았다. 이번 사냥은 곤지의 역사 승차를 축하하기 위해 비유어라하가 특별히 마련하였다.

「승차를 감축하네. 곤지아우.」

왕자들 모두 축하인사를 건넸다.

「숙부께서 건강이 좋지 않으니 이제 무절도는 아우가 이끌어야 하겠구면.」

경사왕자가 은근슬쩍 시샘을 부렸다.

「가당찮은 말씀입니다. 형님.」

호가부의 건강이 나빠져 자리보전하는 날이 많았다. 이번 사냥은 비유어라하가 억지로 끌고 나왔다. 곤지가 역사 승차에는 다분히 호가부의 배려가 작용하였다. 호가부는 비유어라하의 반대를 무릅쓰고 곤지를 승차시켰다. 역사는 3명으로 왕족 중에는 곤지가 유일하였다.

구사파의는 구원狗原이라 불렀다. 광활한 벌판이었다. 듬성듬성 야트막한 구릉이 있었으나 사방으로 시야가 확 트였다. 사슴의 서식지여서 왕실의 사냥터로 널리 이용하였다.

구원행궁을 나선 비유어라하는 북쪽으로 말을 몰았다. 평소와 다른 사냥 길이었다. 호가부가 행선지를 물어도 비유어라하는 말없이 말고삐를 죄었다. 북쪽은 강가에 갈대가 무성하고 갯벌이 많아 이용하지 않았다. 주로 이용하는 사냥 길은 바닷가에 다다를 수 있는 서쪽이었다.

몰이꾼이 사슴무리를 강가 쪽으로 몰았다. 갯벌로 몰린 사슴무리는 오도가도 못하였다. 일행이 일제히 화살을 날렸다. 두 마리 사슴이 고꾸라졌는데 한 마리는 비유어라하가 또 한 마리는 곤지가 쏜 화살이었다.

일행이 일제히 환호하였다.

「넷째의 활솜씨는 아바마마와 견줄 만 하네.」

여은왕자가 곤지를 칭찬하였다.

「송구합니다. 형님.」

곤지의 활솜씨는 둘째가라면 서운할 정도로 명궁이었다. 어린 시절 유난히 활놀이를 좋아해 모후의 처소 앞마당에 조그만 활터를 만든 곤지였다. 무절도에 입도한 후 곤지의 실력은 일취월장하였다.

몰이꾼이 고꾸라진 사슴을 잡으러 간 사이 비유어라하는 강 건너 북쪽의 한 산성을 쳐다보았다.

「저 산성을 아느냐?」

비유어라하가 손가락으로 가리켰다.

「…?」

「관미성 아니옵니까?」

왕자들에게 물었으나 호가부가 답하였다.

「아바마마. 고구려 성이옵니까?」

산성 위에 붉은 깃발이 나부꼈다. 이를 주의 깊게 쳐다본 경사왕자였다.

「맞다. 고구려 성이다. 과거 저 성은 우리 제국의 성이었느니라. 북쪽으로 호로강(임진강)이고 동쪽으론 한강이지. 저 관미성을 고구려에 빼앗긴 이후로 수로가 막혀 물자수송이 어렵게 되었다.」

그때 큰 돛대를 세운 상선 한 척이 시야에 들어왔다. 고구려 병사가 탄 조각배 여러 척이 상선에 접근하였다.

「연 좌평에게 물으니 우리 제국의 상선을 철저히 감찰한다는구나. 해서 소금이나 양곡 등 중요물자는 아예 하류포구에 정박하여 육로를 이용하여 한성으로 물자를 운반하고 있고.」

「아바마마. 당장이라도 저 성을 빼앗으면 되지 않겠습니까?」

경사왕자가 의기양양하였다.

「경사왕자님. 보다시피 관미성은 쉽게 빼앗을 수 있는 성이 아닙니다.」

호가부가 고개를 가로저었다.

비유어라하는 관미성에 얽힌 지난 역사를 들려주었다. 옛 한성의 진사왕

관미성關彌城은 각미성閣彌城이라고
도 한다. 《삼국사기》에 따르면 고구려
광개토왕은 391년 7월에 4만 명의 군
사를 이끌고 백제를 공격하여 석현성
등 10여 성을 탈취하고, 10월에는 군
사를 7개 방면으로 나누어 관미성을
공격하여 20일 동안 공격한 끝에 함
락하였다. 이에 백제는 1만 명의 군사
를 이끌고 관미성을 탈환하려 했으나
성공하지 못했다. 이후 광개토왕은 백

제를 공격하여 58성을 취한다. 《삼국사기》에는 관미성이 '백제 북쪽 변경지대의 요새로서 사
면이 깎아지른 듯이 가파르고 바닷물로 둘러싸인 요새'라고 기록하고 있다. 관미성의 위치비
정은 학자들마다 다르나 대략 다섯 곳을 추정하고 있다. ① 파주 오두산성 (김정호, 윤일녕)
② 강화도 (신채호, 문정창, 윤병철) ③ 강화 교동도 (이병도, 천관우, 박성봉) ④ 예성강 남안
개성부근 (박시형, 이형구, 이도학) ⑤ 임진강과 한강의 교차지점(이홍직) 등이다. ①번 파주
〈오두산성〉은 현재 통일전망대가 있는 곳이다. 임진강과 한강이 교차하는 지점에 우뚝 솟은
테뫼식 산성이다. 정상 안내판에는 옛 관미성이라 설명하고 있다.

은 고구려 광개토태왕이 관미성을 공격했을 때 절대 빼앗기지 않으리라 믿
고 구원에서 사냥을 즐겼다. 그러나 관미성은 고구려에 함락되었다. 이 소식
을 들은 진사왕은 놀라 나자빠져 죽었다.

　「아비의 소원은 바로 저 관미성을 되찾는 것이다. 저 관미성을 말이다.」

　비유어라하의 속내였다. 사냥 길을 서쪽이 아닌 북쪽으로 잡은 이유였다.
관미성을 왕자들에게 보여주기 위해서였다.

　「아바마마. 소자들이 반드시 저 성을 되찾겠나이다.」

　여은왕자가 결기를 보였다.

　「고맙구나. 아비가 저 성을 되찾지 못하고 죽더라도 우리 왕자들이 합심
하여 되찾아야 하느니라.」

　「아바마마.」

　「아바마마.」

　왕자들이 일제히 두 손을 불끈 쥐었다.

「관미성을 되찾지 않고서는 우리 제국은 한 발짝도 바다로 나갈 수 없다. 이 점 명심 또 명심하여라.」

사냥을 마쳤다.

구원행궁으로 돌아오는 길에 호가부가 그만 낙마하였다. 호가부는 허리를 크게 다쳐 움직일 수 없었다. 그렇지 않아도 건강이 좋지 않은 호가부였는데 엎친 데 덮친 격이었다.

다음날 비유어라하는 사냥계획을 취소하고 서둘러 환궁하였다.

호가부가 죽었다. 사냥에서 돌아온 지 꼭 한 달만이었다. 호가부는 자신의 죽음을 예상하였던지 급히 곤지를 불렀다.

「왕자님. 이 숙부가 왕자님을 끝까지 지켜드리지 못할 것 같습니다.」

「숙부님. 하루빨리 쾌차하셔야지요. 어찌 약한 말씀을 하십니까?」

곤지는 호가부의 손을 꼭 부여잡았다. 호가부의 눈빛이 꺼져 갔다.

「형님어라하께 부탁을 드렸습니다. 이 숙부를 대신하여 무절도를 왕자님께서 이끌 수 있도록 해달라고요.」

「숙부님?」

「무절도만 굳건히 지키고 계시면… 어느 왕자든… 어느 귀족가문이든… 왕자님을 절대… 무시하지 못할 겁니다.」

호가부는 숨을 불규칙적으로 몰아 쉬었다.

「형님어라하께서도… 무절도가 있었기에 보위에… 오를 수 있었습니다.」

「…」

「여채 가문도… 해부 가문도… 진동 가문도… 절대 믿어선 안 됩니다. 병관좌평 목금도… 믿어서는 안 됩니다. 왕자님 자신과… 어라하만을 믿으십시오.」

「숙부님…」

「한 가지… 연 좌평께는 이 숙부가… 신신당부했습니다. 내가 없더라도 왕자님을… 꼭 지켜…달라…고요.」

호가부의 숨소리가 거칠다가 잦아들기를 반복하였다.

잠시 후 호가부는 〈형님…〉, 〈형님…어라하…〉하고 되뇌었다. 그리고 눈을 크게 뜬 채 맥을 놓았다.

곤지는 통곡하였다. 가슴이 갈기갈기 찢어졌다. 모후의 죽음 때보다 슬픔이 더했다. 호가부는 곤지의 정신적 지주였다. 아비 비유어라하가 있었지만 숙부 호가부는 그 이상이었다. 곤지에게 무한한 격려와 배려를 아끼지 않은 가히 절대적인 존재였다.

비유어라하가 처소에 들어왔다. 위중하다는 급보를 듣고 서둘렀지만 임종을 보지 못했다. 비유어라하는 채 식지 않은 호가부의 손을 꽉 부여잡고 한참동안 눈물만 흘렸다.

「다른 말은 없었느냐?」

「아바마마께 먼저 하직하는 대죄를 지어 송구하다는 말씀을 남기셨습니다.」

곤지는 호가부가 미처 남기지 못한 하직인사를 대신 전하였다. 마지막 순간까지 〈형님어라하…〉를 애타게 불렀던 호가부였다.

호가부好嘉夫. 비유어라하의 의형제로 어라하 등극에 공을 세웠다. 비유어라하의 뒤를 이어 묵묵히 무절도를 이끌었다. 원래 호가부는 신라진골 출신이었다. 부친은 서불한舒弗邯을 지낸 호물好勿이었다. 비유어라하는 호가부를 수차례 좌평에 보임하려 했으나 한사코 본인이 거부하였다. 신라진골 출신인 까닭에 비유어라하에게 부담을 주지 않겠다는 의지였다.

비유어라하는 국상에 준하는 예로써 호가부의 장례를 치렀다. 이를 반대하는 조정 신료는 없었다. 그만큼 호가부의 무게를 백제조정은 인정하였다. 호가부의 장례를 치른 얼마 후 비유어라하는 곤지를 무사로 승차시켰다.

7월, 유송의 비공식 사신이 한성에 놀라운 소식을 전하였다.

유송 황제 유의륭劉義隆이 야마토 제濟왕의 요청을 받아들여 제왕을 〈안동장군〉과 더불어 〈사지절도독 왜, 신라, 임나, 가라, 진한, 모한 6국제군사〉의 작위를 주고 23인의 신하들에게도 〈군軍〉과 〈군君〉을 제수하였다.

비유어라하와 백제조정은 유송 황제가 〈6국제군사〉의 작위를 받아들였다는 사실에 주목하였다. 야마토 전임 진珍왕 역시 무인년(438)에 6국제군사를 유송 황제에게 요청한 바 있으나 그때는 이를 받아주지 않았다. 계미년(443)에는 야마토 제왕의 요청에 〈안동장군왜국왕〉만 작위를 주었다.

즉각 유송 황제의 진위파악에 나선 비유어라하와 백제조정은 안이한 외교정책이 낳은 참사라는 결론에 도달하였다. 지난 해 비유어라하는 외교를 전담하는 객부를 제쳐두고 서하태수 풍야부를 시켜 유송 황제에게 역림과 식점을 구한 바 있었다. 공식적인 절차를 무시한 외교행위였다.

「어라하의 잘못을 논할 수 없습니다.」

좌평회의 분위기는 무거웠다.

「상좌평께서 오늘의 참사에 대해 책임을 져야 합니다.」

「음…」

「외교는 상좌평어른의 소관입니다. 객부가 제대로 외교행위를 할 수 있도록 채찍을 가했어야 했습니다. 설사 어라하께서 비공식선으로 송나라 황제와 조정에 사신을 보냈더라도 객부는 사후관리를 했어야 했습니다.」

해부가 여채의 과오를 지적하였다.

외교업무 전담은 객부客部였다. 객부는 상좌평의 직할이었다. 사실 여채는 상좌평에 보임된 후 비유어라하의 적잖은 견제를 받았다. 그 견제는 상좌평의 책무를 소홀하게 만들었고 객부의 일은 아예 방치하였다. 올 초 객부 장사 장위張威가 유송에 갔다 오겠다고 제안했으나 여채는 차일피일 미뤄 결국 유야무야 되었다.

「병관좌평도 그리 생각하시오?」

여채는 목금에게 넌지시 물었다. 목금은 여채에게 우호적이었다.

「소관은 그저…」

목금은 말꼬리를 흐렸다.

「상좌평어른?」

해부는 틈을 주지 않고 몰아붙였다.

「알겠소이다. 어라하께 죄를 청하겠습니다.」

좌평회의가 끝났다.

여채의 어깨가 축 처졌다. 이를 지켜보던 해부가 알듯 모를듯 묘한 미소를 지었다.

「상좌평을 파직시키겠지. 그렇다면 다음 상좌평은 내가…」

그리고 혼잣말을 뇌까렸다. 해부는 잔뜩 어깨에 힘을 주었다.

비유어라하의 어전.

「어라하. 신의 잘못이 크옵니다.」

「…」

여채와 장위는 비유어라하를 알현하였다.

「신의 불찰로 어라하와 제국에 커다란 누를 끼쳤나이다. 신이 상좌평직에서 물러나고자 하오니 신을 파직시켜주십시오.」

여채는 코가 바닥에 닿을 정도로 바짝 엎드렸다.

「올 초에 장위 장사가 송나라에 사신으로 가겠다고 제안했다고요?」

비유어라하는 창 밖으로 시선을 돌렸다.

「어라하. 장사는 잘못이 없사옵니다. 신이 이를 묵살한 일이오니 장사에게는 죄를 묻지 마시옵소서.」

「어라하. 상좌평을 제대로 보필하지 못한 신의 잘못이 크옵니다. 신 또한 객부 장사직에서 물러나고자 하오니 윤허하여 주시옵소서.」

장위 또한 바짝 엎드렸다.

잠시 침묵이 흘렀다. 침묵은 여채와 장위를 더욱 긴장시켰다. 고개를 푹 숙인 두 사람의 몸은 한껏 굳었다.

「고개를 드시오.」

비유어라하가 침묵을 깼다.

「이번 일은 과인의 잘못이 크오. 과인의 잘못으로 발생한 일을 어찌 두 분에게 죄를 물을 수 있단 말이오. 과인을 부덕한 군왕으로 만들지 마시오.」

「어라하…」

「두 분의 파직은 윤허할 수 없소.」

「어라하…」

「외교는 제국을 유지 발전시키는 핵심이 아니겠소. 외교를 잘하면 전쟁을 막을 수 있고 승리도 쟁취할 수 있다 믿어 의심치 않소.」

「어라하. 신들의 죄를 용서하시다니 하해와 같은 성은에 감읍할 따릅니다.」

여채와 장위는 머리를 조아렸다.

「그깟 송나라 황제의 작위가 대수겠소. 누가 뭐라 해도 삼한은 엄연히 우리 제국의 영토입니다. 도대체 야마토를 믿을 수가 없군요. 잊을 만하면 뒤통수를 쳐대니 신라도 그렇고 임나는 갈수록 쇠약해지고…」

비유어라하의 고민이었다. 백제의 고민이었다. 야마토 진왕 때부터 시작된 백제와 야마토간의 갈등이 지금의 제왕 때까지 계속되었다. 유송 황제가 야마토 제왕에게 〈6국제군사〉의 작위를 제수한 것은 갈등의 절정이었다. 신라 또한 불안하였다. 고구려를 견제하기 위해 맺은 혼인동맹이지만 갈수록 커가는 신라의 국력을 무시할 수 없었다. 신라는 임나의 동맹국을 야금야금 잠식하였다. 고구려와의 관계도 백제가 원하는 만큼 역할을 해주지 못하였다. 더구나 임나는 갈수록 쇠락하였다.

「어라하. 주변국들의 사정과 관계를 재검토하여 적절한 대책을 마련하겠나이다.」

여채의 표정은 어느새 밝았다.

「아무래도…」

비유어라하가 멈칫하였다.

「…」

「이번 기회에 위나라와의 관계 개선을 적극 모색해 보시오.」

「위나라 말입니까?」

여채가 되물었다.

「그렇소. 우리 제국은 전통적으로 남조 국가들과 유대를 맺어왔소. 옛 진나라가 그랬고 송나라 또한 마찬가지요. 과인은 이번에 송나라의 이중적인 태도를 보며 느낀 바가 크오. 고구려도 위나라뿐 아니라 송나라와도 외교관계를 맺고 있다 들었소. 상좌평과 장사는 이를 적극 검토해 보시오.」

당시 대륙은 남북조시대였다.

남조는 동진의 장수 유유가 420년 건국한 유송이 3대 문제文帝 유의룡(424~453)을 맞이하여 문치에 기반을 둔 소위 〈원가元嘉의 치治〉를 열어 안정기를 구가하고 있었다. 북조는 선비족 탁발규拓跋珪가 386년 건국한 북위가 3대 태무제太武帝 탁발도拓跋燾(423~452)를 맞이하여 하夏와 북연北燕을 멸하여 화북을 통일하였다. 고구려는 남북조 양국과 외교관계를 맺고 있었다.

「어라하의 명 받들겠나이다.」

여채와 장위는 어전을 나갔다. 발걸음이 한결 가볍고 힘찼다.

유송 황제의 야마토 제왕 〈6국제군사〉 작위 파동이 일단 정리되었다. 비유어라하는 상좌평 여채를 재신임하였다. 추가적인 외교과업을 주어 오히려 힘을 실어주었다.

비슷한 시각.

곤지는 무절도 수사들을 이끌고 혈구도에 가있었다. 무절도 수장에 오른후 처음 갖는 모임이었다. 무절도의 수사 인원은 최고 수사인 무사 곤지와 3인의 역사 그리고 차사는 5인이었다.

이틀 전, 자벌말에서 무절도 전체 훈련을 마쳤다. 3일 동안 계속된 훈련은 낭도와 수사 전체가 참석하였다. 한성을 포함하여 인접지역에 거주하는 낭도는 매월 정례 훈련을 받았지만 지방에 거주하는 낭도는 년 4회 즉 1월, 4월, 7월, 10월 훈련에 참가하였다. 7월이니 올해 3번째 맞이하는 전체 훈련이었다. 대략 낭도는 100여 명이었다.

「오늘 부족한 제가 무사의 대임을 맞아 처음 실시하는 전체훈련입니다.」

곤지가 연단에 올랐다.

「우리 무절도는 제국의 혼이자 얼입니다. 이는 제국을 지키는 힘의 원천입니다. 앞으로 저는 다음 다섯 가지를 우리 무절도의 윤리로 삼고자 합니다. 첫째는 〈충忠〉입니다. 충은 제국과 왕실, 백성에 대한 충성을 말합니다. 둘째는 〈효孝〉입니다. 효는 부모와 가문에 대한 열성을 말합니다. 셋째는 〈용勇〉입니다. 모름지기 전장에서는 물러섬이 없어야 하고 불의에는 과감히 맞서 싸워야 합니다. 넷째는 〈신信〉입니다. 신은 낭도 상호간의 올바른 믿음입니다. 다섯째는 〈인仁〉입니다. 인은 불쌍하고 약한 자를 도우려는 어짊입니다. 항상 나보다 우리 백성을 먼저 생각해야 합니다. 우리가 무예를 배우고 익히는 것은 이의 실천에 있음을 꼭 명심하기 바랍니다.」

모두가 흐트러짐 없이 곤지의 말에 귀기울였다.

「앞으로 훈련은 이곳 자벌말에 국한하지 않고 우리 제국의 강토 어디든 찾아가 훈련을 실시할 것입니다. 그렇게 함으로써 우리 강토의 소중함을 몸소 깨우치고 흙 한줌까지도 아끼고 사랑하는 마음을 갖게 될 것입니다. 그리고…」

곤지는 하던 말을 잠시 멈추었다.

「마지막으로… 저는 무절도의 수장으로 작고하신 호가부 무사나리의 유지를 받들어 여러분과 함께 우리 무절도를 더욱 발전시키겠습니다.」

곤지가 연설을 마쳤다. 우뢰와 같은 손뼉 소리가 자벌말을 가득 채웠다. 그때 누군가 〈충!〉, 〈효!〉, 〈용!〉, 〈신〉, 〈인!〉하고 선창을 하자 모두 약속이나 한 듯 일제히 또박또박 따라하며 목청을 높였다. 화창한 날씨에 때 아닌 천둥소리가 한성하늘에 울려 퍼졌다.

곤지는 수사들과 함께 혈구도 남쪽의 마니산에 올랐다. 산 정상에는 두 개의 제단이 있었다.

「이곳은 단군왕검께서 하늘에 제사를 올리기 위해 쌓은 제천단입니다. 위 제단은 네모나고 아래 제단이 둥근 것은 하늘과 땅을 나타냅니다. 사서 기록에 따르면 단군왕검께서 이곳에 제단을 만드시고 대례를 올린 다음 세 아들을 보내어 삼랑성三郎城(강화도 정족산성)을 쌓았다 합니다. 삼랑성은 동쪽에 있습니다.」

한 수사가 제단을 설명하였다.

「오늘 여러분과 함께 하늘에 제를 올리고자 합니다. 우리 무절도의 발전과 보본報本의 뜻을 새기고자 합니다.」

「보본이라 하심은?」

「생겨나고 자라난 우리의 근본을 잊지 않고 그 은혜를 갚는다는 뜻 입니다.」

고천제를 제안한 사람은 비유어라하였다. 비유어라하는 무절도 무사 금인金印을 건네주며 민족의 시원인 단군왕검의 역사를 들려주었다. 또한 무절도가 단순한 무예 수련집단에 머무르지 않고 역사와 유가, 불법, 선도에도 깊은 관심을 가져줄 것을 당부하였다. 곤지는 비유어라하의 제안에 충분히 공감하였다.

산을 내려온 일행은 혈구도 북쪽 벌판에서 사냥을 하였다.

「유무형님. 부족한 이 아우가 무사의 대임을 맡았습니다. 무사는 당연히 형님께서 맡아야 할 자리인데 말입니다.」

사냥을 마친 일행은 삼삼오오 모여 사슴 통구이로 저녁식사를 즐겼다. 곤지와 유무는 따로 자리를 마련하였다.

「아…아닙니다. 아우님. 그리 말씀하시면 이 형을 모욕하는 겁니다. 당연히 왕실의 주인이 무사가 되어야지요.」

서열로 따지면 유무가 무사직을 승계하는 것이 맞았다. 그러나 유무는 자신의 처지를 잘 알았다. 곤지가 무사가 되는 게 당연하다고 생각하였다.

「젊은 혈기만 있지 아직 모든 것이 부족합니다. 앞으로도 많은 가르침을 주십시오. 유무형님.」

「가르침이라요? 가당찮은 말씀입니다. 아우님께서는 무절도 최고수장으로 손색이 없습니다. 지금 당장 어라하로부터 보위를 물려받으셔도 훌륭한 군왕이 되실 겁니다.」

「… ?!」

곤지가 멈칫하였다.

「농입니다. 아우님.」

「유무형님?」

유무가 한바탕 웃었다.

밤하늘에 핀 하얀 별꽃이 눈부시게 아름다웠다. 서쪽하늘에 자리 잡은 초승달이 별꽃 사이로 흐르는 별똥을 차곡차곡 하얀 바구니에 담았다.

「아우님. 한성에 온지 어언 20년이 되었습니다.」

유무는 한참동안 하늘의 별꽃들을 눈에 담더니 긴 한숨을 내쉬었다.

「어라하께서 음양으로 보살펴줘서 부족함 없이 잘 지냈으나 이제 나이가 차고 보니 고향으로 돌아가고 싶은 마음이 간절합니다.」

「유무형님. 이 아우가 잘못한 일이라도 있습니까? 어찌 서운한 말씀을 하시는지요?」

「아닙니다. 오래전부터 생각해온 일입니다. 이번에 야마토왕의 작위 파동만 없었더라도…」

유무는 열세 살 어린나이로 한성으로 건너왔다. 그 해가 신미년(431)이니 올해가 정확히 20년 째였다. 아비 주길중왕자가 왕권다툼에 패하여 유무는 졸지에 역적의 자식이 되었고 한성은 선택의 여지가 없는 피난처였다. 한때 유무는 혼인하여 가정을 이뤘지만 자식은 얻지 못해 타지생활의 쓸쓸함이 더했다. 올 초 야마토 귀향을 결심하고 먼저 가있는 형 혈수에게 귀향의사를 타진하였다. 귀향에 무리 없다는 답변을 받고 가슴이 설레었던 유무였다. 그런데 유송 황제로부터 받은 야마토 제왕의 6국제군사 작위가 유무의 발목을 잡았다.

유무는 내내 안타깝고 아쉬운 표정을 지었다. 그리고 먼저 자리를 떴다.

유무가 숙소로 들어가자 곤지는 한 무리에 합류했다. 수사들이었다.

「차사 승차를 축하하네.」

곤지는 한 사내의 어깨를 다독였다.

「감사합니다. 무사나리. 결초보은의 자세로 무사나리와 무절도의 발전을 위해 열과 성을 다하겠습니다.」

사내는 사비랑에서 차사로 승차한 병관좌평 목금沐今의 아들 목협만치木協滿致였다. 목협만치가 목씨 성이 아닌 목협씨의 성을 가지게 된 것은 어미가 협協씨인 까닭이었다.

「결초보은이라… 과한 말씀이군요. 목협 차사.」

곤지는 목협만치에게 깊은 신뢰의 눈빛을 보냈다.

이후 목협만치는 곤지의 평생 동지가 된다. 문무를 겸비한 백제의 걸출한 장군으로 곤지와 일생을 같이 한다.

곤지는 모닥불을 앞에 놓고 수사들과 빙둘러 앉아 술잔을 기울였다. 불꽃이 하늘로 치솟으며 별빛 속으로 사라졌다. 혈구도 너른 벌판의 하루가 어둠 속에서 저물었다.

* * *

　계사년(453)은 나라밖에서 날아온 소식으로 정초부터 비유어라하와 백제 조정이 술렁였다. 정월 야마토 제왕이 죽었고, 2월 유송 황제 유의륭이 죽었다. 두 군왕의 죽음에는 공히 태자가 관계하였다. 야마토는 태자 목리경木梨輕이 여동생 경대랑經大娘과 통정한 것이 발각되어 제왕이 화병을 얻어 죽었고, 유송은 태자 유소劉劭가 폐위를 두려워하여 선수를 쳐 황제 유의륭을 살해하였다. 야마토와 유송, 두 나라가 격변에 휩싸였다.

　야마토 조정은 태자 목리경의 왕위 등극을 미루며 민심을 살폈다. 죽은 제왕의 장례를 치른 후 후계자의 왕위 등극 절차를 밟자는 의견이 대세였다. 반면 유송은 태자 유소가 황제를 칭했으나 내란이 발생하였다. 유의륭의 셋째 아들 〈유준劉駿〉이 태자 유소를 죽이고 황제에 즉위하였다. 이가 효무제孝武帝였다.

　이 사건들로 비유어라하는 극도로 왕자들을 경계하였다. 특히 첫째 여은 왕자와 셋째 경사왕자에 대해서는 숙위병을 붙여 일거수일투족을 감시하였다.

　「어라하. 소인은 이제 야마토로 돌아갈까 하옵니다.」

　유무는 비유어라하를 알현하였다. 야마토 급변 소식을 가져온 신협촌주 청과 함께였다. 곤지가 배석하였다.

　「지금 귀국하면 신변에 문제없는 거요?」

　「어라하. 유무왕자의 귀국에 전혀 문제가 없사옵니다. 혈수왕자께서 점진적으로 조정을 장악해 가고 있습니다. 혈수왕자께서 유무왕자의 귀국을 직접 요청하였습니다.」

　「혈수왕자가…」

　「목리경 태자는 조정과 백성들로부터 신망을 잃었으나 아직 목리경을 추종하는 세력이 조정 내 적잖이 있사옵니다. 하여 혈수왕자께서 동생인 유무왕자께 도움을 요청한 것이옵니다.」

「…」

비유어라하는 고개를 끄덕였다.

「과인은 혈수왕자에 대한 기대가 크오. 꼭 좋은 소식 기대한다고 전해 주시오.」

「꼭 전하겠사옵니다. 어라하.」

신협촌주 청은 혈수의 야마토 왕위 승계를 당연시하였다.

「유무왕자. 왕자가 한성에 온지 20년이 훌쩍 넘었구려. 그동안 맘고생이 격심하였을 텐데 잘도 견뎌주었구먼. 귀국한다하니 과인은 기쁘기 그지없소.」

「망극하옵니다. 어라하. 소인 어라하의 성은이 없었다면 어찌 그 세월을 버텨낼 수 있겠사옵니까? 하해와 같은 은혜에 감읍할 따름이옵니다.」

「혹… 과인이 도와줄 일은 없겠는가?」

「어라하. 청이 있사옵니다. 송구한 말씀이오나 목협만치 차사를 데려가고 싶습니다.」

「목협만치? 병관좌평의 자제가 아니요? 과인은 윤허하고 싶지만 본인과 좌평의 의견도 들어보지 못했는데…」

「아바마마. 목협 차사와 병관좌평은 허락하였습니다. 야마토가 안정이 될 때까지만 유무형님을 돕기로 하였습니다.」

곤지가 대신하였다.

비유어라하는 나인을 불러 명을 내리려 하다가 내신좌평을 들게 했다.

잠시 후 해부가 어전에 들었다.

「유무왕자가 야마토로 귀국한다 하오. 왕명을 하달하니 사군부에 명하여 날쌔고 무술이 출중한 병사 20명을 선발하여 목협 차사와 함께 유무왕자를 보좌토록 조치하세요.」

「네. 어라하.」

비유어라하와 해부의 대화는 지극히 사무적이었다.

유무가 하직인사를 하고 물러나자 비유어라하는 곤지를 붙들었다.

「곤지야?」

「예. 아바마마.」

「호가부도 죽고 없는데 유무마저 떠나면 앞으로 무절도를 이끌고 나가기 힘들겠구나.」

「아니옵니다. 아바마마. 소자 열과 성을 다하고 있사옵니다. 연 좌평께서 음양으로 많은 도움을 주고 있어 힘들지 않사옵니다.」

「연 좌평… 연 좌평은 충신 중에 충신이지. 연 좌평만큼은 아비를 배신하지 않을 것이다. 어려운 일이 생기면 연 좌평에게 도움을 청하여라. 호가부가 없으니 마음이 편치 않구나. 어떤 일이 있더라도 왕자와 무절도 만큼은 꼭 지켜줄 것이다.」

「아바마마…」

곤지는 고개를 숙였다. 순간 알 수 없는 전율이 몸 안 가득 깃들었다.

「아비가 조정과 다른 왕자들의 눈치가 있어 그동안 왕자를 부르지 못했느니라. 아비가 찾지 않더라도 자주 찾도록 하여라.」

「아바마마.」

곤지는 비유어라하의 용안을 살폈다. 생각해보니 50을 넘긴 나이였다. 얼굴에는 잔주름이 가득하고 군데군데 검버섯이 피었다. 희끗한 머리카락과 수염은 아비 비유어라하를 더욱 고독하고 쓸쓸하게 만들었다.

며칠 후, 야마토로 환국하는 유무와 목협만치를 위한 환송연이 송파각에서 있었다. 연회를 주선한 사람은 연길이었다. 무절도 수사들이 참석하였는데 모두 유무의 귀국을 아쉬워하면서도 건투를 빌었다.

「아우님. 어라하의 용안에 수심이 가득하네. 귀족가문과 척을 지시는 어라하의 안위가 자꾸 마음에 걸리네. 아우가 자주 찾아뵙고 어라하를 위로해 주시게.」

유무가 남긴 말이었다.

7월말 곤지는 불사성으로 향했다. 무절도 전체훈련이 불사성에서 예정되어 있었다.

「오랜만에 뵙습니다. 장인어른.」

우서가 버선발로 곤지를 맞이하였다.

「소문을 듣자하니… 우리 가문 때문에 사위가 태자가 될 수 없다고들 하네. 미안한 마음뿐이네.」

처가 방문은 우미랑과 혼인한 후 처음이었다.

「무슨 말씀이온지요?」

「무슨 말은? 백성들은 다 알고 있는데…」

「…?」

「일찌감치 어라하께서 사위를 점찍었는데 처가가 한성귀족가문이 아니어서 태자로 봉하지 못한다고…」

「오… 오해이십니다. 장인어른.」

곤지는 고개를 가로저었다.

「…」

「어디서 그런 소문을 들었는지 모르겠으나 소자는 태자의 자격도… 관심도… 욕심도 없습니다. 장인어른.」

「…」

곤지는 애써 외면하였다.

「장인어른. 거듭 말씀드리지만… 소문은 소문일 뿐입니다. 마음에 두지

마소서.」

우서의 표정이 밝았다. 사실 우서는 곤지가 불사성에 온다는 말을 듣고 내심 불안하였다. 곤지의 방문이 달갑지 않았다. 소문이 사실이라면 곤지는 혼인을 파하기 위해 오는 것이었다.

다음날.

곤지는 무절도 낭도와 수사들을 이끌고 모악산에 올랐다. 모악산은 곤지가 삼한여행 때 올랐던 산이었다. 모악산 정상에서 내려다 본 비사벌 평원은 여전히 광활하였다. 멀리 지평선 끝까지 이어진 평원은 하늘에 맞닿아 있었다. 곤지는 가슴을 벌려 산바람을 깊게 들이마셨다. 한껏 나래를 폈다.

「무사나리 ?」

한 사내가 상념을 깼다. 역사 여작餘爵이었다. 여작은 죽은 상좌평 여신의 장손이었다.

「하산할 시각이 된 듯합니다.」

어느새 해는 서쪽하늘 언저리에 멈췄다. 훈련을 마친 낭도들은 삼삼오오 무리를 지어 휴식을 취하였다.

수사들이 곤지 주위로 모였다.

「무사나리. 저희 수사들은 나리와 함께하기로 결의하였습니다.」

「…?」

모두 곤지를 주시하였다.

「여 역사. 무슨 말입니까? 함께하다니요? 결의는 또 무엇입니까?」

곤지가 의아해하며 물었다.

「저희들은 무사나리께 충성을 다하기로 맹세하였습니다.」

「충성?」

여작은 저고리 안쪽에서 하얀 비단조각을 꺼냈다. 그리고 곤지 앞에 내려놓았다. 혈서의 연판장이었다.

「혈서 아닙니까?」

곤지는 소스라치게 놀랐다.

「저희 수사들도 소문을 들어 알고 있습니다. 어라하께서 무사나리를 태자로 낙점했다는 것을… 하오나 나리께서는 한성 어느 가문으로부터도 후원을 받지 못하고 있습니다. 저희들이 나리의 버팀목이 되겠습니다.」

모두 무릎을 꿇었다.

「여 역사. 무례하오. 나더러 역적질이라도 하란 말입니까? 충성이라니요. 충성의 대상은 제가 아닙니다. 충성은 어라하와 제국 그리고 백성에게 하는 것이라 누차 말씀드리지 않았습니까?」

「무사나리?」

「소문일 뿐입니다. 수사들께서 소문에 연연해하는 것은 옳지 못한 행위입니다. 저는 스스로 부족함을 잘 알고 있습니다. 또한 태자에 대한 일체의 미련도 없습니다. 원컨대 우리 무절도 본연의 임무에 충실해 주십시오. 다시한 번 부탁드립니다.」

곤지는 연판장을 되돌려 주었다.

훈련 마지막 날 밤. 우서가 연회를 베풀었다. 곤지는 수사뿐 아니라 낭도 한 사람 한 사람에게 손수 잔을 채워주며 일일이 격려하였다.

이를 지켜보던 우서는 내내 흡족한 미소를 지었다. 무절도 낭도와 수사들을 힘닿는 데까지 대접하라는 연길의 밀서를 받고 그 이유를 몰라 망설였던 우서였다.

한 무리가 긴 행렬을 이루었다. 어림잡아 100여 명이었다. 모두 하얀 소복을 걸치고 악기를 연주하였다. 가다 서다를 반복하며 슬프게 곡을 하였다.*

「어디서 온 사람들입니까?」

「신라조문단입니다.」

곤지는 야마토에 도착하였다.

8월말, 곤지는 백제 조문단을 이끌고 한성을 출발하였다.

야마토 제왕이 죽었으나 비유어라하와 백제조정은 조문단 파견을 망설였다. 제왕에 대한 좋지 않은 앙금 때문이었다. 고심을 거듭하는 와중에 때마침 곤지가 무절도 훈련을 마치고 한성으로 복귀하였다. 비유어라하는 결단을 내렸다. 곤지를 조문단 대표에 명하였다.

「신라?」

「나리께서 잘 아시다시피… 죽은 제왕의 왕후가 신라 미사흔 왕자 딸입니다. 이런 연유로 제왕은 줄곧 친신라정책을 펴왔습니다. 그래서 대규모 조문단을 보낸 것 같습니다.」

「음…」

목협만치가 나니와難波까지 나와 곤지를 마중하였다.

「누가 왕위를 이를 것 같은가?」

---

* 《일본서기》윤공천황 조에 나오는 신라조문단 관련 기사이다.
42년 봄 정월 무자일에 천황이 죽었다. 이에 신라왕은 천황이 이미 죽었다는 소식을 듣고 놀라 슬퍼하며 배 80척과 각종 악공 80명을 보내왔다. 이들은 대마도에 도착하여 큰소리로 곡하고 축자에 이르러 또 큰소리로 곡하였다. 난파진에 이르러 모두 흰 소복을 입었다. 조공 물품을 받쳐 들고 각종 악기를 연주하며 난파로부터 도성에 이르기까지 곡하고 춤추고 노래 부르기도 하였는데, 마침내 빈소에 참회하였다.

「지금으로서는 미궁입니다. 나리. 다만… 목리경태자가 조정과 백성들로 부터 워낙 신망을 잃은 지라…」

「태자인데도 말인가? 더구나 태자를 낳은 왕후가 버티고 있는데… 신라도 있고… 그래도 태자가 왕위를 잇는 것이 순리 아닌가?」

「유무왕자께서 물밑 작업을 하고 계십니다.」

「유무형님이 ?」

「조정 신료들을 설득하고 있습니다. 유무왕자께선 혈수왕자를 적극 밀고 있습니다.」

「음…」

야마토가 차기 왕위 계승자를 결정하지 못하였다. 제왕이 정월에 죽었으니 9개월째 계속되었다. 하늘에 먹구름이 가득하였다.

10월. 야마토 제왕의 장례식이 거행되었다. 제왕의 시신은 하내河內국의 장야원릉長野原陵에 장사지냈다. 곤지는 곧바로 귀국하지 않고 유무왕자의 집에 머물렀다.

야마토가 내란에 휩싸였다. 혈수왕자와 목리경태자가 왕위다툼을 벌였다. 군신 대부분은 혈수왕자를 지지하였으나 물부대전物部大前 숙니와 일부 군신은 목리경태자를 지지하였다. 혈수왕자파와 목리경태자파는 마지막 혈전을 눈앞에 두었다.

「유무형님. 대세는 혈수왕자 쪽으로 기운 듯한데…」

「잘 보았네. 곤지아우. 야마토의 최대호족인 평군진조平群眞鳥와 대반실옥大伴室屋, 물부목物部目까지 형님을 지지하고 있네. 태자 쪽은 물부대전 한 사람이지.」

「물부목이나 물부대전 두 사람은 물부 가문이 아닙니까? 그런데 어찌 한 사람은 혈수왕자를 지지하고 또 한 사람은 태자를 지지하는 겁니까?」

「두 사람이 형제이네. 또한 앙숙관계이네.」

유무왕자가 피식 웃었다.

「태자 쪽 군세는 어떻습니까?」

「우리 군세에 비할 바가 못 되네. 첩보에 따르면 은밀히 군사들을 추가로 모집하고 있다지만 이마저 여의치 않은 모양일세. 오히려 일부는 이탈하여 우리 쪽에 합류하고 있네.」

유무는 승리를 확신하였다. 곤지는 활짝 핀 유무의 얼굴 표정이 너무 좋았다. 곤지의 기억 속에 지금처럼 밝은 표정은 없었다.

「그나저나… 목협 차사가 아니었으면 난 죽음을 면치 못했을 것이네.」

「…?」

「일전에 태자 쪽 자객들로부터 기습을 받았네. 목협 차사가 자객들을 제압하지 않았더라면… 생각만 해도 끔찍하네.」

유무왕자는 목협만치를 쳐다보며 눈을 깜박였다.

「아… 아닙니다. 유무왕자님. 소장은 그저…」

목협만치가 말을 삼키며 멋쩍은 표정을 지었다.

그때 문밖에서 인기척이 일었다.

「유무아우. 목리경이 물부대전 집에 숨어들었다는 첩보네. 아무래도 오늘은 끝장을 봐야겠어. 어서 서두르게.」

혈수왕자였다. 갑옷을 걸치고 투구까지 쓴 혈수왕자는 완전히 무장하였다. 유무왕자와 목협만치가 뒤따랐다.

「무사나리. 유무왕자께서 함께 가시자 하십니다.」

목협만치가 되돌아왔다.

「아…아닐세. 목협 차사. 잘 다녀오게. 무운과 건승을 빈다고 유무형님께 전해주게.」

목협만치의 발걸음이 가볍고 힘이 넘쳤다. 해가 중천에 떠 있었다. 사방이

하늘빛으로 가득하였다.

목리경태자가 물부대전 숙니의 집에서 자살하였다. 이로써 야마토 제왕 사후 벌어진 혈수왕자와 목리경태자의 왕위다툼은 혈수왕자의 승리로 막을 내렸다.*

12월, 혈수왕자가 야마토 왕위에 올랐다. 이가 〈안강安康〉의 시호를 받은 야마토 〈흥興〉왕이다. 흥왕은 이소노카미石上(나라현 텐리시) 혈수궁穴穂宮에서 즉위하였다.

해가 바뀌어 갑오년(454)이 되었다.

곤지는 귀국을 서둘렀다. 제왕의 장례식만 참석하려던 처음 계획과는 달리 곤지는 흥왕의 즉위식까지 직접 목격하였다.

「신왕의 등극을 감축드립니다. 유무형님.」

「고맙네. 아우. 이게다 어라하의 큰 은혜가 아니겠는가? 아우의 도움이 컸네.」

「제가 한 일은 아무것도 없습니다.」

곤지는 손사래를 쳤다.

「아닐세. 옆에서 지켜봐준 것만으로도 큰 도움이 되었네.」

---

* 〈일본서기〉 안강천황 조 기록이다.
  동 10월에 장례가 끝났다. 이때 태자는 포악한 행동으로 부녀를 희롱하였다. 백성들이 비방하였다. 군신은 받들지 않고 혈수황자에게 붙었다. 그래서 태자는 혈수황자를 습격하려고 비밀리에 군대를 준비하였다. 혈수황자도 군대를 일으켜 싸우려 하였다. 그 때문에 〈혈수괄전穴穂括箭〉, 〈경괄전輕括箭〉이 이때 처음으로 생겼다. 때에 태자는 군신이 받들려 하지 않고 백성이 배반하는 것을 알자 곧 나아가 물부대전 숙니의 집에 숨었다. 혈수황자는 이를 듣고 즉시 그 집을 포위하였다. 대전숙니가 문밖에 나와 영접하였다. (중간생략) 그리고 혈수황자에게 '원컨대, 될 수 있으면 태자를 죽이지 말아 주십시오. 내가 획책하리라.'라고 말하였다. 태자는 대전숙니의 집에서 자살하였다. 일설에는 이예국 伊豫國에 유배되었다고도 한다.

유무왕자는 에둘러 감사를 표하였다.

「목협 차사도 임무를 마쳤으니 저와 함께 귀국했으면 합니다.」

「무사나리. 소장은 조금 더 야마토에 머무르기로 했습니다.」

「…?」

「곤지아우. 내가 목협 차사에게 부탁을 했네. 형님께서 등극하였지만 아직 왕권이 확고하질 못하네. 목리경은 죽었으나 〈팔조백언八釣白彦〉과 〈판합흑언坂合黑彦〉이 버젓이 살아있네. 그들을 따르는 무리들도 적잖네.」

「제왕의 자손들도 죽이겠다는 뜻인지요?」

「꼭… 죽이겠다는 것은 아니네. 어떤 형태로든지 그들의 힘을 약화시켜야지. 그렇지 않고서는 형님의 왕권은 늘 불안할 수밖에 없네. 군신들 또한 대세에 못 이겨 형님을 지지하였지만 언제 또 변심을 할지 모를 일 아니겠나.」

유무왕자는 앞을 내다보았다.

「유무형님. 이제 비로소 야마토국 왕통이 바로 서게 되었습니다. 다시 어라하국으로 돌아가야 하지 않겠습니까?」

「…」

유무왕자는 즉답을 하지 않았다. 눈을 감더니 한참을 망설였다.

「어라하국으로 돌아가기는 힘들 것이네. 아니 우리 야마토국은 어라하국으로 돌아가지 않을 것이네.」

그리고 눈을 뜨더니 무겁게 입을 열었다.

「…?」

「나는 형님의 부름을 받고 한성을 떠나오면서 많은 생각을 했네. 형님이 보위에 오른 이후의 일들을 말일세. 내가 내린 결론은… 어라하국은 삼한의 백제어라하국 하나로 족하다고 판단했네. 야마토국은 야마토국 만의 길이 따로 있으며 또한 그 길은 지극히 〈야마토〉다워야 한다는 확고한 믿음을 얻었네.」*

「유무형님 ?」

두 사람의 눈빛이 허공에서 마주쳤다.

「곤지아우. 오해는 말게. 그렇다고 해서 우리 야마토가 백제와 척을 지겠
다는 뜻은 절대 아니네. 엄연히 야마토와 백제는 형제국이네. 부여왕가의 적
통서열로 보아도 백제가 〈형국兄國〉이고 야마토가 〈제국弟國〉이지.」

「…!」

「앞으로… 〈6국제군사〉와 같이 삼한땅을 두고 우리 야마토가 영유권을
주장하는 일은 없을 것이네. 절대로 없을 것이네. 귀국하거든 꼭 어라하께
이 점 분명히 전해주게.」

유무왕자는 명확히 입장을 밝혔다. 차후 발생할지도 모를 백제와 야마토
간 분쟁거리를 일목요연하게 정리하였다.

다음날 곤지는 야마토 흥왕을 알현하고 귀국길에 올랐다.

유무왕자가 밝힌 야마토 흥왕 정권의 친백제 우호정책 표명은 고무적이
었다. 오랜 기간 야마토 전임 왕들의 반백제 배타정책으로 골머리를 앓았던
비유어라하와 백제조정은 이를 크게 환영하였다. 그러나 이는 유무왕자 개
인 의견일 뿐이라는 다소 조심스런 공론이 일었다. 대규모 축하 사절단을 다
시 보내 이를 직접 확인하자는 의견이 모아졌다. 사절단의 대표를 정하는 문

---

* 일본인에게는 〈야마토혼大和魂(야마토다마시)〉라는 것이 있다. 이
는 고대로부터 전해오는 일본고유의 정신이다. 중국대륙이나 한반
도에서 유입된 지식과 학문을 그대로 수용하는 것이 아니라 일본의
실정에 맞게 선별적으로 문화를 수용하는 정신자세를 말한다. 한마
디로 일본정신의 독자성, 우위성을 표현하는 말로서, 894년 당나라
에 보내는 조공사절인 견당사를 폐지한 관원도진菅原道眞(스가하
라 미지차네)의 정신을 대표적으로 보고 있다. 그는 학문의 신으로
추앙받고 있는데 선조는 토사土師(하세)라는 성을 지닌 가야 출신이
다. 대형 고분의 축조와 왕실의 장례식을 전담하던 씨족으로 스모의
원조인 야견숙니野見宿禰(노미스쿠네)에서 비롯된다.

제를 놓고 설왕설래가 오고 갔다.

때마침 여채가 급병이 들어 등청하지 않았다. 비유어라하는 사절단의 대표로 해부를 지목하였다.

「어륙. 어라하께 또 당하는 느낌입니다.」

해부는 급히 유마왕후를 찾았다.

「하는 수 없지요. 상좌평이 병중이니 사신단의 대표는 당연히 오라버니이지요.」

「어륙?」

입술을 쭉 내밀었다.

「어라하께 당하는 것이 아니라 상좌평께 당한 것입니다.」

「…?」

「들리는 말은 궐음병厥陰病이라 하더이다. 손발이 차고 가슴이 답답하며 배가 고픈 듯 하면서도 먹을 수 없고 먹으면 토하는 병 말입니다.」

「신도 그리 들었습니다만…」

「상좌평이 출근하지 않은 지가 보름이 다 되었지요?」

「…!」

「의박사에게 물으니 병세가 심하면 며칠을 못 견딘다 합니다.」

「그렇다면 상좌평께서 꾀병이라도…」

「이제 아셨습니까? 상좌평은 야마토로 가지 않기 위해… 더 정확히 말하면 한성을 떠나지 않고 여은왕자를 지키기 위해 수를 부리는 겁니다.」

해부는 눈을 위아래로 굴렸다. 곰곰히 생각해보니 여채는 야마토 사신단 파견을 확정한 다음 날부터 등청하지 않았다.

「요사이 곤지왕자가 태자가 될 거라는 소문이 급속도로 퍼지고 있습니다. 신이 떠나게 되면 우리 경사왕자는 어찌 지켜드릴 수 있겠습니까? 신이 없는 동안 상좌평이 조정과 어라하를 움직여 덜컥 여은왕자를 태자로 삼으면 모든 일이 수포로 돌아갑니다.」

「곤지왕자는 염려할 게 못됩니다. 조정의 뒷배가 없는데 어찌 어라하의 뜻만으로 태자가 될 수 있겠습니까? 문제는 여은왕자인데…」

유마왕후는 연신 눈을 깜박였다. 그리고 골똘히 생각에 잠겼다.

「오라버니. 여은왕자를 사신단 일행으로 데려가십시오.」

「명분이?」

「오라버니가 조정의 대표로 여은왕자는 왕실의 대표로 하면 되지 않겠습니까?」

「묘책이십니다. 어륙.」

해부가 무릎을 딱 쳤다.

「전화위복이란 말이 있지 않습니까? 하나를 잃으면 또 하나를 얻는 것이 세상 이치입니다.」

「…」

「어차피 야마토에 가기로 한 것이니 이번 기회에 야마토 조정 사람들과 관계도 맺고 야마토 흥왕으로부터 협정서까지 받아오면 오라버니의 입지는 더욱 탄탄해질 겁니다. 그만큼 우리 경사왕자에게 도움이 될 것이고요.」

「잘 알겠습니다. 어륙.」

해부가 밝은 표정으로 자리를 떴다.

비유어라하는 야마토에 파견할 축하 사절단을 확정하였다. 사절단의 대표는 해부와 여은왕자였다. 규모는 20여 명 내외였다. 직공織工 기술을 가진 여자들도 포함하였다.

8월. 밤하늘에 별똥별이 무수히 떨어졌다. 서북쪽 하늘에 길이가 20자나 되는 혜성이 나타났다. 축하 사절단이 떠난 직후였다. 민심이 흉흉해지더니 출처를 알 수 없는 괴소문이 급속도로 퍼졌다. 비유어라하에게 변고가 생겼다고 하고 고구려가 쳐들어왔다는 말도 돌았다. 또 메뚜기 떼가 대규모로 출현하였다.

곡식 피해가 엄청 컸다.

비유어라하 어전.

「과인은 이제 후계자를 정할까 합니다.」

민심이 극도로 악화되자 비유어라하는 태자 책봉을 꺼냈다.

「…?」

여채는 휘둥그레 눈을 떴다.

「새삼스레 어찌 놀라는 게요. 상좌평. 태자 책봉은 상좌평과 조정신료들이 과인에게 누누이 청한 바가 아니요? 이제 과인이 결심을 하고 태자 책봉을 하겠다는데…」

「하오나 어라하. 지금 여은왕자는 야마토에 사신단으로 가있고…」

「여은왕자를 태자로 삼자는 말씀이요?」

「아… 아니옵니다. 어라하. 신은 여은왕자가 부재중인 것을 말씀드리는 것뿐이옵니다.」

여채는 당황하였다. 비유어라하의 맹공을 받아내기 급급하였다.

「첫째는 상좌평 가문이 뒷배이고 둘째는 내법좌평 가문이… 셋째는 야마토에 사신단으로 가있는 내신좌평 가문이 뒷배이니…」

「어라하. 뒷배라 하심은 과하신 표현이옵니다. 신이 말씀 받잡기가 민망하옵니다.」

「세 왕자 중 누구를 태자로 정하든 세 가문 중 두 가문은 반발할 터이고… 넷째는 조정에 뒷배가 없지요.」

비유어라하는 거침없었다.

「곤지왕자를 태자로 삼으시겠다는 말씀이시옵니까?」

「그리해도 되겠소. 상좌평.」

「…」

여채는 입을 다물었다.

「곤지왕자를 태자로 삼아도 되겠냐는 말이요?」

비유어라하가 또 물었다. 팽팽한 기 싸움이었다.

「…」

「세 가문이 곤지왕자를 과인의 후계자로 받아줄 수 있느냐고 물었소이다. 상좌평.」

「…」

결국 여채는 고개를 떨어뜨렸다.

「좋소이다. 상좌평. 상좌평 또한 혼자 결정할 수 없다는 뜻으로 받아들이겠소. 좌평들과 상의해서 대안을 만들어 오시오. 과인은 조정의 뜻을 존중하겠습니다.」

「알겠습니다. 어라하. 어라하의 명 받들겠습니다.」

여채가 자리에서 일어났다. 순간 몸이 기우뚱하며 흔들렸다.

「상좌평. 민심이 천심이지요. 과인이 듣자하니 백성들은 곤지왕자가 태자가 되어야 한다지요. 조정은 민심을 받들어야 할 겁니다.」

비유어라하는 여채의 뒤통수에 또 일갈을 가했다.

어전을 나온 여채는 그만 마룻바닥에 풀썩 주저앉았다. 하늘이 노랗고 다리가 후들거려 서 있을 수조차 없었다. 심한 현기증이 일었다.

「이를… 어찌 하누?」

혼잣말이 입 안에서 맴돌았다.

여채는 난감하였다. 태자 책봉 문제를 신료들과 상의해봤자 결과는 뻔하였다. 여은왕자와 해부가 없는 상황에서 태자 자리는 곤지에게 돌아갈 공산이 컸다. 더구나 비유어라하가 민심까지 들먹이며 곤지를 낙점하겠다는 뜻을 밝힌지라 신료들은 어라하의 의중을 따를 게 분명하였다.

「이대로 곤지왕자에게 태자자리를 내줘야한단 말인가.」

진퇴양난이었다. 이러지도 못하고 저러지도 못하는 곤혹스런 처지였다. 여채는 문득 자신이 여은왕자를 포기하고 곤지를 받아들이면 해씨가문도 경사왕자를 포기하고 곤지를 받아들일 것인가 하는 의구심이 들었다. 해부가 없는 상황에서 유마왕후가 답이었다.

「어라하와 독대를 하셨다고요?」

유마왕후가 여채를 기다렸다.

「어라하께서 민심까지 거들먹이며 곤지왕자를 태자로 삼겠다는 뜻을 보였다고요? 그리고 조정에서 대안을 만들어 오면 조정의 뜻 또한 존중하겠다는 의사도 표했다고요?」

「그러하옵니다. 어륙.」

유마왕후는 독대사실 뿐 아니라 대화내용도 모두 알고 있었다.

「해씨가문은 곤지왕자를 태자로 받아들일 수 있습니까?」

「상좌평께서는 여은왕자를 포기할 수 있습니까?」

여채가 묻자 유마왕후는 되물었다.

「어마마마. 소자는 어라하의 뜻이 아우 곤지에게 있다면… 받아들이겠습니다.」

경사왕자가 끼어들었다.

「경사왕자는 함부로 입을 놀리지 마라. 죽 쑤어 개 줄 수는 없는 노릇이다.」

유마왕후가 미간을 찌푸렸다.

「어마마마?」

경사는 고개를 까딱 숙였다.

「상좌평께서 어라하의 술수에 말리시면 안 됩니다. 민심이 흉흉하니 또 반전 패를 들고 나온 것입니다.」

「반전 패라니요?」

여채가 눈을 휘둥그레 떴다.

「어라하께서 곤지왕자를 지목하면서도 조정의 뜻을 존중하겠다 하지 않았습니까? 조정의 뜻이 무엇입니까? 곤지왕자입니까?」

「그것은 아직…」

「조정의 뜻이 상좌평가문과 우리 내신좌평가문이라는 것을 모를 어라하가 아닙니다. 분명 조정의 뜻이 곤지왕자가 아님을 알면서도 조정의 뜻을 운운한 것은 이번에도 태자책봉은 관심사가 아닙니다. 이반된 민심을 붙잡아보자는 심사이지요.」

여채는 고개를 끄덕였다.

「어륙. 묘책이 있습니까?」

「어라하의 패가 명확한데 묘책이 따로 있겠습니까? 곤지왕자를 태자로 하겠다는 조정의 뜻을 어라하께 전하세요. 분명 어라하께서는 해씨가문의 동의도 얻었냐고 되물을 겁니다. 내신좌평이 부재한데 어찌 해씨가문의 동의를 얻을 수 있겠습니까?」

「음…」

「아마 모르긴 몰라도 해씨가문의 동의를 받아야 한다며 태자책봉 문제를 또 미룰 겁니다. 내신좌평이 돌아오면 그때 본격적으로 논의하자 할 겁니다.」

「알겠습니다. 어륙.」

여채는 처소를 나왔다. 순간 알 수 없는 두려움이 몰려왔다. 유마왕후의 존재를 등한시했던 자신의 옹졸함에 치를 떨었다. 평소 여채가 아는 해부는 생각이 얕고 내공도 절대 부족하였다. 해부의 뒤에 유마왕후가 있었다.

유마왕후의 판단은 적중하였다. 여채가 조정의 뜻이라며 곤지를 태자로 삼을 것을 청하자 비유어라하는 해씨가문의 동의를 받아오라며 이를 물렸다. 태자책봉 문제는 또 뒤로 미뤄졌다.

비유어라하는 조정의 동요를 막는 데는 성공했지만 흉흉한 민심은 쉽게 가라앉지 않았다. 백성들 사이에 이상한 고구려 노래가 유행하였다. 백제사람은 부도不道하여 하늘이 별똥 비를 쏟아지게 하고 메뚜기 재앙을 일게 하는데 고구려사람은 도道를 지켜 섬기니 하늘이 양식을 모자라지 않게 골고루 가득 채워주고 풍족한 풀로 수많은 양을 살찌게 해준다는 내용이었다.

야마토에 파견한 사신단이 돌아왔다. 해부는 야마토와 맺은 협정서를 비유어라하에게 바쳤다. 협정서는 유무왕자가 밝힌 내용이 모두 반영되었다. 야마토의 친백제 우호정책이었다. 해부는 야마토 사정도 알렸다. 야마토의 실권자는 흥왕이 아니라 유무왕자였다.

유무왕자가 중심이 되어 흥왕의 왕권강화가 급속도로 이루어졌다. 흥왕은 숙부인 찬어라하의 아들 〈대초향大草香〉왕자를 죽이고 그의 아내 〈중체희中蔕姬〉를 왕후로 삼았다. 이를 두고 야마토 군신과 백성들 사이에 말들이 많았다.

〈하권〉에 계속.

백제와 곤지왕 上

초판 1쇄 인쇄 2016년 1월 30일
초판 1쇄 발행 2016년 2월 5일

지은이 정재수
펴낸곳 논형
펴낸이 소재두
등록번호 제2003-000019호
등록일자 2003년 3월 5일
주소 서울시 관악구 성현동 7-77 한림토이프라자 6층
전화 02-887-3561
팩스 02-887-6690
ISBN 978-89-6357-167-6 04810
값 16,500원

이 도서의 국립중앙도서관 출판예정도서목록(CIP)은 서지정보유통지원시스템 홈페이지
(http://seoji.nl.go.kr)와 국가자료공동목록시스템(http://www.nl.go.kr/kolisnet)에서 이용
하실 수 있습니다.(CIP제어번호: CIP2016002250)